U0113686

水浒人物志

第二部 众生难度

曲昌春 —— 著

中国文史出版社
CHINA CULTURAL AND HISTORICAL PRESS

图书在版编目（ＣＩＰ）数据

水浒人物志.第二部,众生难度/曲昌春著.--北京:中国文史出版社,2021.7
ISBN 978-7-5205-3234-1

Ⅰ.①水… Ⅱ.①曲… Ⅲ.①《水浒》研究—人物研究 Ⅳ.① I207.412

中国版本图书馆 CIP 数据核字 (2021) 第 197762 号

责任编辑：梁玉梅

_____

出版发行：中国文史出版社

社　　址：北京市海淀区西八里庄路 69 号院　　**邮编：**100142
电　　话：010-81136606 81136602 81136603（发行部）
传　　真：010-81136655
印　　装：北京新华印刷有限公司
经　　销：全国新华书店
开　　本：16 开
印　　张：21.75
字　　数：363 千字
版　　次：2022 年 4 月北京第 1 版
印　　次：2022 年 4 月第 1 次印刷
定　　价：58.00 元

_____

· 目录 ·

尾声：梁山的铁杵磨成了针

后记：我本俗人　// 334

第一辑　被梁山看上，都没好下场

01. 久别重逢是一场悲剧

多年以后，当年老的孙立躺在躺椅上仰望天空的时候，往昔那些狼狈不堪的日子竟然历历在目，他已是风烛残年的老人了，而对于梁山上的那些事，却始终无法忘怀。

别人上梁山都有个目的，而孙立的梁山之行却是茫然，为什么开始，又为什么结束，对于他来说都无法准确回答。

或许是随遇而安的性格影响了自己，或许生活本身就是一个圆圈，而你在不断地转圈，从起点回到终点。

上山前你是登州提辖，下山后你还是登州提辖，从起点又回到终点，这个时候才发现，原来你手里只是握了一张小小的票根，只是证明你曾经如此这般走过。

孙立的所有感伤都来自祝家庄，在那个与青春有关的日子里，他留下了一生的遗憾。

当年孙立按照吴用的指示进入祝家庄实行无间道，无间道的对象是师兄栾廷玉。当孙立与栾廷玉在祝家庄相见时，两人拥抱那一瞬间，孙立几乎忘了自己无间道的身份，眼角流出了几滴晶莹的泪花。两人在出师之后一直没有再见过面，如今再见面，师兄成了祝家庄的家教，而自己则成了逃跑的提辖。

忆当年一起学武时，两人相约一起为大宋出力，一起为大宋守卫疆土，然而时光飞逝，师兄没有守卫疆土，只是守卫一个祝家庄，理想与现实之间的距离总是隔着几亿光年。

自己呢，也成了一个逃跑的提辖，而且还要为了一个看上去很美的梁山来取师兄这个投名状。或许这就是命吧。

对于近在眼前的危险，栾廷玉没有察觉，他始终把自己定位于一名家庭教师，他并不在乎祝家庄与梁山的恩怨。在他看来，祝家庄就是他的单位，而家教就是他的职业，他得对得起自己的职业，也要对得起自己的单位，这是他人生的底线。

跟栾廷玉这样有职业操守的人相比，秦明、黄信你们的职业操守在哪里？你们的人生底线又在哪里呢？

此时的栾廷玉光顾着庆幸有师弟来帮忙，却没有想到这个师弟已经悄悄地下海，再也不是为大宋保家卫国的提辖了，对于这一切他茫然不知。

在当晚的欢迎晚宴上，栾廷玉喝了很多酒，也跟孙立说了很多肝胆相照的话，两人都流下了热泪，栾廷玉的泪是对于时光一去不复回而感伤的泪，孙立的泪则是被命运逼迫无可奈何的泪。

同样是泪水，内容却如此千差万别，一旁唱歌助兴的乐和正唱道，"朋友一生一起走，一生情，一杯酒"。

场面本来很感人，只可惜因为梁山的投名状，这场久别重逢戏只是一个悲剧的开始。

02. 只有甲鱼是真的

栾廷玉的戒备心被一场演得很假的打斗彻底打消了，打斗的双方是孙立和石秀。

之所以说打斗很假，是因为二人的武功根本不在一个档次。石秀在日后的梁山被归为天罡序列，但自学成才的石秀并不是科班出身的孙立对手。

这场打斗实力对比类似于当年史进与王进的那场较量,大多数情况下,自学成才的青年根本不是科班出身的人的对手,野狐禅想打败名门正派,前提是必须练过辟邪剑法,问题是石秀你自宫了吗?

石秀日后归为天罡序列,主要还是因为在大名府曾拼命救过卢俊义的命,由此被列为卢氏的山头才得以位列天罡,而孙立则是因为这次祝家庄的投名状与天罡序列无缘,怪就怪没有领会头儿的意图。

以宋江疯狂拉下线的心情,本来很想把栾廷玉发展为下线,栾廷玉的武力在孙立之上,似乎也在秦明之上。如果把此人收为下线,那么宋派的砝码将进一步加重,宋江甚至在内心里已经给栾廷玉预留了排位,结果这一切被办事不力的孙立给弄砸了。事情到了这一步,孙立伸出脚吧,试试宋大哥给你准备的鞋合不合脚。

孙立通过一场假打赢得了祝家庄的信任,同时这一场遭遇战也在一个侧面证明,梁山的很多天罡将领德不配位、浪得虚名。

在孙立擒下石秀前,梁山日后的天罡级将领穆弘与祝虎打得不分胜负,另一位天罡级将领杨雄则跟祝彪打得不分胜负,如果上天给祝氏兄弟一个机会的话,这三个人是有可能排在梁山天罡序列,只可惜他们属于地主阶级,属于梁山上要适当排斥的那种。

现在不妨来看看梁山上的那些亲兄弟,混得开的一般都出身强盗或是破产地主,孙立、孙新这样出身地主阶级的亲兄弟,反而没有解珍、解宝这两位出身猎户的混得好,因为梁山需要的是那种吃饱了就不喊饿的主,毕竟老大也想省心。

整个祝家庄,宋江看得上的只有栾廷玉一个,偏偏栾廷玉又有那么强的职业操守,因此和平改编祝家庄已经不可能了。

宋江的人马从外向里进攻,孙立的人马从里向外冲杀,堡垒往往是从内部攻破的。当孙立反戈一击时,栾廷玉才明白,原来这年头除了甲鱼是真的,其余全是假的。

孙立并没有亲自跟师兄动手,栾廷玉死于梁山人马的围攻之中。

与其说是他杀,不如说是自杀,一个心已经死了的人,就不在意结束的方式了。当他吐出最后一口鲜血时,他才知道,原来世界上什么东西都有保质期,友情也是有保质期的。

孙立看着师兄在面前倒下，心中的苦无人诉说，他知道自己的背上已经写上了两个字：背叛。

为了自己上梁山的路，为了所谓的前程，让师兄成为一堆白骨，孙立的苦在心里永远说不出。

等到宋江不只一次抱怨，"可惜了栾廷玉那条好汉"，孙立的心如同有二十五只老鼠在奔跑——百爪挠心。

宋大哥，您怎么不早说啊！

03. 扈三娘这样的极品女子

孙立与师兄生离死别后，他开始明白人生本就是一出戏，而自己就是里面的戏子，很努力，也很勤奋，但命运不归自己掌握。

孙立这边很痛苦，那边乐和却很开心，他一边唱歌，一边进行砍杀，很像是一场即兴拍摄的动感 MTV。

祝家庄的人听他唱着歌进来，纷纷被歌声感染，一个个都激动地准备握一握偶像的手，等他们伸出手的时候，却发现乐和递过来的是刀，原来人家的歌和刀是同时出现的，歌是"该出手时就出手"，刀是"温柔的一刀"。

祝家庄内部乱成了一锅煳底的粥，外面也是锅巴一地。领头的锅巴是李逵，哪里有砍杀，哪里就有他的人影。祝龙很不幸，他遭遇了李逵的板斧；祝彪也很不幸，他在被捆绑押解中遭遇了李逵的板斧；扈三娘更不幸，她的全家居然都遭遇了李逵的板斧。

这是梁山集团做得最不人道的一件事，为了让扈三娘死心塌地上山，居然安排她的全家全部遭遇李逵的板斧。

按照李逵自己的说法，他是走路走得兴起顺便去砍的，他认为反正宋江也不会做扈家庄女婿了，这一点在李逵与宋江的对话中有所暴露。

李逵的这次行动很有可能是宋江或者是吴用暗中授意，因为他们想让扈三娘死心塌地留在梁山，而让她死心塌地的前提就是全家死光，这个代价实在是太大了。

如果李逵没有得到指示，他不可能顺道去扈家庄砍人，那个时候一般人都不知道扈三娘的归属。假如扈三娘被宋江占有，扈三娘的父亲就是宋江的老丈人，梁山的山丈。李逵表面看起来傻，但绝不会傻到去砍老大未来的老丈人的分上。由此来看，扈三娘一家死于宋江和吴用的心狠手辣，目的就是让扈三娘在世上举目无亲，然后听由宋江这个大哥摆布，所有的这一切只能用张学友的歌来解释——"你好毒"。

李逵的板斧砍走了扈三娘对家的所有依恋，还把扈三娘的亲哥扈成赶到了天涯海角。据说扈成后来成了一位守卫边疆的军官，兄妹俩从此再没有相见，思念彼此的时候眼泪就像断了线的珠子，洒落一地。

明明有亲哥却不能相见，却要对着一个假哥言听计从，三娘，你的命比金莲还苦。

一个女人，一个漂亮的女人，谁不向往幸福，谁不想嫁一个如意郎君？只可惜在那个年代，女人被看作衣服，在宋江看来更是一件可有可无的衣服。他要让扈三娘这件衣服发挥最大的价值。

按照古代战场的战俘理论，最有资格迎娶扈三娘的是林冲。如果林冲能够与扈三娘走到一起，林冲这个情种一定能读得懂扈三娘的美，只可惜林冲是个有原则的人，心中只有他的林娘子，"曾经沧海难为水，除却巫山不是云"。

梁山上那么多单身汉，林冲是最适合扈三娘的那一个，只可惜林冲不是那种对宋江言听计从、无原则服从的人，把扈三娘嫁给林冲并不能给宋江带来最大价值。要想让这件奇货可居的衣服发挥出最大的价值，就需要给宋江培养出一位死士，这个死士会是谁呢？

王英，无耻的王英，一个各方面都配不上扈三娘的王英。

这个当年为一个女人要跟老大燕顺拼命的人，自然也会为了一个女人为宋江这个老大卖命，更何况是为了扈三娘这样的极品女子。

04. 被梁山看上，都没好下场

扈三娘的婚礼在梁山隆重地举行了，每个人的脸上都笑开了花，唯独扈三娘笑不出来，如果勉强让她笑，那么她的笑中一定带着泪。

笑中带着泪的还有一个人，这个人就是扈三娘以前的邻村大叔，一个叫作李应的村长，按照辈分，扈三娘该喊他一声李叔。

李叔本来应该在山下享受自己的幸福生活，不幸被梁山看中，不情不愿地上梁山当了一个所谓的头领。

梁山的生活对于阮氏兄弟那些破落户来说很有号召力，对于李应这样的地主半点号召力都没有，人家本来就在山下享受着自己的幸福生活，谁愿意到山上来享受你的一米阳光呢？不过很不幸，李应被梁山看上了，无论你多不情愿，还是要登上这艘破船。

事实证明，凡是被梁山看上的人一般都没好下场，比如宋江，比如杨志，比如李应，比如雷横，他们被梁山看上后无一例外地都成了海岩剧的男主角，一个比一个惨，一个比一个可怜。

梁山的入伙邀请就如同丐帮要发展一个健全人加入乞讨的行列，你不答应就先把你整得遍体鳞伤，最后你不得不接受加入丐帮的事实，这样的人生落差很多人都经历过，最铭心刻骨的，就是后来的核心之一卢俊义，他的代价是家破人亡。

相比于卢俊义，李应的遭遇已经算是轻喜剧了，卢俊义的家是彻底没了，而李应的家则是被搬了。李应在家中养病的时候，被一帮疑似官差抓着去见官，定的罪名是"与梁山贼寇关系密切"，半路上被宋江的人马救上山。本来李应还心存感激，但很快谜底就揭晓了，那些疑似官差也是梁山的人马，就是要把你带上山。

李应本来还抱有幻想，想着有朝一日下山去继续过自己的地主生活，没想到一回头，自己的妻小都已经被搬上了山，庄园也被梁山的头领们一把火烧了个干净。

家园没了，信仰没了，记忆没了，动力没了，关于过去的一切都没了，一切只因为梁山需要你这个地主来充个数，充数的代价太大了。

此时的李应还吊着胳膊，被祝龙射的那一箭的箭伤还没有好，新的伤口又出现了，这道伤口在心里，比祝龙那一箭伤得还要深！

05. 不落草，只要金银财宝

李应落草了，王英结婚了，扈三娘似乎也过上了幸福的生活，梁山一切都看上去很美，但一切都只是看上去。

梁山脚下正行走着一行人，其中一位就是梁山两位老大的老相识——插翅虎雷横。自从晁盖和宋江从郓城出走之后，郓城的治安一下子好得不得了，好得让雷横都有些不习惯。治安好了，按理说雷横应该高兴才对，不过他高兴不起来，因为没人替他买单了。以前晁盖经常给他塞钱让他留着喝酒，宋江和他喝酒从来不让他买单，雷横打心眼儿里想念这两位老大，想念他俩给自己买单的岁月。

到了梁山脚下，按雷横以往的习惯，肯定要去找熟人喝一顿酒，走的时候再拿点东西。可现在不行了，晁盖和宋江都已是梁山上的强盗，而他毕竟还是穿着制服的都头，怎么说都得注意影响，更何况身边还有一起出差的同事呢。

雷横这次是出差到东昌府，这是趟肥差，到了人家的地界，吃喝拉撒全包，完事后买东西的钱官府都给报账。雷横正盘算着这一趟能挣多少钱呢，林子里冲出了一伙人。

人家是劫道的。

雷横一看对方人数，再看看自己阵营，硬碰硬死磕是不行了，还是先套套近乎吧。这一近乎还真有效果，梁山的小喽啰们一听他是郓城都头马上肃然起了敬，梁山驻湖边办事处主任之一的朱贵马上稳住了雷横，火速把消息传递给了山上的两位老大。

恩人到了家门口，焉有不出门迎接的道理啊？梁山双头立刻下山来迎接恩人，为人爽直的晁盖就想当面跟雷横说声"谢谢"，鸡贼的宋江则在想，"他不会怪我上次没给他那一百条金子吧"？

总之，各有各的心思。

梁山双头与雷横见了面，双方都感动得泪水涟涟，这些年山高水长，兄弟你在家乡还好吗？还有人给你买单吗？

雷横向两位老大汇报了自二位离开后当地的治安情况，根据他的说法，形势不是小好，而是大好。原来的糊涂老知县已经退休了，新换了一个知县，对他和朱仝都非常好，现在他依然是都头，朱仝已经转到监狱系统当监狱长了，现在他俩一个管抓人，一个管放人，属于一条龙服务系列。

久别重逢自然不能让雷横就这么走了，梁山双头热情挽留雷横在山上住了几天。

在这几天里，雷横终于找到了喝酒不用买单的痛快感觉，他发现，在这里钱真的变得很庸俗，也很没用。这里的一切都是敞开供应，喝酒从来不论斤而是论桶，在山上根本不用带钱，带了也没有用的地方。

他在很多头领的房间里都看到了生锈的白银、长毛的黄金，梁山真是如天堂般的美好。

即使这里是天堂，雷横还是不想留下，他还是更习惯郓城的生活。

在雷横眼中，他宁可要郓城的一张床，也不要梁山的一间房，宁可要郓城的一棵草，也不要梁山的一棵苗，至于金银财宝嘛，有多少就来多少吧！

06. 看演出的时候千万别坐第一排

在梁山双头的带动下，梁山的众头领都送了些用不着的金银财宝给雷横，把雷横感动得眼泪汪汪。

但是雷横执意要走，梁山双头也拦不住，雷横就跟当年的刘唐一样，背着那沉重的包袱，像蜗牛一样向郓城挪去。

看着雷横远去的背影，刘唐想起了那个月圆之夜，短腿的自己像个蜗牛一样，背着沉重的二百九十九条金子从郓城挪回了梁山。

唉，那些不堪回首的荒唐岁月。

梁山就是很多人的百慕大，一旦被沾上了，就很难摆脱这个旋涡。如果梁山给你发出入伙的邀请，你要么彻底消失让梁山的人找不到你，要么就痛快地学西方人的结婚典礼，痛快地说一声，"我愿意"，千万别说"容我想一想，容我想一想"，那样你的结果至少是掉层皮。几天之后，雷横真的掉了层皮。

雷横人如其名，为人比较横，干过很多不良职业，比如杀牛，比如放赌，据说祖上还打过铁。如果雷横能把打铁的饭碗端稳了，也属于专业技术人员，只可惜他看不上打铁，偏偏就喜欢偏门的职业，都头。

雷横千不该万不该，养成了两个不好的习惯，正是这两个不好的习惯让他那很有前途的都头生涯彻底断送了。

这两个不好的习惯，一个是出门不带钱，一个是看演出喜欢坐头排。出门不带钱本身就是个坏习惯，真当自己是在梁山啊？看演出坐头排，那可不是随便坐的，就跟打车坐副驾驶的位置一样，那是买单的地方。

雷横千不该万不该看了那场令他不堪回首的演出，坐了不该坐的头排，从因果的角度而言，雷横的悲剧就是一个座位引发的血案。

雷横的座位是在勾栏里的前排。勾栏相当于一个规模不大的剧场，唱戏的是一个有姿色的女子，叫白秀英，戏的内容很三俗。在那年头的勾栏里，不唱三俗的没有人听，唱的如果不带点颜色，听众听着会觉得索然无味。

台上白秀英唱得很卖力，台下雷横也很兴奋，他很久没有听过这么好的段子了，禁不住叫了几声好。但他没有想到的是，这次喝彩竟然是他在郓城的最后一次喝彩，几分钟后他的命运就改变了。

卖唱，卖唱，得有人打赏，得有人买单，白秀英让老爹白玉乔捧着盘下来接受打赏，倒霉的雷横偏偏坐在头一排，头一个，倒霉催的，谁让你爱坐VIP？

窘迫，此生最大的窘迫，雷横摸遍了浑身上下所有的口袋。

天啊！居然没带钱，雷横一下就羞红了脸。

卖唱艺人的收入主要靠客人打赏，第一个客人的打赏是一场收入好坏的关键。人都有一种羊群心理，前面的人给得多，后面的人就不好意思给少了，要是前面的人给得少或者不给，那后面的人不给钱也就理直气壮了。

雷横一不小心就成了那个第一个，结果偏偏没有带钱，这在卖唱艺人看来，是来砸场子的。

没带钱就别说大话了，雷横偏偏说，"给你个三五两银子也不打紧，可惜今天没带。"

唉，这叫什么，这叫望梅止渴，这叫画饼充饥，八字没一撇呢，一个劲儿跟人说远景规划？

07. 雷横，插了翅的老虎

没带钱的雷横，急于要钱的白秀英父女，这就是矛盾双方，双方话不投机就起了冲突。旁边有人跟白玉乔说，"这是本县的雷都头"，气不顺的白玉乔顺嘴说了一句，"只怕是驴筋头"。冲突无法避免了，雷横一拳下去，白玉乔被打掉了好几颗牙。

这是一场南北方文化差异导致的冲突，怪就怪南北方发音差异很大。施耐庵老爷子是江浙人士，汉字发音恐怕不敢恭维。在他们那边，"雷"和"驴"发音有些相近，就跟现在湖南人发音，"令"和"宁"分不清，山东人发音，"油"和"肉"分不清。白玉乔是顺着"驴都头"往下说的，结果挨了一顿打。

什么女人不好惹？跟权力沾边的女人不好惹。

白秀英表面看起来只是个卖唱的，实际有后台，后台就是雷横的顶头上司知县大人。要说这知县大人也挺没溜，跟个卖唱的勾勾搭搭，而且还是从东京一直勾搭到郓城。不过在那时，似乎也是较为普遍的社会现象，就许你当今皇帝跟李师师眉来眼去，不许我知县跟白秀英勾勾搭搭？

说到底，还是当今皇帝您老人家这根上梁不正啊。

雷横知道世界上有风，分为一到九级，严重的叫台风、飓风甚至龙卷风，他没有想到有一种风的风力很小，但威力很大，这种风就是枕边风。

白秀英给知县吹的枕边风，威力巨大，后果严重。

雷都头马上被知县下令缉拿，罪名是扰乱公共场所治安。雷横抓了一辈子人，到头来自己被人抓，雷横在心里对自己说，出来混的，迟早要还。

仅仅是被抓，拘留几天也没什么，白秀英这个卖唱的非要唱一出"杀鸡给猴看"，杀雷横这只不给钱的鸡给那些白听戏不给钱的猴看，这下问题复杂了。

白秀英让人把雷横的上衣扒了，让他光着膀子丢人现眼，这也是一种非常严重的惩罚，跟游街示众差不多。强人雷横就这样第一次光着膀子站在郓城街头，屈辱的感觉从头到脚，这下脸掉地上了，彻底地掉地上了。

如果这一切还不足以让雷横原地爆炸，接下来的事情让雷横彻底爆发了。

雷横的母亲来送饭，看到了骄横不可一世的白秀英，双方言语上起了冲突，白秀英居然昏了头去打雷横的母亲，这一下碰了雷横的炸点。

雷横一生天不怕，地不怕，最怕母亲受欺负。看到母亲被白秀英欺负，雷横怒发冲冠，彻底炸裂，白秀英你的死期到了。

不要以为你跟知县关系紧密就穿上了免死外衣，在雷横面前，什么外衣都不管用，他是老虎，插了翅的。

08. 朱仝，《水浒传》里的关公

雷横抬手一枷子就把白秀英给打死了，雷横也没想到后果如此严重，他呆在了原地。

雷横跟鲁智深一样，点儿有点背，对手太不经打了，还没打两下呢，对手已经趴下了，再也起不来了。看人家武松运气多好，打蒋门神那么多拳都没打死！

雷横一下享受到"转正"的待遇，从拘留变成了正式拘捕。从拘留到拘捕，原来就是一枷的距离，本来只是疑似罪犯，现在确认了，板上钉钉了。

朋友在什么时候最珍贵，在你危难的时候最珍贵。

雷横在最危难的时候感受到了友情的珍贵，这珍贵的友情来自朱仝。雷横有不少朋友，比如晁盖，比如宋江，但这两位老大跟雷横，更多的是酒肉朋友的关系，交情都是酒桌上处下的，喝着酒时大家称兄道弟，清醒之后还是保持距离。雷横跟朱仝的关系不简单，他们不仅是酒肉朋友，更是交心的朋友，友情是带着血的。多少次两人一起执行任务，多少次两人把所有的问题一起扛，这种感情是真挚的，没有修饰的。

当雷横进入朱仝的牢房时，朱仝就在盘算找机会把朋友放出去，不然自己这个监狱长白当了。这就是朱仝，一个真诚而厚道的人，一个利他而忘己的人，他放走过很多重要的人，有晁盖，有宋江，有雷横，三个梁山天罡级的人物都在他的手上获得了新生。这一义举可以跟关公有一拼了，关公只放走了一个曹操，而朱仝一放就是仨。

朱仝在《水浒传》中是一个接近完美的人，宋末元初人周密的史料笔记《癸辛杂识》中的"宋江三十六人赞"提到朱仝时是这样写的，"长髯郁然，美哉丰姿，忍使尺宅，而见赤眉"，由此可见，对朱仝的评价还是很高的。我甚至认为，朱仝比关胜更有资格代表关公，不仅外形像，连义薄云天的举动都像，莫非朱仝属于关老爷子私生子那一序列？无法考究，只能想象了。

施老爷子在设计人名的时候还是很有讲究，"朱仝"这两个字就很有来头。"朱"在中国的传统中象征着美好，成语"近朱者赤"，朱，红色，代表正义一方。"仝"字，可以理解为"全"字少一笔，说明还不太完美，但已接近完美了。

或许朱仝一生最大的缺憾就是没有看管好那个小衙内，不然他的一生可以用完美来总结。朱仝最后的结局是在官场上如鱼得水，一直做到了节度使，那可是宋江做梦都想做的高官，朱仝没做梦就做到了。

做节度使在宋江那里是梦想，在朱仝这里是现实，这就是差距。

朱仝知道雷横犯的是死罪，不放走肯定就没机会了，自己如果放走雷横，顶多落个看管不严，不会是死罪。盘算过后，朱仝准备用自己的活罪顶雷横的死罪。什么是朋友，这就是朋友。

朱仝在押送的过程中放走了雷横，英雄的壮举跟关公在华容道上义释曹操一样，一样的荡气回肠，一样的名垂乾坤，这一放让朱仝的形象无比高大，这一放让雷横彻底上了梁山，而这一放也让朱仝戴上了枷锁，毕竟做什么事都是有代价的，朱仝也得为自己的行为负责。

09. 我做了超级奶爸

雷横成功逃跑，他匆忙回家收拾了那些死沉死沉的金银珠宝，就是这些东西让自己丢了面子，就是这些东西让自己从都头变成了罪犯。哎，这些东西到底有什么用？死沉死沉的。

就此扔掉，雷横又不舍得，还是背着吧。

同样是跑路，雷横不用像鲁智深那样扔鞋子决定逃跑方向，他知道自己的目的地只有一个，那就是梁山。人始终无法把握自己的命运，永远不知道自己的下一站究竟会通往哪里。仅仅几天前，雷横还不想要梁山的房，现在他却迫切需要梁山上的房，哪怕一张床也行。

雷横跑路，朱仝留下承担后果，可能是他太有魅力了，知县和知府都没有难为他，判了个刺配沧州。从距离来看，罪责不大，属于流配一千里级别的，算是比较轻的了。

《水浒传》中的发配不完全意味着苦难，有时也是一个契机，也有改变命运的机会。武松通过发配成了施恩的老大，杨志通过发配成了大名府的提辖，这一次朱仝通过发配，他成了一个超级奶爸。

朱仝一进沧州府，知府看着他眼熟，此人好像在哪里见过，怎么这么眼熟呢？再一抬头，看旁边挂着的关公像，可不，天天拜，能不熟吗？

知府一见朱仝便满心欢喜，此人一见就让人舒坦，长须飘飘，如同关公转世，如果把他留在身边听用，他是关公，我是谁呢？那就是刘备啊。知府想到这里，差点开心地笑了出来，怪不得算命的说我有当皇帝的命，原来说的就是这啊。当然了，自己偷着乐就行了，别到处去说。

朱仝一听知府要留自己在府中听用，心里也很高兴，这意味着以后自己还是衙门里的人，说出去还是有面子的。《水浒传》中梁山好汉都在口头上藐视官府，但多数人心里都向往着官府。口是心非！

朱仝的喜剧还没有结束，恰巧知府的儿子出来玩耍，一看到这个长须飘飘的人物，就莫名觉得亲近，小孩子张口就说，"我想让这胡子抱。"

人和人之间是讲缘分的，小衙内跟朱仝就属于有缘分的那种，只可惜缘分还是太浅，不久之后，缘分就被李逵给砍断了。

朱仝很满意现在的生活，每天在知府面前当差，活也不多，闲着没事就带着小衙内四处游玩。看着可爱的小衙内，朱仝想起自己的儿子，心里有些难受，但往开了一想，再熬几年就能回家安居乐业了，先忍着吧。

如果如朱仝所愿，该有多好啊！

朱仝的安居乐业迟到了好几年，因为吴用和李逵出来插了一杠子，他们是来替朱仝设计人生的。

梁山上的宋江和晁盖有一个毛病，喜欢替别人设计人生，他们总觉得梁山上的生活方式是世上最好的方式，其他的方式都不值得一提。

他们只看到朱仝以囚犯身份在沧州混迹，却没有想过人家早已习惯超级奶爸的生活。梁山的生活有鱼有肉，但那只是阮氏兄弟当年吃不饱饭时向往的生活，并不是朱仝想要的生活。

说一千，道一万，别强迫别人按照你以为的去生活，说你呢，晁大哥，还有你，宋大哥！

我不要你以为，我要我以为！

10. 那一夜，你没有拒绝我

农历七月十五，本是花好月圆之夜，却又是令朱仝心灰意冷的一夜。在这一夜，他从超级奶爸变成了被通缉的罪犯。

超级奶爸朱仝正带着小衙内看河灯，看得起劲的时候，雷横和吴用来到了他的身边，这把朱仝吓了一跳。朱仝让小衙内在一边自己先玩一会儿，不料这居然是跟小衙内的永别。

雷横和吴用的来意很明显，就是拉朱仝上山入伙，梁山双头已经想念朱仝很久了。不怕贼偷，就怕贼惦记，梁山双头都在惦记你，朱仝你这个超级奶爸还当得成吗？

吴用还在翻动不烂之舌，他这个乡村教师现在在梁山活得很滋润，他认为梁山上的生活就是最好的生活，他千方百计地想把朱仝弄上山，怎么说，也算自己发展的下线啊。

朱仝跟当初的雷横一样，宁要沧州的一张床，也不想要梁山的一间房，毕竟他当过都头，也当过监狱长，让人家上山落草，落差实在太大了，比朱贵从梁山四哥变成九十二哥的落差都大，这落差换了谁都受不了。

梁山就是个百慕大，是个奇怪的磁场，想要逃却怎么也逃不掉。雷横曾经想逃，没逃出梁山的磁场，朱仝也想逃，但也逃不出梁山的磁场。

谁让双头惦记你呢？谁让你遇上心狠手辣的吴用和李逵呢？

吴用这个人看起来斯文，但做起事来比谁都狠，砍小衙内，逼卢俊义，都是他出的馊主意。

想逼朱仝上山不是没有别的办法，安排人在沧州城门口贴几张朱仝私通梁山的通告就可以了。"私通梁山"是敏感话题，舆论一出来，你朱仝还能在沧州混吗？

在吴用的字典里没有"人性"两个字，在他的安排下，活泼可爱的小衙内遭遇了李逵的板斧。李逵这个遭遇老虎噬母的人心理已经变态了，执行起任务来没有人性。

朱仝出离愤怒，起身追逐李逵，想给小衙内报仇。

朱仝满怀悲愤，一为小衙内，二为自己。本来想熬几年熬到回家安居乐业，这一下梦就这么碎了。

人最怕的就是梦碎，而李逵，就是那个打碎别人美梦的人。

11. 朱仝，你是上啊，还是上啊

朱仝的梦碎了，打碎他梦的人在前面跑，朱仝心中的苦楚无处安放。

当你眼睁睁地看着扑灭你理想的人就在前面跑，而你又追不上，你的心情又如何呢？

心中悲苦的朱仝，使足全身的力气一直在后面追，只可惜怎么也追不到。两人一直从沧州城跑到了横海郡，这段距离可不近，当年林冲足足走了一个上午，朱仝他们则跑了两个小时。这两个小时是朱仝最苦难的两个小时，也是梦想破灭的两个小时。

李逵一闪身进了一个庄园，朱仝跟了进去，这个庄园正是柴大官人柴进的家。

柴进总是跟梁山这些人纠缠在一起，梁山的两位老大都在他家里蹭过饭，武松、李逵也在他家蹭过酒，一个贵族老跟这些破落户混在一起，其实也挺悲哀的，可脸上还不能表现出来，谁让你是慈善家呢！

柴进这个前朝皇族也不容易啊，明明心里有苦嘴上不说出来，明明心疼得不得了，还得装作不在乎。

等到柴进与宋江在梁山顶上喝酒的时候，两个慈善家都泪水涟涟，一把鼻涕一把泪的，回忆那些做慈善的岁月，哎，当时真的挺苦，也挺煎熬。

又说到了《水浒传》取名的讲究。柴进的名字中有个"进"字，王进、史进的名字中都有一个"进"字，林冲的名字中有个"冲"字，但这四人其实都一样——不进，也不冲。柴进在《水浒传》中的地位一退再退，上梁山后几乎没有表现，那是人家根本没把梁山当回事，祖上把皇位都让出去了，柴进还在乎梁山一个土包吗？至于王进，更是消失得无影无踪，人家根本就不想进，人家想的是以退为进。史进、林冲也是一样，他们不像宋江那样急于为大宋建功立业。他们的名字说的都是反话，这就是中国文字的魅力所在。

柴进看着那个长须飘飘的人走进自己的家，他知道这又是一个被梁山设计了人生轨迹的人，他只能叹口气，因为一切已无法改变。

当不怀好意的吴用和雷横迈进他的家门时，他就知道这是两只猫头鹰，一上门准没好事，一打听还真是，那个长须飘飘的人正是吴用他们算计的对象。

朱仝得知眼前这个人就是了不起的慈善家柴进时，心中顿生好感，做一天慈善容易，像柴进这样半辈子做慈善很不容易。等到柴进也加入说客的队伍时，朱仝架不住了，他知道自己回不去了。

他总是在想，如果自己跑得够快该有多好呢？如果自己能跑到时间的前面该多好呢？

等到上到梁山后，朱仝看到了戴宗的甲马，禁不住泪如雨下。朱仝在想，如果当初自己有一对甲马，那么就能追上李逵，或许就能保护小衙内周全，或许就能保住超级奶爸的位置，哎。

旁边的戴宗拍了拍他的肩膀，兄长，别想了，真要能回到过去，咱俩还是同行呢，我也曾是个监狱长呢。

是啊，都回不去了，无论朱仝还是戴宗。等待朱仝的只有梁山的贼船，你是上啊，上啊，还是上啊？

第二辑 救柴进，破高唐

01. 原来誓书铁券都是假的

考虑再三，梁山这艘贼船还得上，不然你又能上哪去呢？说到底梁山就是个社会闲散人员收容所，但凡有个出路，谁愿意要那里的饭票啊，尽管那里有酒有肉。

朱仝提出，要他上山，除非李逵下山。这实际是赌气，也是朱仝心理疗伤的一种方式。唐太宗老人家说过，以人为镜，可知得失。朱仝一看到李逵这面镜子就会看到失败的自己，就会想到不成功的过去。对毁容的人来说，最大的仁慈就是不给他镜子，对于职场失败的朱仝而言，最大的仁慈就是挪开李逵这面黑镜子，不然黑镜子天天提醒朱仝：你的人生很失败。最后的结局不是李逵这面黑镜子碎了，就是朱仝精神崩溃了。

吴用顺水推舟，安排李逵在柴进家住上一段时间，李逵也知道这样安排就是逗朱仝玩，等时间长了，伤口愈合了，自己就又可以上山了。对于李逵来说，住在柴进的庄上也没有什么不好，一样有酒有肉，只要有酒，只要有肉，在哪儿都一样。

李逵的人生理想就这么实在，什么大宋，什么江山，怎么说都没有酒肉来得实在。

朱仝郁闷地跟着吴用上了山，吴用则在盘算这个下线到底算谁发展的呢？晁盖？宋江？雷横？还是我呢？

想来想去也想不明白，总不能给朱仝的身上盖四个戳吧，爱谁谁吧，总之是梁山的。

郁闷中的朱仝在梁山上迎来了利好消息，他的家属已在宋江的安排下到了梁山，一家人总算团聚了，尽管团聚的地点从郓城变成了梁山，没办法，人生就是这样多变。

让朱仝和雷横共同惊呆的是晁盖拿出了二百条金子，就是当初刘唐送到郓城又让宋江给退回来的那二百条，朱仝和雷横都激动得老泪纵横："怎么没早点看到这二百条金子啊，跟着宋江这样的老大有这么好吗？"旁边的宋江脸上红一块白一块的，红是羞的，白是吓的。一旁站着那个叫刘唐的蜗牛，更是眼泪汪汪："妈呀，二百条金子总算送出去了！"

梁山上每天都有新人加入，每天的宴席不断，朱仝和雷横都喝出了胃出血，三阮兄弟据说都快得了厌肉症，一看见肉就想吐，一闻到酒就反胃，现在他们很怀念从前在家里吃鱼腥草的岁月。

梁山上喜剧连连，梁山下的柴进正要与悲剧狭路相逢。

一场变故让柴进一生的基石轰然倒塌，在变故中他终于知道，所谓的誓书铁券都是"上坟烧报纸——糊弄鬼的"。

变故的起因是柴进远在高唐州的叔叔遭遇了暴力夺房，柴叔叔从高唐州向柴进发出了求救信。柴进一看叔叔有事，焉能不救？便准备到高唐州救援叔叔。此事被好事的李逵知道了，他硬要跟着柴进去高唐州，柴进的悲剧也就从高唐州拉开了帷幕。

柴进的叔叔在高唐州有一座上好的宅院，没想到被知府的小舅子给看上了。这个小舅子跟高衙内是一路货色，我的是我的，你的也是我的，见着别人的东西就眼绿，看见别人的后花园就想自己进去摘花，总之就是个没有物权意识的恶棍。

柴进一直以为誓书铁券是效力巨大的传家宝，效力约等于尚方宝剑，足以证明自己的前朝皇族身份，没想到誓书铁券在高唐州根本没用。柴进的叔叔跟知府的小舅子说自己也是金枝玉叶，祖上有本朝皇帝颁发的誓书铁券，还是遭到了一顿毒打，从此一病不起。

即便如此，柴进还是没有怀疑誓书铁券的作用，直到他被押进高唐州的大狱——

当天，知府的小舅子殷天赐到柴进叔叔家强制搬迁，柴进据理力争，声称祖上有誓书铁券。殷天赐不以为然，示意手下动手。

一旁的李逵不知道什么叫誓书铁券，他只知道比舌头硬的是拳头，当你无法用舌头摆平对手的时候，就只能用拳头了。李逵出手了，殷天赐马上去跟镇关西一起做伴了。

02. 晁盖接着当壁虎

祖上供奉了上百年的誓书铁券居然是假的！

换个角度说，誓书铁券是真的，但不管用了，早就过了有效期。从柴家被迫让出皇位那一天起，誓书铁券就是张空头支票，没有变现的那一天。

知府的小舅子就敢殴打前朝皇族，小小的知府就可以判处柴进死罪，什么誓书铁券，说白了就是唱戏的道具。

哀已经大于心死，柴进的心情该怎么形容呢？

台词就是你被耍了，真的被耍了。所谓前朝皇族，所谓誓书铁券，都是赵家使的手腕，用马三立老爷子的经典台词说，"逗你玩"。

柴进在大牢里反思被耍的人生，他知道自己的人生就是一锅煳底的粥，至于是否变成锅巴，那就得看自己的造化了。

闯了祸的李逵火速撒丫子跑回梁山报告这个坏消息，梁山顿时炸了锅。梁山双头让快马戴宗下山进一步探听消息。

没过多久，戴宗带回一个好消息，一个坏消息，好消息是柴进还没死，坏消息是已经半死了。

听到两个消息，晁盖坐不住了，他是个性情中人，最见不得对梁山有过贡献的人受委屈，尤其是像柴进这样有巨大贡献的人——当年王伦的创业经费就是柴进给的。尽管梁山的老大换人了，但柴进的影响力还在。

晁盖准备亲自出马，还是被宋江用紧箍咒给按住了，"哥哥是山寨之主，不可轻动"。

晁盖面子薄，也没有政治手腕，被宋江一句话就给圈在那里了，说明他适合跟质朴的村民打交道，并不适合跟宋江这样的前官员打交道。

战争是转移矛盾的工具，也是壮大自己的途径，宋江又一次等到了壮大自己派系的机会。

宋江伙同吴用总共动用了二十位头领，八千军马，阵容可谓强大。

宋江所带的二十位头领只有白胜算晁派，其余的几乎都是宋派，晁盖只能和三阮兄弟以及刘唐带着一帮老弱病残留下来看家，一起喝酒，一起说当年劫取生辰纲的往事。

当一个人不断回忆过去时，那就证明他已经老了，晁盖的年龄不老，心已经老了。晁盖老去的同时，宋江开始崛起，他的先头人马跟高唐州知府高廉交上了手，打头阵的是林冲。

林冲的对手只跟他支应了不到五招，就被林冲一矛刺到马下。一旁的秦明接着出战，跟对方第二个对手打。

秦明的功夫跟林冲是差着级别的，林冲灭对手只用了五个回合，秦明用了十个回合，所以秦明跟林冲差得不是一星半点。

03. 临急就抱道士脚

要说高唐州知府高廉是个挺全面的官员，不仅会欺压百姓，而且还会作法。高廉一出手，就知有没有，人家一亮宝剑，风云突变，飞沙走石，就跟制造了一场沙尘暴一样。

这个场面用科学很难解释，只能说是小说的夸张了。

刮了一场沙尘暴后，高廉的三百神兵把梁山的阵形冲散了，梁山一下损失了一千多人马，损失惨重。

宋江想起了自己包袱里的函授教材，那是他在九天玄女神橱里顺出来的教材，到大营里一翻，还真找到破解的方法。

两军再次交锋，高廉再次举剑，又有怪风袭来，宋江见状，也举剑，风向果真转了过去。高廉微微一笑，再次举剑，不知从哪里冲出了一群狼虫虎豹，梁山人马不知所措，又败下阵来。

这时宋江才知道，原来函授的文凭比正规科班文凭还是差着级别呢。人家举剑那是作法，宋江举剑就是暴雨天放风筝——找雷击呢。

连败两阵还不算，晚上还得防备对手来劫营。

看过古典小说的人都知道，夜间劫营就是常规项目，常规到就跟晚上起夜上厕所一样，你劫我，我劫你，最后也不知道到底谁是抢劫的，谁是被劫的。

宋江带领大队人马提前躲了出去，留下锦豹子杨林和白日鼠白胜看寨，说白了是让两人当诱饵。

杨林是后上山的，勉强算戴宗的下线，白胜则是晁盖的下线，梁山上山头林立，宋派头领肯定是不会用来当诱饵的。

白胜这次当诱饵还很成功，他们不仅抓了不少高廉的神兵，而且还射了高廉一箭，这下宋江总算找到了一点安慰。

谁才能灭了高廉的妖法呢？宋江那点函授的本事肯定是不顶事了，临时抱佛脚，到哪儿抱佛脚啊，不行抱个道士的脚也行啊，关键到哪儿找道士啊？吴用在旁边一拍脑袋，"对了哥哥，咱不还有一个开了小差的公孙胜吗？"

说起这个公孙胜，其实是《水浒传》中被抬高的人物，因为他是道教代表，道教是那个时期的国教，所以公孙胜才得以排名靠前。

公孙胜是个意志不坚定的人，跟师父罗真人修炼到一半出来下海抢劫生辰纲，上了梁山又想着回去孝敬老母再跟师父修炼。他几次在梁山开小差，意志极其不坚定，除了破几个阵，几乎没有其他作用，跟屡立大功的林冲怎么比呢？

梁山的座位排名也是当时社会的一个缩影。

04. 戴宗的拉风甲马

既然决定抱道士的脚了，那得先把道士给请回来，宋江又准备派智商不高的戴宗去。

戴宗在日后的梁山主管情报工作，但业务能力非常低，跟同为情报工作人员的时迁根本无法相提并论，时迁是标准的间谍加特工，他只能勉强算个送快递的业务员。

戴宗不仅能力低，寻人的运气也差，看人家鲁智深，随便在一个树林就能遇到史进，随便进一个村庄就能遇上李忠，随便在大相国寺看个菜园就能遇上林冲，随便在一个山脚就能遇上杨志，就算被人麻翻了还能遇到开黑店的张青。

戴宗是个怕孤独的人，他想找个伴一路上好说说话，从另一个角度说，若是找不到人也能推卸一下责任，大不了两个人一起承担责任。

哪里有事，哪里就有李逵。听说戴宗要出远门，李逵瞪大了双眼，无论好事坏事，能为梁山出差就是好事，李逵自然积极争取，以他跟宋江的关系，他一提要求，宋江就签字批准。

这一路是李逵备受折磨的一路，也是戴宗自我吹嘘的一路。尽管戴宗把那甲马吹得神乎其神，但实际上并无多神奇，可以理解为在土路上滑行的旱冰鞋。至于每次非得烧点黄纸，纯粹是烘托气氛制造效果的。李逵之所以自己走不动，就是因为没有掌握动作要领，一个刚学滑冰的人能站在冰面上就不错了，更别说走了。

同上次到蓟州一样，戴宗还是像个没头的苍蝇一样到处瞎问，终究是个智商不高的人。

找公孙胜这样的道士自然要到道观去找了，即使公孙胜不在某个道观，也可以通过道士联谊会去找，总比满大街地瞎问要好得多。

戴宗除了跑得快，没别的本事，他跟后来入伙的活闪婆王定六究竟谁的速度更快，就没有人考究了。

05. 换个马甲我照样认识你

此时公孙胜正在家中打坐，坐着坐着居然睡着了。这是他一贯的毛病，打坐时顺便睡觉，表面看在打坐，实际在睡觉，原来道士也有出工不出力的时候。

在梦中，公孙胜又回到了梁山，他又见到了平常难见的酒肉，在家中修炼久了，已经很长时间没有见到肉了。每次看到母亲往锅里放的都是蔬菜，公孙胜总在心里叹气，要是有点肉该多好啊，再这么下去迟早变成了兔子。现在好了，满桌都是肉，想怎么吃就怎么吃。正吃着，母亲出现在桌前，冷冷看着他，"我儿不是已经不吃肉了吗？"公孙胜羞红了脸，正要解释的时候，李逵出现了，两把大斧朝母亲抢了过去。

"铁牛，住手！"

猛地一下子，公孙胜醒了，从炕上掉到地上，正在做饭的母亲走进来看了看他，"我儿一定是饿了吧，醋熘土豆丝一会儿就出锅！"

从梦中的梁山又回到现实里，公孙胜知道，理想和现实的距离就是牛肉跟土豆丝的距离，很难说梁山就是自己的理想，但道士似乎也不是自己的理想。自己当初冒险去抢劫生辰纲，为的就是改变生活，而现在师父罗真人和母亲都希望自己能安心做个道士，后院里埋的那些金银珠宝不让花。

罗真人说："不炼金丹不坐禅，桃花庵里酒中仙。闲来写幅青山卖，不使人间造孽钱。"

没办法，师父的命令得执行，母亲的教导得记心上。

师父还给他改了名，为的是切断他跟梁山的联系。师父跟他说，从今天起你就不是公孙胜了，你是清道人了。

唉，师父，名字只是个符号，您以为换个马甲，人家就不认识我了。

清道人这个马甲确实也很管用，过了很长时间，当地人只知道罗真人的大弟子叫清道人，而不知道公孙胜。

"公孙胜"这个名字很少有人提起，智商本来就不高的戴宗和李逵在蓟州境内寻了好几天，问了无数人，口水说干了，眼睛瞪花了，腿也遛细了，还是连半点公孙胜的消息都没有。

这样的苦恼只有当年史进寻王进不遇才能体会到，鲁智深在日后听他们说起这个经历时说了一句话，"你俩的智商啊，属于七窍通了六窍"。戴宗和李逵一开始还以为是好话，后来才琢磨过味来，这是骂他俩"一窍不通"啊。

公孙胜能够浮出水面，还得感谢一碗迟来的面条。

当时李逵和戴宗在一家小店里等着吃面，饥肠辘辘的李逵等了半天也没有等到自己点的面条，旁边老头的面条倒先上了。李逵当时就发作了，一拍桌子，面条里的汤全溅到了老头的脸上，这一溅不要紧，倒溅出一个公孙胜的邻居。

有这个邻居指点，公孙胜终于被李逵和戴宗给锁定了。公孙胜，你换了马甲我照样认识你。

06. 公孙胜，你还惦记着牛肉

寻遍了万水千山，最后居然是一碗迟来的面条引出了已经换了马甲的公孙胜。听说了这个故事后，史进陷入了沉思，自己在延安吃过无数次的面条，面条也曾迟到过，自己也曾拍过桌子将面汤溅到了别人脸上，但还是没有顺着面条找到师父。或许师父也换了个马甲，而自己再也认不出换了马甲的师父。

思念恰如春草，更行更远还生。

在邻居的指引下，戴宗很快找到了公孙胜的家，这个地方很隐蔽，累死戴宗也找不到这个地方。戴宗不胜感慨，找人真是需要缘分，有缘千里来相会，无缘对面手难牵，现在即使到了公孙胜的家，还能把公孙胜引上梁山的破船吗？显然比较难。

有村姑指认，公孙胜就在自家的后院炼丹，公孙胜的母亲死活不承认儿子在家，愣说在外面游历世界还没回来，老太太撒谎脸不红心不跳。戴宗明白了，想说服这个经常撒谎的老太太是不可能的，只能动用李逵了。

李逵看起来头脑简单，但造反意志坚决，所以每次下山办事都有他的份，跟戴宗去找公孙胜，跟吴用去骗朱仝，去骗卢俊义，跟燕青去打擂。

尽管是宋江的嫡系，但李逵姿态放得很低，谁的指挥他都听从，这一次戴宗让他做出砍老太太的样子，他眉头都没皱，反而问了一句："咋不是真砍呢？"

暴力还是能在一定程度上解决问题，李逵冲老太太大叫大嚷的时候，公孙胜从后院冲了出来，刚才做的梦怎么这么快就应验了，"铁牛，住手！"

公孙胜，公孙胜，你个鳖孙，让我们找得好苦啊。

公孙胜制止了李逵的暴力行为，三人在后院开始交谈。

在交谈中，公孙胜了解到梁山双头系统正在高速运转，不过遇到了高廉这个病毒，这个病毒不杀死，梁山双头可能就运行不去了，梁山的事业可能就此宕机。

人在江湖也好，在单位也好，如何才能体现自己的价值，关键就在于被需要。你被别人需要就说明你有价值，现在公孙胜被梁山双头需要，公孙胜也就有了价值，双头系统现在遇到了病毒，就等公孙胜你这个杀毒软件了。

公孙胜陷入了矛盾之中，现在的公孙胜跟抢劫生辰纲那时的公孙胜不一样，那时的公孙胜是个体道士，现在的公孙胜是个团体道士，身份不一样了。

个体道士可以随心所欲，风险自担，那时的公孙胜会穿着道袍加入抢劫生辰纲团队，现在的公孙胜已经是有队伍的人了，他是罗真人的首席弟子，是有身份的人，该何去何从，他陷入了两难。

如果事情就此发展下去，梁山的双头非得遭遇系统崩溃，结果戴宗用一个小把戏测验出来了，公孙胜这个道士还是不纯。

当天在公孙胜家里吃的是素食，公孙胜吃得很快，以往公孙胜的饭量很大，为什么现在吃这么少呢？原因很简单，没有肉。

戴宗让李逵从包里拿出了在小店里打包的酱牛肉，一开始，公孙胜还矜持，摆手说不吃，吃了第一块后就停不住了，一包酱牛肉全被公孙胜吃掉了，这下好办了。

一个还想吃酱牛肉的道士还是有可能出山的，因为你的心中还有牵挂，因为你的心中还有一样东西放不下，那就是肉。

07. 罗真人的秀演砸了

喜欢吃酱牛肉的公孙胜带着李逵和戴宗去见自己的师父罗真人。

罗真人是高人，功力跟鲁智深的师父有一拼，只不过派别不同，一个是道教，一个是佛教，基本属于关公战秦琼，没法比的。

不过两人的徒弟可以一比，尽管公孙胜的排名比鲁智深高，但江湖口碑以及对梁山的作用跟鲁智深不是一个档次的。鲁智深是一个胸怀全世界唯独没有他自己的人，公孙胜则是一个只有他自己没有全世界的人。鲁智深是个乐于救助别人的人，公孙胜则是一个只对自己负责的人，两个人境界是完全不同的。鲁智深属于西北的萝卜，人实诚，浑身上下没一个眼儿，公孙胜则是属蜂窝煤的，浑身上下都是眼儿，同样是出家人，做人的差距还是蛮大的。

公孙胜诉说了梁山正在遭遇的危机，罗真人打着官腔，那是俗家的事，跟咱们仙家没关系。

这些只是说辞而已，是罗真人跟公孙胜唱的双簧。

罗真人知道公孙胜的心还在江湖，而且胃里还有酱牛肉，公孙胜一定会下山的。为了抬高公孙胜的身价，罗真人故意做出不情不愿的样子，其实是在帮公孙胜抬高身价，为公孙胜争取更多的牛肉。

事情就是这样，别人一求你就答应了，反而让别人认为你没那么高的价值，所以要拿架子，待价而沽。

三顾茅庐，一百零一次求婚，说白了都是炒作。

罗真人的炒作看起来高明，实际的效果却差点演砸了，因为他的观众是两个粗人——戴宗和李逵。

如果换成宋江，事情很快就解决了，一哭二跪三自杀，罗真人顺水推舟就坡下驴了，而戴宗和李逵哪懂这些，他们只会哀求，效果自然不好。

罗真人的作秀激怒了李逵，这是个头脑简单的人，头脑简单到只会杀人，他认为阻止公孙胜下山的因素只有罗真人，如果罗真人不在了，这个阻碍也就不存在了。

这都是跟吴用学的简单害人的思维，头脑简单得一塌糊涂。

看看吴用劝人上山的手法，其实跟李逵一样简单粗暴，为了逼朱仝上山，让李逵砍死小衙内；为了让卢俊义上山，弄得卢俊义家破人亡。吴用的理论是你的家没了，就必然要上山。吴用就是一个既蠢又坏的外科大夫，看见别人中了箭，一剪子把露在外面的箭杆剪掉，剩下的就是内科的事了。

在吴用的影响下，李逵也想照方抓药，他打算半夜摸进罗真人的房间，砍了道童和罗真人，他以为这样公孙胜就可以跟着他下山吃牛肉了，却没有想到罗真人早就给他设好了局。

08. 公孙胜和高廉可能是同门

罗真人是高人，他早就从眼神里读懂了李逵的杀气，人的眼睛是很难骗人的，尤其是李逵的眼睛。

不过罗真人后来也遇到了难题，他读不懂宋江的眼神，宋江的眼神很迷离，高深莫测，你永远读不懂里面的内容。后来罗真人琢磨明白了，原因就在于宋江是混大宋官场的，官场中人的眼神他读不懂。

公孙胜第二天一早带着李逵和戴宗一起上山来找师父，李逵一边走还一边偷笑，让一个死人做决定，可能吗？

一到山上，李逵傻眼了，罗真人还生龙活虎地坐在宝座上。

罗真人的忧患意识很强，晚上睡觉玩狡兔三窟，一般人不知道他在哪里睡觉，行踪诡异，李逵以为砍了罗真人，其实砍的是葫芦。

至于罗真人故弄玄虚地说自己用葫芦化成了自己的人形，只是吹嘘而已，他又不是哪吒。

李逵的阴谋暴露了，等待他的只有重重的惩罚。

戴宗也遭遇了毁灭性的打击，他看到罗真人能随手变出云彩，这可比他的甲马高级多了，戴宗恨得只想砸了自己的甲马。

人比人得死，货比货得扔。

无论是罗真人变出的云彩，还是李逵遭遇的被罗真人发往几百里外坐牢，都是虚幻的，用科学的角度说就是催眠术，让你产生错觉而已。

从后面的事实可以反推出来，罗真人没有那么高的法力。

如果罗真人真有那么高的法力，公孙胜和戴宗他们不用步行去高唐州了，罗真人吹朵云彩让他们坐着去高唐州就可以了，速度比高铁还快。

但是公孙胜和李逵还是辛辛苦苦地开动双腿从蓟州走到高唐州的，所以证明罗真人没有变云彩的本领。

再则，如果罗真人真能变黄金力士，手下有一千多个黄金力士，这些黄金力士风里来云里去，法力无边。若真有这么多黄金力士，北宋就不用亡国了，弄几个黄金力士顺手就能把辽、金、西夏给灭了，道君皇帝老人家也不用去黑龙江打猎了。

反例是，历史上北宋的东京防御战失利还真跟道士有关系，本来东京防御还是比较成功，战争处于僵局，金军围城日久，但始终无法攻破东京城防。偏偏有昏官告诉宋钦宗，有一个道士叫郭京，郭京有神功，能退敌。

年轻的皇帝真信了，让郭京率领道士集团出城作战，大批道士被金兵痛杀，顺便就把东京城给破了。不知道那些被金兵打得落花流水的道士中，有没有黄金力士，如果有，那也太给罗真人丢脸了。

罗真人把李逵折腾了一番，出了一口恶气，帮公孙胜抬高了身价的目的达到了，该就坡下驴了。

罗真人意味深长地告诉公孙胜，你的俗缘未了，还是下山帮助梁山双头吧。不过你以前学的那些都是皮毛，跟高廉学的一样。

从罗真人的话中可以得出结论，高廉也是罗真人的徒弟，不然他怎么知道高廉学的跟公孙胜一样呢？

从这个角度来看，罗真人，您把关不严，怎么能让高廉这样的人成为您的学生呢？

哦，明白了，这次让公孙胜下山，也是您在清理门户啊。

09. 鲁智深是汤隆的师叔

罗真人临时给公孙胜传授了五雷轰心法，这是一门比较高的技术，有了这门技术，公孙胜就从一个小道变成一个大道了。

五雷轰心法是公孙胜下山时的一个法宝，也是他退隐江湖的重要原因。

宋江后来为了笼络新归降的樊瑞，居然一见面就让公孙胜把五雷轰心法传授给樊瑞。唉，人都说宋江好拿别人的东西充自己的门面，开始公孙胜还不信，这下公孙胜彻底信了。

跟着这样的老大，没落好。

临走时，罗真人跟公孙胜说了八个字，"遇幽而止，遇汴而还"。禅语之高深，跟鲁智深师父一样。热衷于算命的宋江先后找这两位高人都算过命，看来宋大哥也挺迷信。

琢磨着人生的意义，憧憬着梦想的牛肉，公孙胜带着梦想返航。戴宗绑上两个甲马快速向高唐州进发，他怕去晚了，梁山双头就被高廉收编了。

戴宗一骑绝尘而去，李逵和公孙胜在后面也撒开腿赶路。本来没有戴宗管束，李逵准备好好吃一顿牛肉，喝一顿酒，公孙胜这个道士却说自己在路上要吃素。也可以理解，在外面得注意形象，一个道士在酒店里吃肉喝酒可能被人举报，没收度牒。

应公孙胜的要求，李逵出去买枣糕，现在公孙胜就是他的爷，就是要月亮，李逵也得去找人搭人梯够下来。

这次买枣糕，还让李逵顺便发展了一个下线。李逵发展下线的能力都比晁盖强，所以晁盖的能力只适合当村长，并不适合频繁拉人头的梁山。

李逵在买枣糕的路上遇见一个大汉正在那里卖弄神力，拿一把三十来斤的锤卖弄，略一使劲便碎了一块大石，不用问，一定是经常上街练胸口碎大石的主。李逵最见不得别人卖弄，不就是三十来斤的锤吗？有什么好卖弄的。

李逵走上前去，轻轻一提就把锤提起，然后又轻轻放下，这点重量在他手里太轻了。

后来在梁山上，善使六十二斤水磨禅杖的鲁智深见了汤隆总是调侃他："大侄子，你那三十来斤的重锤在哪呢？"

鲁智深为什么叫汤隆大侄子呢？原因在于鲁智深和汤隆的父亲都是小种经略帐下的军官，两人也有交情。鲁智深是一线部队军官，汤隆的父亲是管打铁的军官，两人的职业生涯有交集。

因为打得一手好铁，汤隆的父亲深得小种经略赏识，一路高升做到延安知寨，从一个打铁的工匠升任延州警备区司令，这速度和机遇跟高俅有得一比。

不过等到汤隆长大的时候，这种升迁方式已经不可能复制了。

汤隆的父亲是打铁出身，同僚们都有点看不起他，因此同事关系比较紧张，除了会欣赏兵器的鲁智深跟他有不错的交情外，其他人几乎都是处处针对他。而等到鲁智深打死镇关西跑路之后，汤老爷子西出阳关再无故人，后来汤老爷子就在孤独中老去，据说临终前还念叨着鲁智深的名字。

听说这个细节之后，鲁智深难受了好几天，他知道以后再也没有人给他打造趁手的兵器了。

原来生命不能承受之重是友情。

10. 戴宗的速度究竟有多快

父亲去世后，汤隆只能流落江湖，父亲的那些同事是不会关照他的，在他们看来，你们家不就是打铁的嘛，还是趁早找个铁匠炉重振祖业吧。

在李逵看来，打铁的怎么了，这不正是梁山所需要的吗？

经过宋江和吴用的熏陶，李逵也知道了发展下线的重要性，他决定火速发展汤隆为自己的下线，这样自己以后在梁山也有小弟了，也能找到当老大的感觉了。

汤隆因为浑身有麻点，别人都叫他金钱豹子，其实也不是什么大病，皮肤病的一种而已，只是那个时代没法治。

李逵提出发展下线，汤隆马上就答应了，流落江湖的几年受尽了别人的白眼，经常吃了上顿没下顿，他早就想找个老大罩着了。

汤隆喜欢练武，打铁只是业务爱好，他对打铁这项事业不投入，收入也很微薄。以汤隆祖传的打铁手艺，如果他能把打铁的传统延续下去，安身立命地做个铁匠，未必不是一条出路。

只可惜汤隆年轻的心读不懂传统的厚重，舍近求远上了看起来很美的梁山。在日后的征方腊战役中，他因为伤重不治，不知道他在弥留之际，有没有怀念在小镇里打铁的生涯。或许他只知道，他的命运改变只因为有一个叫李逵的人走进了他的铁匠铺。

买了块枣糕，发展了个下线，李逵发现自己也有发展下线的才能，不禁喜从心来。

事不宜迟，李逵火速带着汤隆回到酒店去见公孙胜，公孙胜之前忍不住偷吃了几块牛肉，见李逵回来却埋怨李逵怎么去了那么久。

李逵向公孙胜介绍了汤隆，郑重说明，这位兄弟是打铁的，这下公孙胜也对汤隆刮目相看。这说明，铁匠在那个年代很受重视，相当于现代八级钳工。

三人吃完饭继续赶路，走了三分之二的路程时正赶上戴宗回来接他们。

在这里可以做一个小学计算题：

已知戴宗同等时间内走了三分之四的路程，李逵他们走了三分之二的路程，问戴宗的速度是李逵的多少倍？

答案很简单，两倍，所以说，戴宗的速度也不是很快。

四人火速赶到了高唐州跟宋江会合，再不会合，宋江就得死机了。

公孙胜并不知道梁山上的路线斗争，如果让他选择，他会选择谁的路线呢？很有可能是个骑墙派，两大路线兼而有之。

有了公孙胜的加盟，宋江抖起来了，以前自己是用九天玄女的函授教材对付高廉，这下自己可以用正规科班出身的公孙胜来对付三脚猫的高廉了。

公孙胜一听"三脚猫"就有点过敏，因为他也曾是三脚猫，只不过学了五雷轰心法后变成了正常的猫。

两军交战，这次花荣打头阵。花荣从来不正经跟别人打，就是不断卖破绽，等别人上当。

高廉的手下很快上了当，那个叫薛元辉的偏将以为花荣打不过他，就拼命地在后面紧追。花荣回马一箭，将薛元辉射落马下。

花荣的回马箭已然炉火纯青，别人在他眼里只是一个移动靶而已。

11. 雷横：你插翅难逃

如果不是公孙胜出现，高廉还会保持对宋江的优势，公孙胜出现后，高廉就没有优势可言了，所以说，同行是冤家。

在气势上输了一阵的高廉再次玩出旧把戏，弄出了一堆狼虫虎豹，宋江条件反射般撤退。公孙胜嘴里念念有词，伸手一指，狼虫虎豹马上都变成了一些黄纸。

高廉又输了一阵，梁山这边士气大振，有林冲带头，高廉的军队是抵挡不住的，这下高廉败得一塌糊涂。

高廉还幻想用夜晚劫营挽回一城，他又失算了。

高廉旗下的三百名特种兵被梁山人马擒获，全部被斩首，一个不留。高廉的所有家当都赔光了，只能寻求外援。

就是期待外援，高廉又一次上了当，这一次摆布他的是吴用。

这一次吴用还很管用。

吴用派了两拨人马假扮成官兵冲击梁山阵营，梁山阵营出现了慌乱的景象。高廉不知道那是在拍电影，电影的名字叫"诱敌深入"，他还以为是真实上演的纪录片呢，这一次他走上了不归路。

高廉试图率领剩下的兵马去捉宋江，不料遭遇十面埋伏。高廉微微一笑，他想依靠法力从空中逃跑，不承想，一遇到公孙胜他就没辙了。

公孙胜做个了手势，高廉就从空中摔了下来。斜刺里插翅虎雷横冲了出来，一刀把他砍了。

破了高唐州，宋江长出了一口气，望着高唐州的城墙，宋江忽然问自己，我到高唐州干吗来了？呆了半天，宋江才想起，自己是来救柴进的，这下折腾了好几天都忘了本来的目的。

当初戴宗探访高唐州带回一个好消息，一个坏消息，好消息是柴进没有死，坏消息是已经半死了。

等宋江打进高唐州时，柴进已经死八成了，如果不是一个好心的人把他藏到井里，这个前朝皇族早就在对誓书铁券的失落中死去了。

还好宋江攻城及时，再加上不怕黑的李逵冒险下井，柴进才彻底得救。

在救柴进的过程中，李逵立下头功。付出终有回报，从此李逵有两个老大罩着，宋江给他零花钱，柴进也不断地给他塞钱。

李逵一次下井给自己带来一生的吃喝不愁，这个风险投资，值！

12. 柴进，对老大的位子说再见

从来只知道这世界上有假情假意，从来没有想过誓书铁券也会是假的。

誓书铁券倒是真的，只不过没有有效期。

誓书铁券说白了就是皇帝发下来的道具，过过眼瘾就得了，千万别当真。

誓书铁券的历史很久远了，汉高祖刘邦就玩过这鬼把戏，他曾承诺韩信，"见天不杀，见地不杀，见铁器不杀"。结果呢，吕后弄了一帮女子把韩信关到黑屋里，不见天，不见地，不见铁器，生生用竹片把韩信戳死了。

皇帝的话是不能全信，手里拿着誓书铁券的彭越、英布不都一个个被收拾了吗？誓书铁券就是摆设。

柴进家的誓书铁券是赵匡胤给的，延续五代十国的惯例，形式上给一个前朝贵族的证明，实际就是给一件皇帝的新衣，愿意麻痹自己，那就是一件贵族的衣服，不愿意麻痹自己，那就是一件透明衣，所以关键看你怎么想。

柴家人都能想到这誓书铁券是形式主义，但柴家人还是愿意相信誓书铁券是真的，他们愿意活在还是贵族的想象中，一百多年来他们没有去主动揭开这层窗户纸，他们更愿意活在过去的回忆里。

试想北宋开国之后，赵匡胤在斧声烛影中去世，他弟弟赵光义即位。到柴进生活的时代，赵匡胤的子孙都泯然众人，赵匡胤给的誓书铁券还会有多少威力呢？

柴家人就把誓书铁券当成图腾在家里摆着。

沧州的家回不去了，跟林冲一样，柴进的路只有一条，上梁山。幸好梁山有柴进前期投入的股份，天使投资人上山也理所应当。

问题来了，他的位置往哪里摆呢？

在王伦的时代，他是梁山的恩主；在晁盖时代，他只是梁山的天使投资人，跟晁盖的团队没有多大关系；即便宋江在柴进家白吃了半年饭，宋江也不会把柴进奉为老大，柴进一旦当了老大，宋江的招安大计就会流产。

为什么呢？因为柴进的前朝皇族身份。在封建王朝，皇帝最头疼的就是前朝皇族，一旦图谋不轨的人以前朝皇族身份号令天下，很多孤苦无依的农民就会揭竿而起，毕竟很多人还是念旧的。如果柴进当了梁山的老大，梁山的性质就彻底变了，变成了前朝皇族阴谋叛乱，这种叛乱是没有招安的可能的。

从柴进被救上山的那一天起，他就得对老大的位子说再见了。

当梁山双头还紧紧盯着梁山头一把交椅时，柴进已经把那把交椅当成一只死老鼠。他是受了伤的苍鹰，怎么会跟两只吃死老鼠的秃鹫一般见识呢？

柴家把天下都让出去了，还在乎梁山的头把交椅吗？

柴进见过的钱比梁山双头吃的米都多，一个曾经拥有过江山的皇族后裔，还会在乎一个小小的梁山吗？

第三辑

呼延灼：憋屈的将门虎子

01. 下辈子，还当将门虎子

柴进被救，高唐州被破，朝廷里乱成了一锅粥。

高廉是高俅的叔伯兄弟，从能力上讲，高廉还是"称职"的，既能压迫百姓，又会装妖作法，不是个好人，但在腐朽官府的评价体系里算作一个"称职"的官。

听说兄弟高廉殉职，高俅急火攻心，火速给皇帝给推荐了平定梁山的人选，这个人选不是别人，就是大名鼎鼎的双鞭呼延灼。

呼延灼是北宋名将呼延赞的嫡传子孙，典型的将门虎子。

传统社会历来是讲出身，讲家庭背景，呼延灼具备将门背景，就有了成为名将的基本条件。还是先来说说可爱的呼延赞老爷子吧。

呼延赞成名于赵太宗征伐北汉的战役中。

当时宋军攻打太原，北汉军队凭借坚城防守，对宋军造成很大杀伤。形势非常危急，攻城的宋军从下向上仰攻，进展缓慢。呼延灼四次登城，四次从城墙上掉下来，最终还是率队攻陷太原，由此成名。

呼延赞是一等一的忠臣良将，为了表明消灭契丹人的决心，居然在自己的全身甚至嘴唇里面都刻上了"赤心杀契丹"。本来他还命令从家属到家仆都要在脸上刻上这几个字，在全家人的哀求下，考虑到妇女的容貌问题以及女儿的嫁人问题，最终就放弃了。不过也没有彻底放弃，脸上不刻了，就刻手臂上吧。他的四个儿子那就更惨了，耳朵后面还刻了十二个字，"出门忘家为国，临阵忘死为主"。不知道采用的是什么字体，多大的字号，得占多少皮肤表面积。

呼延一家对大宋的忠心，天地可表。

与一般的名将居功自傲不同，呼延赞老将军一生隐忍谦让，从不贪功。宋真宗继位后，大力提拔军官。各将纷纷宣扬自己的功劳，唯独呼延赞说自己无以报国，不敢更求迁擢，再拜而退。咸平三年（1000 年），呼延赞去世。

谁说宋朝没有名将？呼延赞就是不世出的名将，只可惜朝廷没有把他用好，这是北宋的一大遗憾。

光荣的大旗传承到呼延灼手里，这位将门虎子的处境其实挺难。

因为是将门虎子，成功被认为是正常的，不成功别人就会嘲笑你的无能。扛着家族的大旗是一种幸，也是一种不幸，很多将门虎子都想选择走一条与父辈不同的路，结果都不尽如人意。别人对他们的期待很高，他们必须超越父辈，才能配得上"虎父无犬子"的评价；如果不能超越，那别人就会说，"黄鼠狼下耗子，一窝不如一窝"。摆在他们面前的只有一条路——必须成功，所以这些将门虎子的征途必定艰难。

等到上梁山之后，呼延灼跟杨志来了一次历史性的握手，相对无言，唯有泪千行。父辈的荣誉是激励也是负担，是财富也是累赘，在重压下，杨志卖过祖传宝刀，呼延灼卖过最珍爱的玉带，杨志背运时丢了花石纲和生辰纲，呼延灼背运时丢了连环马和皇帝御赐的踢雪乌骓马。

一次握手，一个拥抱，一次酒宴，一次诉说衷肠。酒醉时二人都发誓，下辈子绝不当将门虎子，酒醒后却望着天空对祖先说，下辈子，还做您的子孙。

无论杨志，无论呼延灼，你们始终都是将门虎子，你们始终承载着家族的光荣与梦想，即使再苦再累，你们都逃不掉，这是你们的使命与责任。

02. 呼延灼是一面镜子

呼延灼时任汝宁警备司令，皇帝让他出征，单枪匹马可不行，怎么也得弄几个搭档。呼延灼看得上眼的搭档有两个，一个是号称百胜将军的韩滔，一个是号称天目将军的彭玘。

两个人同为呼延灼的搭档，后来都在征方腊的战役中阵亡。百胜将军的意思类似于常胜将军，也就是那么一说，他总共能打过几场仗呢？

根据《说岳全传》的说法，韩滔的子孙很有出息，他的子孙叫韩起龙、韩起凤，后来成为岳飞二子岳雷的部下。当然可能只是演绎，符合人们对将门虎子的想象。

至于天目将军彭玘，绰号起得很拉风。天目将军不是说他的眼大，主要是说他开了天眼，能预知未来战事的发展，运筹帷幄。当然这也是夸张，都开了天眼了，后来还看不到一丈青扈三娘的套索，一下子就被扈三娘当野马给套住了？

呼延灼的团队宣告成立，一向小气而且喜欢克扣军饷的高太尉这一次很大方，给呼延灼的三千马军和五千步军都配备了最好的装备。

高俅没有想到的是，他这一次扮演的不是朝廷高官，而是梁山的军需运输大队长。仅仅几天之后，这些顶级装备都被盖上了梁山的接收戳。呼延灼，你这个将门虎子很败家啊。

呼延灼大张旗鼓地带着八千人马来扫荡梁山，恰好又给了宋江抢班夺权的机会。宋江没有跟晁盖废话，直接跟吴用进行了调度。当然晁盖的面子还是要给的，只不过是照样念个"哥哥是山寨之主"的紧箍咒，然后就让晁派头领作壁上观继续当壁虎。

这一次宋江先动用了二十一名头领，除了负责接应的有三阮兄弟，其余的像刘唐这样的铁杆晁派，白胜和公孙胜这样的疑似晁派头领，都得留在家里当壁虎。

宋江安排的五员主将分别是秦明、林冲、花荣、扈三娘、孙立，都是一等一的高手，前三位是天罡正将，后两位是被严重低估的地煞将领。如果严格按武力派名，这两位绝对是天罡级的，只可惜梁山也是个小社会，也有潜规则。

唐太宗说，人也是一面镜子，呼延灼挑战梁山的过程，也给梁山好汉提供了三面镜子。

车轮战首先由秦明和韩滔对打，两个人是彼此的镜子，打了二十个回合，韩滔准备脚底抹油溜了，说明照镜子照得伤自尊了，他不是秦明的对手。

这场仗可能是韩滔打的第一百零一场仗，该败了。

呼延灼为了掩饰韩滔的尴尬，他亲自出来当镜子，这次来照镜子的是林冲。林冲实在太强了，两人打了五十多个回合，表面看不分胜负。但从呼延灼自己照镜子的感觉来看，他打不过林冲，这说明他不是二皮脸，还是有自知之明的。

呼延灼这面镜子对梁山很关键，他先后给梁山很多头领照过镜子。

据说后来梁山排座次，宋江又找到了他，说现在兄弟太多，位置不好安排，请他从武将的角度帮忙排个名次。

呼延灼想了想以前跟梁山兄弟交手的情况，写下了自己的鉴定意见。

首先那个什么小霸王周通，跟我打了不到七个回合就跑了，比较差。

当年周通那个老大，叫李忠的，跟我打了十个回合跑了，也挺差。

一丈青跟我支应了十来个回合，作为一个女将已经不错了。

孔明跟我打了二十个回合就被我捉了，也挺差的。

孙立拿钢鞭跟我支应了三十来个回合，还行。

鲁智深跟我打了四五十个回合，跟我差不多，比我差那么一点点而已。

杨志跟我打了四十来个回合，也不错，比我还是差一点。

秦明跟我斗了四五十个回合，感觉他的棍法已经乱了，应该比我差点。

据说宋江拿到名单后长出了一口气，他无限感慨地冲着天空说，"唐太宗啊，魏征是你的镜子，现在呼延灼就是我的镜子。"

03. 彭玘是条变色龙

呼延灼镜子的功能还没有发挥完，花荣又上来了，一旁的彭玘也上来当一面镜子。

花荣只跟彭玘打了三个回合，女将扈三娘就上来了，不幸的婚姻让她把怒火都发泄到了战场对手身上，彭玘就是那个不幸的孩子。

扈三娘用日月双刀跟彭玘的大刀对抗了二十来个回合，然后故作败退，彭玘用疑似天眼看到扈三娘落荒而逃，他拍马紧追，想要立下头功。

扈三娘回身一甩套索，就套住了彭玘的脖子。彭玘在落马的一瞬间才明白，原来自己不是开了天眼，而是患上了近视眼。等到他上了梁山之后，又见识了花荣的射箭本事，他想起了与花荣过招的三个回合，如果花荣使出回马一箭，自己这个天眼将军恐怕连当近视眼的机会都没有，直接就是瞎眼了。

彭玘被绑，主将呼延灼觉得面子掉了一半，他急于挽回面子。

呼延灼刚拍马杀出，就遇上了病尉迟孙立。两人不知道究竟谁是谁的模仿秀，这次照镜子真是名副其实的。

从头到脚到兵器到坐骑居然都是一样，除了衣服上的细节有区别外，其他的都一样。一来一往两人打三十多个回合不分胜负，明白人知道这是两个人在对打，不知道的还以为是一个人在玩乾坤大挪移呢。从这个角度讲，孙立绝对是被严重低估的将领，在日后的梁山，呼延灼排名第八，孙立排名三十九，同样是使鞭的，排名的差距怎么这么大呢？

这场对抗呼延灼方面渐渐落入下风，但呼延灼还有一样法宝，那就是连环马。呼延灼的连环马都拴在了一起，马身上都披着盔甲，任凭梁山的军马怎么冲击，连环马阵就是突破不了，这场打斗暂时以平局收场。

将门虎子呼延灼回去重整旗鼓，宋江则抓紧时间发展下线，这个拟发展的下线就是彭玘。宋江的手段就是下拜，拜到你不好意思为止。

天目将军一看宋江给自己下拜，一开始以为是错觉，他现在已经不相信自己的眼睛了，更不相信什么天眼。定睛一看，宋江真的在给自己下拜，这一拜就把彭玘给震住了。

要说彭玘这人也是条变色龙，变脸比川剧还快，刚才跟花荣过招时还骂花荣"反国逆贼"，这时改口说，"素知将军仗义行仁，扶危济困；不想果然如此义气！倘蒙存留微命，当以捐躯报效"。

唉，彭将军，别叫天目将军了，以后你就是变脸将军了。

第二天，宋江与呼延灼再战。

宋江还准备用昨天的战术对付呼延灼，没想到人家改战术了。呼延灼使用了三队连环马进行中军突破，一队连环马是三十匹，三十匹马一起冲阵，效果跟重型坦克一样。

三队连环马把宋江的人马冲得七零八落，他们只能四散逃命。梁山人马没有反坦克手雷，根本不知道怎么对付这些连环马坦克。

如果没有水军头领在岸边接应，宋江就得用狗刨的方式游回梁山了。要说呼延灼也太霸道了，在冲击宋江人马的同时，还顺手把梁山的两个酒店给拆了，等于一下子取消了两个梁山办事处。

据说听到这个消息后，朱贵高兴得好几晚上没合眼。

同样高兴得没合眼的还有晁盖，他听到宋江差点被连环马踩死的消息后居然有一点兴奋。也难怪，你宋江正在夺人家的权呢，人家能不幸灾乐祸吗？

晁盖和吴用以及公孙胜一起下山来视察军情，宋江的脸彻底掉地上了。

晁盖让大家注意加强防守，然后让宋江上山休息，宋江摇了摇头，拒绝了。先是差点被连环马踩死，接着又差点被逼到水里淹死，哪还有脸上山休息啊？对于宋江而言，这是最长的一夜，幸好黑夜掩盖了他惭愧的脸色。

04. 谁动了我的卧室

黑色可以掩盖宋江羞红的脸色，却也无法掩饰他内心的尴尬。显而易见，这次他栽了，在晁盖面前栽得很彻底。身为统帅，差点被马踩死，又差点被逼跳到湖里淹死，宋江寻觅了一圈，没有找到合适的地缝，只能硬着头皮活下去了。

这时军权已经悄然回到了晁盖手中，连环马让宋江面子扫地，残局还得由晁盖大哥来收拾，这一点让晁盖大哥很高兴。

从宋江上山以来，晁盖就感觉自己渐渐被架空了，已经当了很长时间的壁虎，再这样下去，自己迟早跟朱贵那条旱地的鳄鱼一样，越活越抽抽。

对于宋江而言，这是不眠之夜，对于呼延灼而言，这是兴奋的一夜，他似乎已经看到道君皇帝给他的背上刻上了八个大字，"将门虎子，精忠报国"。

一生有这八个字，足矣。

连环马让呼延灼占据了上风，但依然没有解决根本问题，不跨过水泊，就无法占领梁山，也就达不到剿灭梁山的目的。

要说呼延灼不愧为将门虎子，是个不错的军事家，他能够指挥多兵种作战，他的军事思维有大兵团作战的影子了。他的手下，有步兵，有骑兵，接下来他又要求朝廷支援炮兵，他要实行立体化作战。这个军事思维了不得啊，如果呼延灼的军事思维能够在大宋推广，那么无论辽、金，还是西夏估计都得灭国了，只可惜呼延灼的大兵团战略并没有得到有效推广，徽、钦二帝还得到东北打猎去。

给呼延灼提供炮火支援的是凌振，外号叫轰天雷。轰天雷是宋朝一种炮的名字，把凌振叫作轰天雷是因为他长期研究火药，研制炮弹。如果凌振能把研究再深入一点，把炸药多发明几种，估计就没有后来的诺贝尔什么事了。

凌振刚来的时候，梁山上还没有把他当回事，不就是弄几个炮筒吓唬人吗？中间隔着那么长的水泊呢，打不着。宋江也没在意，再则他也不好意思上山，下山的时候说了大话，这时上山有点抬不起头。吴用在一边劝说，"没事，大不了不抬头，低着头走路还能捡到钱呢"。话说到这个份上，宋江倒不好意思不上山了，上吧，就当自己是二皮脸，反正已经二皮脸那么多年了。

这次上山是正确的，因为凌振的炮太厉害了。原来大家都以为炮打不过水泊，没想到凌振的炮不仅打过了水泊，还把宋江在鸭嘴滩小寨的卧室给轰没了。

如果昨天没有上山，如果昨天还在那间卧室里，宋江一想就后怕，我的卧室，我的卧室，谁动了我的卧室啊？

05. 凌振的智商也不高

还是集中精力对付这个凌振吧，不把这个人给解决了，下一步不仅是宋江的卧室没了，晁盖、吴用的卧室也得没了。为了保住梁山来之不易的卧室，必须得把凌振解决掉。

解决凌振也很简单，凌振跟后来出现的没羽箭张清一样，都是专业人才，都得依靠工具。凌振的工具是炮弹，张清的工具是石子，后来张清跟凌振说，

"咱俩是同行"。凌振很不情愿，"你就是个甩石子的，我可是炮兵"。张清也有点不以为然，牛啥啊牛，咱俩武器的区别不过是半径不同。

吴用先安排人破坏了凌振的炮兵阵地，把炮都毁了，你凌振还能逞什么能？接着又让士兵引着凌振四处乱跑，一直跑到了水边，几个水军头领在不远处的水中挑衅，就等着凌振往吴用的这个套里钻。

凌振的智商也不高，不假思索地上了当，迅速上了岸边的船。他以为上了船就能追上那些挑衅的人，他没有想到的是，上了这艘贼船，就永远下不来了，而且是一辈子。

凌振在船上指挥手下追击，猛然间发现水已经没上来了，先是脚脖子，很快就到了脖子，原来这艘船是漏的。等到凌振明白过来的时候已经晚了，自己上了一条贼船，而且是已经漏水的贼船。

凌振刚想向世界告别的时候，水下的阮小二浮了出来，一把抓住了凌振，阮小二拿到了属于自己的投名状，凌振则要开始梁山的崭新生活了。

阮小二把凌振绑着上了梁山，刚走到山前的第二关，就遇到了下山来迎接的宋江。宋江一见面，先假模假样地埋怨大家，"我让你们好好请头领来，你们怎么使用暴力手段？"

唉，您要使用和平手段，人家愿意来吗？要不您试一下现在去跟呼延灼推心置腹地谈一次，看能不能把他带上梁山的破船？

事实证明，不到走投无路的时候，梁山永远不是人们心目中的客栈，连个小黑旅馆都不是。

这时轮到那个天目将军彭玘出来现身说法了。

彭玘自从被俘以后就已经自动关闭了天眼，他知道所谓开了天眼都是假的，人永远无法看到不可预知的未来。在人生旅途上只能一步步用脚去丈量，而不是用眼睛去目测，世界上有眼睛看不到尽头的路，但从来没有比脚更长的路。

06. 连环马其实是以讹传讹

彭玘现身说法，凌振也想明白了，在这里背黑锅，回去也得背黑锅，既然同样都是背黑锅，哪里的黑锅不是背呢？

已经准备背黑锅的凌振只是要求把自己的家小接来，这时彭玘才跟着提出把自己的家小也接来。这说明彭玘胆小，轻易不敢提要求。就这样也敢叫天目将军，二郎神见了你肯定得痛打一顿，"就这胆量，也太给天目派丢脸了！"

凌振已经从敌方变成了己方，剩下的棘手问题就是连环马了。怎么对付这些重型"坦克"呢？

连环马在历史上是否真的存在要打一个问号。三十匹马连在一起，一起跑，难度太大了，只要有一匹马不慎倒地，这匹马就得被拖着跑，而且会影响相邻的马，那三十匹马还跑得起来吗？就跟现在小孩经常玩的游戏，几十个人把脚绑在一起，然后一起跑，只要有一个人摔倒了，几十个人就跑不起来了。

在《宋史》的记载中，对付金兵的连环马其实有很多高招，其中一招很有意思：

往地上撒盛满熟豆子的竹筒，豆子撒一地，马想低头吃豆子结果会踩上竹筒滑倒，就站不起来了。同时宋兵两人一组，一个拿大木棒，一个拿大斧子，拿大木棒的负责挑掉或者敲掉金兵戴的重头盔，拿大斧的负责砍头。这样机械化流水作业，一个组三个人，一个负责撒豆，一个负责挑头盔，一个负责砍人，有这么几十组，连环马基本就被灭了。

有学者指出，连环马也好，拐子马也好，都是以讹传讹，望文生义。拐子马实际就是指战场上用于两翼冲击的重骑兵，连环马就是根据拐子马加工出来的。连环马更多是小说中的产物，在现实中很难出现。

既然在《水浒传》中出现了，那么就得解决，不然呼延灼还得用连环马逼着宋江跳湖，这日子是没法过了。

07. 人在江湖漂，谁能不挨刀

既然凌振轰天炮的问题能解决，那么连环马的问题也能解决，世界上没有过不去的火焰山，宋江暗暗地对自己说。

那么到哪里去找能破解连环马的人呢？这时一个平常并不起眼的人站了出

来，这个人就是金钱豹子汤隆，李逵在寻找公孙胜的路上发展的下线。

汤隆因为浑身有麻点，所以别人叫他金钱豹子。其实还有另外一种解释，他身上不是麻点，而是打铁时四溅的火星烫出来的疤。在中国传统的打铁工艺中，打铁的时候火星四溅，在那种背景下光着膀子的汤隆被烫成金钱豹子也就不奇怪了。

汤隆说，破连环马其实也很简单，就是用钩镰枪，这玩意儿就跟长把镰刀一样，只不过是枪把更长一些，得会使才行。

汤隆告诉大家两个消息，一个好消息，一个坏消息。好消息是钩镰枪他会打，坏消息是他会打但不会使。

众头领一听，买了鱼又说没有菜谱不会做，这不瞎耽误工夫吗？在大家的遗憾声中，汤隆又说话了，"我不会使不要紧，我的表哥徐宁会使"。

徐宁在东京有非常不错的职业，绝对的金领，禁军里金枪班的王牌教头，跟林冲以前是同事，只不过不是一个科室，林冲是枪棒班的，徐宁是金枪班的。

徐宁比林冲更拉风的是经常给皇帝担任御前侍卫。就因为有连环马，因为梁山要破连环马，东京城的金领徐宁被迫上梁山了。在日后的梁山上徐宁跟呼延灼的关系很紧张，一见呼延灼就吹胡子瞪眼，"没事玩什么连环马啊，玩砸了吧"。

如果不是报国无门，梁山也不会成为徐宁的驿站。如果不是走投无路，梁山永远不是徐宁的归宿。如果你跟还是金枪班教头的徐宁说，我们一起上梁山吧，那么结局不是被扭送见官，就是被打得生活不能自理。

如果你跟已经走投无路的徐宁说，我们上梁山吧，他会说，"别废话，赶紧带路。"

怎样才能让徐宁服服帖帖呢，徐宁有软肋吗？有，绝对有，是人就有软肋。徐宁的软肋是雁翎圈金甲，据说这副甲披在身上，又轻又稳，刀剑箭矢皆不能透，唤作"赛唐猊"，穿上甲的效果估计就跟现在穿上高级防弹衣一样。

可惜啊，徐宁穿上金甲可以躲过明面的刀枪，可曾躲过生活中的暗箭呢？

武侠小说里常说，"人在江湖漂，谁能不挨刀"？

08. 多掌握一门语言很重要

在后来的梁山上，金枪将徐宁依然记得汤隆来的那个下午。

那是个阳光明媚的下午，分别多年的表弟汤隆来了，还带来两条蒜条金。徐宁并不在乎钱，但他必须承认，两条蒜条金还是拉近了与已显陌生的表弟之间的距离。

表弟说，这是徐宁的舅舅也就是汤隆父亲临终前留下的，这说明汤隆父亲没把徐宁当外人，分遗产都给徐宁留一份。这样一来，徐宁就不能把汤隆往外推了，汤隆能把两条蒜条金拿出来，说明他混得还可以，不能视为来投靠的穷亲戚。

有两条蒜条金开路，汤隆顺利取得了徐宁的信任，徐宁的梁山之路，也是这两条金子打的底。

徐宁把汤隆当成自己人，汤隆却只把徐宁当成要发展的下线，也就是自己的投名状。汤隆下山的时候，梁山的第一神偷时迁也出马了，时迁的任务是把徐宁的金甲偷走，然后由汤隆引着徐宁一路上山。

时迁这个被严重低估的人物能量大得惊人，不仅善于偷盗，还善于侦察，堪称梁山特务机关第一人。至于那位名义上的特务机关负责人戴宗，跟时迁比就是一个跑腿打杂的，戴宗干的活没有多少技术含量，而时迁干的活，技术含量还是很高的。

时迁潜伏到了徐宁家，隔着窗户先把徐宁家里的灯弄灭了。等丫鬟出门换灯的时候，时迁趁机溜了进去爬上了房梁，屏住呼吸趴在房梁上等待时机。等到徐宁上班走了，时迁开始动手，不慎发出的声响引起徐宁娘子的注意。时迁急中生智，模仿老鼠的声音，先是一只老鼠发声，然后是两只老鼠打架。时迁学得惟妙惟肖，足以以假乱真。

这也从一个侧面告诉我们，多掌握一门语言是多么重要。

掌握多门语言的时迁顺利骗过了徐宁的娘子和丫鬟，把金甲偷到手趁机就溜了出来，大功告成。

一切都在按计划发展，徐宁只能被这个圈套裹挟着前进。

时迁盗走金甲，汤隆添油加醋说，在路上似乎曾经看到过有人拿着这金甲，徐宁就此上当。

当你对某种事物过于关注，就可能不由自主地失去判断能力，徐宁迫切想追回金甲，一下子就掉进了梁山给他挖好的陷阱。陷阱的表面以鲜花覆盖，而徐宁正是踏着鲜花一步步越陷越深。

徐宁在明，梁山在暗，梁山已经给徐宁设下了连环局，徐宁又怎么逃得掉呢？等到徐宁被金甲引着一路上了梁山，徐宁才知道，人生无处不是棋局，以前自己是跟同事下棋，跟高太尉下棋，以后必须跟梁山下棋了，自己已经回不去了。

汤隆穿着徐宁的金甲顶着他的名头四处抢劫了一番，徐宁因此就从金枪班教头变成了疑似抢劫犯。

从开封到梁山，从教头到疑似抢劫犯，只是一条路的距离。

一边的林冲拍了拍他，"有一种感情叫无法挽回，有一条路是不能回头"！

09. 连环马，水煮还是红烧？

再回首，背影已远走，再回首，荆棘密布。

徐宁知道已经回不去了，看看已经上山的妻儿，他想起了那句名言：人在屋檐下，谁能不低头。

既然回不去了，徐宁就安心在梁山教授钩镰枪法。

钩镰枪看起来简单，使用起来挺难，如果在马上使用，分上中七路，三钩四拨，一挪一分，共九个变化；如果是马下使用，那就得八步四拨，总之比较复杂。一般人练习一年半载才有可能使得像模像样，对付呼延灼的连环马可等不了那么长的时间。宋江安排了五百名士兵跟徐宁学速成的钩镰枪法，到了战场上，比画起来像那么回事就行。

要说宋江还是有一定能力，他居然想到用挠钩配合钩镰枪使用，钩镰枪负责砍马腿，挠钩负责钩住士兵抓人，显然这是流水线作业。

梁山已经形成了对付连环马的流水线攻势，呼延灼依然浑然不觉。

行军打仗就是这样，逆水行舟，不进则退，昨天的优势在今天可能已经成了劣势。现在的连环马在呼延灼看来还是重型坦克，而在宋江看来，已是梁山饭桌上的菜马，区别只在于是水煮呢，还是红烧呢？

面对梁山咄咄逼人的气势，呼延灼有点找不到北，在梁山的漫天炮火声中，呼延灼不知道哪里应该是自己的主攻方向。在那一瞬间，呼延灼才明白，原来这就是十面埋伏。呼延灼的处境跟项羽一样，不过差了一个虞姬。

呼延灼驱赶连环马向梁山人马发起进攻，没想到梁山的人马全部退到了芦苇丛中。呼延灼驱赶连环马乘胜追击，等待连环马的是天罗地网和钩镰枪。

等到连环马进入芦苇荡的时候，连环马就不是连环马了，而是梁山的菜马。

所谓一物降一物，钩镰枪就是为对付连环马所设计的。当梁山的人马将钩镰枪尽情伸向前几天还耀武扬威的连环马时，大家在心中默念着，"困难像弹簧，你弱它就强"！

徐宁看着热火朝天的场面有些感慨，自己一直梦想跟祖上一样将钩镰枪名扬天下，却没有想到是这样的名扬天下，你曾经努力捍卫的，却是今天你必须针锋相对的，世事的变化真是无常。

宋江看着这热火朝天的场面也很感慨，他觉得自己终于挣回了面子。

这场胜利说到底，还是宋江阵营功劳最大。徐宁是汤隆的下线，汤隆是李逵的下线，而李逵是宋江的下线，从金字塔理论来说，宋江是这个金字塔的塔尖，徐宁则是金字塔的塔基。

现在塔基发挥了作用，塔尖自然渔翁得利。宋江不用寻找地缝了，可以寻找一个高高的山岗往下望，让兄弟们仰头看着他，看着他究竟有多拉风。

10. 马腿和羊腿的故事

宋江这边创造的是奇迹，呼延灼那边创造的就是劣绩了。

三千马军，五千步军，仅仅几天的时间就灰飞烟灭，说明呼延灼这个将门虎子很败家，高俅这个运输大队长也很郁闷。

曾经的黄金搭档此时也是境遇不同，呼延灼因为马快，梁山的人马拦不住，顺利突出了重围。百胜将军韩滔可就惨了，马不快，没跑两步就被抓了。

一看抓他的那两个人，韩滔气就不打一处来，一个是赤发鬼刘唐，瞅你长那熊样，腿还那么短；另一个是摸着天杜迁，瞅你长那么高，跟电线杆子似的，跟你说个话怎么那么费劲了呢，得踩着凳子，仰着脖子，太累了。

令韩滔郁闷的还在后头，后来他才弄明白，抓他的这两个人，一个是第一任老大王伦的死党，一个是第二任老大晁盖的死党，说到底都不是梁山的红人。

这时候他又开始羡慕彭玘，看人家的运气，人家落在宋江的义妹扈三娘手里，也能算作宋江的下线，而我呢？

一旁的凌振安慰他说，"别难过了，哥哥。我呢，我还是落在阮小二那个渔民手里呢，我上哪说理呢？"

幸福是比较出来的，韩滔果断选择投降，跟凌振他们一样，准备在这里卧薪尝胆，等待朝廷的招安，尽管机会渺茫，但至少比回去接受军法处置强。

三个人心安理得地吃上了红烧马腿，挺香的。

当凌振他们开始吃马腿的时候，呼延灼还在为一条羊腿苦苦挣扎，他已经身无分文了，想要吃饱肚子就只能靠变卖身上的东西。

那个时候他不认识李忠，也不认识薛永，不然他也可以模仿他们的样子，在街头摆个摊，卖个艺，怎么着也能混个饭钱。

不过话又说回来，像呼延灼、关胜、杨志这些将门虎子，尊严甚至高于生命，面子要比肚子重要，即便想到卖艺，他们也无法做到。祖先的荣誉、遗传的基因让他们无法接受街头卖艺。

不能卖艺，就只能卖随身携带的宝贝了。杨志卖的是刀，秦琼卖的是锏，关公卖的是绿豆，张飞卖的是猪肉，而呼延灼卖的是自己的金腰带。这是他最珍爱的腰带，这曾经是他荣耀的见证，现在只能变卖了，饿瘪的肚子已经撑不起这条金腰带了。

呼延灼想想挺伤心，别人都是夹着尾巴做人，而自己一段时间内都要提着裤子做人了。后来矮脚虎王英知道了这件事，拍了拍他，这算啥，兄弟我提上裤子就是人，提不上裤子就不是人了。

跟这样素质的人做同事，呼延灼禁不住泪流满面，龙游浅滩遭虾戏，虎落平阳被犬欺。

11. 多个朋友多条路

枯藤老树昏鸦，小桥流水人家，古道西风瘦马，夕阳西下，断肠人在天涯。

断肠的呼延灼栖身在一家小旅馆内，刚才他用金腰带换来的钱买了一只羊腿，然后又买了三斤面做的饼，这样的晚餐对他这样的将军来说原来很平常，现在变得很奢侈，因为就这么一顿饭，就已经快把半根金腰带换的钱吃进去了。呼延灼想起爷爷跟他说过的话，"金山银山，也会坐吃山空"。爷爷，我现在算不算坐吃山空呢？

想想以后的去处，呼延灼一脸茫然，一脑子的问号，到哪里去呢？哪里才是我的容身之所呢？

去找高太尉报到？不可能。听说杨志送了一扁担礼物都没有获得高太尉的原谅，自己连腰带都卖了，哪里去给他找礼物呢？

去梁山报到？疯了吧，自己可是将门虎子啊，怎么能去那种地方？

那能去哪呢？

多个朋友多条路，多个仇家多堵墙。呼延灼盘算了自己所有的朋友，发现还是有一个朋友值得投靠，这个朋友就是在青州为官的慕容知府。两人以前就有交情，属于喝酒喝到胃出血那种。慕容知府的妹妹现在是皇帝的贵妃，慕容知府可以算作国舅爷。

对，找国舅爷去。

盘算了一宿，总算有点眉目了，呼延灼没有想到的是，那匹御赐的踢雪乌骓马出事了，好好地拴在后院，居然被人偷走了。

呼延灼，呼延灼，三千匹连环马你保不住，现在连自己的踢雪乌骓马也保不住，将来怎么跟皇上交代啊？要是皇上问起来，"我送你的那匹马骑着还习惯吧？"又该怎么说呢。这可是欺君之罪啊。

说到底，千万别随便拿皇帝的东西，操不起那心。

根据店小二的反映，马应该是被附近桃花山的强盗偷去了，想平平安安地拿回来是不可能了，唯一的办法就是抢回来。

呼延灼只好硬着头皮来找慕容知府，希望这个朋友能帮他一把。

慕容知府做官够呛，但他对呼延灼还是挺够意思。一听呼延灼成了光杆司令，慕容知府立刻慷慨地借了两千兵马给他，顺便还借给他一匹马。而在后来，呼延灼这个朋友却不够意思，他居然带着梁山的人马进城砍了慕容知府。

　　不够朋友的呼延灼骑上马拿起钢鞭，瞬间又找到了当将军的感觉，他一下子又找回了从前的自己，原来将军跟一般人就差在一匹马上。

　　呼延灼的第一目标是桃花山，就是这座山上的强盗抢走了自己的马，吃了我的吐出来，拿了我的还回来。呼延灼说，我要拿回属于我的东西。

　　下山来应战的是那个当年被鲁智深痛打的小强盗周通，外号小霸王，不过武功实在过于平常。

　　跟三国时期的小霸王孙策比，周通只配给孙策提鞋。孙策的脚可以踢遍天下，而周通的脚只能用来穿鞋；孙策的手可以打遍天下，周通的手只能用来提示别人，"看，我戴着手套呢"。

　　周通跟呼延灼只打了六七个回合就支撑不住了，瞬间他又明白了一个道理，"马可以用来冲锋，同样也可以用来跑路！"

第四辑

三山聚义，破青州

01. 李忠：我的加盟连锁梦

现在又得回到一个咸鸭蛋的故事，李忠要出场了。

李忠自从跟周通结为兄弟之后，就一直过着一个咸鸭蛋的生活。两个人一顿酒的下酒菜就是一个咸鸭蛋，这个规律只在鲁智深来做客以后短暂改变过。

鲁智深与林冲之间是豪爽之人的交情，李忠和周通就是同吃一个咸鸭蛋的交情，你要问两个人的感情有多深，咸鸭蛋代表他们的心。

周通折了，李忠也惊出了一身冷汗。按照以往的规律，周通折了之后，李忠就必须出马了，要不怎么当人家的老大？

这一次有些不同，周通只跟人家打了六七个回合，自己当初可是跟周通打了无数回合最终凭借点数获胜的。由此看来，这个远道而来的军官不好惹。

李忠心里一直有个疙瘩，怕见官服，一见官服就打哆嗦。旁边的周通嘀咕道，"怕什么官服啊，你最近又没摆摊！"

无论周通怎么说，李忠这一次是不准备下山了，他知道自己根本不是呼延灼的对手，人还得有点自知之明。

怎么办？以自己的实力没办法战胜呼延灼，老被他包围着也不是个事啊。

李忠还是见多识广，毕竟是在江湖摆过很多年摊。李忠想起了一个人——鲁智深。周通一听是鲁智深，心里有些打鼓，咱们当年对人家那么小气，人家能帮咱们吗？

李忠一听笑了，"咳，什么小气不小气的。你忘了，他走的时候把咱的家都偷了。再说，当年他把你打了，咱还没跟他要医药费呢！"

周通一听也是，这就基本扯平了。不过无利不起早，人家凭什么帮咱呢？

"凭什么？就凭咱给他上贡。咱就跟他说，只要这关过去了，以后咱每年都给他上贡！"

强盗当到这份上也够窝囊的，还要靠给别的强盗上贡来保全自己，说明当得非常低级，最起码对不起强盗这个称号。

李忠已经顾不上这么多了，什么面子不面子的，大不了桃花山被鲁智深的二龙山合并了，以后我们给二龙山打工。

李忠的思路，也道出了小强盗的无奈。

小强盗的出路一般只有两条，要么自己努力成为大强盗，要么成为大强盗的跟班。第三条路是退出强盗圈，这条路基本也走不通。

李忠能想到跟二龙山结盟，说明这么多年的江湖不是白跑的，摊也不是白练的。从另外一个角度来说，鲁智深是除宋江外又一个有成为老大潜质的人。只可惜他一心向佛，根本就没考虑当老大。当日后的宋江还死命提防鲁智深的时候，鲁智深淡然地说，"空即是色，色即是空，贫僧已经不当老大好多年了，早就四大皆空！"

接到李忠的恳求，鲁智深有些不以为然。这两个小气鬼，现在想起来抱洒家的佛脚，早干什么去了？二当家杨志发话了："按说咱们都是各保山寨，但不救似乎不合乎江湖道义。"

此时的杨志早已不是那个郁郁不得志的朝廷军官，而是一个充满智谋的二当家，一个合格的二当家。如果不是最终上了梁山，杨志这个二当家会更加如鱼得水，只可惜桃花山的意外变故打破了杨志的平静生活，杨志只能说，我的生活充满了意外。

当年押送花石纲的时候，他是春风得意的军官，因为意外翻船断送了军官的生涯；当年押送生辰纲的时候，他原本有望转正成为大名府的正式军官，晁盖他们的意外出现改变了他的生活；而今他是一个呼风唤雨的二当家，又因为桃花山的变故而中途结束这样的逍遥生活。

02. 呼延灼的三身冷汗

杨志决定跟鲁智深一起去援助桃花山，江湖道义得讲，不然以后怎么在江湖上行走。

救助桃花山也是救助自己，桃花山的存在也能分担二龙山的压力，关键时候救助桃花山，为了桃花山，也为了二龙山。

此时的二龙山发展壮大，共有七名头领。

老大鲁智深，老二杨志，这两位是开山元老。武松拿着张青的介绍信上山成了三当家，这三个当家的，组成了二龙山上最强的山头，也是最有人情味的山头。在这三个大头领下面还有四个小头领，分别是金眼彪施恩、操刀鬼曹正和菜园子张青夫妇。

施恩在武松跑路之后也跟着跑路了，快活林争了半天谁都没有得到，蒋门神和施恩到头来都是两手空空。

至于曹正，也是一个上错车、开错船的典型。好好的屠户不当，非要跟着别人称王称霸，短暂的辉煌之后就彻底告别了江湖。这样的生活是他最初的选择吗？

至于张青夫妇，原本就是开黑店出身，到哪里开黑店也无所谓。

翻看《三国演义》会发现，刘备在落寞的时候种过菜，张青也种过菜，鲁智深也曾种过菜。三个种过菜的，一个成功当上了皇帝，一个圆寂后被追封为大师，另一个却寂寂无名地死于乱军之中。后人不禁发问，同样是种菜的，结局怎么差那么大呢？

三位老大毅然下山救助桃花山，只留下四个小当家在山上看家。

得到二龙山出兵消息的李忠顿时来了精神，他壮着胆子下山来挑战呼延灼。等他振臂一呼的时候，他又找到了街头卖艺的感觉。只可惜这次的对手是将门虎子呼延灼，注定李忠的这次杂耍要演砸了。

呼延灼还在继续发挥作为镜子的作用，在短时间内，他遭遇了几个对手，这些对手在后来都成为了他在梁山的同事。

第一个来照镜子的叫李忠，外号打虎将，至于这个外号怎么来的，呼延灼也不知道，他只知道后来武松对李忠的外号有点不高兴。"您也敢叫打虎将，什么虎啊，壁虎吧！"

连呼延灼也怀疑李忠以前打的是壁虎，不然怎么跟自己只能过十招呢？也就比那个小霸王周通高那么一丁点。要不是周通在山上往下扔石头干扰，李忠早就被呼延灼打落马下了。

第二个来照镜子的是鲁智深。这场打斗让鲁智深很兴奋，因为他已经很多年不打架了。呼延灼的钢鞭对鲁智深的禅杖，两个人打了四十多回合，呼延灼感觉有点吃力，鲁智深感觉热身的效果还不错。从双方的反应来看，鲁智深的功夫应该在呼延灼之上。不过在梁山大排名中，鲁智深在呼延灼之下。梁山的排名不纯粹按武力，呼延灼上山前的身份比鲁智深高，因此就排在了鲁智深的前面，这就是梁山排名的潜规则。

第三个来照镜子的是杨志。这个呼风唤雨的二当家也有好几年没打架了，这次打架也让他有些兴奋。后来头领们知道他俩都是名门之后时，总是不断地撺掇他俩打架，非要看看到底是杨家的刀法厉害，还是呼家的鞭法厉害。从两人这次交手来看，呼延灼应该在杨志之上，因为是杨志寻了个破绽主动退出战斗的。

三个头领照了三次镜子，也把呼延灼照出了三身汗。

第一身是热汗，纯粹是热身，第二身和第三身则是冷汗，原来绿林里也有这么强的手段。紧接着他又出了第四身冷汗，如果鲁智深与杨志联手，那么我还有命吗？

03. 李忠，老大变成了小弟

原本呼延灼在慕容知府面前夸下海口，要把桃花山和二龙山都平了，到头来才发现，这伙强人原来如此之强。

这时候呼延灼才明白什么叫骑虎难下，自己现在就是典型的骑虎难下。

骑虎难下的人都渴望能有个梯子，这样就能借坡下驴。

没有过多久，梯子就送来了。慕容知府传话说，白虎山有人要进城借粮，赶紧率军增援。

呼延灼悄然离开，桃花山的宴席才刚刚开始。

本来鲁智深对这顿酒没有抱多大希望，一入席才发现，今天的宴席格外丰盛。宴席上，李忠和周通不断给鲁智深他们三个敬酒，态度非常殷勤。也难怪，以后桃花山就是二龙山的加盟山寨了，李忠和周通以后跟曹正他们就是一个级别了。

想到这一层，李忠也有些郁闷。当了半天老大，到头来还是当了小弟。不过想想以前在江湖摆摊的日子，心中又释然了。怎么说自己也是个加盟山寨的老大，比当年摆摊卖艺还是强上百倍。

尽管李忠想得很开，但他还是暗地里嘱咐周通，以后咱俩的伙食标准再降低一点吧，要不咱俩一顿半个咸鸭蛋行吗？周通想了想，一跺脚，一狠心，就照老大的意思办吧！

等到李忠察觉到呼延灼远去的时候，心中不免有些后悔，早知道这厮要走，那就不叫和尚他们来了，白白让人家兼并了山寨，平时还得上贡。

转念一想，加盟了也有好处，以后有什么危险的事就让和尚他们去干，反正加盟费咱不能白交。

想来想去，李忠又释然了，你一个江湖跑路卖假药的，能奋斗到桃花山的大当家，这个奋斗历程已经很励志了。咱不能跟人家高俅比，人家坐的是皇帝的火箭，你李忠靠的是自己的双腿。人家的路是火箭飞出来的，你的路是脚走出来的。人还是得脚踏实地，不能总幻想高俅的那种奇迹。

不过这个世界上幻想奇迹的人还是有很多，前来青州借粮的孔明、孔亮兄弟就属于幻想奇迹的人。兄弟俩的外号就很有意思，哥哥外号叫毛头星，弟弟的外号叫独火星，他们的外号不结合时代背景是不好理解的，那么他们的外号到底是什么意思呢？

古代科学知识贫乏，古人见了拖着尾巴的星星总觉得不吉利，实际那只是一颗彗星而已。古人并不明白这些，他们把彗星叫作扫帚星，一是说明星星的形状，二是说明这颗星星不吉利。孔明、孔亮被叫作毛头星、独火星，就是说这哥俩儿不是什么好人，见了他们准没有什么好事。

人在一个地方待久了，容易产生错觉。在白虎山庄，孔明、孔亮是当地的霸主，他们逐渐产生了自己真是一颗星的错觉，最终就真的相信自己可以创造奇迹。

04. 宋江的武功究竟有多高

相信奇迹的孔明和孔亮来到青州城下，他们以为可以攻破这座城池，遇到呼延灼之后才发现，原来天外有那么大的天，怪只怪在白虎山庄这口井里待的时间太久了。

呼延灼积累已久的怒火全部发到了孔明身上，孔明要倒霉了。

一个是世代将门之后，一个是世代农民之后；一个是朝廷名将，一个是江湖不知名的山贼，这场对抗本就不在一个数量级上。不过孔明还是获得了呼延灼的肯定，"至少比桃花山那两个强！"

孔明只支应了二十来个回合，一错马的瞬间就被呼延灼给捉了。

孔亮一看哥哥跟人家勉强打二十个回合，自己可能十个回合也打不了，马上掉转马头，冲锋改撤退。

这一撤退，强盗就变成了丧家犬，原来强盗与丧家犬的区别也只是方向不同。

从孔明与呼延灼的交手来看，孔明的武功至少还在李忠和周通之上，也不算差到极点。据说孔明和孔亮受过宋江的指点，但奇怪的是宋江几乎不会武功，尽管他也曾练习过棍棒。

宋江在《水浒传》中除了动手杀了阎婆惜外，其他时间从来没有出手，他可能真的不会武功，而孔明、孔亮接受过宋江的指点，可能只是孔明兄弟给宋江面子，让宋江过过嘴瘾。另外一种可能是宋江能看懂武功招数但自己从来不练，这种高人的代表是《天龙八部》里的神仙姐姐王语嫣。

不管宋江对孔明、孔亮的指点是否真实，但至少他们保持着不错的情谊，这情谊也为这两个毛头兄弟赢得了上梁山的机会，有的时候关系也是一种财富，古往今来皆是如此。

呼延灼没有时间去理会孔明、孔亮与宋江的关系，对于他而言最重要的是面子。今天鲁智深和杨志差点让他的脸掉到地上捡不起来，幸好来了孔明这个棒槌给呼延灼出了口气，不然呼延灼还在怀疑自己，"我到底会不会武功呢？为什么我连两个山贼都打不过呢？"

呼延灼的郁闷让慕容知府给消除了。

慕容知府告诉他，之前跟他对打的那两个人不是山贼。和尚原是小种经略帐前的军官，俗名鲁达，法名鲁智深，就是三拳打死镇关西那主。那个脸上有难看胎记的人原来也是军官，早年在高太尉手下效力，后来是大名府的提辖，不得已才上了梁山。

呼延灼这才知道，敢情自己是跟前政府军官打了半天，怪不得赢不了他们，原来大家都是军官。

这下呼延灼释然了，老呼延家的脸又捡起来了，毕竟人家一个是小种经略的手下，另外一个还是杨家将的后人。

呼延灼有了一种英雄相惜的感觉。

高手也是需要对手的，高手也是怕寂寞的，呼延灼也不想对着自己的影子练鞭，他忽然间觉得遇上这两个人是一种缘分。

05. 饮食是一种刻骨铭心的记忆

珍惜缘分的还不只呼延灼，同样还有孔亮。

这个已经成了丧家犬的强盗正在茫然行走，他不知道自己该去往哪里，他也不知道自己该如何解救大哥。所谓毛头星，所谓独火星，原来都是扫帚星，孔亮无奈地对自己说。

武松，武松，这个人居然真的是武松。

孔亮远远看到骑在高头大马上的武松，他知道这个人就是自己的救命稻草，尽管两人的第一次见面是从武松对他的一顿暴打开始的。

孔亮"扑通"一声跪在了武松马前，倒是把武松吓了一跳，自己上山以后做人已经很低调了，这个地方怎么可能有自己的粉丝呢？

仔细一看，这不是白虎山庄的二少爷孔亮吗？

武松是念旧的人，看到已经成了丧家犬的孔亮更是有些心酸，他急忙扶起了孔亮，听孔亮讲那些悲惨的故事。

人是会变的。放在以前，武松听完孔亮的遭遇，可能就拿着刀冲到青州去跟呼延灼单挑了，但现在武松不是当年那个冲动的武松了，他已经是一个行者，同时还是二龙山的三当家，他是有组织的人，所以就不能胡来。

武松一边安抚孔亮，一边等待两位老大的到来。

呼延灼从桃花山退兵之后，鲁智深他们几个总觉得桃花山没有二龙山自在。再则李忠和周通两个人有点小气，听小喽啰说他们的伙食标准都减半了，原因就是来了三个大头领开销太大，据说李忠和周通现在喝酒，两个人只吃半个咸鸭蛋了。

鲁智深听了有些心酸，算了吧，让他们敞开了吃咸鸭蛋吧，我们回二龙山喝自己的酒。鲁智深安排武松先行一步，他们两个在后面跟着。

等鲁智深和杨志赶上来的时候，武松隆重介绍了白虎山庄的二少爷，进一步强调，孔亮是宋江的嫡传弟子。

孔亮成了丧家犬之后，"宋江嫡传弟子"的马甲是最有用的。为此，鲁智深也高看孔亮一眼。

鲁智深同意搭救孔亮的哥哥孔明，但兵力还有些单薄。杨志盘算了所有的家当，二龙山的人马，桃花山的人马，以及白虎山的残部，加起来也就千把人。这千把个游兵散勇怎么跟青州的兵马打啊，那根本就不是对手。

人要救，城要打，怎么办？只有一个办法，请外援，外援是谁呢？梁山山顶上的宋江。有宋江的参与，敌我的实力对比就会逆转，到那个时候呼延灼的双鞭估计就只能当废铁卖了。

杨志安排孔亮火速上梁山搬援兵，杨志他们整合桃花山、二龙山、白虎山的人马，等待梁山支援。

丧家犬孔亮一路忐忑不安地来到梁山脚下，幸亏他机灵，一进门就说来梁山找宋江，不然不一会儿的时间他就能变成包子。

接待他的是梁山脚下的一位接待处主任，就是催命判官李立。李立曾经把宋江麻翻，宋江对他并不待见，只是看在江湖道义的份上，让他继续做接待处老大，为此李立很郁闷。这一次李立终于等到了机会，他接待了宋江的嫡传弟子孔亮，以后自己也可以算作宋江的嫡系了。宋江的嫡传弟子是我的下线，那我李立不是嫡系是什么呢？

兴奋的李立招待孔亮豪吃了一顿，这顿饭也成了孔亮人生中记忆最深刻的一顿饭。

吃饭有时吃的就是一种环境，一种背景。走投无路的孔亮在李立的店中先吃到了定心丸，然后吃了一顿大餐，所以这顿饭让他记忆深刻。

有时候，饮食也是一种刻骨铭心的记忆。

06. 老大与老大的会面

酒足饭饱的孔亮终于找到了一点温暖的感觉，等他跟李立一起上山之后，他又有了想哭的冲动。看着梁山的雄壮，他深刻地体会到那句话，当匪我们要当最大的。

等见到宋江，孔亮的泪水再也止不住了。自从父亲离世之后，他总有一种无依无靠的感觉。等到哥哥孔明被抓之后，他觉得天都塌了。现在师父宋江就在面前，他就是那棵最后的救命稻草，一定要把他牢牢抓住。

听着孔亮的哭诉，宋江有些伤感。虽然这两个徒弟只是挂名的，但自己毕竟在人家家里白吃白住了半年，临走还送了盘缠。

宋江决定下山救孔明，这一趟必须去，这一趟不去不行。这一趟去了可以使自己更加扬名立万，而且还能发展更多的下线，一举两得。

说晁盖从没有意识到宋江的威胁肯定是不对的，其实晁盖早就意识到了宋江给自己带来的威胁，他也试图加强领导，只可惜手腕一直不够强，一次次还是让宋江占了先。

前几次下山，晁盖主动提出带队下山，但他始终磨不开面子，躲不掉宋江的紧箍咒。晁盖被牢牢按在了梁山的井里，坐井观天，当青蛙；同时又被牢牢按在梁山的墙壁上，作壁上观，当壁虎吧。

这一次晁盖提出自己下山去救孔明，这有点名不正、言不顺。人家宋江是孔明、孔亮的师父，你晁盖算干吗的？宋江一念紧箍咒，晁盖又崩溃了。得，继续当壁虎吧。

这一次宋江做得更彻底，总共带了二十名头领，三千军马。

二十名头领中，一个晁派头领都没有，一个老梁山的头领都没有，全都是宋江的金字塔系列。宋江的目的就是通过战争锻炼队伍，扩大影响，发展自己，遏制对手，晁盖那一批"壁虎"只能眨着眼睛看宋江的真人秀表演。

宋江与鲁智深的会面是有意义的，两个都有能力成为老大的人在二龙山会面了。

此时的宋江已经是梁山上实际的老大，所谓的梁山双头只是一个提法而已，梁山的大半头领都已经站到了宋江的旗下。

此时的鲁智深已是附近三座山头的老大，光是二龙山就有七名头领，桃花山有李忠、周通，白虎山有孔明、孔亮，总数已经达到了十一名，他们已是不可低估的地方实力派。

宋江和鲁智深互相吹捧了一番，两个聪明人做事聪明，说话也充满了智慧，双方在友好的气氛中互致问候，鲁智深请宋江转达对晁盖头领的问候，宋江邀请鲁智深在合适的时候拜访梁山，鲁智深高兴地答应了。杨志、武松等见证了这历史的一刻。

或许在那个时候，杨志还没有意识到，这将是他最后一次以二龙山二当家的身份参加会见。三山聚义大破青州之后，二龙山就不存在了，他的二当家身份也成为了过去，他又得重新回到钩心斗角的氛围中，因为梁山也是个小社会。

很难说杨志究竟喜不喜欢钩心斗角的生活，他很矛盾。一方面，他想有功名，他想在钩心斗角中往上爬；另一方面，他又厌倦钩心斗角，因为他经常是失败者。

或许人都是矛盾的，想要得到却又怕失去，想要离开却又不经意中紧紧抓住，到头来抓住的又是什么呢？

07. 宋江喜欢把简单的问题复杂化

二十名梁山头领，三千名如狼似虎的士兵，以这么强的配置对付呼延灼就是大炮打蚊子，呼延灼这只蚊子也太拉风了。

杨志这个将门虎子一下就看出了端倪，青州城只是一座空城，靠的就是呼延灼这只蚊子，如果把这只蚊子给拍死了，拿下青州城就如同开水泼雪，轻松搞定。

杨志说话时，宋江有些不太高兴。

宋江带二十名头领和三千士兵下山，为的就是树立自己的威信，他希望把事情做得有点难度，这样显得成功来之不易；杨志一下子把事情说得那么简单，显然不利于宋江威信的树立。

宋江是那种喜欢把简单的事情搞复杂的人，杨志则是那种喜欢把复杂的事情搞简单的人，这是公司里的两种人，前者容易得宠，后者容易失宠。宋江善于包装，擅长掩饰，杨志过于直白，简单直接，这就注定会有小鞋等着杨志。等到梁山大排名的时候，杨志这个二当家排在了三当家武松之后，因果可能就是在这时种下了。

杨志闭上了嘴，吴用还在喋喋不休。

宋江的武器是眼泪，吴用的武器则是舌头，当李逵总想用拳头解决问题的时候，吴用总是轻轻摇摇头，有那么复杂吗？动动舌头不就解决了吗？

在吴用的安排下，前青州警备区司令秦明跟呼延灼打第一阵。

本来秦明做着很有前途的警备司令，宋江为了改变梁山的血统强拉他入伙。对于梁山，秦明又爱又恨。爱是因为他没有别的地方可去，只能留下来爱梁山；恨是因为梁山改变了他的人生轨迹，宋江成了他的人生导演，他只是宋江的提线木偶。

不过秦明有些没心没肺，在被改变人生轨迹之后，他死心塌地地跟着宋江这个导演。从一个受害者变成了一个害人者，可怜之人必有可恨之处。

在秦明的逼迫下，呼延灼再一次扮演起镜子的角色，他已经有点烦了。

这一次呼延灼遇上了麻烦，他没想到梁山上也有让他有些手忙脚乱的角色。原本鲁智深和杨志已经让他这面镜子不胜其烦，现在又遇到了这么一个强人。怎么这些厉害的角色都跑到了对立面？是因为皇帝给他们的待遇太低了吗？

呼延灼在心里打了无数个问号。

呼延灼与秦明打了四五十个回合后被慕容知府给叫停了，慕容知府就是个大头鬼，他看不出武功的高低，他以为呼延灼打不过秦明，实际上秦明并不是呼延灼的对手。

秦明的狼牙棍法已经乱了，用不了几个回合呼延灼就能把他拍落马下，这么大好的机会就让那个慕容知府给错过了。

这是呼延灼一生最大的遗憾，因为这次功败垂成，让秦明这个手下败将在梁山排名的时候居然排到了呼延灼的前面。

呼延灼恨恨地咽不下这口气，不过转念一想，他又释然了。人家宋江是秦明的主婚人，从花荣那边论，宋江也相当于秦明的大舅子。

08. 当呼延灼遭遇陷马坑

暂时退兵的宋江回到大营盘点手里的将领，发现手里的这些人没有一个能打过呼延灼。孙立倒是有一定的机会，但估计最后还是呼延灼获胜，其他人就更不行了。就说吕方和郭盛，一个自称为小吕布，一个自称小薛仁贵，这两个人加一起也打不过呼延灼。吕布和薛仁贵如果地下有知，一定会气得半死。

手下人都不顶事，又不好意思群殴呼延灼，硬拼不行，只能跟呼延灼拼智商了。

在吴用看来，呼延灼的武功着实不错，不过智商并不高。呼延灼是一个好将军，但绝不是一个好统帅，对付只有匹夫之勇的人其实也很简单，用计谋给他下套，用脑筋急转弯整晕他。

吴用用一个非常简单的安排就让呼延灼上了当，知识就是力量。

宋江、吴用、花荣三人装作在青州城外欣赏风景，看风景的他们成了别人的风景。呼延灼看到这三个人，心里嘀咕，这三个土鳖，肯定没去过比较大的城市，把这里当东京了吧。

呼延灼才是土鳖，人家三人都去过东京，人家装出看风景陶醉的样子，只不过是为了让效果更逼真，让他呼延灼上当，结果呼延灼真就上了当。

呼延灼知道有一个成语叫"擒贼先擒王"，但他始终弄不明白另外一个成语，"螳螂捕蝉，黄雀在后"。

呼延灼认为，黄雀又不吃蝉，怎么非得跟螳螂组团去捕蝉呢？他没弄明白，黄雀的目标不是蝉，而是螳螂。弄不懂大自然食物链的呼延灼自然也弄不懂吴用的计谋，一个简单的陷马坑就让呼延灼明白了原来这世界如此不简单。

陷马坑简单有效，呼延灼连人带马瞬间都掉了进去。在落马的那一瞬间，呼延灼觉得自己终于跟关公是一个档次了，关公因为绊马索落马，自己因为陷马坑落马，都是落马，都很悲壮。

呼延灼也想学关公英勇就义，但他遇上的不是孙权而是宋江。

从看到他的第一眼起，宋江在心里就把他列为要发展的下线了。

呼延灼是将门之后，杨志也是将门之后，如果这两位将门之后同时站在宋江的身后，那宋江是什么？那至少是个元帅级别的。

这是宋江的聪明之处，善于用别人抬高自己，用两位名将之后合理地抬高自己，用现代的眼光看就是善于包装，善于搭顺风车。

等到与宋江见面的时候，呼延灼才知道，宋江的下拜原来这么有杀伤力。

宋江下拜就让呼延灼产生了错觉，他觉得眼前的这个人不那么讨厌了，反而还有些亲切。宋江再说点肝胆相照的话，呼延灼就彻底无法抵御了。

宋江以前经常扮演办公室主任的角色，见人说人话，见鬼说鬼话。见到呼延灼这种内心膨胀的将门之后也懂得分寸，宋江的话让呼延灼很受用，一下子让呼延灼看到了自己在梁山也是前途远大。

呼延灼在心中悄悄盘算了一下，自己折了朝廷的八千军马，还丢了皇帝御赐的踢雪乌骓马，更关键的是他还有被俘的记录，这样回去在小气的高太尉面前指定没有好果子吃，说不定还要被追究刑事责任。

呼延灼想想很害怕，又一想，即便回去，也一无所有了，人家杨志落魄的时候还有把宝刀可以卖，自己之前连腰带都卖了，还能卖什么呢？

世上本没有路，走的人多了就成了路。呼延灼觉得上梁山或许也是一条路，以前的同事凌振他们已经走上了这条路。一边的百胜将军韩滔安慰呼延灼说，"哥哥，走咱自己的路，让别人骑马去吧！"

09. 我们开始新生活

正如杨志所说，只要拍死呼延灼这只蚊子，青州就是一座空城。

现在呼延灼这只蚊子已经在翅膀上写下了梁山的名字，等待慕容知府的就是一头的血包。在吴用的计划里，用呼延灼这只蚊子带路，青州城门就是一道没有上锁的防盗门，看上去很结实，其实只需轻轻一推。

宋江提出让呼延灼去赚开城门，呼延灼答应了，此刻的青州就是他上梁山的投名状，不由得他不答应。

那座自己曾用生命捍卫的城池，现在要成为自己上山的投名状。看着青州的城池，呼延灼明白了什么叫人生如戏，戏变化得如此之快，让他来不及调整自己的对白。

在呼延灼的背后，还有一个人看着这座城市流下了热泪，这个人就是秦明。对于这座城市，他曾经无比热爱；对于这座城市，他曾经无比仇恨。青州是秦明一生唯一的亲、唯一的仇，青州是秦明一生的记忆之城，有关于往昔美好生活的回忆，也有那些痛苦不堪的日子。

秦明等这一天等了好几年，该做个了结了。

呼延灼用他的脸做了最后一次通行证，他知道，今夜之后，"呼延灼"这三个字不再是大宋城池的通行证，而会登上大宋的通缉令，呼延灼不再是朝廷器重的将门虎子，而是朝廷通缉的梁山贼寇。

眼前这道青州城门就是自己身份变换的见证，在这头，你还是大宋的将领，在那头，你就是梁山的强盗。人家是鲤鱼跳龙门，你呼延灼怎么走的是青州城门？

呼延灼无奈地走过青州的城门，身后的秦明也跟着呼延灼走过了那道让他感慨万千的门。慕容知府还以为呼延灼是回来继续保卫城市，没想到呼延灼的身份已经变成了无间道。等到秦明举起狼牙棒把慕容知府打落马下的时候，慕容知府在心里对自己说，出来混的，迟早要还的，不是我不明白，而是这世界变化得太快。

一切都结束了，关于青州的一切都将留在记忆里，从此秦明对青州再无牵挂，他所有的爱恨情仇都随着那愤怒的一棒而结束。

呼延灼也结束了自己的军官生涯，该开始新的生活了。

开始新生活的还不只是他们两个，还有三山人马，分别是桃花山、二龙山、白虎山。对于桃花山的李忠和周通来说，他们两个吃一个咸鸭蛋喝一顿酒的日子过去了，从决定投靠二龙山起，他们就知道桃花山被兼并只不过是时间的问题，现在兼并他们的从二龙山变成了梁山，码头越来越大，梁山这艘客船也值得上。

对于二龙山的头领们来说，他们早已厌倦了跟官军打来打去的生活，二龙山太小了，只要官兵一多，二龙山就必然被官兵包了饺子，放弃二龙山改上梁山或许也是个不错的选择。至于白虎山的孔明、孔亮，他们还有别的选择吗？当匪就要当最大的，就跟着宋江师父吧，跟着他有肉吃。

看着热火朝天的场面，宋江又一次感动了，看着这些新发展的下线，宋江觉得自己的脚下又垫了厚厚的几块砖。自己从一个落魄小吏奋斗成梁山的二当家的，从一个江湖跑路的奋斗成梁山的实际老大，他觉得这个世界上其实没有什么难事，只要你肯用心去做。

回望梁山，宋江看到了梁山正在成为一块合格的跳板，自己就是那个等待起跳的人。只要时机合适，自己就要踩着那块跳板，起跳！

第五辑

别了，少华山

01. 晁盖的心已经老了

宋江的心开成了一朵花，晁盖的心乱成了一团麻。

大家都在梁山屋檐下，但晁盖感觉到，属于自己的时代正在成为过去，他当壁虎的时间太长了。从宋江上山之后，每次下山执行任务都是宋江负责牵头，晁盖负责看家，晁盖起初也没觉得有什么不妥，但时间长了，影响就出来了，他的下线越来越少，宋江的下线越来越多。

晁盖觉得自己就像一个快要过时的老大，自己亲手扶植的二当家要跑到自己前面了，而自己却有些无可奈何。

难道是真的老了吗？

晁盖不愿意承认自己老，但他真的老了，至少是心态上的，他开始频繁回忆过去，这就是老了的证明。

晁盖日子过得不舒心，但还是热情地给新上山的十二位头领接风洗尘。这十二位头领跟他在江湖之上没有瓜葛，却都与宋江有千丝万缕的联系。晁盖知道宋江已经悄悄在梁山上织成了一张网，而他陷进了网中央。

这场接风宴让鲁智深和林冲得以久别重逢，两个人热情拥抱了彼此。自沧州一别，两人都曾山高水低，在各自的人生路上都曾有这样那样的起伏。

鲁智深失去了在大相国寺看菜园子的工作，并差点在十字坡黑店送了命，林冲经历了在沧州大营的大火，以及初上梁山入伙时的磨难。生活丰富了他们的人生阅历，也让他们的友情更加深厚，林冲真诚地向鲁智深表示感谢，鲁智深则再次对林冲的生活表示关心。

当得知林娘子已经在等待中去世的消息后，鲁智深深感人生无常，他为林冲的人生遭遇感慨，也为自己的人生感叹，这就是生活，这就是生活。

跟鲁智深一样感慨的还有杨志，他感觉到人生就是一个圈，自己从终点又回到了起点。

曾经王伦盛情邀请自己加入梁山，结果被自己追逐名利的心拒绝了，等到名利心被晁盖他们破灭，想上梁山却不可得。之后与鲁智深一起开创了二龙山的事业，又因为孔明、孔亮的事情最终放弃了二龙山走上了梁山。从最初的错过，到现在的重上梁山，杨志不知道自己的人生究竟哪一步是对，哪一步是错。一边的晁盖对他说，"兄弟，一切都是命！"

看着晁盖，杨志想起了生辰纲，又想起了花石纲，自己半生的悲喜都是因为这两次不堪回首的运输，一旁的郭盛则安慰他说，"别伤感了哥哥，我也有过翻船的经历。"

同是天涯翻船人，相逢何必曾相识。

晁盖喝着酒，又提起了当年智取生辰纲的往事。

因为生辰纲，他们改变了杨志的人生；因为生辰纲，他们也改变了自己的人生；因为生辰纲，他们也改变了宋江的人生；至于朱仝和雷横，他们的人生也跟生辰纲有着不小的关联。

接风宴变成了一场怀旧的生活秀。

当一个人频繁回忆过去的时候，那么这个人已经老了，现在的晁盖能够追忆的辉煌只有智取生辰纲，他活在智取生辰纲的回忆里。

晁盖真的老了。

02. 朱贵的下坠越来越快

梁山人马越来越多，宋江喜上眉梢，晁盖对于人马的数量已经不感兴趣了，他当甩手掌柜很长时间了，让宋江这个前朝廷官员去主管梁山的事务本来他很放心，现在即使不放心也已经没有办法了，那就索性来个休克疗法，让宋江爱咋的咋的吧。

宋江利用手中的权力进行了一些安排，安排金钱豹子汤隆做了铁器主管，正好专业对口。

宣布这项任命的时候，汤隆激动得流下了眼泪，打了半辈子铁终于当上官了，还是个主管，这下可以对得起死去的老爹了。表哥徐宁冷冷看着，"还不是拿我的前途染红了你的顶子"。

同汤隆一样开心的还有侯健，这个此前不得志的裁缝当上了制造总管，主要负责制造各种旗帜，用来拉风的那种，制作标准就按照皇帝的标准来吧。

与两项任命同时进行的还有酒店主管的任命。

经过宋江的这次调整，梁山四周完成了东西南北四路黑店的布局。朱贵、乐和负责东路酒店，李立、时迁负责北路酒店，张青、孙二娘负责西路酒店，孙新、顾大嫂负责南路酒店。在梁山脚下过路的人有两个选择，一是吃，一是不吃，只要吃就必然进其中的一家黑店。相比较而言，四家黑店里稍微不黑的是孙新和顾大嫂的店，他们以前在老家开店无非是开个饭店顺便经营赌场，并没有下药麻翻客人的案例。其余三家，都有不光彩的记录。运气好的人最好进的是孙新和顾大嫂的酒店，这个店顶多是图财，其他的酒店则是害命。

在这一系列人事安排中，唯一不高兴的就是朱贵。这个前梁山四哥一直在感受着自由落体的速度，他的下坠越来越快，越来越快。以前怎么说也是一个人负责一个接待处，怎么说也是独立的接待处主任，现在主任得跟乐和分着当，这种滋味让朱贵的心里非常难受。他朱贵觉得自己面前的那杯茶正在不断被冲淡，从晁盖上山后就开始加水，从宋江上山后变本加厉，自己那杯有滋有味的茶水变成了没滋没味的白开水，这一切都是扩招惹的祸。

朱贵经常喃喃地对自己说，"以前的我是一杯浓茶，有的是味道，现在的我是一杯白开水，什么味道也没有。以前的我是一条鳄鱼，现在的我是一只壁虎。"

其实也怪不了别人，瞧你的名字起的。旱地忽律，旱地里的鳄鱼可不就是越活越抽抽吗？

03. 黄金搭档

在梁山生活了一段日子，鲁智深有些厌烦，这里的生活跟二龙山没有什么区别，只不过是场面更大一些而已。以前在二龙山七个头领一张桌子就坐下了，现在在梁山得好几张桌子才坐得下。

在二龙山的时候，七个人坐一张桌子坐得很近，能谈点知心话；现在在梁山，几十个人分坐几张桌子，尽管坐得也近，但心却慢慢远了。

鲁智深很怀念以前的日子，怀念与林冲不醉不归的日子，怀念在渭城喝酒不带钱的日子，怀念树林里与史进吃牛肉干和烧饼的日子，就连在桃花山与李忠、周通吃咸鸭蛋的日子他也非常怀念。

说到底，他是个怀旧的人。

因为怀旧，鲁智深想起了当年与史进在瓦罐寺的经历，因为怀旧，他更怀念起史进当年分给他的牛肉干和烧饼，史家兄弟，你在少华山还好吗？

鲁智深思念史进，也知道宋江想拉下线。鲁智深提出去看史进顺便拉他入伙，宋江的眼睛冒出了火，现在他还需要下线，还需要找几块砖来垫高自己的跳板，或许史进是个不错的选择。

宋江安排武松跟鲁智深一起下山，还说他俩一个行者、一个和尚，这样的搭配合乎世俗的眼光。

武松看着鲁智深，鲁智深看着武松，"黄金搭档原来说的是我们俩啊"。

与别人很拉风的绰号比，武松的绰号很吃亏，武松的绰号叫行者，严格说不能算作绰号，顶多算职业介绍，只是交代出你的职业，丝毫没有体现出你的与众不同。

按理说，武松是最有资格叫"打虎将"的，只可惜他出场晚了，商标就被李忠抢注了。有一次武松喝多了硬着舌头问李忠，"就你，你凭什么叫打虎将？"李忠也喝多了，去墙边"啪"的一声拍死了一只壁虎，把死壁虎扔到武松的面前，"壁虎不算虎吗？"

从此武松再也不提绰号的事情，绰号，说白了不就是一个名字，何必当真。

从这一次结伴开始，武松和鲁智深成为梁山步军里的一对黄金组合，这对黄金组合战斗力极强，所向无有不克，最后的结局也算所有组合中最好的。武松虽然断了一只手臂，但得以颐养天年，八十岁时无疾而终；鲁智深更是造化，在钱塘江的大潮声中圆寂，身后还被追封为大师，这种境界可不是一般人能达到的。

04. 朱武，太给强盗丢脸了

鲁智深与武松一路前行来到了少华山下，一路上鲁智深还在想，一定要跟史大郎一醉方休，这么多年了，不知道他的酒量有没有长进；这么多年了，不知道岁月的沧桑是不是也爬上了他那张青春年少的脸。

鲁智深在少华山脚下等待史进前来迎接，他甚至酝酿好了一个深情的拥抱，就像跟林冲的那次拥抱一样。患难中的朋友才是真正的朋友，林冲和史进都是鲁智深真正的朋友。

等了许久，等来的不是史进，而是他那三个不争气的搭档，分别是神机军师朱武、跳涧虎陈达、白花蛇杨春。

当年陈达被史进捉了，剩下的两个人不敢去解救，只能用苦肉计靠鳄鱼的眼泪打动了史进，这才救了陈达。

这一次，麻烦大了，史进被华州太守抓了，华州太守不是史进，朱武知道鳄鱼的眼泪不管用，你即便哭倒了华山也哭不软华州太守的心。无计可施的朱武带着另外两只"蚂蚁"，三只"蚂蚁"在少华山的热锅上团团打转，就是不知道如何才能跳出这口硕大的锅。

史进为什么被抓呢？缘于见义勇为。这次见义勇为让史进的形象高大起来，也让史进成为真正有资格与鲁智深并肩的人，他的行动跟当年的鲁智深解救金氏父女一样，光芒四射。

事情的起因是这样的，华州太守看上了一个良家女子，就要强纳为妾，人家老爹不同意，他就把人家老爹判刑发配，然后强行霸占了她。

史进在偶然的机会下知道了事情的原委，顿时怒不可遏。盛怒之下，史进杀了押送的公差，又要去官府刺杀华州太守，不料被人发现，关押进大牢。

史进的行为简直与当年的鲁智深一样，侠肝义胆，古道热肠。可惜其他豪侠都有坚强可靠的战友，史进却没有。那三个曾经的战友瞻前顾后，就是不敢下山去解救自己的老大。

当强盗当到这个份上，宋江说，"太给强盗丢脸了！"

龌龊的人永远龌龊，就像史进那三个不争气的战友；高尚的人永远高尚，比如古道热肠的鲁智深。

武松一再劝说鲁智深回去搬梁山救兵再救人不迟，鲁智深却说，"晚了，我兄弟的命就没了"。当夜四更天的时候，鲁智深一个人提着禅杖下山，他要去解救自己的朋友。

事后在回忆这件事情的时候，史进总是不无感慨地说，"我和鲁大哥的感情是带血的"。"A friend in need，a friend in deed"，患难见真情。

05. 朋友就是一起承担

鲁智深要去刺杀华州太守，注定成功不了，他的形象太扎眼了。

一个出家的和尚，扛着那么扎眼的一根禅杖，就算您是寺院里的武僧护院，也不能扛着那么扎眼的禅杖满世界溜达啊。

一个出家人如果修炼到位，即使心中有杀气，眼中也没有杀气。

一个眼中有杀气的和尚注定不是好和尚，或者说根本不是和尚。两个疑点集中到一起的时候，华州太守马上意识到眼前这个和尚来者不善。

也难怪，太守是混官场的，最大的本领就是察言观色，读懂眼神。

眼睛依然清澈的鲁智深读不懂华州太守的眼神，他总觉得一个和颜悦色的人，怎么可能说翻脸就翻脸呢?

这就要怪鲁智深涉世不深了，人家混官场的人，心里藏着一把刀，脸上也能笑成一朵花，心里喝下难以下咽的毒药，脸上也能露出幸福的微笑。

智深啊，回去向宋江大哥取取经吧。

华州太守瞬间翻脸，鲁智深知道这一次自己栽了，人家几十人同时扑向你，连挥禅杖的空间都没有了，怎么打呢? 束手就擒吧。

转念一想，鲁智深又释怀了，这样不就能早点见到我的史家兄弟了吗? 至于怎么出去，不用担心，我的兄弟林冲和武松还在外面呢。

有兄弟就有一切。在狱中，鲁智深见到了史进，他看到岁月的沧桑已经爬上了史进的眉头。

几年不见，兄弟你可沧桑多了。

史进看着鲁智深，激动得说不出话，流下了幸福的热泪。

总有一种幸福让他泪流满面，总有一种感动让他长记心田。史进在心里给"鲁智深"这三个字打上了深深的烙印: 朋友。鲁智深则一脸轻松地跟史进说，"朋友，不就是有事情一起承担吗?"

这是幸福的时刻，史进不去想什么时候能走出这座监狱，他在心里对自己说，"有鲁智深这样的朋友在，在哪里都不重要!"

06. 千万别相信别人的马甲

鲁智深被抓的消息很快由快马戴宗传回了梁山，这匹快马虽然在探听情报方面水平低劣了一点，但在运送情报方面还是一等一的好手，从华州到梁山，三天就跑到了。

这个消息让梁山炸了锅。

首先炸锅的是三山派的人，当年鲁智深老大为了救咱们舍身忘死，现在鲁老大有难，怎么能见死不救呢?

一直对鲁智深高看一眼的宋江也坐不住了，如果不去救鲁智深，那么三山派的人是稳不住的，自己的跳板兴许要少几块砖，为了自己的跳板，为了自己的砖，宋江必须下山去救人。

已经习惯了被宋江念紧箍咒，晁盖这一次没有提自己带队下山，他平静地看着宋江调动人马，他知道自己的任务还是继续作壁上观，他不知道这种日子什么时候是尽头，他不知道自己的威信在兄弟们的心中还剩下多少。

不知道，也不必问。

宋江对这次出征非常重视，出征的将领居然全部是天罡级的，加上他本人总共十六名天罡级将领，这个配置简直是超一流的。

前军花荣、秦明、林冲、杨志、呼延灼，中军宋江、吴用、朱仝、徐宁、解珍、解宝，后军李应、杨雄、石秀、李俊、张顺，十六个头领带领七千军马，打一场小型战役也够了，这么强的配置用来攻打一个华州城，同样是大炮打蚊子。

宋江每次下山都有很强的目的性，一是锻炼队伍，二是扩大影响，三是顺便发展下线。几次下山之后，宋江的队伍越来越壮大，影响力越来越大，下线越来越多。

渐渐地，大家习惯了接受宋江的领导，渐渐地，大家也把宋江当成了事实上的老大，江湖上的人更是势利眼，他们也认为，梁山已经是宋江的梁山，所谓的"双头"早变成了"单头"。

对于别人的说法，宋江从来不去做评价，他知道经营梁山这个跳板并不容易，他还得继续为这块跳板垫上几块砖。

宋江原本以为带着这七千军马很拉风的一冲锋就可以解决战斗，结果发现华州城是典型的易守难攻型城市，想要攻克，并不容易。

宋江忘了一个人，这个人就是凌振。凌振的轰天炮一轰，华州太守可能连卧室都没了，科学就是生产力。

不想依靠科学的宋江只能依靠迷信，谁承想，还让他真找着了。

宋江曾在梦中接受过九天玄女的函授，还从九天玄女庙里顺走了三本天书，天书上有一句不知所云的话，"遇宿重重喜"。

正巧，道君皇帝派降香太尉宿元景去华山上香，宿元景的身份以及仪仗就成了宋江计谋的一部分。

这个计谋很简单，宋江从宿元景那里连吓带骗把衣服和仪仗都拿了过来，然后以宿元景的身份让华州太守前来拜见。

摔杯为号，拿下。

华州太守搞了一辈子人事，读了一辈子眼神，最后被一身衣服给骗了。

别轻易相信别人的马甲，即便这个马甲是皇帝给的。

07. 别了，少华山

华州城被一个皇帝的马甲攻破了，这说明世界上没有攻不破的城，就看你怎么攻。

一直在大牢内隔着牢门相望的鲁智深和史进终于有了热情拥抱的机会，两个硬汉都流下了热泪，在模糊的泪眼中，似乎看到了渭城的那次初遇。

那时的鲁智深在渭城春风得意，喝酒从来不用带钱，一切消费凭一张脸就解决了；那时的史进初出江湖，大方得让人嫉妒，鲁智深跟他一张口，他便掏出了十两银子，还说了不用还；那时的李忠跟着他们蹭饭，鲁智深跟他张口，他摸摸索索摸出了二两银子，鲁智深给了他一个真实的评语，"也是个不爽利的人"。换了别人，听到这个评语会无地自容，李忠却很坦然，一句评语能保住二两银子，这样的买卖哪里找去？当时鲁智深就把银子还给了他。

鲁智深拉着史进说了好久，让旁边的宋江看着有些不耐烦，这个和尚没个正形，也不赶快说发展下线的事情。

不用鲁智深说，史进自己也有了上梁山的心。经过这场劫难，史进彻底看清了三个合作伙伴。自己入狱之后，三个合作伙伴居然没有胆量去救自己，整个少华山就靠自己一人。这次幸运有鲁智深罩着自己，下次呢，下下次呢？自己得找棵大树，这样才好乘凉，梁山不正是这样的大树吗？

看着宋江冒火的眼睛，史进知道自己上梁山有戏了。史进刚一开口，宋江就迫不及待地答应了，在宋江眼里，这四个人就是四块砖，四块砖质量可能一般，但好歹也是砖。

看到宋江答应史进提出的上山要求，朱武他们流出了幸福的热泪。

好几年了，每天都过着提心吊胆的日子，每次出去借粮都得上香，生怕有去无回。即使史进上山之后，恐惧感也没有彻底消失，因为华州城的官兵随时有可能出动。朱武他们几个人的睡眠质量一直都不好，很多次他们都在梦中惊醒，在梦中他们被官兵抓下了山。

现在好了，少华山的人马也归到梁山序列，听说那里的头领实行平均分配，不论功劳大小，分的东西都是一样多，这样的好事哪里找去？

到了梁山，咱们跟鲁智深、武松享受一样的待遇，这日子可比少华山的日子强多了。人家梁山的日子是吃啥有啥，咱以前的日子是有啥吃啥，以后咱们也吃啥有啥了。

同朱武的得意不同，史进心中五味杂陈。自己本是一个自学成才的农村青年，本来抱着拳拳报国之心，只可惜始终报国无门。如果当年自己能找到师父王进，或许自己现在已经是大宋的军官了，如果自己当年能在村里好好当村长，或许现在也安居乐业、小有所成了。

只可惜，这些都是如果，现实是你必须得上梁山。

史进回头望了望少华山，这座让他欢喜让他忧的山。自己在这里度过了几年彷徨的时光，自己把人生最好的岁月留在这里，现在自己要告别少华山奔赴梁山了。

都说梁山顶上好风光，都说梁山是招安的一个跳板，宋江大哥，你能带我跳过大宋的龙门吗？

08. 朱贵的兼职工作

宋江的买卖又做大了，七千军马和十六位天罡正将终于把华州太守这只"蚊子"拍死了，顺便还拉了四个下线，为自己的跳板垫了四块砖。梁山上的晁盖已经习惯了当壁虎的生活，也把宋江发展下线当成了家常便饭，他知道这位兄弟的忽悠能力很强，但没有想到他的忽悠能力这么强。

梁山对于晁盖来说并没有什么特别，比起当年的东溪庄，只不过是海拔高了一点，于晁盖而言，最重要的是有兄弟在有酒喝，至于梁山该往何处去，他也想不了那么多。招安似乎也是个选择，晁盖找不出反对的理由，当宋江频频以将来接受招安为名发展下线的时候，晁盖不提倡也不反对，他提不出自己的政治纲领，只能看着宋江一个人作秀。

见史进他们四人上山，晁盖心中还是欢喜的。他是个喜欢张罗的人，只要有酒喝，只要喝酒的人肝胆相照，晁盖就非常开心。

梁山上的酒席又开始了，而且还是循环的。梁山的头领轮流做东为史进他们接风，他们一天只喝一顿酒，一顿酒喝一天。梁山的老头领们轮流做东请完，史进他们四个再拿出私房钱回请。

请来请去，胃出血的有好几个，胃下垂的有好几个，昏迷不醒的有好几个，清醒的没几个。

梁山脚下还有一个清醒的人，这个人就是东路酒店的接待处平行主任朱贵。

朱贵自从林冲上山之后，就坐看城头大王旗的变幻，看惯了新人上山的欢颜，以及老梁山兄弟的落寞。如果说在王伦时代，他还算核心层，如今在双头时代，他已经成了远离核心层的大气层，而且还有继续远离的趋势。

想到伤心处，朱贵禁不住眼圈一红，都以为强盗的生活简单，没有钩心斗角，谁能想到，梁山也是个小社会，钩心斗角无处不在。

思来想去，朱贵只能认命，说白了，你就是给梁山开酒店的，就别想太多了，总比以前破产流落江湖好。

既然自己被牢牢定在了接待处主任的位置上，那还是发挥点作用吧，总不能让两位老大说自己是聋子的耳朵摆设吧。

想明白了的朱贵开始留心收集各路消息，然后定期汇总向两位老大汇报。这样一来，他遭到了情报处主任戴宗的白眼，戴宗这个情报处主任只会送快递，不会收集情报，朱贵的做法越俎代庖，有点让戴宗下不了台。

朱贵也顾不了那么多了，收集自己的情报，让戴宗瞪眼去吧。

第六辑 晁盖中了药箭

01. 史进：你的命好苦

朱贵这个接待处主任的能力还是有的，他能够在经营黑店的同时收集有效情报，这次他送上山的情报很有价值，情报显示，有人想跟梁山唱对台戏。

一山难容二虎，梁山床边岂能容许别人打呼噜？

在梁山床边打呼噜的有三个人，分别是混世魔王樊瑞、八臂哪吒项充、飞天大圣李衮，三人聚集了三千人马，宣称要吞并梁山。

口号也不必当真，或许人家只是把梁山当成奋斗目标，一个想象的竞争对手而已。

樊瑞跟公孙胜算同行，据说能呼风唤雨；项充打起仗来很唬人，使一面团牌，团牌相当于大盾牌，团牌上插着二十四把飞刀，即便没有花荣的准头，把二十四把飞刀一起扔出去总还是有杀伤力的；李衮跟项充有些像，也使一面团牌，团牌上插了二十四支标枪，手拿一口宝剑，李衮跟项充的方法一样，一着急就把二十四根标枪全扔出去，肯定也有点杀伤力。

就这么三个人纠合在一起，叫喊着要吞并梁山，怎么跟宋江的脸皮一样厚呢？

当朱贵把这个消息传递上山时，宋江喜出望外，这可是发展下线的大好机会啊。但是，宋江的如意算盘珠被史进给拨弄散了，史进想给梁山送上自己的投名状。

史进绝对是个好人，只可惜社会经验不丰富，跟宋江比，他简直就是没上过学的儿童，在他的字典里，不知道什么叫手腕，什么叫耍手腕。史进一心想给梁山交上拿得出手的投名状，却没有想到自己的异想天开不恰当地挡了宋江的道。

史进在宋江的眼里只是一块砖，宋江并不需要这块砖发挥多大作用，只要能垫脚就足够了。这块垫脚石想担当主角，有点抢戏，以前这种事都是宋江组团下山，史进却提出自己组团下山，这不是拆宋江大哥的台吗？

史进在不经意间暴露了自己小团队的意识。梁山就是一个小朝廷，小朝廷的老大是晁盖和宋江，大家要紧密团结在双头的周围，无论你以前是二龙山的、少华山的、桃花山的，还是清风山的，说到底大家都是梁山的。在梁山的屋檐下，你史进还能说带本部人马下山，连你史进都只是梁山的一块砖，难道你自己还想发展下线？

史进不读书不看报，也不懂孙子兵法，孙子早就说了，知己知彼，百战不殆，朱贵的情报显示对方有三千多人，史进却只带自己的本部人马，少华山的本部人马又能有多少呢？六七百人马撑死了，人家宋江大哥从来都是大炮打蚊子，史进却拿肉包子打藏獒。

史进的投名状计划注定要失败，他不仅没拿来投名状，还差点成了别人的投名状。

史大郎，你的命好苦啊。

02. 四个倒霉孩子

送死你去，背黑锅你来，急于下山取投名状的史进兴冲冲杀到了芒砀山。

这里是樊瑞的老巢，这次出击让史进很兴奋。史进的梦想是穿上大宋官服，这个愿望到现在为止还没有实现。这次来扫荡芒砀山让史进产生了错觉，他觉得自己已经成了大宋的军官，他正在干着跟大宋军官一样的工作——剿匪。

史进的运气一直很背，当年第一次抓贼抓了陈达，中了他们的苦肉计，还赔上了自己的庄园；第一次出远门遇到了鲁智深，不仅跟他借钱，还打死了人连累他跑路；第一次劫道又遇上了鲁智深，买卖没开张还得倒贴牛肉干和烧饼给鲁智深充饥；第一次见义勇为觉得自己很拉风，又被华州太守抓进了牢房；这一次想拿投名状，自己差点成了投名状。

在以后的岁月中，史进的运气也不好。攻打东平城的时候，他自告奋勇去一个相好的妓女家里埋伏准备里应外合，没几个小时就被举报抓进了牢房。等到顾大嫂跟他约好月末越狱的时候，他没有搞懂农历月份有大小月之分，他暴力越狱的那个月是大月，有三十天，而他在二十九那天越狱，结果遭到了一顿暴打。

等史进在征方腊的战役中阵亡后，鲁智深一边哭一边给他烧纸钱，嘴里念叨：单纯的孩子，倒霉的孩子。

现在史进带着其他三个倒霉孩子，分别是朱武、陈达、杨春，他们带着五百多人马觉得够强大了，没有想到，人家呼啦啦地来了三千多人。

史进以为自己的武功足以平定那三个在梁山床边打呼噜的人，毕竟自己是八十万禁军教头王进的徒弟，而且自己的武功还得到了师叔林冲的肯定。

该到了发威的时候。

史进刚想发威，项充和李衮便杀了过来，这两人打起仗来没有套路，就是硬冲，顶着两张团牌往前冲，一边冲一边扔二十四把飞刀和二十四只标枪，四十八件兵器向史进这四个倒霉孩子嗖嗖发射。

四个倒霉孩子一看就傻了眼，对方不按套路出牌啊，这也太不讲究了。

史进来不及思考了，他知道，按照平均分配的原则，至少有十二把标枪或者飞刀会飞向自己，好汉不吃眼前亏，转身跑吧，千万不能当刺猬。

史进一带头，其他三个倒霉孩子也跟着往回跑，这一下就乱了。项充和李衮一看，这也太不经打了，这拨人不是号称称霸少华山好多年吗？

史进收住败军一盘点，本来就不多的人马折了一半，这些可都是自己的嫡系啊，就这么不明不白地丢了一半。

史进这个人一生中不明不白的事情很多，曾经不明不白烧了自己家的房屋，也曾经不明不白被鲁智深连累跑路，也曾不明不白被华州太守请去吃窝窝头，最后更是不明不白死在了方腊手下神箭手庞万春的箭下。

人生难得糊涂，但也不能这么糊涂。

史进看着自己的败军，更坚定了"自己就是倒霉孩子"的想法。本来想取投名状，反倒差点被人取了，这下面子彻底掉在地上了，以后在宋江的面前，自己还能捡起那张俊秀的脸吗？

03. 当樊瑞遇上公孙胜

史进的郁闷在徐宁和花荣到来后达到了顶点。

在他们下山之后，宋江担心他们取胜不了，又派花荣和徐宁带了两千人马跟在后面，说白了就是把他们当成了炮灰。他们四个倒霉孩子就是负责踩雷的工程兵，他们的任务就是在被炸之后通知后面的人马：小心，前面有地雷。

这时史进才知道世界上有一种感觉叫作心堵，有一种味道叫哑巴吃黄连。

也怪不了别人，谁让你癞蛤蟆上公路，愣充迷彩小吉普呢？

史进度过了漫长的一夜，他准备第二天天一亮就跟徐宁他们一起去把自己掉在地上的脸捡起来。

史进盘算好了，徐宁有一副好甲，飞刀和标枪都刺不透，让他打头阵；花荣有神箭，而且还能连发，他连发两箭，自己再上去砍人，这个战术配置还是比较合理的。

可惜史进没有等到操作机会，宋江又带领三千兵马下山了。看着宋江的三千兵马，再看看徐宁、花荣带来的两千兵马，宋江这一次总共出动了五千兵马，自己之前却只带了区区五百人马，一比十，跟人家怎么比呢？

宋江出动五千兵马，说明宋江老谋深算，而史进只带五百人马，说明史进没有城府，很傻很天真。宋江平静地拍拍史进的肩膀，"大郎啊，人生就是一本书，你就慢慢读吧！"

宋江大哥下山了，这五千多兵马自然都归他指挥。这样的指挥让宋江很上瘾，他觉得站在几千人前面挥手的感觉很好，很拉风。

有道是，同行是冤家，这回樊瑞遇到了冤家加同行——公孙胜。

同行相见分外眼红，谁都想证明自己的道行比对方高，这一次公孙胜用事实证明，自己比樊瑞高得不是一星半点。

樊瑞实际只会变个戏法，要个魔术，公孙胜在变戏法的同时还会排兵布阵，这一次他排出的是诸葛亮的八阵图。宋江人马排好了阵，在阵中间挖好了坑，就等着樊瑞团队往坑里跳。

无知者无畏，樊瑞这个看不懂阵法的无畏者让两个合作伙伴只管趁着自己刮起的阴风往阵里冲，一冲进去就陷入了重重包围。

古代阵法的精妙就在这里，能够根据高处的指挥随时变阵，有点大型团体操变换队形的味道，阵形一变再变，项充和李衮已然找不到北。公孙胜又加上了艺术效果，把现场弄得昏天黑地，项充和李衮即便想扔飞刀和标枪也睁不开眼。他们只能不停地揉眼，同时不停地在心中祈祷：黑夜啊，赶快给我黑色的双眼吧，我要用来扔飞刀和标枪！

项充和李衮的祈祷没有奏效，公孙胜指挥着人马不断变换阵形，把他俩生生逼进了大坑，在落坑的那一瞬间，项充问李衮：你不是飞天大圣吗？飞啊！李衮没好气地抬杠说：还八臂哪吒呢，快成独臂老人了吧。

两个人迷迷糊糊地就被宋江的人马给绑了，心中都对樊瑞充满了怨恨。项充恨恨地说，"都怪他的阴风，不吹敌人，净吹自己人"，李衮接言道，"他一个半路出家的棒槌，能吹起风就不错了，樊瑞说以前有一个叫公孙胜的，连蜡烛都吹不灭呢！"

04. 三张梁山饭票

项充与李衮两个粗人哪里受得了宋江的啰唆，宋江殷勤邀请他俩入伙，这样的殷勤让这两个粗人很受用。

其实对付粗人的方法很简单，就是用情感打动，比如李逵这样的粗人，比如项充和李衮这样的粗人，你给他一点阳光，他就变着法给你灿烂。

对精明人采用手段，对粗人就采用情感，宋江早就把这些手法运用得炉火纯青，这些粗人哪里能抵挡得住呢？

一旁的呼延灼冷冷看着宋江，他从心里讨厌这样两面三刀的人，但从另一方面他又佩服这样的人，佩服人家的脸皮怎么那么厚。自己当年站在马路上卖腰带的时候羞红了脸，而宋江大哥却成天乐此不疲，同样是人，差距怎么那么大呢？

项充和李衮尽管是粗人但并不糊涂，他们清楚芒砀山与梁山还有不少差距，芒砀山的饭票怎么能跟梁山的饭票比呢？听说人家那里顿顿有酒、天天有肉，以前没吃过肉的阮氏三雄在那里吃肉都吃腻了，一见酒都吐，那是什么样的日子啊！

项充和李衮准备跟着宋江登上梁山的破船，唯一的阻力可能就是老大樊瑞。樊瑞这个人自以为能变个戏法、耍个魔术就自视甚高，让他不当芒砀山的老大去当梁山的普通头领，他会愿意吗？

此时的樊瑞正在山寨里苦恼，两个合作伙伴折了，三驾马车只剩自己这匹马了。樊瑞这人就是个忽悠，跟早期的公孙胜一样，就是变戏法的水平，遇上下雨非说自己作的法，遇上龙卷风就说是自己作法作大发了。一切可以利用的自然现象都是他忽悠的法宝，遇上个日全食和月全食就说自己作法让月亮和太阳搬了次家。

他们的手法和宋江一样，全靠那张嘴。

如果樊瑞有朱武那样厚的脸皮，这时候早就下山冲着宋江用苦肉计了，然后用鳄鱼的眼泪打动宋江。但樊瑞是道士，总有点牛鼻子老道的倔脾气，他只能在山寨里独自忧郁，他不知道自己究竟该去往何方。

正发愁的时候，项充和李衮两个粗人回来了，难道是越狱？

项充和李衮告诉他说，根本没入狱，哪来的越狱？宋江大哥对我俩可好了，不但亲自给我们松绑还请我们喝酒，想喝多少喝多少，根本不限量。宋大哥还告诉我们，等上梁山之后，天天这么喝。

樊瑞一听，这两个人是动心了，自己也别再坚持了，什么吞并梁山，那只是一个口号而已，就是个忽悠的招牌，不必当真。

等樊瑞见到宋江的时候才发现，自己跟人家根本没法比，人家经过多年官场历练，见过的官比自己见过的人都多。

不能比，干脆躺平，以示口服心服。

宋江也没白让樊瑞崇拜，马上给樊瑞送了见面大礼，大礼大到让樊瑞兴奋到了极点，也让公孙胜郁闷到了极点。

宋江让公孙胜向樊瑞传授五雷轰心法，这可是公孙胜的看家法宝，前不久罗真人才传授他的。

公孙胜碍于面子不能不传，嘴里不自觉地有点嘟囔，一边的花荣安慰他说，"别那么在意了，哥哥，老大把我妹妹都送出去了，让你送出去个专利而已！"

樊瑞激动得差点手舞足蹈，这买卖值了，不仅获赠梁山永久饭票，还加送公孙胜的专利，值了，值了。

宋大哥，以后你就是我的亲老大了。

05. 宋江遭遇了模仿秀

芒砀山平了，宋江的跳板下又多了三块砖，这三块砖的名字分别是樊瑞、项充和李衮。樊瑞后来从征方腊的战役中全身而退，跟朱武一起投到了公孙胜门下当了职业道士，项充和李衮的结局比较惨，他们上梁山后成了李逵的跟班。

他们跟李逵形成了战术组合，李逵只管进攻砍人，他俩负责拿着团牌给李逵挡箭，最后盘点战功，战功都是李逵的，他俩跟着喝点汤。不过李逵比较仗义，分到的金子和银子都跟他俩平分，分了酒和肉也是大家一起吃喝，这样让两个粗人也很欣慰。

项充和樊瑞的开心正映衬着史进的落寞，本来一心想取投名状，结果当投名状让人家给取了。

在日后的排名中，史进因为跟鲁智深的老关系，再加上林冲是他的挂名师叔，这才赢得了天罡的位置，而朱武则走了吴用的后门，一个劲儿地拍吴用的马屁，效果也不错，在大排名中，他排名地煞第一名，也算很拉风了。

最惨的就是陈达和杨春，被项充和李衮牢牢踩在了脚下。哎，明月装饰了你的窗子，而你又装饰了谁的梦。

无论是兴奋也好，郁闷也罢，总之宋江大哥带着队伍回山了。

回头看看身后的队伍，宋江的感觉越来越好，人的感觉就是这样培养出来的。以前的宋江顶多对着郓城的公差装模作样说几句话，现在动不动对着几千人的队伍做战前动员；如果说以前的宋江顶多算个科级干部，现在的宋江少说也算个师级干部了。

吴用经常恭维宋江说，"哥哥，您现在是站得高，看得远了！"宋江总会谦虚地说，"咳，我不过是站在了巨人的肩膀上！"

宋江现在往上看的屁股越来越少，往下看的笑脸越来越多，但宋江的头脑依然清醒，他知道自己是五短身材，在梁山上可能只比刘唐的腿长，要想成为巨人就得不断往脚下垫砖，不管什么样的砖。

宋江走到梁山渡口，他准备过了湖去看看晁盖。想想晁老大也挺可怜，老在山寨里坐冷板凳也挺孤独的吧，下次让他出山吧，老让他坐冷板凳也不好，不然兄弟们会说闲话。

就在这时，旁边路上走过来一个长相很怪的大汉，冲着宋江纳头便拜，那一瞬间宋江吃了一惊，这是模仿秀节目吗？怎么还模仿我的经典动作呢？

来人叫段景住，绰号叫金毛犬，外号得来是根据他的身体特征，他长的是焦黄头发髭须卷。长成这个样子不外乎两个原因，一是基因突变，另外一个原因就是多民族合资。段景住说自己祖籍涿州，长年靠到金国边界盗马为生，跟时迁是同行，时迁干得比较杂，他干得比较专业，时迁什么都偷，他只偷马。

从段景住的祖籍以及活动的地面来看，不排除段景住是混血儿的可能，单纯的中原汉人长不成那个样子。涿州地处宋辽两国边界，尽管两国是敌对关系，但边界上双方的交流还是比较频繁，你中有我，我中有你，宋辽通婚也是正常不过的事情了。

到段景住为止，梁山至少有三个有外族血统的头领了，一个是火眼豹子邓飞，一个是青眼虎李云，另外一个就是金毛犬段景住。

这说明梁山已经不是纯粹的中原汉族梁山，而是全中国的梁山。

06. 千里送马毛

段景住给宋江下拜后送给宋江一根马毛，宋江一时间没有反应过来，一旁的吴用反应比较快，"人家是千里送鹅毛，礼轻情谊重，你这千里送马毛，有什么含义呢？"

段景住这才说出了此行的来龙去脉。

前不久，他去大金国偷了一匹好马，这匹马非常了得，叫作照夜玉狮子马，浑身白得跟雪莲花似的，一根杂毛都没有，速度耐力都很好，一天能跑一千里。

段景住正说得兴高采烈，旁边的戴宗脸上挂不住了，真要有了这马，谁骑了都能日行千里，那还要自己这个日行八百里的快递员干什么呢？从这一刻起，就注定段景住要有小鞋穿了，因为他可能会砸了人家戴宗的饭碗。

段景住偷了这匹马能卖个好价钱，够自己吃喝一段时间，可是老这么靠偷马为生到什么时候是一站呢？同行时迁早就上梁山，金盆洗手了，以后再出手都是职务需要，而不是生活需要了。

段景住想了半天，自己能拿得出的见面礼就只有这匹马了，把这匹马送上梁山，然后混一张梁山的永久饭票，这买卖合算啊。

不过听说现在梁山上是双头，这匹马该送给谁呢？段景住把这两个老大做了一下比较：晁盖是村长出身，宋江是官员出身；晁盖见人就是点头打个招呼，宋江则动不动给人下拜；晁盖在梁山上已经没有几个下线了，宋江的下线一排一排，听说还有两个混血儿。

比较来，比较去，段景住准备把马送给宋老大，至于晁老大，听说他已经当壁虎很长时间了，还要马干什么？

怀着对美好生活的向往，段景住带着那匹绝世好马往梁山赶，因为这匹马太扎眼了，走到曾头市的时候被曾家的人给抢了。

段景住喊出宋江的名头想吓唬他们，人家根本没当回事。

宋江？没听说过，杀猪的还是卖肉的，什么梁山的，抢的就是他。

宋江对马并没有特别的追求，现在有段景住这样的人千里来给自己送马，这说明自己很有影响力，有没有这匹马不重要，重要的是能赢得人心。

宋江再仔细端量段景住，虽说长得难看了一点，不过也很有特点，自己身边已经有花荣这样的帅哥，吕方、郭盛这样的仪仗队员，也有李逵这样的黑铁塔，段景住这样的混血儿再多来几个也不错，带出去也能唬住人。明白人知道这些人也是梁山头领，不明白的还以为宋江带领的是多国部队呢。

来的都是客，收下吧，至少能给自己的跳板再多垫一块砖。

段景住这个人命也挺苦，长年以偷马为生，然而这碗饭可不好吃。偷马既要有眼力，也要有功力，偷马就要偷好马，要偷了病马、瘟马、瘸马，不是死在半道，就是砸自己手里了，而偷好马又有风险，马的性子烈的话，容易被它踢死，骑上去容易被它摔死，等到你以为把它摆平了吧，性子烈的马还给你玩绝食而死。总之偷马的生活很难，很苦。

段景住的外号叫金毛犬，一听就是不招人待见，就跟现在管一些不良少年叫金毛一样，绰号里就带着不尊重。

金毛犬跟鼓上蚤时迁、白日鼠白胜一样，都是在梁山上不受待见的角色，一个是犬，一个是蚤，一个是鼠，后两个属于"四害"。

后来他们三个都成了走报头领，都在情报科工作。

严格说来，这个工作只适合时迁，其他两个人都不适合，也没办法，他俩也干不了别的，段景住只会偷马，白胜只会赌钱，不像人家时迁既会飞檐走壁还会模仿老鼠打架，所以说，时迁才是全才。

07. 晁盖拿着棒槌当针

如果说有前世，那么段景住跟晁盖一定是前世有仇，正是段景住的上山让晁盖彻底被恶心了一把，进而被卷进了梁山与曾头市的恩怨之中。

别人上梁山或多或少都有投名状，不是帮梁山打下这个村，就是帮梁山攻占那个庄，最差的石将军石勇还替宋江带过一封信呢。现在段景住的投名状呢，一根马毛。

晁盖这个人大大咧咧，见到宋江又给梁山搬回四员将领还是很高兴的，不承想，他在席间听说了一根马毛的故事，这让他有点恶心。

自己是梁山的正牌老大，段景住这个人居然说江湖只闻及时雨的大名，这把晁盖往哪里放，往哪里摆？再则，给宋江送礼也不避着晁盖，这不是纯粹让人恶心让人尴尬吗？

段景住到梁山只知道拜宋江这尊菩萨，冷落了晁盖这尊菩萨，因为这根马毛，晁盖有点生气。

本来事情到这儿就算完了，段景住这个不长进的人还是禁不住在宴席上吹嘘自己偷的那匹马的神奇，这又让宋江很心动，晁盖很郁闷。

既然那匹马那么神奇，宋江便安排戴宗下山去打听那匹马的下落，一路上戴宗也不高兴，那匹马如果上了梁山，就有可能砸自己的饭碗啊！

以后梁山有什么快递，随便安排一个人骑着那匹马就办了，人家日行一千里，你日行八百里，人家比你一天多跑二百里呢！

嫉妒归嫉妒，戴宗还是讲究职业道德的。他到了曾头市，不仅打听到那匹马就在曾头市，由曾头市的家庭教师史文恭骑着，而且还顺便打听到一段民谣，这段民谣可不得了，就是这段民谣要了晁盖的命。

民谣是这么说的："摇动铁环铃，神鬼尽皆惊。铁车并铁锁，上下有尖钉。扫荡梁山清水泊，剿除晁盖上东京。生擒及时雨，活捉智多星。曾家生五虎，天下尽闻名。"

戴宗说完这个民谣，一边的樊瑞对项充说，"怎么还有比咱还弱智的人呢？梁山这么大，谁兼并得了啊！"

在场的大多数头领都觉得这不过是一群无知的村民说大话而已，唯独晁盖晁天王出离了愤怒。

一直以来，他的心中都有火。

自从宋江上山以来，每次有行动都是宋江下山，每次都是很拉风地带回很多下线，宋江脚下的砖越来越多，晁盖脚下的砖越来越少，似乎很多人都以为宋江已经是实际的老大了，这个情况可不妙。

段景住那厮，送根马毛还送给宋江，这不是成心恶心我晁盖吗？晁天王可是托塔天王，托塔天王不发威，真以为天王是病猫吗？

一根马毛，一段民谣，多数头领都没有当回事，晁盖却拿着棒槌当针了，他决定亲自下山。

这一次他要做下山的老虎，让宋江在家当壁虎。

08. 晁盖没看过《三国演义》

晁盖迫不及待要下山，宋江有点慌了神。

本来领兵下山发展下线属于宋江的业务范围，这一次晁盖要亲自出马，说明晁盖对宋江已经不信任了，这一点宋江能够看得出来，梁山众头领也能看得出来。

此时在众头领面前摆下了一道选择题，跟晁盖还是跟宋江，这个选择题不会让大家把答案写在纸面上，每个人的答案都在心里。

宋江还想对着晁盖念紧箍咒，"哥哥是山寨之主，不可轻动"。

以前只要念到这一句，晁盖便主动在家当壁虎了，这一次宋江的紧箍咒不起作用，晁盖准备撕破脸皮了。

晁盖对宋江说，不是我要夺你功劳，你下山多次了，厮杀劳困，这次我替你走一趟，以后有事，还是你去。

一个大当家的对二当家的居然说"不是我要夺你功劳"，这说明老大对老二已经不信任了，老大和老二的矛盾不可调和了。

上阵亲兄弟，打虎父子兵，晁天王准备亲自出山，必定要带自己的嫡系，但嫡系又有多少呢？晁盖总共点了二十名头领，阮氏三雄、刘唐、白胜是嫡系，是死党；林冲算半个嫡系，人家当年拥立有功。

由于晁盖的嫡系实在太少，杜迁和宋万这两个王伦的死党也凑合着用吧，总比宋江的死党用着省心，这样占去了八个名额。其余十二个分别是呼延灼、徐宁、张横、石秀、杨雄、穆弘、孙立、黄信、燕顺、邓飞、杨林、欧鹏，这些人基本都是上山不久，还没来得及站队的人。

晁盖用这些人也很勉强，张横和穆弘在揭阳镇的时候就开始跟随宋江，石秀和杨雄当年上山时差点被晁盖砍了，还是宋江做主救下了；黄信跟宋江在清风山的时候就认识了，燕顺在清风山上就认宋江当老大了，而邓飞和杨林都是戴宗的下线。

数来数去，不属于宋江阵营的只有呼延灼、徐宁、孙立、欧鹏，只有这些人晁盖可以争取过来，其他人实际都有了宋江的烙印。此时的晁盖感觉分外孤独，原来自己的身边已经有了这么多宋江的嫡系，对于宋江，晁盖已经到了赏无可赏的地步，再赏就只能把自己的头把交椅赏出去了，真要那样的话，自己坐啥呢，总不能坐地上吧。

看着晁盖点兵，宋江明白晁盖的意思，事情到了这个地步已经不需要再说什么了，宋江只能故作平静地留下，也体会一下当壁虎的感觉，那会是一种什么样的感觉呢？

在内心里，宋江还是渴望自己出山当老虎，让晁盖接着当壁虎，但无法张嘴，因为晁盖看样子已经铁了心。

就在这时，晁盖新做的"晁"字帅旗被风吹断了，这下有文章做了。

按照中国古代小说的常用手法，一旦帅旗被折断，必定对主帅不利，非死即伤，晁盖这个迷信的人应该不会不知道这个道理。

只可惜晁盖不读书，应该没有看过《三国演义》，不知道这个兆头还是很灵的。司马懿看看天象就知道诸葛亮快要"game over"了，同样宋江看到晁盖被折断的帅旗也猜到了，晁盖这次麻烦大了。

晁盖也是个迷信的人，当初组建抢劫生辰纲团队就是因为迷信。

本来他并不准备抢劫生辰纲，经不起刘唐和吴用的撺掇，再加上梦到了北斗七星落在了自家房顶，所以他就认为这是上天给他暗示，要带领七个人一起做一件大事，这才下定决心去劫取生辰纲。

根据我的分析，晁盖之所以梦到北斗七星，要么是因为睡觉之前盯着北斗七星看了太长的时间，要么就是晁盖家的屋顶漏了。

09. 友情也会变质

晁盖已经听不进任何人的意见，别人越是劝，他越是坚定，等到吴用对他说，此乃不祥之兆，他只是冷冷看着吴用。这个当年跟他穿一条裤子的兄弟如今已经跟别人穿一条裤子了。晁盖的心开始流泪：没想到这个世界什么东西都会变质，友情居然也会变质。

这时宋江也拿断旗说事，劝晁盖等春天来了、天气暖了再去也不迟。晁盖同样冷冷看着宋江，以前你总用紧箍咒把我按在梁山上当壁虎，这一次我让你尝尝当壁虎的滋味。

大当家跟二当家斗气斗到这个程度，说明梁山的双头系统快崩溃了，至于哪个老大能挺到最后，就看命运的安排了。

一直很迷信的晁盖，今天准备相信一次科学，他觉得旗杆断了的原因有很多，可能是风太大了，可能是旗杆的材质太差了，也可能是有人提前把旗杆锯了一半故意做出被风吹断的假象。如果旗杆断了就意味着死主帅，那以后行军打仗就简单了，让时迁提前到对方阵营里把旗杆锯掉一半就可以了，到时候，风一刮，对方主帅就死了，这哪是打仗啊，这不是过家家吗？

这样如果真的管用，我以前扎的那么多小人怎么不管用呢？所以说到底，还得相信科学。

相信科学的晁盖带着二十名头领下山了，身后跟着五千兵马，晁盖没有想到的是，这是自己一生中带兵最多的一次，也是最后一次。

留在梁山当壁虎的宋江郁闷地回到山上大寨，从今天起，他得学会喝酒吃肉打发时间。对急于发展下线的他来说，时间就是下线，时间就是砖头，可惜现在他只能安心看家。

不过宋江还是留了后手，他预料到晁盖可能会出问题，便安排了他的快马戴宗跟在晁盖人马的后面暗中观察。晁盖在下山以后，总感觉背后有一双眼睛在盯着自己，那双眼睛就是戴宗的，主使他的是宋江。

晁盖下了山，过了湖，来到曾头市。

晁盖发现这个地方易守难攻，三面环山，一面环水，生态环境非常好，非常适合人类居住，就是不适合梁山人马攻打。

这种地方硬打不行，省事的办法就是用空降兵，晁盖那个年代哪找空降兵去？只能跟人家死磕。

晁盖的人马先跟曾头市来了个小型的遭遇战，对阵的双方是曾头市的曾家四子曾魁与梁山豹子头林冲。

曾魁跟林冲支应了二十来个回合，说明江湖上武功高的还真不少，毕竟在梁山上能跟林冲支应二十多个回合的也不多。

扈三娘跟林冲支应两招就被林冲拍落马下，而扈三娘能把王英擒了，能跟呼延灼支应十几招，这样换算下来，曾魁的武功在梁山上还是能排得上名次的，至少比王英之类的混子高得多。

宋江也不容易，手里面除了林冲这样的王牌，也有王英、陈达、杨春这类水牌，想出点成绩，不是难，而是很难！

10. 收藏武功也会贬值

《水浒传》中有聪明人，有糊涂人，有乐于助人的人，也有狗拿耗子的人。如果非要选个狗拿耗子的典型，当数曾头市的庄主曾长者。

这个老头活着，但已经死了，糊涂死的。

曾长者原本是大金国人，不是中原人士，这个外籍人士偏偏对大宋朝的安定团结很关心。他总共有五个儿子，分别是曾涂、曾参、曾索、曾魁、曾升，五个儿子有两个家庭教师，一个叫史文恭，一个叫苏定。

一个外籍人士居住在大宋境内，集中精力发家致富就可以了，他偏偏要狗拿耗子，聚集了五千多人，号称要替宋朝捉尽梁山的强盗。

一个来自大金国的外籍人士，手下养着五千多人，明白人知道您是准备平定梁山，不明白的还以为您要聚众造反了。

不过在这里，曾长者的大金国身份可能是一个符号，是一个暗示，因为曾长者是金国人，他的曾头市跟梁山始终没有和解，最后被梁山平定。或许在这里就暗示了中原王朝大宋与金国势不两立，矛盾不可调和。

如果此次让宋江来，可能还会发展下线；让晁盖来，双方就只有死磕了。这里或许就在暗示，那个年代北宋和金国的矛盾是不可调和的，让梁山好汉替民众过一下灭金国的瘾吧，此处的安排或许就是施老爷子书生救国的写照。

矛盾已不可调和，只能兵戎相见了。

急于证明自己的晁盖冲锋在第一线，他要向身后五千将士证明，晁盖才是真正的天王。对方刚一叫阵，晁盖发了怒，自己拍马直接杀了过去。这个动作证明，晁盖不是天王，勉强只能算作天将，他根本不是当主帅的材料。

晁盖跟宋江相比，就如同项羽与刘邦。

晁盖能上阵拼杀，能使用武力，宋江只能拿着兵器勉强比画，他的嘴比刀管用。项羽每次冲锋身先士卒，每次战役都是他这个主帅功劳最大；刘邦呢，每次冲锋远远看着，动不动就问身边的人怎么办，怎么办，指望着他冲锋，等猴年吧。

最后的结果呢，武力平平的刘邦战胜武力超强的项羽。

习惯动嘴的宋江能战胜习惯动手的晁盖，主要还是综合能力的胜利，也是元帅对大将的胜利。

晁大哥，元帅是需要多方面素质的，您并不具备。

跟曾头市遭遇了两回，晁盖始终没有得到证明自己的机会，这让他非常郁闷，本来指望着下山来重树权威，却没想到，一出山就遇到了曾头市这块牛皮糖，嚼了两次愣是没嚼动，还差点硌了牙。

怎么宋江一出山就得胜，自己偏偏遭遇牛皮糖呢？

想想那抢夺生辰纲的日子，想想那在水泊里砍死一千名官兵的日子，那时的自己多么意气风发啊，难道真的是自己老了？难道真的是当壁虎的时间太长了？莫非收藏武功也会贬值？

11. 光头的不一定是和尚

多年不失眠的晁盖连续几个晚上失眠了。

这几天曾头市的人很狡猾，不跟梁山人马正面交锋，老鼠不出洞，晁盖这只病猫只能在曾头市的老鼠洞口徘徊等待。

如果晁盖具备指挥能力，可以考虑大兵团作战：把凌振、时迁以及解珍、解宝调过来，让三阮从水路把时迁送进去，让解珍、解宝翻山越岭进去，让凌振把轰天炮准备好，以炮声为号，三人同时在里面放火，凌振集中火炮进行轰炸，先把曾头市的宿舍都给轰了，然后趁着兵荒马乱吹冲锋号，林冲带着众头领发起冲锋，第二天大家就可以在曾头市吃早饭了。

只可惜晁盖只当过村长，哪有指挥大兵团作战的能力？人家宋江大哥怎么说也在梦里接受过九天玄女娘娘的函授，还从那里顺走了三本函授教材。晁盖大哥呢，不看书不看报已经很多年，更不用说函授学习了。所以从这个层面上讲，知识还是力量。

晁盖失眠了三天，郁闷了三天。

第四天一早，两个看起来慈眉善目的和尚上门了，他们自称是曾头市寺庙的和尚，因为被曾家五虎欺负了，所以出来给晁盖送情报。

晁盖是善良的人，到目前为止他的眼睛还很清澈，他不相信梁山山顶上有狼，也不相信这个年头和尚也会骗人。

林冲看着两个和尚有些怀疑，多年的江湖经验告诉他，世界上最凶险的动物不是狼，而是人。因此林冲处世格外小心，他几乎不相信这个世界上还有好人，当然师兄鲁智深除外。

对于林冲的规劝，晁盖不以为然，他认为和尚是离佛最近的人，佛不会说谎，和尚也不会骗人。

为了说服晁盖，林冲举了好几个例子，比如鲁智深，比如武松，这两个人都算和尚，但不见得没说过谎。鲁智深在路过刘家村的时候，骗人家能用佛法打动周通放弃迎娶刘家小姐，结果怎么样？鲁智深根本不会讲佛法，他就是给了周通一顿暴打解决问题；再说武松，那更是典型的说话不算话，逼着人家说实话，骗人家说了实话就饶人家不死，结果呢？等人家说完实话就把人家给砍了。

和尚离佛近，但并不意味着和尚就不说谎，再说，您知道这两个和尚是公费和尚还是自费和尚，或者跟武松一样是个假和尚呢？

真和尚，还是假和尚，晁盖根本不去想，在他心里，世界上根本没有狼，也就根本没有假和尚，他准备跟着和尚摸黑进入曾头市，让曾头市中心开花。

晁盖把兵一分为二，一半交给林冲，一半自己带着，自己带的这一半进去劫营，林冲带的那一半负责在外接应。

可能是在梁山上坐冷板凳的时间太久了，晁盖这一次准备真正做一把老虎，他要用行动证明自己是真正的老大。

晁盖亲自带领十个头领进去劫营，十个头领分别是阮氏三雄、刘唐、白胜、杜迁、宋万、欧鹏、燕顺、呼延灼。看着阮氏三雄和刘唐，晁盖有一种要去抢劫生辰纲的错觉，他觉得这一次会像当年抢生辰纲一样成功，却没有想到这一次他成了关公。

走了麦城的关公。

十个人中最倒霉的是杜迁和宋万，这次跟晁天王下山让他们很激动也很感动，这说明晁天王终于把他们当自己人了，他们似乎看到在不远的将来他们又成了梁山的核心层，因为他们是与晁天王一起出生入死的人。

结果很不幸，这是他们第一次被梁山的新核心重视，却也是最后一次。在这一次之后，晁天王挂了，宋江大哥升了，而他俩和朱贵的背上被盖上了两个戳：王伦的人，晁盖的人。

12. 晁盖太傻太天真

以前的晁盖是个迷信的人，现在的晁盖要做个相信科学的人，他不相信那折断的旗杆会对他不利，他认为那折断的旗杆或许是宋江为了阻止他下山而玩的小把戏。

对于这次劫营，林冲并不同意，他对两个疑似和尚一点都信不过。光头的不一定是和尚，会飞的也不一定是飞机，可惜晁盖就是认死理，狼都害不了我，何况人呢？人有的时候比狼更可怕，晁天王你有些太天真了。

一个统帅，一个率领五千人马的统帅，非要事必躬亲地去劫营，这是什么做派，这是项羽的做派，只相信自己，不相信别人。这或许是长年在梁山上坐冷板凳造成的后遗症，又或许是宋江长久以来给他造成的四面楚歌。

当一个人对周围的人已经不信任的时候，那么这个人是孤独的，晁盖就是这样一个孤独的人。

世界上的事情就是这样，你越想证明却越不能证明。晁盖本来想证明自己依然能征善战，依然是梁山老大，只可惜仅仅一次机会还让他演砸了，不怪别人，怪只怪他在梁山上坐冷板凳的时间太长了。

晁盖带着两千五百人马跟着两个疑似和尚进了曾头市，晁盖以为这一次抱对了佛脚，到头来才发现，他抱住的原来不是佛脚，而是马蹄。

两个疑似和尚转悠了半天后消失在如墨的夜色中，晁盖到这个时候才发现和尚真的欺骗了他，晁盖有些出离愤怒，"这是什么年头，和尚也会骗人"。

已经知道是圈套，剩下的事情就是逃出圈套，此时的晁盖跟三国的庞统一样，在身临绝境的时候也想过自救，庞统说"快撤"，晁盖说"哎呀"。

原来他已经中箭了。晁盖的队伍被包围了，迎接他们的是曾头市的乱箭，晁盖在第一排，最先中箭。

总体来说，晁盖的一生是闪亮的一生，更是糊涂的一生。

他糊涂地走上了抢劫生辰纲的道路，又糊涂地当上梁山的老大，后来糊涂地让野心家宋江当上了二当家，最终糊涂地中了曾头市的冷箭。如果要用两个字概括晁盖的人生，"糊涂"二字挺合适。

如果真的有来生，晁盖可以好好设计一下自己的人生，只可惜人生从来没有彩排，每天都是现场直播。

13. 晁盖中箭了，还是药箭

晁盖中箭了，还是药箭，这注定是悲剧的结果。

古往今来，箭是一种很奇怪的兵器，在名将手里是扬名立万的工具，在恶人手里就是众多名将的噩梦。

带给晁盖噩梦的是一个叫作史文恭的人，这是一个追求名利的人，也是一个签名成瘾的人。

在箭上刻名字是冷兵器时代计算战利品的一种方式，但前提是大家要讲诚信，不然即使箭上有名字也白搭，只要别人比你先接近战利品，一抬手把你的箭拔下来，再插上自己的箭，战利品就归他了。之所以刻名字的传统还能延续那么久，说明那个年代战场上的诚信还是不错的。

沉默，死一般的沉默，中了药箭的晁盖已经不能说话，毒药的药性发作了。尽管不能说话，晁盖的头脑还是清醒的，他想起了下山前那折断的旗杆，想起了宋江送别时的眼神，想起了令他魂牵梦绕的东溪村，想起了抢劫生辰纲的火红年代。

如果说人生本来就是一出戏，那么我晁盖的一切一定是早有安排。

看着晁盖中箭，二十名头领都很伤心，最伤心的是杜迁和宋万，两个粗人，两个苦命的人。他们第一个老大在一顿饭的工夫里从活人变成了死人，他们第二个老大在一夜之间从活人变成了死人，杜迁无限哀怨地跟宋万说，"为什么我们总是死老大？"

晁天王还在昏迷不醒，林冲安排阮氏三雄和杜迁、宋万火速送晁天王回山，他知道已经回天无力，但也只能死马当活马医了。

阮氏三雄看着昏迷中的晁盖泪如雨下，这个曾经带领他们走上造反道路的人静静躺在那里，再也不能跟他们一起抢生辰纲，再也不能跟他们一起火并王伦，再也不能跟他们一起大碗喝酒大块吃肉了。

不过在他们的心中，一日老大，终生老大。

晁盖被送走之后，剩下的十五名头领也慌了神，按理说主帅折了，剩下的兵马再待着也没有什么意思，大家都思量着撤兵，唯独呼延灼告诫大家，要等宋江的号令。

呼延灼说的看似有道理，他是大宋军官出身，他熟知宋朝对将领的规定，没有上头的命令，领军将领不能自作主张。

在宋朝，将领的主动权很小，宋太宗和宋真宗更是亲自主编军事教材，列出详尽的军事要点，要求将领们在战场上执行，遇到什么情况排什么阵形都有严格规定，不按规定排阵形是要受处分的。

抗金名将宗泽要求岳飞按规定排阵形，遭到了岳飞的质疑，岳飞说，"兵法之妙，存乎于心"，关键在活学活用，而不是死记硬背。

两下对比，岳飞是真正的军事家，不随机应变的呼延灼只是教条主义的执行者。事实证明，呼延灼的主张是错误的，他的错误主张让梁山人马丧失了最好的撤退机会，又一次遭到了曾头市的打击。

等到他们突出重围时，人马损失了一大半。返回梁山途中，他们才遇到快递戴宗下山传达宋江让他们撤兵的将令。

林冲看看满头大汗的戴宗，再看看羞红了脸的呼延灼，心里叹了一口气，"这样真的好吗？"

01. 宋江的厚脸皮

晁盖大哥的帅旗在春风中折了，春风带走了晁盖疲倦的心。对于晁盖而言，交椅不是那么重要，对宋江而言，交椅是地位的象征，而对晁盖而言，交椅就是个搁屁股的地方。

以宋江在梁山的地位，他就是晁盖的天然接班人，但宋江之前的所作所为让晁盖很不爽，这就注定宋江的接班不那么顺理成章。

晁盖在弥留之际，已经讲不出太多话，他的心中只有两个字，"报仇"。

晁盖嘱咐宋江，"兄弟保重，日后有捉到射我那个人的，即为山寨之主。"

这句话是空话，也是一句不负责任的话，就是不让宋江顺利接班，因为晁盖心里对宋江一直有怨气，"我不给，你不能抢"。

晁盖的遗言是个紧箍咒，至于管用不管用，关键就看脸皮厚不厚。晁盖满以为这个紧箍咒会制约宋江几年，只可惜他失算了，他没有想到宋江的脸皮厚，而且很厚。

晁盖以为宋江手无缚鸡之力，肯定捉不住史文恭，因此就不能如愿当上山寨之主，即使强当山寨之主，也会浑身不自在。

这一切都只是晁盖的一厢情愿。宋江以前就是混官府的，混的不是能力，而是脸皮，宋江在官府混了好几年了，他那张脸已经不是一张脸了，而是一张二皮脸。

晁盖去世之后，宋江安排人大大操办了一番，隆重纪念梁山的这位前带头大哥，全山上下都挂上了白色孝布，看得杜迁和宋万又是泪水断了线。

之前老大王伦被火并之后，就是安排几个小喽啰拖到后山挖个坑草草埋了，连个坟头都没有，杜迁和宋万想去祭奠都找不到坟头。现在晁老大挂了，场面大得惊人，让不想哭的人都忍不住哭两声，看来葬礼的形式感还是很重要。他俩暗自约定，如果谁先挂了，后挂的人一定给先挂的人弄一个像样的葬礼，先挂的人一定给后挂的人在异度空间准备一场隆重的接风宴。

如果有来生，如果有来生……

在晁盖去世的一段时间，宋江没有心思打理梁山事务，表面看是追思晁盖，实际是在筹划自己接班的事。

按照一般程序，前任老大的葬礼就是继任老大上台的红盖头，掀起红盖头，前任老大就成了过去，继任老大就当了家。

宋江能顺利接班得感谢两个人，一个是林冲，一个是吴用。林冲拥立宋江是因为他看重有领导才能的人，吴用拥立宋江，纯粹就是政治投资。

首先由林冲报幕，"这个，晁天王归天了，咱梁山不能没有头，我看宋江哥哥非常适合当这个头，大家认为如何？"

这时宋江就得推辞，以退为进，"晁天王说，捉住史文恭者为山寨之主"，这是先抛出紧箍咒让吴用来破解。

吴用这个乡村教师则充分展示了自己的逻辑思维，他提出，"现在又没有人捉住史文恭，况且山寨又不可一日无主，哥哥就先代理吧！"

吴用的这几句话非常重要，一下子堵住了很多人的嘴。

"没有人捉住史文恭"，这就把晁天王的命题假设给破掉了，既然大家都没有捉住史文恭，那么谁也别说谁了。

"山寨不可一日无主，哥哥先代理"，说得也很对啊，山寨无主，得从内部挖潜，论资排辈就得选宋江，而且宋江也不是一下就成为山寨之主，只是个代理，这就让更多的人无法提出疑义。

紧接着是宋江表态，"军师所言极是，我就先代理吧。"

综合宋江和吴用的表现，这就是一个看起来天衣无缝的双簧，靠的就是脸皮厚，而且极厚，厚黑学里脸皮厚度排行榜，第一是刘邦，第二就是宋江。

02. 梁山只是宋江的度假村

脸皮厚的宋江加上脸皮厚的吴用，再加上正义的林冲，三人合力翻开了梁山事业的新篇章，从此梁山双头成为过去，现在是宋江的独角戏。

梁山的三位老大中，王伦最小气，晁盖最草莽，宋江最世故。

王伦的梁山是小梁山，家梁山，这个梁山不需要太大，够吃就行，这个梁山不需要太强，不被灭就行，所以林冲上山他不想要，他经营的梁山就是一座小庙。

晁盖的梁山是草创的大梁山，大家的梁山，这个梁山要很大，大家都吃得好才行，这个梁山要够强，不仅能够自保而且还能经常下山骚扰。在这个信念的支撑下，梁山的山头越来越大，人马越来越多，但梁山究竟该往何处去，晁盖并不去想。在他心里，只要有酒有肉有兄弟，梁山就是梦想中的天堂。

宋江的理想与他们都不一样，他的梁山也是一个大梁山，但是一个有规矩的梁山，有资本的梁山，有上市（被招安）能力的梁山。宋江的理想是把梁山打造成一个跳板、一座龙门，他宋江就是带领大家融资上市（接受招安）的带头大哥。宋江跟早期的雷横一样，他看重的是朝廷的草，不是梁山的苗，看重的是朝廷的床，而不是梁山的房。

梁山在王伦看来是天下，在晁盖看来是庄园，在宋江看来是旅游度假村，尽管看起来很美，但迟早是要走的。

在宋江的建议下，王伦时代命名的"聚义厅"更名为"忠义厅"，忠是对朝廷的忠，义是对兄弟的义。以前宋江的"义"字文章已经做足了，现在该找机会做足"忠"字文章了。

既然进入宋江时代，就必须进行机构改革，王伦的人，晁盖的人，该靠边的靠边，该下岗的下岗，所有头领都必须唯宋江马首是瞻。

在这个原则下，宋江对所有头领的岗位进行了细致的分工，并严密管理，总的原则是宋江嫡系中间站，其他人靠边站。

杜迁和宋万一看这分配的架势，相对无言，唯有泪千行。以前跟王伦吃饭，大家坐一张小桌；后来跟晁盖吃饭，大家坐一张大桌；现在跟宋江吃饭，人家坐包间，咱俩坐散座。

在别人看来，宋江是坐进包间并拥有话语权的高客，但他心中的苦又有谁知道？他把梁山当成了人生的跳板，他梦想着从这里起跳，跳进大宋的那一波绿水，然后溅起不太大的水花。

以梁山的现状，寻求招安实力还是不够的。一是因为梁山现在还没有取得像样的成绩，二是因为梁山还没有像样的代言人，也就是说，梁山的血统还没有完全改良好。

以宋江一个在逃囚犯的身份，寻求朝廷兼并，高俅一定会摸摸他的脑袋，"你没病吧！"

对宋江而言，最理想的情况就是通过不断闹事引起朝廷的重视，再则引进更多有身份的人，装点梁山的门面，进而把梁山打造成朝廷梦寐以求的优质资产，这样才能有招安上市的可能。

想上市想疯了的宋江尽一切可能寻找题材，寻找增加上市机会的因素，经过几个河北老和尚的提醒，宋江找到了一个可以利用的题材，一个说得过去的形象代言人，这个人就是大名府富户卢俊义。

卢俊义跟晁盖一样都是苦命的人，他跟晁盖都是死于和尚之口——晁盖死于和尚的欺骗，他死于和尚的推荐。

03. 卢俊义被盯上了

卢俊义被梁山看中是因为一次漫无目的的聊天。

那天宋江与吴用百无聊赖，就跟在山上做法事的几个和尚聊起了天，说到了河北的特产、河北的名胜，还有河北的名人，这一下扯到了卢俊义。

因为有良好的家庭背景，宋江一下子对卢俊义这个人产生了兴趣，这个人会是他上市的重要题材，也是他跳板下关键的一块砖。

卢俊义外号玉麒麟，外号就非常与众不同。

玉，古往今来都是高贵的象征，麒麟更是神秘而高贵，成语说"凤毛麟角"，麒麟的角尚且名贵，更何况卢俊义就是一只活脱脱的大麒麟。这么良好一题材，宋江不动心才怪。

再则，卢俊义实在太完美了，有钱、有武功、有事业、有地位，而且相貌堂堂，估计当时追他的女子排成排。

只是不知道他为什么选择了那个对他并不够忠贞的娘子，莫非是当初看花了眼？

凡是被梁山看上的人一般都没有好下场，我们在前面已经反复验证过了。宋江、雷横、朱仝、徐宁都是因为被梁山看上而霉运不断，他们的霉运有的是天灾，但更多的是人祸，人祸的重要因素就是吴用。

因为吴用把信的落款搞错了，导致宋江被判死刑最终只能上梁山；因为吴用安排李逵砍死小衙内，导致朱仝走投无路只能上梁山；因为吴用安排时迁下山偷徐宁的金甲，徐宁最终与那份非常有前途的职业说了再见。

凡是被吴用设计的人都没有什么好结果，现在卢俊义就是一个被吴用设计的人。

吴用跟宋江吹嘘说，只要略施小计就可以让卢俊义上山。

事实证明，吴用出的计策代价太大了，不仅让卢俊义伤筋动骨，也让梁山人马疲于奔命，一个小计最终成了梁山的大负担。知情人知道是因为吴用智商太低，智谋太差，不知情的还以为这厮是朝廷派来的卧底，代号叫无间道。

回望吴用提出的那些计划，真是一言难尽。

生辰纲计划漏洞百出，让晁盖这个在当地有名有姓的地主素面朝天参与抢劫，没几天就暴露了；设计让卢俊义上山，弄得梁山大动干戈，疲于奔命；造封假信救宋江，盖错了印章，导致宋江差点被砍；安排连狗刨都没学会的侯健、段景住、施恩、孔亮去参加水军作战，掉水里全淹死了。

吴用大哥，您也太没用了，怪不得您连个秀才都没考上。

04. 吴用继续害人

壮志满怀的吴用下山了，跟他做伴的是特征极其明显的李逵。

李逵这样的人在现实中也不少，在上级面前装可爱表忠心，在同事面前装天真没有心机，上级觉得这样的人很忠心，同事觉得这样的人没心眼儿不需要防范，最后的结果是，所有的聪明人都被他给耍了，傻只是他的伪装而不是本质。

李逵的频繁下山也说明宋朝的通缉令效率非常低下，通缉令张贴的范围小，有效期也短，电视里经常演的一堆人围着看通缉令的镜头是艺术的夸张，在宋朝时通缉令的功能并没有那么强大，不然像李逵这样特征明显的人，怎么能够到处瞎溜达？

即便吴用让他装哑巴，但他没有整容，也没有毁容，如果通缉令管用的话，李逵在大名府城门下就被按住了。

那时没有网上追逃，竟能让李逵这样的在逃犯在官差的眼皮底下溜达，还是新社会好啊，科技就是生产力。

吴用和李逵打扮成算命先生与道童，目的是忽悠卢俊义上钩。

要说卢俊义这人智商也不算高，不相信科学却相信迷信，这一点跟晁盖一样。在一定程度而言，卢俊义其实就是晁盖的延续、晁盖的替身，他的功能与晁盖一样，与宋江组成表面双头，让兄弟们觉得梁山是双人领导，各司其职，和和气气。

卢俊义的迷信让吴用有了忽悠的机会，吴用给卢俊义算出百日之内必有血光之灾，必须到东南一千里以外才能躲避，吴用说的那个方位就是梁山。

吴用的忽悠功夫其实挺差的，满嘴跑火车，不过糊涂的卢俊义偏偏相信了，这说明封建迷信确实能害死人。

糊涂的卢俊义相信了吴用的话，吴用顺手在卢俊义家的白墙上写下了一首诗，这首诗就文学含量来说就是打油诗水平，精华就是藏头四个字——"卢俊义反"。诗的全文是这样的，"芦花丛里一扁舟，俊杰俄从此地游。义士若能知此理，反躬逃难可无忧"。

从梁山好汉往墙上题字的结局来看，凡是往墙上题字，必定有人倒霉。

林冲题字后被朱贵恶作剧恐吓了一把，宋江题字后差点被问斩，武松题字后在江湖跑路，张顺题字后逼得安道全在梁山落草。

吴用题字之后，卢俊义有两条路，一条是死，一条还是死，只有把卢俊义逼上了绝路，他才会选择在梁山落草。

05. 内心的紧张程度与财富成正比

卢俊义越来越像晁盖了，相同的是都很迷信，不同的是他长得比晁盖帅。

卢俊义之所以被宋江看中，一是因为身份，二是因为武功，三是因为相貌堂堂。

卢俊义河北大户的身份可以在一定程度上引起官府重视，他的武功可以加强梁山的防御，他的相貌堂堂可以让梁山有个像样的代言人。卢俊义对宋江的作用相当于秦末楚怀王之于项梁的作用，元末小明王之于朱元璋的作用，他们就是一面旗帜，也仅仅是一面旗帜，操纵权不在他们本身，而在旗手手中。

无疑，宋江就是卢俊义身后的那名旗手。

卢俊义对宋江还有另外一个作用，可以转移头领们的注意力。卢俊义上梁山后，宋江做出一副要让贤的样子，实际就跟赵高玩指鹿为马的把戏一样，测试的是大家的反应，而卢俊义就是宋江来测试大家的那头鹿。

听了吴用的忽悠，卢俊义有些当真，这可能跟他的资产太多有关。

一个人心情的紧张与否在一定程度上是跟财产成正比的。当你一无所有的时候，没有什么好紧张的，因为没有什么好失去的。一旦财富越来越多，紧张程度也会越来越高，财富越多越怕失去，因此焦虑程度跟财富多少完全成正比。

卢俊义之所以有点当真是因为他怕失去，如果换作李逵或者刘唐这些原本就一无所有的人，听到有血光之灾后顶多哈哈一笑，"早死早托生"。

既然准备出远门避祸，卢俊义自然得做点安排，家大业大的，事情烦琐，不像刘唐，一个包就是全部家当，也不像汤隆，带把铁锤就能闯荡江湖。卢俊义出远门得带着管家，沿途还要做点生意，家里的事情也不能撂荒，还得交给贴心的人。这个贴心的人是谁呢？人见人爱的浪子燕青。

燕青本来是个流浪儿，卢俊义见他可怜就收留在家中，这一收留不得了，培养出了一个文武全才。

文，他是成语接龙、诗词接龙的高手，还擅长拆字解字；武，他的功夫非同一般，大名府竞技比赛只要他参加，别人只能争第二；杂，他会吹拉弹唱，语言方面也是个天才，据说掌握好几门语言，跟辽国人说契丹语，跟西夏人说西夏文，打方腊的时候他还能说浙江方言和安徽方言。等见到时迁，两个人直接用鼠语交流了，在梁山的联欢晚会上他俩还有一个保留节目——《两只老鼠》。

尽管卢俊义是个富户，但他的眼界还没有曾经的流浪儿燕青开阔，他的知识也远没有燕青丰富，看来有钱的不一定有知识，有知识的不一定有钱。

这或许是古往今来的一个怪现象，学富五车的人为柴米油盐发愁，腰缠万贯的人往往大字识不了一箩筐。

06. 该死的车轮大战

卢俊义的妻子劝说他放弃远行的念头，但卢俊义驿动的心却无法平息。

既然算命的算出有血光之灾，还是躲避一下吧，万一呢，万一呢。卢俊义安排大管家李固跟着自己上路，留下燕青在家里充当临时大管家，从这个安排来看，燕青是卢俊义信得过的心腹。

人无法走在时间前面，卢俊义看不到梁山脚下已经挖好的陷阱。在他看来，他只是出去度个假，怎能料到走上吴用设计好的不归路？

等到后来遇到天目将军彭玘时，卢俊义感慨，如果我也能开天眼该有多好啊。一边的彭玘无语凝噎，"开天眼有什么用呢？我还不是一样被套上梁山的枷锁！"

无论卢俊义走什么路线，他的一举一动尽在梁山的掌握之中，他就是一只猎物，四周都是梁山的猎枪。

在梁山脚下，先后出现了几支猎枪。

第一支猎枪是李逵，他一出现，卢俊义就知道自己上了圈套，刚要拼命，李逵支应了两招就撒丫子跑了。紧接着出现的是第二支猎枪，这支猎枪的名字叫鲁智深，这支猎枪虚晃两下之后也跑了。紧接着是第三支，第四支，第五支，分别是武松、刘唐和穆弘，都是晃了几下就消失了。

这还不算完，李应、朱仝、雷横也先后出来骚扰，卢俊义一边喘息，一边思考，"敢情这就是所谓的车轮大战？"

车轮大战只是序幕，接下来是梁山大头领宋江出来喊话，邀请卢俊义上山一起替天行道，双方资产进行整合，优势互补。

唉，这就是宋江不知天高地厚了，以梁山那么个小厂，想兼并人家卢俊义的优质资产，卢俊义在心中骂道，"你没病吧？"

看卢俊义还不准备投降，梁山恐吓行动升级。

先是花荣一箭射掉卢俊义帽子上的红缨，紧接着林冲、秦明带一队人马从山东边杀出，徐宁、呼延灼带一队人马从山西边杀出，四大天罡加几百人马对付卢俊义一个，旁边卢俊义的手下在嘴里嘀咕，"这也太不讲究了！"

无路可走的卢俊义只能往水里走，两边的旱路都被人给看死了，都设了路障和收费站，一过去就落网，往水中走，兴许还有个活路。遗憾的是，卢俊义是个旱鸭子，在陆地上有十分功夫，在水中连半分都没有。

卢俊义的悲剧从水中开始，又在水中结束，因为落水，他被梁山的水军头领们擒获，从此走上梁山的不归路；因为落水，他坠落在淮河深处结束了自己的一生。在两次落水的时候，卢俊义都有一个念头：如果我当年学过游泳该多好呢。

多掌握一门技术是多么重要。

07. 这里是地狱

卢俊义落水了，梁山的恐吓行动收到了效果。等卢俊义被捞上岸的时候，底气已经泄了，秀才遇上兵，有理都说不清，更何况是遇上宋江。

宋江见了卢俊义后，马上使出了指鹿为马的把戏，当然都是做给兄弟们看的，向兄弟们表明：我宋江根本不贪恋头把交椅。

梁山头把交椅对宋江来说是跳板，是身份的象征，对卢俊义来说，不过是一堆烂木头，自己家里那么多紫檀木椅子都坐不过来，谁还稀罕坐你梁山的烂木头椅子。

宋江的筹码在卢俊义看来不过就是一块木头，谁还把它当誓书铁券啊？旁边的柴进不高兴了，"不许你侮辱誓书铁券！"

一边的吴用看明白了，卢俊义这种人是到了黄河也不死心，想让他死心就得把他骗上船，然后把船凿漏，把他骗上房，然后把梯子给抽了，总之得一黑到底，不能给他留任何念想。

吴用安排卢俊义的手下先下山，指点那个叫作李固的管家说，"你们家卢员外在家里的墙上写了一首藏头诗，四个字连起来就是'卢俊义反'"。

文化人整文化人能整出血，文化人整地主更是能整到骨头里，现在吴用就是拿着改锥刺向卢俊义的骨头，一旁的徐宁对朱仝说，"当年咱们也是这样被设计的吧？"

梁山对大多数头领来说是天堂，对卢俊义来说就是个农家乐，吃的没有家里好，住的没有家里好，只不过没有空气污染，外加吃的都是绿色无公害食品。农家乐里的东西吃一次新鲜，吃两次勉强新鲜，吃三次回归平淡，吃四次心生厌倦，吃五次估计就要"打死也不吃了"，卢俊义一吃就是一百多天，不吃还不行。

梁山上的伙食也没有什么特别，无非就是大鱼大肉、大牛大羊，对肚子里没有油水的阮氏三雄来说梁山是天堂，对肚子里全是油水的卢俊义来说，这里是地狱。

可是没办法，人在屋檐下不能不低头。人家请你吃饭，那是给你脸，你得兜着，不然让谁的脸掉地上了都不好看。

从宋江开始，梁山大小头领轮流做东，一天只喝一顿酒，一顿酒喝一天，几十天喝下来，不少头领出现了胃下垂，即便这样也不能下火线，得确保卢俊义吃好喝好。

卢俊义硬着头皮吃了一个多月，心想该下山了。李逵跳了出来，他们请你喝酒你给面子，轮到我了，就不给面子吗？从李逵开始又是一个多月过去了，这下卢俊义真想走了，结果还走不了，朱武他们又跳了出来，"难道我的酒有毒吗？"

得，再来一个月。

以招待卢俊义为名，梁山极大地拉动了内需，朱贵记不清自己往山上送了多少次酒，曹正记不清自己到底杀了多少头猪，宋清记不清自己往厨房下了多少次订单，朱富记不清自己酿了多少缸醋，其他头领也记不清自己到底喝了多少顿酒，吴用说的略施小计，在这里成了规模浩大的工程。

末了，宋江一算账，一百多顿酒席，赔大发了，再这么吃下去，梁山非得被吃黄了。

08. 老婆也是墙头草

为了避免梁山被吃黄，宋江决定放卢俊义下山，当然这也是吴用计策的一部分，放卢俊义回家看看惨淡的现实，然后坚定地回梁山落草。

此时的卢俊义并不知道，他名下的产业早已易主，他不再是大名府赫赫有名的员外，而是大名府将要捉拿的梁山强盗。从员外到强盗，就差了一百多顿饭。

卢俊义一进城便遇到了燕青，这个忠诚的仆人向主人汇报了家里的变故，但卢俊义并不相信，他认为燕青在胡说八道。

在这件事上，卢俊义有眼无珠，唯一的忠仆燕青他不信任，他信任的都不是忠仆。那个叫作李固的管家当年差点冻死街头，被他收留后一步一步升任管家。就是这样的恩情，李固在吴用的指点下夺了卢俊义的产业。

卢俊义的娇妻也是根墙头草，李固说卢俊义落草了，她便跟李固走到了一起，中国妇女的传统美德在她身上怎么一点都没有体现呢？

想想卢俊义也挺可怜，偌大的产业到了别人的名下，自己的娇妻也投入了别人的怀抱，这个别人恰恰就是自己一手提拔的管家。

卢俊义摸摸自己的头顶，一顶硕大的绿帽子戴在了自己的头上。在梁山的时候自己还同情过宋江，同情过杨雄，现在轮到了自己，人生的痛苦莫过于如此。

当然这一切都是卢俊义被押入大牢后才感悟到的，之前他不听燕青的劝告贸然回了家，被李固告官给押入了大牢。

员外，囚犯，曾经觉得那么遥远，却没有想到是如此之近。

只要有吴用在，再大的距离都不是问题，卢俊义在心中默念，"吴用啊，吴用，莫非你就是传说中的大衰神？"

卢俊义被押进了大牢，围绕着他的一场博弈正式展开。吴用的整个计策中都充满了漏洞，既然知道卢俊义回家有可能被拘捕，那么就应该早做准备，要么在他家门口提前埋伏好，把抓捕卢俊义的官差都砍了，那样卢俊义不上山也得上山；要么就在发配的路上准备好，和燕青一起把卢俊义抢上山。

两条线路吴用都没做安排，所以进一步证明，吴用其实很没用。

因为吴用没用，卢俊义的命危在旦夕。

卢俊义的命掌握在两个人的手上，一个叫蔡福，一个叫蔡庆，两人是亲哥俩，典型的吃了原告吃被告那种人。

蔡福是哥哥，担任大名府监狱的正监狱长兼刽子手，跟病关索杨雄是同行。蔡福的外号是铁臂膊，据说武艺高强，估计砍人手法比较高强，跟杨雄有一拼，属于犯人家属争着送钱请他砍人的那种，"蔡爷，明天我家不争气的那位上路，劳烦您受累出一刀！"

蔡庆是弟弟，平常爱戴一枝花，外号就叫一枝花，这个绰号挺怪，一个男人，非要戴一枝花，莫非是第三性？蔡庆担任大名府监狱副监狱长，这哥俩在监狱里两只手就遮住了天。

梁山上的很多人都经历了生活的落差，上梁山后的生活未必赶得上之前的生活，蔡福、蔡庆就是典型的例子。

两人都是监狱长，蔡福还兼职刽子手，外快多得说不清，在大名府的监狱里想砍谁砍谁，不像后来在梁山，尽管两个人也担任刽子手职务，一年下来根本砍不着人，宋江把梁山当成自己的跳板，哪舍得动跳板下的砖！

蔡福、蔡庆无聊极了，只能去帮曹正杀猪，只有在杀猪的时候他们才能找到往昔当刽子手的快乐。等到征方腊的时候，即便有些头领有不法行为，也用不着他们动手，因为战争已经快把梁山的家底折腾干净了，光是吴用自己的错误安排就折了孔亮等四名头领，方腊手下的神箭手庞万春射死史进等六名头领。

蔡福对兄弟蔡庆说，"做梦都没有想到，刽子手也有失业的一天！"

09. 蔡福，吃了原告吃被告

当所有的一切已经失去，你要做的就是不再回忆，但蔡福始终做不到这一点。上了梁山后，他始终怀念在大名府的日子，那时的他比在梁山上要风光得多。

那一天下午，蔡福接见了三拨人。

第一拨是燕青，这个忠诚的仆人乞讨了一钵子饭来送给主人卢俊义，蔡福心一软把他放了进去。这一放让他赢得了燕青一生的尊重，在日后的梁山上，已经成为天罡的燕青对蔡福始终礼遇有加，这一点让蔡福感动一生。

蔡福见的第二拨人是李固，这个已经非法取得卢俊义财产的人是来买卢俊义命的，他开价五十两金子，被蔡福拒绝了。经过艰苦卓绝的拉锯战，五百两金子成交，显然这是个大买卖。

蔡福刚有点兴奋，第三拨人又来了，来的人是柴进，他也是来买卢俊义的命的，不同的是，李固要的是死的卢俊义，柴进要的是活的卢俊义。柴进没有跟蔡福废话，开出价码——一千两金子，"救得了卢俊义金子就是你的，救不了，我们连大名府都平了！"

一手拿着胡萝卜，一手拿着大棒。

一旁的戴宗把那死沉死沉的一千两金子送了进来，两眼死盯着蔡福，生怕蔡福跟当年的宋江一样推辞，那可就惨了——从梁山上把这一千两金子背下来已经把他累得够呛，如果再背回去，那还不跟当年的刘唐一样，生生给折腾成蜗牛。

没有金子的时候想金子，有了金子的时候也发愁，蔡福看着眼前这一千五百两金子有点傻了眼，这是卢俊义命的价格，五百两是来害命的，一千两是来买命的，怎么办呢？

得，就来一次吃了原告吃被告吧。

经过一千五百两黄金的叫价，卢俊义成为《水浒传》中身价最高的人。之前的纪录是宋江保持的一万贯，其次是戴宗五千贯，李逵三千贯，武松和林冲的身价也是三千贯。最委屈的是鲁智深，自己英明神武、威震四方，居然只值一千贯。

蔡福手里掂着这沉甸甸的一千五百两金子，感觉肩上的担子更重了，到底是救还是杀呢？

经过与兄弟蔡庆仔细分析，蔡福发现李固就是个纸老虎，梁山上的都是真老虎，而且出手比李固阔气。

再说，救人怎么也比杀人高尚得多，一向靠杀人赚钱的蔡福准备靠救人赚一回钱。后来他把这段故事讲给"操刀鬼"曹正听，曹正望着窗外出神，"我一向靠杀猪赚钱，什么时候我也能靠救猪赚钱呢？"

在蔡福、蔡庆的努力下，卢俊义的死罪免了，毕竟与梁山贼寇交往并无实质证据，有的只是李固的举报，死罪不成立。不过官府都有个坏毛病，很少承认抓错了人，最后还要安个罪名让自己好下台。

在面子工程的驱使下，卢俊义被判发配沙门岛。

沙门岛的各方面条件都非常差，相当于宋朝的西伯利亚，跟宋江发配的江州相比，江州是欧洲，沙门岛就是非洲。

10. 枷锁要么在身上，要么在心里

对卢俊义来说，发配就是一种死亡方式，对于别人来说，发配是一种跳槽的方式。

武松通过发配当上了施恩的老大，朱仝通过发配当上了超级奶爸，杨志通过发配当上了大名府的提辖，当年押送林冲的董超、薛霸通过发配从东京跳槽到了大名府。

这二位为什么会被发配到这里呢？因为没有完成高太尉交代的暗杀林冲的任务，被追究责任发配到大名府了。大名府的梁中书手下实在没什么人才，就

把这二位当人才给收留了。要说这二位确实不长进，好几年过去了，业务能力一点长进都没有。当年折磨林冲的手法就那几招，等到对付卢俊义的时候，还是那几招。

逆水行舟，不进则退啊！

苍蝇专叮有缝的蛋，如果董超、薛霸还算正直的话，李固那点银子是打动不了他们的，可惜这两人没什么眼界，李固拿了两锭银子就让两人动了心。他们以为这两锭银子可以买了卢俊义的命，结果，卢俊义安然无恙，他们的命被燕青照单全收。

之前的卢俊义一直以为自己是在做梦，等到真正发配的时候才发现原来噩梦都是真的。他不再是大名府的员外，而是一名货真价实的囚犯，从员外到囚犯，中间连个过渡都没有，这让他很不习惯。

事已至此，不能回头。

董超、薛霸两人命也挺苦，他们得跟着犯人一步一步走到目的地，他们跟犯人的区别在于犯人有枷锁，他们没有枷锁而已。不过犯人的路程是单程的，他们的路程则是往返的。

按照规定，官差在沿途是管住不管吃，住店不收住宿费，吃饭得自己买单，一趟下来赚不着什么钱，还累得半死，只有实在没有工作的人才愿意当这倒霉的官差。

卢俊义的家产已被李固照单全收，卢俊义已是没有任何油水的囚犯，因此李固那两锭大银足以买卢俊义的命了。

人家李固给钱，你卢俊义一分钱不给，综合比较，去死！

前面说到董超、薛霸不长进，他们折磨卢俊义的手法跟当初折磨林冲时一模一样，用滚烫的开水洗脚，然后强迫穿新草鞋赶路，总之从精神和肉体上先折磨死你。

后来卢俊义跟林冲说起了这一段经历，两人抱头痛哭，不哭别的，只哭那些不堪回首的苦难岁月。

以林冲和卢俊义的武功，即便他们戴着枷锁也可以轻松摆平那两个倒霉的官差，为什么选择逆来顺受呢？因为他们还留恋原来的生活，希望能通过一时的屈服换来日后的东山再起。

他们的枷锁不仅仅在身上，更是在心里。

11. 谁是燕雀，谁是鸿鹄

如果没有鲁智深，林冲已经到阴曹地府报到多年了，如果没有燕青，卢俊义这个河北三绝早就成千古绝唱了。

幸好，即便全世界都背叛了你，还有一个人不会，这个人就是燕青，一个古往今来忠实仆人的典范。

当董超、薛霸举起水火棍的时候，卢俊义只有认命的份，他这个人还是信命的，结果有人不信命，这个人就是燕青。

卢俊义闭着眼只等水火棍落下，迟迟没有落下，难道是他们在做激烈的思想斗争？卢俊义一睁眼，董超、薛霸都躺在了地上，莫非他们是在祷告做礼拜？仔细一看，两人脖子上都插着一支弩箭，不用问，燕青来了。

如果把卢俊义跟燕青放在一起比较，卢俊义的综合得分远不如燕青，他没有燕青全面，更没有燕青眼光长远。

卢俊义一生最相信两个人，一个是管家李固，一个是自己的娇妻，结果这两个人都背叛了他，他对燕青没有对这两个人用心，但最后的事实证明，燕青比这两个人更值得信任。卢俊义始终没有看透这复杂的世界，处于社会最底层的燕青却比他看得透彻。

燕青早早看出"兔死狗烹"的结局，他早早为未来准备，攻破方腊大营的时候他偷偷藏起了两担金银财宝。卢俊义还在迷恋大宋官位时，他却悄然离去。卢俊义总说，"燕雀安知鸿鹄之志"，跟燕青比，他是燕雀，燕青是鸿鹄。

燕青这只鸿鹄射死了董超、薛霸，也把卢俊义残存的那点希望射没了，卢俊义没有了回头路，他只能从大宋的怀抱跳到大宋的对立面。

可能是卢俊义以前的人生太顺了，现在的他注定不顺，他两次被解救，又两次被抓回监狱，过程实在太折腾了。

第一次被燕青解救，没有走多远，燕青出去给他打猎找吃的，卢俊义被百姓举报又被投进了大名府的监狱。

燕青远远地看着，心如刀绞，如今只剩下一条路，上梁山报信请援兵了。

燕青没有走多远就遇到了杨雄和石秀，这两人是奉吴用的命令下山打探消息的。燕青两手空空，想偷杨雄的钱袋子，被杨雄一棍就打翻在地。

当时的燕青可能跟没吃饱饭的鲁智深一样，动作有严重的技术变形，不然以杨雄的武功，很难一招打翻燕青。

不打不相识，这一打三个人就互相认识了。杨雄和燕青回山上报信，石秀一个人去大名府打听消息，这个安排让石秀立了功。

石秀在第二天上午赶到了大名府，正赶上卢俊义被问斩，石秀终于有机会证明自己"拼命三郎"的名头并非浪得虚名。

石秀喝酒的酒楼有两层，石秀坐在二楼，正好把一切看得清楚。

已经收了一千五百两金子、吃了原告吃被告的蔡福和蔡庆正在担当刽子手的角色。

在他们眼里，卢俊义就是他们的买卖，现在买卖结束了，一千五百两金子已经落袋为安。蔡福对卢俊义说了声抱歉就准备动手，却没有想到一个大汉从天而降，高喊"梁山好汉全伙在此"，这个大汉就是石秀。

这一跳让他跳进了梁山的天罡序列，这一喊让他的形象更加丰满，这一喊也成了梁山好汉上阵必喊的口号。

12. 一张传单引发的闹剧

卢俊义注定要受尽折磨，这第二次解救也以失败告终。

失败的原因很简单，石秀不认识大名府的路。石秀背着卢俊义转了半天都没有出得了城，被公差们用挠钩捉住了。在被捉住的一瞬间，石秀直拍大腿，早知道买本大名府交通旅游图就好了。

两次被解救，两次失败，卢俊义更加信命，他觉得这一切都是命中注定，已经掉进了圈套，如何才有逃出去的那一天呢？

大名府里还有比卢俊义更焦虑的人，这个人就是梁中书。

梁中书虽然读过不少书，但能力实在是差，运气也差。两次给老丈人送生辰纲，两次都让人在半路给劫了，等于两次踏进了同一条河流，两次被同一块石头绊倒，现在又遇到了卢俊义这块石头。

梁中书被几张传单吓破了胆，传单的作者不是别人，正是梁山快马戴宗。

宋江让戴宗下山打探消息，正撞上了石秀劫法场未果这一幕，看到这一幕，戴宗受到了启发。

本来官差都朝着石秀冲了过去，没想到石秀高喊了一句"梁山好汉全伙在此"之后，官差有了奇怪的反应，有掉头就跑的，有当时就腿软的，还有跪地求饶的。戴宗看明白了，梁山的恐吓效应已经延伸到大名府了。

戴宗洋洋洒洒写起了传单，主要内容是梁山泊头领宋江向大名府官员问好，卢俊义是梁山的好哥们，如果动他一根汗毛就要你们好看。

按道理说，这种传单也就是蒙人的，结果碰上已经吓破胆的梁中书真就起了作用。

梁中书自从两次生辰纲被劫之后留下了后遗症，受不了惊吓，也经不起恐吓，一看到戴宗写的恐吓信他就浑身发抖。梁中书想了半天，自己在大名府的这点家当经不起折腾，只能写信请老丈人蔡京帮忙了，大不了再送他一次生辰纲，前提是他自己派人来拿，自己不再负责送了。

梁中书这样的人终究是纸老虎，梁山的传单上不允许他动卢俊义，他就真的把卢俊义当成了贵宾，吃了原告吃被告的蔡福已经在法场见识了梁山好汉的英勇，也惦记着给自己留条后路。

在蔡福的安排下，石秀和卢俊义天天都是好酒好肉给伺候着，刚开始他俩还以为是断头酒，后来发现这酒天天有。

第八辑 大名府的围点打援

01. 大名府的三个面瓜

书到用时方恨少，人到用时才知道真没用，这个人就是吴用，吴用的吴，吴用的用。

宋江听了戴宗带回来的情报时脸色铁青。戴宗带回两个消息，一个好消息，一个坏消息，坏消息是卢俊义又被抓进了监狱，好消息是听说伙食还不错。

宋江看着一旁的吴用，吴用羞红了脸，此时距离吴用夸下海口说"略施小计包让卢俊义上山"已经过去了小半年，梁山的经费化掉了一座金山，卢俊义还在大名府的大牢里待着。宋江没有仔细算过这笔账，只知道光是卢俊义在梁山吃流水席就吃了一百多天，这得多少银子啊。

再说这次下山，人马少了不顶事，起码得一万五千人规模，一万五千人又得多少银子？这还不算先前为救卢俊义白丢的那一千两金子。

赔了，赔到姥姥家了。

事情到了这个地步，宋江也没有办法，只能赔本赚吆喝了，现在不仅是卢俊义一个人了，还搭进去一个石秀，这两个人肯定是要救的，不然梁山的人心就散了，队伍不好带了。

为了搭救石秀和卢俊义，宋江准备拿出全部的家当，当然还有私心，那就是顺便操练一下阵容，让那些吃了一百多天流水席的头领和小喽啰运动运动，不然一个个肯定是脂肪肝超标。

在练兵思路的驱使下，梁山人马几乎全部出动，山寨上步兵骑兵头领中除了公孙胜、刘唐、朱仝、穆弘外，其余的全部下山，水军留下李俊等少数几个人，剩下的都操家伙。宋江安排了四只"壁虎"看家，也是有深意的，朱仝和穆弘背上都是宋江盖的戳，是典型的宋派头领，公孙胜是墙头草，算半个宋派头领，只有刘唐是铁杆晁派，不过也起不了风浪，山寨上两派的实力对比是2.5 比1.5，宋派头领取胜。

宋江带领一万五千人马浩浩荡荡来到了大名府城下，梁中书只能拿出所有的家当跟梁山死磕。

梁中书旗下有三员大将，分别是李成、闻达、索超，这三人以前都是杨志的同事，功夫跟杨志没法比，只不过他们是大名府编制内的正式员工，杨志是编制外的聘用员工。三位正式员工很受梁中书重视，但实际上只能用两个字来评价他们——面瓜。

李成和索超与梁山的第一次交锋就以失败告终，梁山打头阵的是李逵。

李逵带领五百小喽啰，任务不是砍杀，而是充当炮灰，只要对方一冲，他就撒丫子跑。这是李逵一生中最耻辱的任务。

没有办法，为了梁山的大局。

李逵假装败退，李成、闻达上了当，一下子就陷进了梁山包围圈，叮当一顿乱打，李成、索超的兵折了一半。

一旦进了人家的包围圈，一般就只有挨打的份了，连项羽都被十面埋伏折腾得够呛，更何况李成、闻达这样的货色。打他们，十面埋伏都多余，两面埋伏就够了，剩下的八面腾出手鼓掌就行了。

O2. 索超落荒而逃

李成和索超把大名府正式员工的脸丢了一半，剩下的由闻达来接着丢，这就是光着腚推磨——转着圈丢人！

闻达喊着必胜的口号出来决战，孰料打头阵的不是他，而是索超。

没办法，索超是急脾气，出生时就是早产，这脾气是从娘胎里带出来的。

急先锋索超的对手是霹雳火秦明，这两个人像是失散多年的双胞胎兄弟，脾气秉性太像了，都是点火就着的那种人。秦明使的是狼牙棒，索超使的是大斧，两样兵器都很特别，很有特点。

有人说文人的字能代表一个人的人品，武将的兵器也能反映一个人的性格。看一个武将好不好惹，可以观察他的兵器，比如索超，比如秦明，比如李逵，兵器有特点，人也有性格，最好还是别惹了。

宋江阵上偏偏就有人不信邪，这个人就是百胜将军韩滔。

韩滔自从投降宋江之后，一心一意在梁山落草，看索超那么嚣张就有点气不过，想当年自己百战百胜，在第一百零一仗的时候才失手，索超这个大名府棒槌怎么敢这么嚣张？

韩滔张弓搭箭，一箭就射中了索超的左臂，这下索超得加入断臂行列了。索超撇了大斧，落荒而逃。如此一折腾，大名府军官的脸基本都丢完了，宋江阵营中的杨志忍不住泪流满面。如果自己在对面阵营，断然不至于输得如此狼狈，只因自己不是大名府的正式员工，始终得不到重用，偶尔押一趟生辰纲，还让晁盖给半路劫了。

难道这就是命？

在大名府军官的脸丢光之后，梁中书只能不要脸了，安排所有手下都上城墙守城，能守一天算一天吧，一定要坚持到老丈人蔡京发来援兵。

梁中书的老丈人蔡京也陷入了苦恼之中，这个不争气的女婿实在是不长进，给自己送了两年生辰纲都让人半路给抢了，见过笨的，真没见过这么笨的。可没办法，谁让他是自己的亲女婿呢，不疼女婿也得疼女儿啊，总不能看着女婿被人砍了让女儿守活寡吧。

可是问遍了满朝文武，没有一个人愿意蹚这趟浑水，不是没有那金刚钻，就是不愿意揽瓷器活。

俗话说，物伤同类，这时终于有个同情梁中书的人站了出来，这个人跟梁中书一样，都属于娶了官家小姐的穷小子，是一个命更苦的人。

03. 童话都是骗人的

宣赞的故事得从一次比箭说起。

话说有一名来自西域的番将挑战大宋军官，前面的大宋军官全折了，只剩下宣赞一个生力军。在场的一位郡王脸上有些挂不住了，他告诉宣赞，只要赢了这名番将，便招他为婿。听到这个好消息，宣赞来了精神，他提出跟番将比连珠箭。番将的连珠箭都被他躲开，而他的连珠箭连续射中番将，那名番将调养了好几年才调养过来，心中反而对宣赞佩服得很，这就是英雄惜英雄吧。

面上有光的郡王遵守承诺，把宣赞招为郡马，宣赞这个穷小子终于搭上了大家闺秀。

按照童话的结尾，宣赞从此应该过上了幸福的生活。

然而在新婚之夜，他的长相就把郡主给吓着了。

两人在婚前没有见过面，郡主对宣赞的长相没有一丝丝防备。

在郡主的心中，她的郡马一定是玉树临风的那种，驾着五彩云来娶她。残酷的现实是，宣赞长得面如锅底，鼻孔朝天，卷发赤须，彪形八尺。

郡主叫了声"命苦"就昏了过去。

郡主没想到理想和现实之间的差距竟然如此之大，她想了无数个词都无法表述自己的郁闷，后来想到了三个字，"见光死"。

从宣赞的长相来看，他很可能不是中原人士，不然即使基因突变也不会长得那么怪。从卷发赤须来看，他跟段景住以及刘唐没准是一个种族的。

在日后的梁山上，段景住和刘唐见了他都有自信了。

宣赞与郡主的婚姻没有维持多久，郡主嫌他长得难看郁郁而终，宣赞这个郡马最终也只是东京警备区的一名军官，总之活得非常郁闷。

还没有上梁山的宣赞很同情梁中书，他知道梁中书跟他一样都是娶了官家小姐的可怜人，别人看他们很风光，但心里的苦只有他们自己知道。所谓物伤同类，宣赞准备帮梁中书一把，这样可以让梁中书不再用让眼泪陪伴他过夜。

仅仅一个宣赞去救援还是不够的，宣赞向朝廷推荐了自己的同乡——大刀关胜。

大刀关胜不得了，据说是关公的嫡系子孙，长得几乎跟关公一个模子刻出来的，走在路上，总有人给他塞钱，还有人大白天就拿着香往他身上插。没办法，他长得太像关公了。

关胜八尺五六身躯，两眉入鬓，凤眼朝天，面如重枣，唇若涂朱，如果跟关公没有血缘关系，那就是照着关公的模样整的容，如果再把朱仝那飘飘长须借给他，那就是活脱脱一关公。

宣赞推荐了关胜，关胜又推荐了井木犴郝思文，这个过程告诉我们，人都是互相联系的。

04. 绰号里隐藏着人生

井木犴郝思文，外号有点意思。先来说他为什么叫井木犴。

据说郝思文母亲梦见井木犴投胎，后来怀孕生下了他，井木犴的绰号就是这么来的。井木犴是什么呢？据说是中国古代传说中的一种走兽，这种走兽的形象经常被刻在监狱的门口，凶恶威严，不怒自威。

在《新华字典》里，犴有两种解释，一种解释是胡地的一种野狗，不是中原品种，属于外来野生狗；另外一种解释是欧洲地区分布的一种鹿，叫作驼鹿，是世界上最大的一种鹿，身材长得跟骆驼似的。施老爷子生活的那个时代可能知道有胡地野狗，并不知道有欧洲驼鹿。

还有一种说法，井木犴是二十八星宿之一。

从《水浒传》的绰号来看，我更倾向于井木犴是一种动物，而不是星宿。

《水浒传》里的姓名和绰号是很有讲究的。王进、史进、林冲，他们的性格以及遭遇说明，他们实际是"不进不冲"；鲁智深的名字也有禅机，看似鲁莽，却是智慧最深的人。

同样，绰号也能折射一个人的命运，最典型的是小李广花荣，他的神箭与李广相似，命运居然也跟李广极为相似。

历史上有"冯唐易老，李广难封"的说法，花荣也是一身本领，却没有得到朝廷的重用。两个人的结局呢？也非常相似。李广在最后一次战役中因为迷路贻误了战机，遭到了主帅训斥。为了尊严，李广选择了自杀终结自己的一生；在宋江死后，花荣为了报答宋江的知遇之恩，同时为了避免遭受高俅等人的侮辱，与吴用一起在宋江墓碑前自缢身死。

用自杀的方式捍卫最后的尊严，结局与李广何其相似。

同样绰号折射命运的还有旱地忽律朱贵。忽律就是鳄鱼，跑到陆地上的鳄鱼尽管凶猛，但没有水只能越活越抽抽，朱贵在梁山上的地位也是随着时间推移越降越低，正如旱地鳄鱼越活越抽抽。

说了这么多绰号，再来说井木犴。

从郝思文的结局来看，井木犴可能就是"胡地野狗"。

郝思文在征方腊的战役中被套落马下，进而斩首示众。郝思文在梁山落草，也是因为被一丈青扈三娘的套索套落马下，不得已投降。频频被人用套索算计，不正是人对付野狗、野马的方式吗？

皇帝的母亲生育都是梦见一些神乎其神的东西：刘邦的母亲梦见自己与龙交欢，生下的刘邦成了大汉皇帝；赵匡胤的母亲梦见了一轮红日进了自己的肚子，生下的赵匡胤当了大宋的皇帝。

郝思文的母亲梦了井木犴，生下了郝思文。郝思文的结局跟刘邦、赵匡胤没法比，没办法，老妈梦见的东西跟人家差着等级！

05. 围点打援还是围魏救赵

三代才出一个贵族，而关公的子孙世代都是良将，关胜用自己的行动证明，他无愧于关公的名号。

宋江这个没受过兵法系统教育的人只知道把大名府围起来，然后不断打击前来增援的部队，在兵法上，这叫"围点打援"。宋江以为关胜的部队会按计划进入他的伏击圈，只可惜他失算了。

关胜是个读书看报而且看兵法的人，他熟读兵书，知道有一招叫"围魏救赵"。如果自己直接去大名府参战，必定会掉进伏击圈，现在自己来一招"围魏救赵",先给宋江来个下马威。

关胜经过侦察发现,梁山人马几乎全部去了大名府,连平常不受待见的杜迁和宋万都参加了战斗,说明梁山上没剩几个人了。后来关胜又听说了,梁山上只有四只"壁虎"负责看家,分别是公孙胜、刘唐、朱仝、穆弘,据说就这四个人还分成两派,看来古往今来,派系斗争无处不在。

关胜要围攻梁山的意图是在不经意间被宋江识破的,当时他正在看从九天玄女庙顺来的三本天书,这三本天书内容丰富,宋江经常翻阅,也学到了不少兵法知识。

这天,宋江翻阅到的这一章正是"围魏救赵",宋江看得津津有味,看完却出了一身冷汗。坏了,如果关胜那小子拿这招对付梁山怎么办?不行,赶紧撤,晚了就来不及了,梁山要是被关胜端了,那不仅自己的跳板没了,梁山所有的人都要成流浪狗了。

急于回梁山的宋江还没有昏了头脑,他留下花荣和林冲断后,这一招极其高明,花荣和林冲让大名府军官的脸彻底掉在地上捡不起来,也就不敢跟在梁山人马后面追击了。宋江人马急速回到了梁山脚下,正遇到了宣赞挡路,两军都下了营,对峙起来。

前面说过,留在梁山的不只公孙胜那四个,还有水军的头领,有张横、张顺、阮氏兄弟等人。

可能是受别人上缴投名状的刺激,张横也有了缴纳投名状的心思,他总觉得自己在浔阳江上恐吓过宋江,宋江心里肯定有疙瘩,总想找机会弄个投名状,这样宋江就能把心中的疙瘩解开了。

张横想投名状想出了火。

张横虽比张顺年龄大,但智商不如张顺,他的投名状计划刚一提出,就被张顺否定了。张横的计划是去关胜大营绑架关胜,关胜就是他的投名状。张顺听了直摇头,你张横又不是赵子龙,百万军中取上将首级,更不用说到人家营中去绑架了。

张横已经被投名状折磨得五迷三道,一咬牙,一跺脚,自己带着人就去了。还真让张顺给说着了,人家关胜是关公的嫡派子孙,对付你们几个小毛贼还不简单,拿下!

张横被拿下后,梁山水军的头领们成了热锅上的蚂蚁,张顺这只蚂蚁还算冷静，阮氏三兄弟那三只蚂蚁则冲动得无法控制。他们看不起张顺不救亲兄弟的做法，哥仨又冲进了关胜的大营，结果也不赖，张横不孤独了。

关胜又捉了阮小七给张横做伴，还是关胜知道心疼人。

06. 林冲：我的一生充满了遗憾

既然对抗不可避免，请让我们兵戎相见。

宋江的兵马与关胜的兵马在梁山的脚下摆开了阵势，对双方而言，这都是一场可以载入史册的大仗。

宋江阵中最先出场的是花荣，关胜方出场的是宣赞。

跟花荣对阵很难，也很累，他武功高强，心眼儿也多，花荣在阵上一般都不认真打，打几个回合后卖个破绽拨马就走，专门等着对方来追。

宣赞不知是计，就在花荣身后紧追，花荣突然定住马，回身就是一箭，被宣赞躲了过去。花荣又射出第二箭，又让宣赞镫里藏身躲了过去。没等花荣射第三箭，宣赞拨马转身往本方阵营跑了，第三箭还是来了，"铛"的一声射在护心镜上。

宣赞吓出的冷汗可以洗澡了。

宣赞得感谢宋江，宋江看这些朝廷将领就是一块块材质不错的砖，一看见他们就想发展为下线，花荣才会手下留情，不然第三箭射的就不是护心镜，而是脑壳了。

花荣手下留情的这三箭却给了宣赞错觉，他觉得这是因为自己武艺高强，自己比连珠箭能赢番将，还能连续躲过花荣的三箭，他以为谁也打不着自己。等到梁山好汉对阵，他和擅长扔石子的张清对阵时，宣赞大叫了一声，"你打得着别人，却打不着我"。话音刚落，张清一石子打在他的鼻子上，顿时血流不止。这时宣赞才明白，原来当年花荣是手下留情，张清的石子则是手下无情。张清扔石子就跟小李飞刀扔飞刀一样，没有人见过他出招，因为看见他出招的人都死了。

宣赞被花荣打回了阵中，关胜有点沉不住气了，他得出来挣回点面子。

首先为他挣回面子的是胯下那匹马，马头到马尾长一丈，蹄至脊高八尺，浑身没一根杂毛，纯是火炭般赤，根据擅长偷马的段景住分析，这匹马可能是三国时关公骑的赤兔马的嫡系子孙。

段景住边看那马，边对宋江说，"哥哥，我准备送你的那匹马跟这匹马一样，就是毛发不一样！"宋江看了他一眼，"这厮又在玩千里送马毛的把戏了！"

宋江自己五短身材，其貌不扬，但他还是以貌取人。

宋江看见宣赞长得还不如自己时，压根儿不想搭理，等看到关胜出马时，他被关胜的气质震慑住了。

宣赞出阵的时候，宋江说，"哪个出马先拿这厮？"语气中明显带着轻蔑。等到关胜出马时，宋江完全变了腔调，"将军英雄，名不虚传！""若得此人上山，宋江情愿让位！"

一旁的林冲和呼延灼都有点气不过，在林冲看来，无论多帅都不能拿来当饭吃，战场上还是要见真章的，呼延灼则有点郁闷，"当初他也这么说我来着，可我上了山也没见他让位啊！"

盛怒之下的林冲刚准备出阵，霹雳火秦明冲了出去，这个人火气旺，反应也快，宋江刚想出声阻止，秦明已经到了关胜的面前，要不人家叫霹雳火呢。林冲一看，也冲动了，他要擒下关胜向宋江证明自己，三个人对打了起来。

按照林冲的计划，再出两招，关胜就得从马上掉下来了，就在这时候，宋江吹响了撤退的号角。

这是林冲一生的遗憾，以他的武功堂堂正正跟关胜过招，很有可能打败关胜，只可惜这唯一的一次机会还让宋江给破坏了。

在日后的梁山大排名中，关胜因为上山前职位高，再加上貌似关羽，生生排到了林冲的前面。没办法，谁让你林冲长得像张飞呢！（豹头环眼，燕颔虎须，八尺长短身材。）

07. 我们都是投名状

你最信任的人，往往伤害你最深。关胜就是被最信任的人伤害，伤害他的人正是名将之后呼延灼。

呼延灼自从上山之后还没有缴纳过像样的投名状，这让他寝食难安。眼看着别人上缴的投名状越来越多，呼延灼的眼珠越来越红，朝廷论功行赏看你的战功，梁山论功行赏就是看你的投名状。

呼延灼想来想去，不禁笑出声来，眼前不就有一个现成的投名状吗？

关胜。

关胜和呼延灼是笔友，两人都是名将之后所以交往紧密，两人经常书信往来纸上谈兵，有点英雄相惜的味道。

如今呼延灼已经落草，关胜则站在了他的对立面，关于是否出卖关胜这个问题，呼延灼考虑了很久，最后一咬牙，"朋友就是用来出卖的"！

总体来说，关胜这个人有点有勇无谋，非常容易相信别人，呼延灼说自己是从梁山那边跑出来的，关胜居然一点都没有怀疑。这就是朋友的缘故，朋友之所以能把你欺骗，归根结底是因为你没有戒心。

在呼延灼看来，关胜的智商跟晁盖是一样的，都属于数值趋近于二百五的那种。对付同样的人就用同样的方法，呼延灼根据晁盖的悲惨事迹把关胜引进了埋伏圈，这里就是关胜的麦城。

面对十面埋伏，楚霸王项羽没有办法；面对麦城，关羽也没有办法阻止悲剧上演；面对梁山的埋伏，关胜也跳不出早已设定好的包围圈，等待他的是无数的挠钩，跟当年对付他的先祖一样。只不过他是幸运的，先祖由此身死，他则是成了呼延灼的投名状。

关胜成了投名状，他的兄弟们也不能避免，井木犴郝思文紧接着被俘，抓他没有难度。

跟郝思文相比，宣赞的命运也好不到哪儿去，这位命运多舛的丑郡马，尽管屡次宣称"我很丑可是我很温柔"，但依然无法打动郡主的芳心。

宣赞总是在心里呼喊：爱上一个不回家的人，等待一扇不开启的门！等到郡主郁郁而终的时候，宣赞明白了一个道理：我的人生就像一锅煳底的粥，莫非是因为我的脸太黑？

跟宣赞对打的秦明没有去理会他的肤色，他只是觉得眼前这个人比刘唐还难看，比段景住还碜碜，比李云还怪异，怎么出了这么一怪物呢？

秦明烦了，要不是宋江非要发展宣赞这个下线，他早就把宣赞给拍死了，奈何宋江早有命令，要活的，不要死的。

等秦明把宣赞打落马下的时候，秦明忽然想明白了，"敢情宋大哥要发展宣赞是为了培养自信吧"！

08. 一匹马的高度

有人说，人和动物的区别就在于制造和使用工具；也有人说，人和动物的区别在于穿没穿衣服。

在关胜、宣赞、郝思文看来，将军和俘虏的区别就在于骑没骑马，骑上马你就是将军，被打下马你就成了俘虏。关胜回头看看自己的赤兔马，"原来将军和俘虏的差距就是一匹马的高度"！

关胜从小受的教育是忠君报国，像先祖那样效忠国家。在被打落马下之后他准备英勇就义，结果还是受不了宋江的不断下拜。罢罢罢，降了吧。

宋江绝对是个人才，办公室主任出身的他把关胜感动得眼泪汪汪。关胜回想自己的人生，还没有登上巅峰就要结束，有点心不甘。郝思文也不甘心，母亲感应神灵生下我，可我这个神灵之后还没有真正发威啊。

三人中心态最平静的是宣赞，自从郡主去世之后，他的心就死了，现在的他就是一个单相思的情种，至于身在东京还是梁山，不重要。

宋江苦口婆心说了好一会儿，还请出了杨志、林冲、呼延灼现身说法。杨志也想效忠朝廷，官府死活不肯给他穿上正式编制的马甲；林冲也想效忠朝廷，高太尉总想把他赶尽杀绝；呼延灼还有御赐的踢雪乌骓马呢，还不是在梁山等待时机？！

以前的生活，他们再也回不去了。

关胜在心中盘算了半天，想想自己折了那么多兵马，还有被俘的经历，即使回去，自己的履历也会写上黑黑的一笔。关胜知道，自己在梁山不一定有好果子吃，但回去一定没有好果子吃。

关胜、宣赞、郝思文举起了六只手，"大哥，别说了，我们投降！"

大名府里的梁中书还指望关胜来把自己解救，没想到几天的工夫，关胜等三人已经成了宋江的下线。

的确，这就是宋江的本事，他能把梳子卖给和尚，能把冰块卖给爱斯基摩人，也能把关胜这样的关公后代发展为自己的下线。

大名府内的王牌只剩一张了，这个人就是急先锋索超。

此人跟呼延灼一样，头脑简单，容易发热。宋江和吴用一对视就生出了一计：陷马坑。一旁的呼延灼冷冷看着这一切，心中充满了悲凉，"当年，我就是这样被你们陷害的！"

当陷马坑已经向索超张开了大嘴，索超有三个选择，你是跳啊，跳啊，还是跳啊？

索超是被张顺和李俊引到了山涧边，李俊故意高喊，"宋江哥哥快跑"，这一声就让索超上了当。索超顺着声音赶了过来，他以为自己马上要触到宋江的衣角，一愣神的工夫，连人带马掉进了陷马坑。

在那一瞬间，索超嘴角挂着一丝苦笑，"原来我跟关公是享受同等待遇！"

09. 宋江：谁能治治我的病

面对宋江春风满面的黑脸，索超的选择也只有一个，降吧，降吧，降吧。

在这里，索超见到了老相识杨志，两个当年势不两立的竞争对手如今成了同一个战壕的战友。

索超想想人生确实很有趣，杨志从大名府奋斗到二龙山最后又奋斗到了梁山，自己则是从大名府直接奋斗到了梁山，都说条条大路通罗马，对他们而言，是条条大路通梁山。

一边的吴用拽着文辞，说这就叫"殊途同归"。索超是个文盲，他搞不清楚为什么"鼠兔可以同归"，他只听说过"龟兔赛跑"。

宋江的体能却不够充沛了，连日作战让他异常疲惫，更何况宋江的病在心里，这块心病就是晁盖。

按说，晁盖死后，无论宋江是代班老大也好，正牌老大也好，最重要的就是为前任老大复仇。事实呢，宋江拖了大半年愣是没有顾上复仇的事。

先是为了把卢俊义忽悠上山，梁山上下折腾了四个多月，把梁山的库存快吃完了，还把梁山的士气都吃没了。以前一通擂鼓大家都知道是要打仗了，现在一通擂鼓，出来的士兵都拿着饭盆，"今天又是哪个头领做东啊？有蔬菜吗？不吃肉行吗？"

好不容易把士兵的习惯改过来了，又遭遇了大名府这块硬骨头，啃了好些日子还没啃干净，这日子什么时候是个头呢？

宋江感觉到兄弟们在背后指指点点，"不为晁天王报仇，还有什么脸当接班老大？"人就怕做亏心事，做了亏心事的宋江坐立不安，偏偏做梦还梦到了晁盖，这让宋江更加不安，一着急，一上火，背上起了鏊子，发起了高烧，有点神志不清了。

梁山上的头领们不是杀猪出身，就是贩卖牛羊出身，再不就是打仗出身，没有一个学医的，这让吴用很是着急。

病急乱投医，吴用翻箱倒柜找出一本不知道哪个朝代的医学书，书上说喝绿豆汤可以降火，就赶紧安排人给宋江煮绿豆汤。这个方法很冒险，压根儿不知道宋江的鏊子是良性的还是恶性的，也不知道病理结果，就灌绿豆汤，万一十八反呢，吃错药了呢？

浪里白条张顺站了出来，在他的记忆中，宋江的症状跟他母亲得过的病很相像，一旁的李逵听了这话，心里嘀咕，"怎么哥哥得的病跟张顺他娘一样，莫非哥哥不是哥哥，是姐姐？"

其他人倒不像李逵那样八卦，心里惦记着赶紧把宋江这座金字塔的塔尖救活，不然大家忙活了半天都白瞎了。

无论是杜迁、宋万，还是呼延灼和关胜，无论是哪个山头的，大家都希望宋江的病早点好起来，毕竟他好了大家才有盼头，跟着他才有肉吃。

10. 人人都有恋爱的权利

张顺从没有想过自己也会这么重要，挽救宋江的任务落在了他的肩上。

张顺按照吴用的指示背着一百条金子出发了，刘唐心里在嘀咕，他不会像我一样金子送不出去还得背回来吧。一旁的戴宗则嘀咕，"他倒轻松了，上次到大名府救卢员外，我可背了一千条金子啊！"

在刘唐和戴宗的共同期盼下，张顺遇到了麻烦，劫了半辈子道的他在船上被人劫了。幸亏张顺机灵，恳求人家把他扔进了江里自生自灭，这下活了下来。

张顺水淋淋地来到了江边的一户人家，引出了一个上梁山凑数的好汉——活闪婆王定六。活闪婆也有写成霍闪婆，在杭州方言里是"电母"的意思，估计是说王定六走得很快，速度跟闪电一样。不过在梁山上，他一直没有机会跟戴宗比试一下，看究竟是戴宗的甲马快还是王定六的腿快。这又是一个关公战秦琼的话题。

王定六也是个倒霉孩子，平常最喜欢游泳和武术，游泳自学成才了，武术自学没成才，到处投师也没有人肯收留他。在梁山之上，王定六顶着张顺下线的名头，从来没有立下什么像样的功劳，唯一的一次下山，还是跟长腿郁保四给东平府的董平送战书，被董平打得皮开肉绽。董平上山之后，王定六跟郁保四想找董平复仇，权衡半天，两个人还是打不过董平，只能作罢。

在后来的工作分配中，王定六被分配到酒店工作，虽然也是个头领，但待遇还不如旱地忽律朱贵呢，顶多算个大堂领班。

等到征方腊的时候，他早早中了药箭阵亡了。在阵亡的那一瞬间，他只说了一句话，"没想到我跟晁天王一个待遇！"

在王定六父子的帮助下，张顺到南京找到了救星安道全。

此时的安道全刚刚丧偶，正跟一个青楼女子混得热火朝天，不容易啊，人到中年终于实现了换老婆的梦想。安道全的兴奋没有维持几天，张顺出现了，安道全的幸福生活戛然而止。

梁山上的头领们跟妓女的故事不少，这说明"食色，性也"。

宋江跟阎婆惜，史进与李瑞兰，燕青跟大宋交际花李师师，都有一段或明或暗的感情。强盗也是人，妓女也有恋爱的权利，不过妓女最终都很不幸，除了李师师，其余跟梁山发生联系的妓女全部死于非命。

自古风尘多命苦。张顺很快发现，安道全热恋的那个妓女脚踏两只船，一脚踩着安道全，一脚踩着抢劫张顺的那个强盗张旺。

张顺采用了宋江的方式，"替天行道"。

苦命的妓女全家死于非命，安道全在南京的幸福生活也自此结束。张顺学着武松的方式，往雪白的墙上写了几个字，"杀人者，安道全也"。

小小的七个字，改变了安道全的一生。摆在安道全的面前有两条路，一条是留下来等死，一条是上梁山吃肉。安道全飞速地转了一下脑袋。

还是上梁山吃肉吧。

11. 安道全：我有点晕甲马

安道全一步三回头地离开自己深爱的南京城，他知道这一去自己就不是太医了，而只是梁山上的郎中。从太医到郎中，距离只有短短的五个字，却包含了人生最重大的悲喜沉浮。

回梁山的路是畅通的，在回梁山的路上张顺还顺便报了仇，把抢劫他的张旺扔进了扬子江，至于张旺有没有运气活下来就不知道了，张顺说，"我靠的不是运气，而是我在水中的实力！"

在扬子江边，张顺劝说王定六入伙，王定六动了心。扬子江边的平淡生活让王定六早已厌倦，梁山上有酒有肉的生活肯定不错。

这就是人生，得不到的生活总被想象得很美好，而拥有的却不知道珍惜，等到阅尽千山万水才发现，最好的生活一直就在我们身边。

张顺火速往梁山赶路，半路上遇到了下山打听消息的快马戴宗。

两人一商量，让戴宗给安道全绑了两个甲马火速赶路，一路上把安道全晕得直吐，没办法，速度太快，他有点晕甲马。

一路上吐得乱七八糟的安道全总算平安到了梁山，一出手就把宋江救了过来，十天之后宋江就可以满地溜达了。由此可见，掌握一门技术确实重要。

正因为安道全的业务水平高，在征方腊的战役中他被抽调回京，一生平平安安。等到《说岳全传》盛行的时候，作者还安排他给宋高宗赵构治了一场病。再次证明，掌握一门技术太重要了。

宋江笑了，大名府的梁中书却要哭了，他仿佛已经看到宋江给他发的阴曹地府单程车票，想要拒签，却没有像样的底牌。

负责救援的关胜已经上了梁山，最得力的索超也掉进了陷马坑，只剩下李成和闻达这两个棒槌给自己勉强支撑着门面。

梁中书很清楚，在所有曾经的下属中，最管用的是那个临时工杨志，只可惜这个人丢了生辰纲就跑了。其次是索超，只可惜掉进了陷马坑。最不管用的就是那两个正式员工李成和闻达，看着资格挺老，就是不管用，如果还有机会进行人事改革，一定把这两个尸位素餐的家伙给末位淘汰掉。

梁中书本还有机会保全大名府，可惜也让他错过了。让他错过的原因很简单，面子工程。梁中书为了缓解城里的紧张气氛，决定隆重操办一下元宵灯会，告诉老百姓：别怕，大名府很太平。世道坏就坏在这些心中有鬼的官员粉饰太平，正因为这些庸官的存在才给了宋江成长的机会。

周星驰的电影《武状元苏乞儿》中，苏乞儿有一句话很有道理，"世上乞丐数量的多少决定权不在丐帮帮主，而在皇帝的手里"。

梁山的强大与否并不受宋江控制，决定权还是握在了皇帝手里，只要有条不错的生路，所有人都会拒收梁山的永久饭票。

12. 吴用，还是管点用吧

人生有的时候就是这样，因为过于忙乱，最后你便忘记了最初的目的。

有个画师想要往墙上钉一幅画，找不到锤子，于是他开始找锤子。想起了锤子在工具间，他开始找钥匙。想起钥匙在儿子的储钱罐里，储钱罐又在儿子房间的柜子上，需要找梯子；梯子又需要到杂货间去找，前提是找到杂货间的钥匙；等到他找到了杂货间的钥匙，找到了梯子，找到了储钱罐，找到了钥匙，找到了锤子，他已经忘记了自己找锤子是为了什么。

如今宋江已经忘了自己攻打大名府是为了什么，是为了卢俊义，是为了石秀，还是为了攻城而攻城呢？

不管怎么样，背后好几万双眼睛在盯着，大名府打也得打，不打也得打。

宋江刚刚痊愈，他的私人医生安道全提醒他不要下山，否则很难彻底康复，宋江陷入了两难之中，吴用站了出来，"我替哥哥走一趟。"

这句话吓出了宋江一身冷汗，这不是自己经常对晁盖哥哥说的话吗？莫非这是吴用给自己设定的紧箍咒？再一想，算了，让他去吧，秀才造反，十年不成，他一个落第秀才，给他一百年也不成。

吴用开始调兵遣将：

时迁的任务是登高放火，这是他的本行；解珍、解宝是猎户出身，就扮成卖野味的猎户吧；杜迁和宋万长得五大三粗，就扮成贩米的伙计吧；鲁智深和武松都有和尚身份，就在大名府外边找个寺院蹭饭吧；邹渊、邹润，两个人长得比较怪，就当个卖灯的商贩吧；刘唐和杨雄扮成公差。

这些安排还比较靠谱，安排孔明、孔亮这两人扮演乞丐有些离谱了。

两个公子哥从少养尊处优，一个面皮红扑扑，一看就是营养过剩，另一个身上皮肤白得跟面似的，一看就是富家子弟。如果让宣赞、段景住这样的人扮演乞丐还说得过去，模样长得比较惨，肤色也比较怪，不知道的还以为是外国乞丐呢，这效果才好。

此时孔明、孔亮感觉到了吴用确实有点没用，但没有办法，谁让他跟师父宋江是死党呢。在日后征方腊的战役中，孔亮由于吴用错误地安排到水军参战，他连狗刨都不会，最终失足落水。在落水的过程中，孔亮不停地在心中呼喊："兄弟，告诉师父，吴用真的很没用，就是个棒槌！"

不过这话现在还不能说，不然就得准备穿小鞋了。

在这些无间道出发后，吴用又安排了几乎所有的人马出动，只留下几个头领陪着宋江在梁山上当壁虎，这是宋江第二次当壁虎，第一次当壁虎还要上溯到晁盖下山中箭的那一次。

宋江一算时间，坏了，大半年过去了，得抓紧时间了，吴用这次你可给我管点用。

01."替天行道"就是一则虚假广告

黑云压城城欲摧。

蔡福最近觉得眼皮一直在跳,他不知道是福是祸。看到柴进和乐和进了自己的家门,蔡福知道,无论是福是祸,自己是躲不过了。

柴进要求蔡福把他们带进大名府的大牢,蔡福只能答应,他收了人家一千两金子,拿了人家的自然手软,人家让你往东就别惦记着往西了。

在进入监狱的途中,蔡福才知道,原来乐和以前也是看守监狱的,跟他是同行,据说还会唱歌。蔡福有点欣慰,以后上了梁山,好歹还有个同行可以交流一下工作心得。

时迁在城里放起了火,城外的梁山人马开始进攻,大名府城内的无间道们开始行动,柴进和乐和火速救了卢俊义和石秀。

两人已经在监狱里住了半年,刑期都快赶上当年的白胜了。等到两人走出监狱的时候,发自肺腑地长出了一口气,"自由的味道很硬!"

柴进先安排人护送卢俊义和石秀离开,然后带领蔡福回家保护蔡福家的老小。

从这个细节来看,梁山的人马并非纪律严明的正义之师,一旦攻破城池便纵兵劫掠，这是将领奖励士兵的一种方式，或许也是宋江巩固自己跳板的一种方式。

倒是蔡福这个大名府土著看出了端倪，收拾完自家的金银细软之后，他对柴进说，"大官人可救一城百姓"。

有时候，历史就是由小人物改写的，真话也是由小人物说出的，蔡福一句话救了半城的百姓。

等柴进找到吴用下令停止劫掠时，大名府已经被祸害了一半。从这个事例来看，梁山的"替天行道"就是一则虚假的保健品广告，信不得的。

大名府破了，梁中书也变成了丧家犬，侵吞了卢俊义家产的李固和卢俊义的前妻贾氏落到了燕青和燕顺的手中。

所谓富贵，所谓破败，只是隔着一道城墙。城墙完好时，李固还是大名府的富户，城墙被攻破之后，李固连当丧家犬的权利都没有了。

折腾了半年，吴用号称略施小计就能骗上山的卢俊义终于上山了，现在的他，从玉树临风的卢员外变成了饱经风霜的卢员外，等待他的是茫茫未知的旅程和几场不那么真的真人秀。

第一场真人秀就是宋江让位。

宋江做出让位的姿态，卢俊义自然不敢也不会答应。

强龙难压地头蛇，更何况卢俊义这条强龙身后是那么孤单，除了燕青一个铁杆，剩下的就是石秀这个狱友，以规模这么小的三人金字塔去对抗宋江的金字塔，那就不是假疯，而是真疯。

宋江一说让位，李逵便跳了出来，这是一个固定的模式。

李逵先出来闹场，之后是武松，他们说是不满宋江让来让去，说白了是给卢俊义下马威。卢俊义的智商毕竟高于晁盖，他看得出来这一切都是宋江导演的欲擒故纵的把戏，这头一把交椅他是打死也不坐。

最后还是吴用打了圆场，让卢俊义坐了客人的席位，这就牢牢地把宋江钉到了老大的位置上。

即便卢俊义日后风光无限，但毕竟是客人，想鸠占鹊巢，那就是晁盖半夜看到北斗七星——做梦！

02. 倒霉孩子韩伯龙

蔡京在接到梁中书的报告后，叹了一口气，看来这个穷小子女婿真是扶不起来，丢了两次生辰纲，这会儿又丢了大名府，什么时候再把自己的女儿丢了，那就丢彻底了。

到底是自己的女婿，法律意义上的儿子，还是管到底吧。

蔡京又推荐了两名军官，一个是圣水将军单廷圭，一个是神火将军魏定国，两人就是哼哈二将。单廷圭擅长用水倒灌敌军的营房，魏定国擅长对阵时使用喷火装备，两人配合起来的效果就跟动画片《葫芦兄弟》里的水娃和火娃一样。

施老爷子在起《水浒传》人名的时候很有讲究，比如单廷圭和魏定国，这两个人都是治国安邦的名字，一看名字就是效忠朝廷的将领，两人在一起就是典型的搭档配置，就跟杜迁和宋万一样，杜迁、宋万组合起来就是"渡千送万"，把后上山的头领一个个送到自己的排名前面，而这哥俩儿则跟旱地忽律朱贵一样，像旱地里的鳄鱼，越活越抽抽。

单廷圭和魏定国的到来给了一个人机会，这个人就是关胜，他也想获得自己的投名状。

关胜表示愿借五千兵马打头阵，这个借字用得很好。

上梁山之后，关胜原来的兵马接受了整编，关胜没有一兵一卒了，想要出兵打仗，还得跟宋江借，就跟呼延灼当年向慕容知府借兵一样。

尽管关胜的表达方式比当初史进高明得多，但他失败的结局依然无法避免。在宋江心中，梁山是大伙儿领导的统一梁山，没经过宋江和吴用的安排，关胜想当出头鸟，结局不说也罢。

宋江还是借给了关胜兵马，不过他并不放心。

在关胜的五千兵马之后，林冲、杨志、孙立、黄信带领五千人马跟在后面，一是起到监视作用，二是关键的时候替宋江摘桃子。

事情到了这个份上，关胜还拿得来投名状吗？

正面战场的关胜没有起到决定性作用，走偏门的李逵却有了意外收获。

李逵想要积极参战，被宋江喝退，李逵索性偷偷下山，开辟第二战场。

李逵的傻是装的，在发展下线方面他非常有天赋，当然他也错过了一个到手的下线，这个下线就是倒霉孩子韩伯龙。

下山的路上，李逵吃了一顿霸王餐，开店的韩伯龙不干了，两人起了争执，李逵一斧头砍死了韩伯龙。

彼时韩伯龙已经拜过了朱贵的码头，已经准备拜见宋江，因为宋江生病就给耽误了。这一耽误就是一辈子，这一耽误就是生死相隔。如果没有李逵冲动的一斧，或许一百单八将里面还有一个好汉叫韩伯龙，可惜了。

韩头领，安息吧，下去陪晁天王说说话吧，毕竟你俩都算梁山一百零八将之外的编外头领！

03. 不活了，伤自尊

倒霉的韩伯龙没有当成梁山头领，毫无准备的焦挺却意外成了李逵的下线。正如人生，有心栽花花不开，无心插柳柳成荫。

焦挺看李逵长得比自己还丑，无意间就多看了两眼，因为这种机会很难得，就跟李逵恰巧碰上宣赞一样，机会都少，得靠缘分。

李逵被焦挺看得有些不舒服，两人言语不和，就打了起来。

一交手，李逵就发现，自己打不过这个人。

刚一接招，焦挺就把李逵扫倒在地，起来再打，又被扫倒在地，这是李逵继在江州水中被张顺侮辱之后又一次被侮辱，这一次李逵有点蔫了。

水里打不过张顺，陆地上打不过焦挺，恐怕只能回去跟朱贵斗闷子了，不过欺负越活越抽抽的鳄鱼有意思吗？李逵撒丫子准备跑，焦挺叫住了他，两人正式相识，焦挺从此找到了组织。

焦挺这个人混得挺惨，尽管有祖传的相扑手艺，但是因为脾气差，为人不太地道，在江湖上没有人愿意收留他，还送他个外号，"没面目焦挺"。一是说他长得没个人样，二是说他讨人嫌，外号叫到这个地步，也够惨的。

焦挺原本打算投奔枯树山的丧门神鲍旭，李逵灵机一动就把他发展为下线。焦挺看看天，看看地，自己曾经做梦到过梁山，这回真的有机会上梁山了。两人一合计，上枯树山叫着鲍旭一块儿去抄魏定国和单廷圭的后路，之后一起上梁山。

李逵的第二战场还没开辟完，关胜跟单廷圭和魏定国接上火了。

关胜的两个手下宣赞和郝思文都挺丢脸，打了没几招就被捉了。宣赞和郝思文跟魏定国和单廷圭交手，没两下，魏定国和单廷圭拨马回走。宣赞和郝思文在背后紧追，一不留神，冲进了敌阵。宣赞以为这下能多砍几个敌人，没想到几下就被套索给套住了。郝思文也好不到哪儿去，人家四五百人一起上，生生把他给拽下马绑了。

郝思文彻底明白了，井木犴就是胡地野狗，要不怎么能三番五次地被捉呢？不过郝思文和宣赞的运气还不错，魏定国和单廷圭安排人马押送他们上京请赏，半路就被李逵、焦挺、鲍旭带着小喽啰们给救了。

重获自由后，郝思文感觉自己叫井木犴也没什么不好，尽管是胡地野狗，但也能逢凶化吉。不过郝思文的好运并没有维持多久，在日后征方腊战役中，他又一次被敌方捉住，这一次他没有了以前的好运气。

在被斩首的一瞬间，不知道他有没有反思过自己的绰号，"井木犴，到底是福还是祸呢？"

04. 关胜的拖刀计

丑郡马宣赞和井木犴郝思文都丢人了，这让关胜很没有面子。

这两个手下实在是太不给自己长脸了，对阵梁山被人稀里糊涂拿下，对阵朝廷的人马又被稀里糊涂拿下，关胜在心中嘀咕，"早知道正式职工这么不管用，下回我就带杨志这样没编制的出场算了，据说杨志还不要出场费呢！"

为了挣回自己的面子，关胜出马了。

这是一个强人，一个与林冲不相上下的强人。很难说这两人谁强谁弱，因为他们再也没有机会较量。梁山大排名中，关胜排在林冲之前，但排名又能说明什么呢？梁山的交椅在有些人看来是地位象征，但在关胜看来就是安放屁股的地方，交椅和小马扎是一样的，一样的。

关胜出马，圣水将军单廷圭觉得到了证明自己的时候，他满心以为关胜是自己的试金石，却没有想到自己却成了关胜的试金石。

单廷圭跟关胜打了二十来个回合，关胜故作不敌，卖了个破绽就往本方阵地逃跑。

关胜不但与关公神似，而且深得关公武艺的精髓，传说中关公的拖刀计被他运用得炉火纯青。

据《三国演义》的记载，关公战黄忠就曾用过这一招。

这一招的精髓在于假动作逼真，要给对方一种自己急于逃命的错觉，而且还要把自己的后心暴露给对方，让对方以为自己已经没有抵抗能力了。就在对方刺向自己后心的一瞬间，迅速躲开并挥刀拍向对方，这时候有两个选择，要活的，还是要死的。如果要死的，用刀刃砍，要活的，就用刀背拍，如果要半死不活的，用刀尖挑脚筋。

关胜原本是孤傲的，跟他的先祖一样。

上了梁山之后关胜才发现，在这里，孤傲是没有市场的，你得跟宋江哥哥学习脸皮厚。原本关胜不屑于发展下线，但在梁山，有下线才有话语权，如果没有自己的下线连话语权都没有。

关胜向现实低头，他也准备发展下线，目标就是单廷圭。

单廷圭被关胜一招拖刀计拍落马下，这下他才知道，这个世界上真的是天外有天。

也怪不得他，老在自己的一亩三分地待着，总觉得自己就是天下第一，井底之蛙的天永远是井口上方那圆圆的天。

单廷圭等着关胜的大刀落下，等了好几分钟才发现，关胜的刀已经收起来了，迎接他的居然是关胜灿烂的笑容。

怎么现在都改成笑里藏刀了？

关胜开口，打消了单廷圭的疑虑，"兄弟别给朝廷打工了，到梁山跟宋公明哥哥干吧，待遇比当军官强，吃喝不花钱，年底还有分红！"

单廷圭未必看重梁山年底的分红，但他看重自己的档案。这次被俘的经历写进档案，估计就要背上"终生不得重用"的黑戳，对比一下那黑戳和关胜的许诺，单廷圭做出了选择。

罢了，不要黑戳了，要分红。

接下来，关胜的一个举动让单廷圭终生折服。

在他与关胜并排走出小树林的时候，正面遇到了林冲。

林冲有些疑惑，到底是关胜投降了单廷圭，还是单廷圭投降了关胜呢？

关胜如同他的先祖一样仗义，"我俩打得不分上下，后来一论交情，我俩居然是同一年中的武举，可以算作同年。单将军决定不给朝廷打工了，以后跟咱们一起替天行道！"

据说自此以后，单廷圭在自己的房中摆了两尊像，一尊是关公，一尊就是关胜。

05. 魏定国：说好了一起投降

单廷圭投降了关胜，剩下魏定国一根独苗了。

魏定国也是个暴脾气，看着单廷圭投降气就不打一处来，"不是说好一块儿投降吗，怎么你先过去了，太不要脸了！"

魏定国是个好面子的人，他不能在阵前接受对方的招降，那就只有一条路——打。

魏定国跟花荣一样，属于在阵前算计别人的人，根本不跟对方认真打，仅仅十个回合之后，他撒丫子往后就跑。

关胜一看魏定国败逃，拍马就追，旁边的单廷圭大叫一声，"将军别追"。关胜一愣神勒住了马，这时魏定国的火器兵向关胜冲了过来，火器兵拿的武器相当于喷火枪，一旦被喷上了就没活路了。关胜心中一阵后怕，幸亏没有胡子，不然胡子着火多难看啊。

关胜顾不得颜面了，转身就跑，手下的兵马四散逃去。

将军就是风向标，将军冲锋，小兵就得跟着冲，将军溜号了，小兵也就别装了，逃命吧。

关胜带着败兵一口气退了四十里，相当于跑了半程马拉松。回头一看，追兵早没影了，关胜四周看看，幸好，没有人看到我的狼狈。

魏定国的好心情没有持续多久，等他回到城边才发现，完了，自己也成流浪狗了。

李逵带着焦挺和鲍旭抄了他的后路，魏定国的宿舍和行李被李逵一把火烧了。魏定国看看浑身上下，只有这一身行头了，连个换洗衣服都没有。

魏定国叹了口气，走吧，到郊区下寨。

单廷圭和魏定国是黄金搭档，两个人关系很铁，铁到可以同穿一条裤子。

单廷圭知道魏定国的臭脾气，死要面子活受罪。看见一件东西，明明喜欢，却非要装作不喜欢，一生中为了面子总是错过时机。

魏定国有个梦中情人，他却非要跟人家装孤傲，明明心里喜欢却不说出来，结果人家结婚了，新郎不是他。

对这样的人，要给足他面子，给他足够长的台阶，要不，他宁可自杀，也不投降。关胜一想，不就是给个面子吗？又不是真把这张脸给他，再说了，他也不能要，真要了，他不就成二皮脸了吗？

关胜安排单廷圭当了说客，一见面，魏定国把单廷圭一顿埋怨，"说好要投降一块儿投降，你怎么能单飞呢？"单廷圭赶忙接过话头，"怪我，怪我，以前不懂事，很傻很天真！"

魏定国只提出一个条件，让关胜亲自来请我，这才算有台阶下。

关胜听到这个要求，欣然同意，当下就跟单廷圭匹马单刀进了魏定国的大营，如果再借一把朱仝的胡子，此时的关胜跟当年单刀赴会的关公一样，侠义千古。

从关胜的身上也可以验证一个道理，英雄不死，基因永恒。

关胜亲自出马，魏定国欣然投降，从此魏定国和单廷圭都成了关胜的忠实下线，加上原来的宣赞和郝思文，关胜说，"以后你们就是我旗下的F4了！"

只可惜在后来的征方腊战役中，宣赞死于苏州饮马桥下，郝思文在东新桥被斩首，单廷圭和魏定国陷于歙州城下的土炕，双双身死。按照五行相克理论，土克水，水克火，歙州的土炕把水将军和火将军都克了。

06. 卢俊义，一边当壁虎吧

关胜旗开得胜，宋江喜笑颜开，又发展了两个下线，又垫了两块砖，宋江觉得自己的这块跳板已经越来越高，距离跳过大宋龙门的日子不远了。

宋江的美好心情没有维持多久，金毛犬段景住又传来了不好的消息，这个人就是个小衰神，三番五次传递不好的消息。当年千里送马毛引发了曾头市与晁天王的冲突，晁天王中箭身亡，这一次他的马又被抢走了，而且是两百多匹。

段景住跟杨林、石勇一起到金国买了两百多匹马，走到半道马让一伙人给劫走了，领头的就是日后梁山上海拔最高的郁保四。郁保四这个人也很没溜，他转手把这些马卖给了曾头市，这是成心恶心宋江，"就在你眼皮底下销赃，怎么着"！

婶能忍，叔不能忍，宋江更不能忍了。

屈指一算，晁天王死去大半年了，自己这个代班老大还没有为晁老大报仇，这实在有点说不过去了。再说了，人家还在眼皮底下销赃，再不做出点反应，兄弟们会当你是植物人的。

曾头市这批人也很没溜，买马就买马吧，非要扯大旗说，要替凌州失败的兵马复仇。凌州失败的兵马就是单廷圭和魏定国这批人，曾头市这些不着四六的人居然说要替他们复仇。

这就是"皇帝不急太监急"了。

既然曾头市逼到了门口，宋江只能做出反应，他并不是怕曾头市，而是怕晁盖的临终誓言。

"捉住史文恭者即为山寨之主"，这是宋江头上的一把利剑，效果就跟前朝皇帝的密诏一样，未必有用，但一旦拿出来就吓死人。

卢俊义当即表示愿意领兵下山，吴用心中微微一笑，想得美。

吴用安排卢俊义和燕青领五百人马在偏僻小路埋伏，以作不时之需。这种安排等于把卢俊义当成预备队的预备队，这场战役没准备带你玩。

你既然不愿意留在山上当壁虎，那就到偏僻小路当流浪狗吧。

吴用以为卢俊义这个流浪狗拿不着耗子,结果恰恰相反,卢俊义还真拿住了大耗子,咱们后面再说。

跟卢俊义那可怜的五百人马相比,其他下山头领的人马就有点奢侈了。

花荣和秦明领了三千,鲁智深和武松领了三千,杨志和史进领了三千,朱仝和雷横领了三千,宋江自己带了五千。

别人的配置富得流油,卢俊义的配置寒酸无比,这差距,相当于奥迪与奥拓的差距。

07. 镜子照出了梁山好汉的原形

人的一生总要不停照镜子,梁山与曾头市的较量也是一次照镜子的过程,这次照镜子把梁山照得很失败,这次照镜子让梁山的很多头领现了原形。

首先现了原形的是玉树临风的小温侯吕方,这位一生崇拜吕布的头领很给吕布丢脸。吕方与曾头市的曾涂打了三十来个回合,渐渐支撑不住。这个时候他才明白,"打仗不能光靠长得帅"!

一旁的郭盛看搭档马上要落败,顾不得战场规则了,拍马加入了战斗。两个打一个还没占到便宜,最要命的是两人方天画戟上的装饰物豹尾又一次缠到了一起,两人急出了两身冷汗。

如果不能及时拽开两个豹尾,两个人就歇菜了,人家磨刀霍霍,哥俩儿手忙脚乱,等着挨扎吧。

英雄总是在最危急的时刻出现,英雄就是花荣。

曾涂的钢枪离吕方的咽喉只有 0.01 厘米了,花荣的箭到了。

还是花荣的箭快,曾涂被射中左臂翻身落马。醒悟过来的吕方和郭盛一起举起缠在一起的方天画戟戳死了曾涂。

曾涂的临终遗言只有一句,"三个打一个,太不要脸了!"

目睹梁山人马不守规则,曾头市的曾升不干了,他和家庭教师史文恭一起出战,又把梁山的人马照得面红耳赤。

第一个被照回原形的是李逵,这个不会骑马的人被曾升一箭射倒在地,如果不是有人救助，李逵就得下去陪晁盖了。

第二个被照出原形的是霹雳火秦明，他让史文恭逼得非常狼狈，二十个回合后，秦明只能拼命往本方阵营跑，被史文恭一枪刺中屁股，跌落马下。

这是秦明一生最狼狈的时刻，这个曾经傲视世界的将军居然被一个家庭教师刺落马下。从此之后，秦明做人低调了很多，他明白了一个道理，"高手在民间"！

梁山与曾头市的第一次交锋惨淡收场，宋江本来就不白的皮肤更黑了。

好在还有九天玄女的函授教材，宋江按照教材上的方法算了一卦，卦象显示：今晚有人劫营。

其实有人劫营根本就不用算，因为谁都会乘胜追击，史文恭和曾头市的头脑们一看梁山如此不经打，自然就想到了连夜劫营。

他们没想到，宋江早有安排。

劫营就是一场赌博，赌对了，让对方伤筋动骨，赌错了，被人瓮中捉鳖。当曾头市的曾索带人来劫营的时候，他在想，"人生怎么有那么多选择题呢"？

曾索以为自己赌对了，结果解珍给了他一个叉，告诉他做错了这道选择题。解珍这个叉还不一般，是打老虎的钢叉。

08. 晁盖不如一匹马

曾家五虎转眼间就失去了两只虎，曾长者这个虎爸爸有点受不了。

曾长者给宋江写信要求和谈，但宋江心里过不了这个坎，并不是他不想和谈，而是面子拉不下来，总不能让兄弟们说我不想替晁盖老大报仇吧！

这时吴用的作用显现了出来，他就是替宋江背黑锅的那种人，也是老大最喜欢的那种人。一个团队里，一般二当家是受非议最多的，因为他是大当家的挡风墙，把所有的风都替大当家挡住了，大当家才能高枕无忧。

吴用要替宋江背黑锅，也要替宋江说出心里话，"只要把两次的二百零一匹马还我，就当这回事没发生过"！

晁盖大哥，听到了吗？您没有那二百零一匹马值钱。

曾长者提出建议，"既然大家要和谈，各派一个人质吧！"

曾长者真是死心眼，死心眼到派自己的亲儿子曾升带着郁保四来做人质，而梁山派过去的又是谁呢？李逵、时迁、樊瑞、项充、李衮。

曾头市送过来的人质只有曾升一个，梁山一下子派过去五个，这不是挥泪大酬宾，而是别有用心。这次不平等的人质交换为曾头市的败亡埋下了伏笔，而曾头市败亡的导火索居然是段景住最先偷的那匹马。

曾头市归还了梁山二百匹马，但是段景住最先偷的那匹马没有归还，这匹马成了战争升级的导火索。

宋江三番五次索要这匹马，史文恭就是不肯归还。可能是与马培养出了感情，也可能是马太优秀了，史文恭舍不得，但这匹马要了史文恭的命。

如果史文恭顺水推舟归还了这匹马，或许宋江真当事情没有发生过，或许还会把史文恭请上梁山坐一把交椅，再故作姿态把马送给他。

这些机会都被史文恭错过了，等待他的只能是鸡蛋碰石头——破碎的命。

曾头市终于被从里到外打破，里面接应的是李逵、时迁、樊瑞、项充、李衮和郁保四。郁保四是墙头草，让宋江一拉拢就从梁山的对立面站到了梁山的阵营。

六个恶人从里往外打，一万多人从外往里打，曾头市就是一个比较大的村庄，哪能经得起这样的折腾？

混战中，曾头市的另外三只虎也死了，曾参被朱全砍死，曾魁被马踏如泥，曾升被宋江斩首，可怜曾家五只老虎，都成了死老虎。那个糊涂老爸曾长者也以自缢的方式结束了自己糊涂的人生，记住了，下辈子就别多管闲事。

混乱中，史文恭骑着那匹照夜玉狮子马跑了出来，那匹马太扎眼了，在黑夜里远远就能看见。

埋伏在小路上的卢俊义终于等来了这只死耗子，你想要得的得不到，不想得的却从天上来。

卢俊义并不想在梁山有多高的地位，因为他曾经沧海，梁山的交椅在他看来不是地位，不是富贵，就是坐着说话不腰疼的地方。

09. 宋江的让位真人秀

卢俊义回来了，还带着那只大大的耗子——史文恭，宋江一看，不白的脸更黑了，吴用一看，更是恨不得找个地缝钻进去。宋江在心里嘀咕："别人说你很没用我还不信，这回我真信了！"

卢俊义捉住了史文恭，狠狠地将了宋江和吴用的军，但卢俊义明白，在梁山，是讲山头，尽管宋江大哥说大家不分彼此，亲密无间，但那都是骗人的鬼话，老大之间的友谊都靠不住，更何况梁山上的这些草莽。

宋江总共有四次让位真人秀。

第一次不太作数，那时他刚上山，让位应该是发自肺腑的，当时晁盖比他强势得多。

在晁盖去世之后，宋江有三次让位真人秀，演得都很假，但符合传统文化。当年创建新朝的王莽、创建隋朝的杨坚、创建唐朝的李渊都上演过这样的假把戏，一让再让，一辞再辞，最后还是照单全收，就跟刘备和陶谦合演的"三让徐州"一样假。第一次让刘备就已经准备接收了，但做样子还得做三次，刘备很累，宋江很累，大家都很累。

宋江在晁盖的身后有三次让位，第一次是虚拟的，吴用和林冲推选他当老大，他说有晁大哥的遗言在，他不能当老大，一番推辞之后当了代班老大；第二次是搭救卢俊义上山之后，他又作势要让，李逵和武松发作，又没让成，卢俊义被吴用钉在了客人席上；第三次让，就是卢俊义活捉史文恭后，这次让位让得也很假。

宋江做出尊重晁天王誓言的样子，列举了三点理由：第一，宋江黑矮，卢俊义相貌堂堂；第二，宋江出身小吏，犯罪在逃，卢俊义出身名门，社会记录良好；第三，宋江文不能安邦，手又无缚鸡之力，卢俊义力敌万人。

这三点理由都很勉强，目的就是淡化晁盖的临终誓言，让大家把注意力转移到这三点理由上，晁盖的誓言也就不作数了。

宋江的理由是何等的勉强。

第一条关于相貌。选老大，又不是选男模，如果按照相貌的标准，花荣、吕方、郭胜、关胜，甚至郁保四都有可能当老大。

第二条关于犯罪记录，在梁山上谁还把犯罪记录当回事？相反，犯罪记录不是耻辱而是荣耀。比如介绍鲁智深，"这位就是三拳打死镇关西的鲁达"，看看多威风！在梁山上，您以前要是没杀过个把人都不好意思跟人打招呼。

第三条关于武功，这纯粹就是托词。在宋朝，文官地位远高于武将，郓城那个小衙门、宋江这个小吏的地位都高于雷横和朱仝那两个都头，宋江是故意拿文武对比说事。

综合比较下来，宋江的三点理由都很勉强。

紧接着给宋江搭戏的人出现了。

吴用说，"再推辞下去就冷了大家的心"；李逵说，"你再让，我就砍人了"；武松说，"那么多军官都头只服你一个人，根本不服别人"；连倒霉的蜗牛刘唐都说话了，"当年你刚上山的时候，晁天王都有意让你做山寨之主"。

刘唐的话很关键，一下子确立了宋江继位的合法性，"当年晁天王都要让给他"。

事情到了这个地步，卢俊义又不是傻子，人家宋江上演的只是让位的真人秀，不能当真，千万不能当真。

宋江的人马已经构成了金字塔，卢俊义的人马刚垒起了个土包，卢俊义跟宋江对比，就是泥巴黄土与大金字塔的对比。

金字塔需要仰视，泥巴可以踩在脚下。

10. 多少作弊以抽签为名

如果你相信抽签是绝对公平的，那就相信你的相信吧。只要有人的地方就有江湖，只要有人操作，就有可能作弊。

历史上的中国是农业社会，兄弟几个分家产是常有的事，作弊也就屡见不鲜了。比如兄弟两个分家，家产是一处正房、一处厢房，谁都想要正房，在利益的驱动下，作弊也就不可避免了。其中一个兄弟串通中间人，把两个签都写成厢房，到抽签的时候让对方先抽。先抽的人必定抽到厢房，只要作弊的人不动声色把剩下的签毁掉，厢房就是对方的，正房就是自己的。

宋江与卢俊义的博弈也有可能是一场作弊。

宋江三次礼让头把交椅后觉得还不足以服众，他准备跟卢俊义再赌上一把，此举就是要堵住众兄弟的嘴，告诉大家，我宋江坐这头把交椅，坐得光明正大。

宋江和卢俊义的博弈是双方各自攻打一座城池，谁先攻下，谁就是山寨之主。这两座城池分别是东平府和东昌府。

从日后的进程来看，东昌府的守将张清比东平府的董平更难缠，宋江恰恰运气很好地抽到了东平府，而卢俊义抽到了东昌府。有人说那是宋江的运气好。哎，多少黑幕以运气为名。

宋江为了表示公正，与卢俊义平分了兵马，进而大公无私地把死党吴用派给了卢俊义。

以吴用对宋江的忠诚，他会毫无保留地替卢俊义出谋划策？鬼才相信！

如同刘备把诸葛亮派给曹操，诸葛亮会死心塌地帮曹操出谋划策？那效果估计跟派只猫去帮老鼠看家一样。

第十辑
梁山好汉大排名

01. 那一顿皮开肉绽的暴打

宋江带着兵马来到东平府前，内心非常紧张。

宋江知道东平府内只有董平一员战将，听说此人武功高强，不知道林冲他们是否是他的对手。这是宋江一生中最关键的一次博弈，如果赌输了，那就要把交椅让给卢俊义了，经营了半天的跳板可就白费了。转念一想，宋江心里又有了底，实在不行，就让林冲他们群殴董平，十个打一个还打不死吗？

宋江毕竟是个讲究人，要打东平府，礼节不能丢，不能让东平府的人说宋江不讲究。宋江准备派人去下战书，算是跟对方打个招呼。

下战书是个倒霉的差事，遇到明事理的，不会难为下战书的，而遇到不明事理的，轻则痛打一顿，重则立即斩首，总之不是什么好差事，属于李逵一听就想躲掉的差事。

最终倒霉的差事落到了大高个郁保四和活闪婆王定六身上，显然这是俩倒霉孩子。

俩倒霉孩子以为仅仅是送一封信那么简单，却没想到送信也会送出一顿毒打。他们还算命好，东平府的程太守是个读书人，知道"两国交战不斩来使"，若以董平那个粗人的脾气，"直接砍了"！在后来的梁山上，董平和郁保四以及王定六的矛盾是不可调和的，那可是砍头未遂之仇啊。

郁保四和王定六皮开肉绽地回来了，两人都想找个地缝钻进去，没脸了，彻底没脸了。本以为上了梁山就可以扬眉吐气，结果上了梁山还是存在森严等级，这两人在日后的梁山上一个排名倒数第四，一个排名倒数第五，地位都很卑微。

王定六是北山酒店的副经理，经理是催命判官李立。郁保四的工作很拉风，专门给宋江扛旗，看起来很风光，实际很悲惨。在征方腊的战役中，就因为他是扛旗的，加上个子又高，被人家的飞刀给瞄上了，他的人生就被嗖的一声结束了。王定六的结局也很悲惨，在征方腊的战役中，他的人生也是被嗖的一声结束了。

郁保四中的是飞刀，但是王定六中的是药箭。哥俩再相见的时候泪水涟涟，郁保四安慰王定六："兄弟别哭了，咱不幸，还有比咱更不幸的，咱中的是飞刀和药箭，有人中的是磨盘呢！"

"谁啊？"

"白面郎君郑天寿啊！"

郁保四和王定六被打在宋江的意料之中，下战书没有不挨打的，除非你跟吴用一样脸皮厚，而且非常能说。

宋江顾不上管两个倒霉孩子的伤势，他得抓紧时间研究对策。经过祝家庄和曾头市的战斗，宋江总结出经验，打仗关键在于里应外合，如果东平城内有梁山的无间道，那么东平府的防盗门不就是聋子的耳朵摆设吗？

这时有个人跟宋江想到了一块儿，这个人就是九纹龙史进，另外一个倒霉孩子。要说史进这个农村自学成才青年也非常不容易，拜了好多师父，大多数都是骗子，比如像李忠那样卖狗皮膏药的。好不容易遇到个好师父王进，教了半年走了；好不容易抓回强盗，他又中了强盗同伙朱武的苦肉计；好不容易出趟远门，遇到鲁智深这样一见面就跟他借钱的人；好不容易走上劫道的道路，头一笔买卖就遇上了鲁智深，买卖没开张，还得搭上自己的牛肉和烧饼；好不容易做了一次见义勇为的事，还被华州太守送进了大牢；这回好不容易有个熟人，这个熟人还是个无情无义的妓女。

如果说宋江的人生如同不断中彩票，那么史进的人生就是不断踩中连环雷。

02. 史进踩中了连环雷

史进在东平府的熟人是一个妓女，他的一个相好。这个出身良好的农村青年比较晚熟，在史家庄的时候还没有发育成熟，成天只知道舞枪弄棒。等到性意识成熟之后，已经在江湖之上了，想要明媒正娶已经不可能。

史进本质不错，又有侠义心肠，第一次遇见鲁智深就愿意慷慨解囊，遇到贫苦百姓受欺负，他就想出手帮忙，遇到被华州太守欺负的父女他就见义勇为。这个品质不错的人并不是聪明人，他的错在于太容易相信别人，而且相信一个在风月场迎来送往的烟花女子。

与妓女谈情说爱无可厚非，可惜史进过于认真，别人与妓女都是逢场作戏，他却在谈一场轰轰烈烈的恋爱。正是那场想象得出的恋爱让史进又一次遭遇了牢狱之灾。

史进的相好叫李瑞兰，史进上门给李瑞兰出了一个选择题：A. 报官；B. 不报官。李瑞兰经过全家一致商量决定，选择 A。

史进就只能再去感受一下东平府牢房的氛围，看看与华州的牢房有什么不一样。

在牢房中，史进反思自己，他始终不肯相信，感情也能用来出卖，不是说过深深爱我，不是说过海誓山盟吗？怎么到头来都成空了呢？

唉，夫妻到大难临头的时候还会选择各自飞呢，更何况妓女和恩客。

史进这个人的运气非常差，运气差到人生就像在踩连环雷，这一次他又碰上了霉运，居然弄错了越狱时间。

史进被抓之后，顾大嫂混进了东平府的牢房，与史进约定：月底接应史进越狱。

按照古时历法，大月有三十天，小月有二十九天，史进是个粗人，他经常弄错大月和小月。他要越狱的那个月是大月，而史进把那个月当成了小月，这样就与预定时间整整差了一天，这下麻烦大了。

史进按照"约定"开始暴力越狱，他撞开自己所在房间的牢门，并把牢里的人都放了。董平早有准备，安排人在门口堵着，史进出不去，董平的人也进不来，双方僵持不下，一直僵持到天亮。

宋江这边得到消息，为了减轻史进的压力，宋江发起了总攻。

第一个出阵与董平对打的是百胜将军韩滔，这一次百胜将军又不灵了。

韩滔跟董平过了几招之后发现，自己不是董平的对手，一旁的老搭档彭玘看了心里一凉，"看来以后百胜将得改叫不胜将了，我这个天目将是不是也得叫地目将了？"

韩滔退回来后，金枪将徐宁接着与董平对打，双方打了四五十个回合不分胜负。宋江怕徐宁打不过董平，率先鸣金收兵，从这个角度来看，可能徐宁是打不过董平的。（也可能宋江水平有限，看不出徐宁水平其实在董平之上。）

梁山人马与董平打了半天，谁都没讨到便宜，各自收兵，董平与梁山两员战将打成一胜一平，心情不错地回到东平府内。

董平这个人看起来意气风发，实际有些目光短浅。

平时，他就在追求程太守的女儿，程太守一直不同意。现在借着梁山攻城的契机，董平又去提亲。

此人莫非有趁火打劫的基因，不上梁山也是瞎材料了！

03. 董平是个没头脑

董平想趁火打劫没成功，还碰了一鼻子灰。平时程太守就不同意董平对女儿的求婚，一是因为女儿还小，二是因为董平这个人自视甚高，近乎目中无人，甚至在箭壶上插一面小旗，旗帜上还有两行字，"英雄双枪将，风流万户侯"。这架势是把自己当卫青、霍去病了。

程太守并非完全不认可董平，但总觉得在战争时期求亲，董平有点不厚道。全城百姓都在全力抵抗梁山，董平还在惦记着解决自己的个人问题，换了哪个领导也不会高兴，更何况求婚的对象还是自己的女儿。

程太守没有明白一个道理，舍不得孩子套不着狼，舍不得女儿套不着董平。因为自己拒绝了董平，董平的忠诚便打了折扣，从经济学角度来看，程太守赔大发了。

宋江带领梁山兄弟连夜攻城，这让董平非常恼火，"一点眼力见儿都没有，我这正求婚呢，你们瞎掺和什么啊？"

没办法，人家都打到家门口了，还是出去对打吧。

此时的宋江为了招降董平也开始说大话，他夸口说自己帐下有"精兵十万，猛将千员"。若真有精兵十万，可以跟皇帝认真谈谈了，如果真有猛将千员，估计可以把辽、金、西夏、吐蕃、大理都灭了。

当年曹操也是十八万大军，对外号称八十万，这就是广告，千万别当真。

董平正憋了一肚子火没处撒，正赶上宋江来触他的霉头。董平挺起双枪冲了过来，宋江将计就计，带人四散逃去。

宋江不是晁盖，从来不会选择硬碰硬，他的做法是以柔克刚，能算计死你就算计死你，实在不行再让手下群起而攻之。现在宋江给董平准备好了数十条绊马索，就等着董平进了包围圈绊他一跟头。

董平真的上当了。他追赶宋江进了一条不归路，这条路很窄，两边都是草屋，宋江准备好了无数道路障，就等着董平的马中招了。

绊马索平地而起，董平的马不是赤兔马，董平也不是关公，一个跟头就从马上栽了下来，什么双枪将，什么万户侯，一个跟头栽下来也就爬不起来了。

捉住董平的是一丈青扈三娘和母夜叉孙二娘，董平就成了她们的投名状。

扈三娘实在太强了，她的套索先后套过天目将军彭玘和井木犴郝思文，现在又把双枪将董平擒获，一个女人能干到这个程度，不容易，非常不容易。不知道在她频频立功之后，她的夫君矮脚虎王英如何调整自己的心理落差。

需要调整心理落差的还有董平，自己叫嚣了半天，反而成了梁山的俘虏。刚才还骂宋江是文面小吏，这回见了宋江又怎么抬得起头呢？

董平多虑了，宋江脸皮厚，谁骂他都不在乎。

04. 宋江的苹果

董平和宋江一见面，就被宋江征服了。

宋江不仅没有难为他，还为他穿好盔甲，然后给他下拜。这一拜让董平很诧异，这一拜让董平很感动。武将就是这样，没有太多心眼儿，你给足他面子，他就为你卖命，宋江给足了董平面子，董平感动到内心涕零。

这时宋江还给了董平一个巨大的诱惑："如果将军不嫌弃，就当梁山之主吧！"

这话就是客套话，宋江跟很多人说过，跟呼延灼说过，跟关胜说过，跟卢俊义说过，现在又跟董平说。宋江就是把梁山的头把交椅当成了一个苹果，拿出来象征性地给大家看看，象征性地请大家分享，然后又迅速放到自己的口袋。

宋江如此给面子，董平这个武夫也非常感动。

董平跟程太守的关系本来就非常紧张，也难怪。同事仅仅是同事，不太可能成为朋友。本来董平还想把与程太守的同事关系发展为女婿与老丈人的关系，程太守给拒绝了，因此董平跟程太守的关系更加紧张。

在董平眼中，程太守就是个不学无术的家伙，只不过沾了童贯的光。程太守原本只是童贯家的一个门卫，因为为人机灵就被童贯外放当了东平府太守。这让董平很不服气，一个门卫也能当太守，这不是开玩笑吧。

要说《水浒传》中的裙带关系啊，真不少。仅是梁山好汉遭遇的就有高俅的叔伯兄弟高廉，此人是高唐州太守；蔡京的女婿梁中书，此人是大名府留守司负责人；再加上这个童贯的门卫，一群不着四六的人进入了官府系统，这样的官府能长久才怪呢。

根据历史记载，宋徽宗赵佶即位之后，官吏数量迅速增长，数年间已经扩大为以往的六倍。从这个角度说，北宋的天下即便不被金国抢走，也会被庞大的官吏队伍吃垮。

董平对程太守一肚子火，反水也就是顺理成章的事情。有董平带路，东平府的城门就是一道虚掩的防盗门，不用拿脚揣，用手指一捅就开。

董平带着梁山的人马捅开了东平府城门，童贯的那个门卫——程太守只能迎接灭亡的命运。

董平杀了程太守一家，抢了他的女儿做了自己的夫人，梁山上没有人性的事情没少做，这一件绝对也算。可怜的程小姐跟扈三娘一样，家人都死了，自己还要委身于杀父仇人，这样的苦有谁知道，这样的痛有谁能够体会？

同样心痛的还有史进，他带人砍了李瑞兰一家。

看着李瑞兰哀怨的眼神，史进也是心如刀绞，我那纯真的初恋，我那苦涩的青春，我那青春的记忆，我那与青春有关的日子，哎，都过去了。

05. 文身是一种时尚

打下了东平府，宋江终于把心放回肚子里了，卢俊义已经跟梁山的头把交椅渐行渐远了。

想想宋江也不容易，明明想头把交椅想得心里发狂，嘴上还要说不在乎。

世上什么事最难？心口不一最难，时间长了肯定要人格分裂，所以活着就要像鲁智深一样，简单点好。

本来宋江想回梁山好好享受一下正式接任老大的舒适，白日鼠白胜带来的坏消息让他内心的舒适瞬间就没有了。

白胜说卢俊义带领部队在东昌府遇上了硬茬子，梁山的脸快丢光了。

宋江已经开始用真正老大的标准要求自己了，他不能任由卢俊义接着丢梁山的脸，他这个真正的老大必须火速出手了。

卢俊义那里确实遇到了硬茬子，领头的是擅长甩石子的没羽箭张清。这个人之所以叫没羽箭，是因为他甩的石子太准了。张清还有两个手下，一个叫花项虎龚旺，一个叫中箭虎丁得孙。这两个人都非常有特点。

花项虎龚旺身上文了一只老虎，脖子上刺着虎头，从后面以及侧面看，可以看到他那文得很夸张的虎头，因此就叫了这个很拉风的名字。

龚旺在梁山上有好几个同道中人。

第一个就是鲁智深，鲁智深的绰号叫花和尚。这个和尚一点都不花，花的是他的背，他的背上有很多很漂亮的文身，因此得名花和尚。另一个文身爱好者是九纹龙史进，他的身上更复杂，足足绣了九条龙，那得刺多少针啊？想想都疼。

梁山上还有一个文身爱好者，这个人就是燕青。因为燕青皮肤白，卢俊义就请人在燕青的背上搞了一些花绣。后来大宋交际花李师师还亲手抚摸过燕青背上的花绣，要不是燕青阶级立场坚定，恐怕当天晚上就给皇帝戴了绿帽子，幸好，他把持住了。

龚旺的外号很拉风，丁得孙的外号就是有些歧视色彩了。丁得孙的脖子和脸上都有疤痕，跟中过箭似的，这才有这个外号。不过这个外号没有给丁得孙造成不利后果，他最后死于毒蛇之口，而不是死于箭下。据说这一点让丁得孙很欣慰，"叫了大半辈子中箭虎，最后终于躲过了一箭，不容易啊"！

要说张清这兄弟三个武器都很怪异，都是非主流兵器，张清使的是石子，可以就地取材，取之不尽用之不竭。龚旺使的是飞枪，丁得孙使的是飞叉，这两件兵器威力都挺大，但问题是他俩都不习惯多带飞枪和飞叉，在对阵的时候经常会有惊险的一幕发生，那就是——没子弹了！

o6. 倒霉的梁山好汉

一将成名万骨枯，疯狂的石头张清成名了，倒下的却是一个个倒霉的梁山好汉。

井木犴郝思文，这个倒霉的孩子，自从跟着关胜出战以来就没顺利过。先是被一丈青扈三娘的套索套过，后来又被单廷圭的手下活捉过，这回第一个出战跟张清对打，没几回合，额头上就中了张清的石子。郝思文在落马的时候，他不断反思自己的绰号，"什么倒霉名字，非要叫井木犴，胡地野狗，可不是招人打吗？"

反思自己绰号的不止郝思文一个，还有八臂哪吒项充。

项充跟自己的搭档李衮一起举着盾牌出战，他们满心以为这下张清的石子拿他们没办法了，却没想到人家那阵营还有飞枪和飞叉。丁得孙斜着飞出了一飞叉，项充一下子就倒地了，完了，还八臂哪吒呢，先成断腿哪吒了。项充转头看看自己背上的二十四把飞刀，"倒霉催的，怎么忘了扔了呢？"

就这样，卢俊义连输两阵，梁山阵营被张清阵营的石子、飞叉以及飞枪吓破了胆。一时间，梁山阵营里头盔和盔甲的价格飞涨，大家都被疯狂的石头吓怕了。

正在大家紧张万分的时候，宋江带领的援军到了，这下大家心安了，"人数扩大了两倍，这意味着每个人挨石子的几率降低了一半"。

宋江一看卢俊义已经束手无策，他觉得该是自己展示真正的技术了，他没有想到，只要遇上张清的疯狂石头，无论是谁都不管用了。

宋江阵上首先出场的是金枪将徐宁，这是一个科班出身的将领，做什么事情都是一根筋。张清跟徐宁打了五个回合转身就走，徐宁在后面一根筋地紧追，张清回身扬手一石子，金枪将徐宁就落了马，"坏了，我这身祖传的甲还有系统漏洞，回去赶紧让娘子在面部做个安全补丁"。

徐宁落马，早有燕顺冲了出来，宋江一看燕顺出阵，心就凉了半截。燕顺、王英、郑天寿就是三个棒槌，他们有几斤几两，宋江很清楚。后来这三人分别死于飞刀下、枪下和磨盘下，他们是实力最弱的一个山头。

现在燕顺出阵，几招之内便招架不住。燕顺拨转马头，转身就跑，张清一个石子打在燕顺的护心镜上铿锵作响，从此燕顺就有了一个毛病——"心脏偷停"。要是跟张清打一照面，燕顺的心脏能停上好几分钟，没办法，被疯狂的石头给吓的。

接下来出来挨石子的是百胜将韩滔，自从与梁山好汉交手之后，百胜将这个名头基本就是讽刺了，这一次也不例外。

韩滔跟张清打了十个回合，张清转身就走，韩滔这回脑子清醒，没有追。张清一看，停下马来引诱韩滔再战，韩滔冲动了。韩滔刚要策马向张清冲过来，一石子飞了过来，百胜将韩滔的鼻子被击中，血染沙场。

后来经过安道全的多次医治，韩滔保住了鼻子，但也留下了一个后遗症，一见到张清就流鼻血。

07. 疯狂的石头

百胜将韩滔的脸彻底掉地上了，他的名头也该改改了。遭遇梁山之后的三场对阵他都输了，百胜将变成了三不胜将，后来李逵跟他打趣说，"你干脆叫百不胜将算了"。

同样需要改绰号的还有韩滔的前同事——天目将彭玘，韩滔怎么说还跟张清过了十几招，他倒好，跟张清一错马，还没过招就被张清一石子打在脸上，疼得彭玘连兵器都没拿就跑回了本方阵营。

宋江好奇地问他，"将军不是天眼将军吗？怎么连石子都没看见？"得，天目将也不能叫了，叫瞎子将军吧。

不一会儿的工夫，就有四名头领中了疯狂的石头。宋江心中惶恐，惦记着收兵，准备回去提高一下头领的战斗素养然后再来打。

卢俊义身后的宣赞不干了，一边吵吵着一边策马冲向了张清。

从实战角度说，跟张清这样的人对阵不能跟他废话，不能给他喘息的机会，不然他总能抓住机会准备好石子给你致命一击。宣赞偏偏话多，嘴里喋喋不休，"你打得着别人，却打不着我"。

宣赞话还没说完，张清甩出一石子，正中宣赞的嘴角，宣赞满口是血，话也说不出来了。宣赞在心里嘀咕，"完了，这回闪了舌头！"呼延灼不干了，拨马向张清冲了过去，他犯了跟宣赞一样的毛病——话多。

呼延灼大骂张清："小儿得宠，一力之勇，认得大将呼延灼吗？"

张清瞄了他一眼，又一个石子飞来，呼延灼急忙举起钢鞭挡石子，石子恰好打在了他的手腕上，这下呼延灼连鞭都挥不动了，只能红着脸回本方阵营。

张清的这一次出手显示了他甩石子的功夫超凡脱俗，非同一般，他不仅甩得准，而且甩石子的时候还对对方的抵抗动作进行了预判，这个功力非常之强，这意味你怎么躲都在他的预料之中。

接下来倒霉的是赤发鬼刘唐，这个在梁山顶上当了太长时间壁虎的人久疏阵战。

即便如此，刘唐还是挥刀砍到了张清的马，张清的马顿时乱踢了起来，倒霉孩子刘唐被马尾巴扫到了眼睛，眼睛发花，看不清状况，只能原地打转。

张清看着原地打转的刘唐，有点不好意思下手了，睁眼的打闭眼的，太欺负人了吧。不过还是打吧，不打白不打。

抬手又是一个石子，刘唐躺下了，而且还被张清手下拖走了。

青面兽杨志想上来救，第一刀没砍着张清，刚准备砍第二刀的时候，张清的石子已经准备好了，又是一个石子，杨志的头盔上碎了一个窟窿，杨志回头就跑，再不跑，下一个窟窿就到头了。

朱仝和雷横一看，前面的头领被人打得七零八落，估计这会儿张清也快没石头了。两人一起冲了上来，一人一把朴刀准备联手把张清砍了。不料，迎面又飞来两颗石子，雷横被打中额头，朱仝被打中脖子，如果没有关胜出来救助，两人估计还得挨更多的石子。后来朱仝和雷横有些后怕，"幸亏张清甩的是石子，如果是暗箭呢"？

关胜救助完朱仝和雷横后向张清冲了过来，还没有接近张清就被张清甩了一颗石子。关胜急忙用刀来挡，一切都在张清的算计之中，这颗石子正好打在了关胜的刀口上。

完了，几十两银子的兵器报销了。

关胜一看青龙偃月刀都折了，自己也别硬挺了，拍马撒丫子先颠吧。

08. 人还得有特点

疯狂的石头让宋江不白的脸更黑了，黑的程度接近李逵和宣赞了。

一旁的双枪将董平冷冷看着这一切，眼睛死死盯着正在疯狂甩石头的张清。这个甩石头的人很拉风也很张狂，如果能将此人作为自己的投名状，那么日后在梁山上的地位也就有了保障。

董平非常聪明，他悄无声息地向张清冲过去，不给张清准备石头的时间。

张清跟花荣一样，在阵上从来不认真打，就惦记着让别人上当。两人过了七招，张清拨马就走，石子已经悄悄掏了出来，幸好董平早有准备。

一颗，两颗，董平连着躲过了两颗石子，这已经创造了奇迹。董平挥手一枪，很遗憾，没有刺着张清。等两人战马接近的时候，张清索性把自己的枪扔了，伸出双手拽住董平的枪，两个人开始在马上比谁的力气大。

仗打到这个份上没法打了。

林冲、花荣、索超、吕方、郭盛全冲了上来，张清手下的两只虎龚旺和丁得孙也冲了上来，两人对打瞬间变成了群殴。

张清甩掉董平往自己的大本营跑，董平在后面紧追，这下却忘了提防张清的石子。张清的石子又飞了出来，董平奋力一躲，石子擦着耳朵飞了过去，董平的冷汗吓出来了。

董平躲过张清三颗石子，非常不容易，他后来跟张清成了最好的朋友，不为别的，就因为梁山之上只有董平能躲过张清的三颗石子。

无论是董平，还是张清，他们上梁山之后都迅速淹没，个性变成了共性，棱角也不再分明。这像极了我们中的很多人，曾经个性鲜明，曾经特点突出，但一进入单位就迅速被同化，泯然众人矣。

在后来征方腊战役中，董平和张清一起战死在独松关下，致命的原因是他们放弃了自己的特点。当时董平一条胳膊受伤，挥不动双枪，双枪将的威力减了一半，张清居然没带石子，只带了一条长枪。没带石子的张清跟胳膊受伤的董平一样，起步就是半个废人了。

两个半废人双双殒命独松关下，他俩的悲剧告诉我们，无论什么时候都应该坚持自己的特点，否则就是邯郸学步，爬都爬不回往日的辉煌。

当时还坚持特点的张清依然威力十足，在撤退的途中顺便又甩了索超一石子。索超在日后也有了后遗症，看见张清就流鼻血！

09. 都是石头惹的祸

幸福的家庭总是相似的，不幸的家庭各有各的不幸。现在梁山受伤的头领也各有各的不幸。

郝思文被打中了额角，徐宁被打中眉心，燕顺被打中护心镜，韩滔被打中鼻凹，彭玘被打中面颊，宣赞被打中嘴角，呼延灼被打中手腕，刘唐被打中面门，杨志被打中头盔，雷横被打中额头，朱仝被打中脖子，关胜被打中了青龙偃月刀的刀口，索超被打中了脸，董平连躲了两颗石子，最后一颗石子擦着耳根。

不算上郝思文，仅仅半天工夫，梁山上已经有十三个头领被张清打了，如果再加上被飞叉击中的项充，之后被张清打破额头的鲁智深，梁山上总共有十五名头领被张清所伤，占到一百零八将中的八分之一。

张清注定在日后的梁山上人缘不会好，因为太多的人跟他有仇。

当时张清顺利跑回了自己的大本营，那两只笨虎就惨了。

花荣和林冲把龚旺堵在了一边，吕方和郭盛把丁得孙堵在了另一边。

龚旺先沉不住气了，居然把手中唯一的飞枪掷向了花荣，被花荣轻松躲过。花项虎插翅难飞了，手中没有了武器，对手还是两名天罡正将。

龚旺被林冲和花荣拽落马下，小喽啰们一拥而上，绑了。

一旁的丁得孙看到了龚旺的悲剧，死死拽住手中的飞叉，可不敢把飞叉扔出去，不然龚旺的悲剧就得在他身上上演了。

丁得孙还能勉力抵抗吕方和郭盛，燕青冷不丁发了一支弩箭射中了丁得孙的马蹄。丁得孙这只中箭虎落地了，他自己没中箭，马中箭了。

吕方和郭盛押着丁得孙回到本方阵营，正好看见林冲和花荣押着龚旺回来。一旁的樊瑞嘲笑说："这俩鳖孙，怎么不学项充和李衮，多带点家伙呢？"据说这句话提醒了这两个智商不高的人，从此之后，龚旺上阵带二十四支飞枪，丁得孙带二十四把飞叉。

项充和李衮见了，这不是抄袭我们吗？

抓了张清手下的两只虎，宋江的脸色好看了一点，一看时间差不多了，鸣金收兵吧。

回到大营，吴用把张清狠狠表扬了一把，与会将领都很窝火，感觉像吃了苍蝇。吴用让大家把苍蝇都吐出来，因为他已经想出了擒拿张清的妙计。

吴用的妙计也比较简单，那就是引诱张清出城抢粮，让张清先抢陆路的，再抢水路的，只要把张清引到水里，他的石子就不管用了。

负责引诱张清抢粮的是鲁智深和武松，这回鲁智深吃了大亏，一个让他一生都念念不忘的亏。

鲁智深意气风发地走在大路上，假装不作防备，引诱张清上钩。张清按捺不住手痒，又甩出了一颗石子，正中鲁智深的光头，光头上顿时鲜血直流。如果没有武松死命救护，鲁智深很可能错过最佳救助时间而感染破伤风。

从此鲁智深和张清的梁子结上了，虽然宋江死命维护张清，张罗二人和解，但鲁智深心里的疙瘩一直没有解开。

直到张清战死独松关下，鲁智深才彻底原谅了他。

鲁智深为他念了一段超度的经文，又烧了黄纸，"你小子就这样躲过了一顿打，就这么算了吧，如果有来生，洒家再打你一石子吧"。

说完，鲁智深泪流满面。

人生无常，恨一个人都恨不起来了，因为这个人已经去了。

10. 以后就叫梁山国际

螳螂捕蝉，永远不知道身后还有一只虎视眈眈的黄雀。张清抢粮的时候，也没有想到粮食下面早已挖好了陷阱。

张清抢完了鲁智深和武松押运的粮草，又看到河道上漂着梁山运粮船，张清的心又动了，他相信只要有足够的石子，就会有足够的粮食。

这一次他打错了算盘。

张清一到河边，奇怪的现象发生了，阴云布满，迷雾遮天。

不用问，这是魔术师公孙胜变的戏法，在古代这些玩意儿很神秘，在现代原理很简单，现在拍电影时需要的云、雨、雾、雪都能做出来。公孙胜要活到今天肯定没市场了，他会的那点玩意儿都是电影工作者玩剩下的。但在那个年代，公孙胜的这点玩意儿就够用了。

身处迷雾中张清找不到北，糊里糊涂就到了河里。

河里有李俊、张横、张顺、阮小二、阮小五、阮小七、童威、童猛，八个水军头领群殴张清一个旱鸭子，太欺负人了。

也没办法，都是让张清的石子给吓怕了，吴用说，"放心，一个石子打不了你们八个人"。八个提心吊胆的人终于把已经找不着方向的张清给擒住了,太难了,太难了。

宋江一看擒住了张清,心花怒放,"以后有凌振甩炮弹,有张清甩石子,看谁敢惹我"!宋江马上对张清堆出了笑脸,这是他的强项,张清一个粗人哪里承受得了?

张清马上被征服了,抬手不打笑脸人,更何况人家还是梁山老大。

张清同意归降,但心中还是七上八下,自己前后总共打了十五位梁山头领,听说哪个都不是善茬,自己怎么躲过那么多顿打呢?

张清正忐忑的时候,鲁智深已经拿着禅杖过来了。张清听说过鲁智深,听过他能倒拔垂杨柳,能一禅杖铲断碗口粗的树。

完了,出来混的,难道真要还?

好在有宋江做主,张清欠的债不用换了。

跟对了老大很重要,欠人家的也不用还了,安心当老赖就可以了。被张清打过的十五名头领一看宋江维护张清,心里有气,也无法明说,怕宋江说他们小心眼。打碎了牙往肚子里咽吧。

宋江开始盘算自己手下到底有多少块砖。

加上张清、龚旺和丁得孙,已经有一百零六块砖了,自己经营的跳板已经有模样了。不过加上自己总共一百零七,这个数目不太吉利。看人家佛教有四大金刚,道教有八仙过海,自己怎么着也得凑个一百零八。到哪里凑去呢?

宋江想了想,想凑一百零八也不是没有人,比如史进的师父王进,扈三娘的哥哥扈成,李逵的哥哥李达,不行从鲁智深的菜园子那几个泼皮里海选一个也可以啊!实在不行,让柴进发个寻人启事,找一找当年被林冲扫倒在地的那个洪教头不也是可以的吗?

宋江正在胡思乱想的时候,张清说话了,"哥哥,山上那么多马得,需要一个兽医吧,我给您推荐个兽医。"张清推荐的这个兽医叫皇甫端,长得碧眼黄须,是幽州人,当时属于辽国,人送外号紫髯伯。

等到宋江见到皇甫端的时候,忍不住笑了,这不正是自己想找的人吗?还是个纯种外国人,就是他了。

从此,皇甫端、李云、邓飞、段景住、燕顺这几个有外族血统的人成了梁山顶上的风景。

从此梁山就不是单纯的国产了，还有了国际因素，对外名称很拉风，"梁山国际"。

11. 买条鱼还是买块石头

我们等待那一天，幸福的那一天。

从决定上山的那一天起，宋江就开始苦心经营梁山这块跳板，现在这块跳板下垒好了一百零七块砖，加上自己，足足有一百零八块了。想想这个数字，宋江就开心，他知道，自己该做点什么了。

宋江想了半天，有人的地方就有江湖，有江湖的地方就有地位差异，手下这一百零七块砖该怎么摆呢？尽管李逵跟宋江说过，李逵是一块砖，哪里需要哪里搬，垒进大厦不骄傲，垒进厕所照样笑。但并不是每个人都有李逵的心胸，对于那些名利心很重的人来说，梁山的交椅就是地位的象征，又该怎么摆平呢？

宋江想了半天，只有一个办法——迷信，玩一把"天注定"，用上天的名义排好座次，再多嘴的人也无法说什么了。

迷信的方法在史书上记载的很多，宋江这个前朝廷官员玩起来得心应手。

他考虑过陈胜吴广的方法，买条鱼，提前弄个布条塞进去，上面写"大楚兴，陈胜王"。宋江仔细一想，又不现实，那么多兄弟的名字都放进鱼肚子里，也太假了吧，兄弟们受得了，鱼受得了吗？

宋江忽然又想到了秦始皇时期的一次陨石事件。

当时发生了一次流星雨，有陨石落到地面上，有人在石头上刻上"秦皇死而地分"，引发了秦始皇的雷霆之怒。秦始皇把附近村中的人全杀了，但天下的人都认为石头上刻的字是上天的旨意，自此起义风起云涌。

对，就采用这个方式，把座次都刻在石头上，让他们谁都反对不了。

大文学家茅盾说，梁山排座次是吴用和萧让合伙干的，石头上的蝌蚪文其实就是萧让的手笔。而在我看来，梁山排座次是宋江确定了排名原则之后，由吴用具体执行，萧让负责誊写名单，金大坚负责刻字，公孙胜负责变戏法变出闪电和火光。

看似全是天意，实则皆在人为。

具体到梁山的排名原则，可以总结为以下几条：

1. 关胜、呼延灼、董平、张清这些前朝廷军官的位置必须高，不然他们不会安心等待招安。

2. 王伦旧山头的人马能往低排就往低排，反正没有什么用了。

3. 晁盖山头的人马位置需要给予保证，能往高排就往高排，但必须限制使用，不能反了天。

4. 女将虽然比丈夫厉害，但也得排在丈夫后面，不能让老娘们反了天。

5. 按照与宋江大哥的亲疏程度，亲近的一律往高排。

6. 花荣和李逵这样的死党位置可以适度后排一点，别太靠前，免得太扎眼。

7. 卢俊义的山头给点面子，可以把石秀和杨雄都划给他，省得他孤单。

8. 上山前山头大的位置适当高一些，不然他们会闹脾气。

9. 提倡忠诚第一，孙立这样出卖师兄的头领得限制使用。

10. 排名上也要制造矛盾，挑逗群众斗群众。

12. 梁山好汉大排名

宋江安排公孙胜做了七天法事，有三个目的。第一，为了保佑大家身体健康；第二，祈祷朝廷早点招安，把大家的案底都洗白了；第三，超度晁天王亡灵早日升天。

这些法事只是掩人耳目，重点是为了烘托气氛，把梁山座次的问题解决了。只有位置定了，各就各位，梁山才能稳定，如果位置不定，必然人心不稳，梁山自然也消停不了，这不是宋江想看到的。

法事一连做了七天，气氛烘托到位，连一向鸡鸣狗盗的时迁都觉得自己高尚了起来，显然，法事起到净化心灵外加洗脑的作用。

到了第七天，灵异现象出现了，天空中滚出一团火，直冲着地面砸了下去。宋江带着众头领往地下一挖，不到三尺，就挖出了一块大石头，石头两面都是蝌蚪文，在当时看来都是天书。按照历史背景分析，这些蝌蚪文很可能是印度梵文或契丹文字或西夏文字，总之是宋朝人几乎没见过而且不认识的文字，这一下就增添了神秘感。

在场的有参与法事的道士，其中的一位认识石头上的文字，道士家里有过蝌蚪文版本的书，常年照猫画虎认得这些蝌蚪文。

于是道士负责翻译，萧让负责记录，不一会儿工夫，梁山大排名就出炉了，《水浒传》的高潮到来了。

大排名因为有天火烘托，有蝌蚪文记录，而且还掘地三尺，由此宋江告诫大家，这是上天的旨意，大家就不要再争论了，各安天命吧。

接下来，我们有必要理顺一下梁山排名，也顺便破解一下梁山排名的玄机。

天罡篇

呼保义宋江：天然的带头大哥。早年为郓城小吏，靠做慈善积累了人脉资本，在江湖上因为有梁山背景而被人为抬高。上山之后通过政治手腕让晁盖常年当壁虎得以迅速积蓄自己的力量，晁盖归天之后他就是不可撼动的老大。他的绰号比较费解，一种解释是，保义郎是宋朝一个很低的官阶，宋江经常自称保义郎，叫多了就成了呼保义。另外一种解释是呼保义是呼吁保护天下正义的意思。（结局：被赐毒酒自尽）

玉麒麟卢俊义：他是给宋江搭班子的副手，玉麒麟代表他非同一般而且尊贵，河北富户出身，眼光不够长远。（结局：被骗喝下水银，坠河而死）

智多星吴用：郓城当地私塾先生出身，以计谋在梁山立足，先后辅助晁盖、宋江，在双头并存的时代悄悄倒向宋江。（结局：宋江墓前自缢）

入云龙公孙胜：道士出身，参与生辰纲抢劫案，定力不足，造反意志不坚定，属于被林冲硬推上领导岗位的人。（结局：回山继续修炼）

大刀关胜：军官出身，原蒲东巡检，凭借上山前的地位以及关羽的嫡派子孙压过林冲。（结局：官至北京大名府兵马总管，后醉酒落马，生病逝世）

豹子头林冲：事实上的梁山第一武将，因长相酷似张飞而排名关胜之后。

在等级分明的古代，张飞怎么能压过关羽呢？（结局：征方腊后风瘫病逝）

霹雳火秦明：原青州府兵马统制，是宋江招降的第一个政府军官，实际能力不如花荣，此位置是花荣让出来的。（结局：征方腊时死于方杰戟下）

双鞭呼延灼：原汝宁郡都统制，北宋名将呼延赞之后，曾给梁山数位头领照过镜子，战斗力应在秦明之上（呼延灼对慕容知府说过：正想擒拿秦明，他的棒法已经乱了）。（结局：后来曾领军大破金国四太子兀术，阵亡于淮西）

小李广花荣：原清风寨武知寨，宋江的铁杆死党。花荣神箭天下无双，对宋江的忠诚也是天地可鉴，综合实力在秦明之上，为了照顾秦明的面子把位置让给了秦明。（结局：自缢在宋江墓前）

小旋风柴进：后周皇族之后，首任梁山老大王伦的恩人，相当于梁山的天使投资人。与梁山多位头领有渊源，宋江、武松、李逵、朱仝、吴用、杜迁、林冲、雷横都曾在他家里蹭过饭。后因誓书铁券失效，对北宋朝廷心灰意冷。柴进不在乎座次，他的后周皇族身份让宋江很忌讳，有这么个人在，总给人"反宋复周"的错觉，因此注定柴进不会受到重用。（结局：征方腊全身而退，后辞去一切职务，不问江湖是非）

扑天雕李应：原梁山脚下李家庄富户，一个根本没有必要上梁山的人。宋江招他上山完全是为了凑下线的数量，顺便兼并李家庄资产，此人在梁山上几乎毫无表现，只在征方腊的战役中用飞刀杀死一人，总算圆了"飞刀可以百步取人"的大话。（结局：征方腊全身而退，后辞去一切职务，接着当地主）

美髯公朱仝：原郓城都头，当牢节级。在梁山上没有多少建树，但对梁山多位头领有恩，曾义放晁盖、宋江和雷横，跟关公义放曹操有得一比，还比关公多两次。（结局：后官至太平军节度使）

花和尚鲁智深：原渭城小种经略帐前提辖军官，因见义勇为三拳打死镇关西，由此闻名天下。跑路后，在五台山出家做自费和尚，从此与佛结缘。这是一个胸怀全世界、唯独没有他自己的好和尚，看似鲁莽，智慧最深。（结局：擒得方腊，立下首功。后于杭州六和寺坐化，功德圆满）

行者武松：景阳冈打虎，天下闻名，上梁山前的岁月远比上梁山后精彩。武松适合单打独斗，不适合梁山的集体生活，在梁山上几乎没有作为。（结局：征方腊折损一臂，后在杭州六和寺颐养天年，八十而终）

双枪将董平：原东平府兵马都监，以双枪闻名。上山后并无像样功劳，纯

属宋江用来改良梁山血统的。（结局：征方腊战役中，死于独松关下）

没羽箭张清：原东昌府守将，以疯狂的石头闻名，石头比长枪使得好，连打梁山十五名头领。在梁山上的人缘很不好，每天都有人惦记着背后砸他一颗石头。（结局：征方腊战役，死于独松关下）

青面兽杨志：原高太尉殿帅府制使，一生命运坎坷，押送花石纲在太湖翻了船，押送生辰纲被晁盖劫了道，后与鲁智深一起在二龙山落草，本来是二当家，梁山大排名排在了三当家武松之后。据说为金刀杨令公之后，也属于将门虎子。（结局：在征方腊的战役中染病而逝）

金枪手徐宁：原八十万禁军金枪班教头，被梁山取上山用来对付呼延灼的连环马。钩镰枪法是徐宁的一绝，其他没有什么特点。（结局：征方腊的战役中，中毒箭身亡）

急先锋索超：原大名府提辖，杨志曾经的同事，脾气火爆，与秦明有一拼，两者可以组成 TWINS 组合，都属于脾气比武功出名的人。（结局：征方腊战役中，死于方腊手下大将石宝的铁马流星锤）

神行太保戴宗：原江州大牢两院院长（押牢节级），宋江的铁杆马仔。戴宗善于奔跑，据说日行八百里，在梁山主要负责打听消息，无大作为。（结局：征方腊之后，泰安州岳庙里陪堂出家，忽一日大笑而终）

赤发鬼刘唐：东潞州闲散人士，抢劫生辰纲计划的最早提出者，晁盖嫡系，曾经背着三百条金子下山送给宋江，不料宋江只取一条，又背着二百九十九条黄金回山。（结局：征方腊战役中，因急功冒进，被落下的城门砸死）

黑旋风李逵：原江州大牢小狱卒，在江州楼下纵身一跳救下宋江，从此成为宋江的铁杆马仔。（结局：被宋江骗喝毒酒，却也心甘情愿，标准的好马仔形象）

九纹龙史进：原少华山老大，古道热肠的好青年，与梁山很多将领有渊源。跟鲁智深一起喝过酒，打过瓦罐寺，李忠是他的启蒙师父，林冲和徐宁是他的挂名师叔（史进的师父王进也是八十万禁军教头），曹正是他的挂名师兄弟。从三山系统的平衡关系来看，他应该有此排名。（结局：征方腊战役中，被庞万春射死）

没遮拦穆弘：揭阳镇上的强人，弟弟穆春差点打了宋江。穆弘在江州劫法场时起到了重要的接应作用，他得此位置，跟他参与江州劫法场有很大关系，

而且宋江也在他家蹭过饭。（结局：征方腊战役中病逝）

插翅虎雷横：原郓城都头，宋江的老同事。对梁山贡献不大，但他跟两任老大晁盖和宋江私交都不错。（结局：征方腊战役中与敌将对砍，伤重而死）

混江龙李俊：浔阳江边强人，头脑灵光，一日两次从死亡线上救下宋江。第一次，宋江被李立麻翻；第二次，宋江差点被张横逼着跳江。大排名时，李俊对梁山贡献并不大，可能因为两次救过宋江，得此高位。提升李俊的地位，也是用来制约阮氏三雄。（结局：征方腊后开小差，带着一帮兄弟出国，后来据说做了国王）

立地太岁阮小二：晁盖的嫡系，梁山二期的重要首领，在宋江上山后作用严重减弱，常年陪伴晁盖当壁虎，以资历得此排名。（结局：征方腊时误中埋伏，为避免被俘受辱，自刎身死）

船火儿张横：浔阳江上黑船老大，曾经威逼宋江跳江，得此排名还是宋江为了制约阮氏三雄，同时也是沾兄弟张顺的光。（结局：征方腊战役中病逝）

短命二郎阮小五：晁盖嫡系，梁山二期的重要首领，以资历得此排名。（结局：征方腊战役中被俘后被杀）

浪里白条张顺：江州鱼牙主人，垄断当地鲜鱼市场，是江州劫法场时的重要接应者。曾经不远千里"劫持"安道全为宋江治病，贡献突出，其兄张横也沾他的光。按贡献论，张顺排名应在张横之上，只不过长幼有序。（结局：征方腊战役中，死在杭州涌金门下）

活阎罗阮小七：晁盖嫡系，梁山二期的重要首领，以资历得此排名。（结局：征方腊后，辞去一切职务，回石碣村颐养天年）

病关索杨雄：蓟州两院押狱兼刽子手，对梁山贡献不大，沾石秀以及卢俊义的光得此天罡之位，另外可能沾了关公的光，其外号病关索，而关索是传说中关公的三子。（结局：征方腊战役中发背疮身死）

拼命三郎石秀：失败的生意人，流落江湖多年，后与杨雄一起上梁山，引发祝家庄之战。他是戴宗的下线，后在大名府单枪匹马解救卢俊义，并陪伴卢俊义坐过几个月的牢房，被视为卢俊义的嫡系得此排名。（结局：征方腊战役中被庞万春手下射死）

两头蛇解珍：登州猎户，因一只老虎吃了官司，最终走上梁山。对梁山贡献不大，得此排名恐怕是打压孙立的一个手法。有一种意见认为，抬高解珍、解宝是为了建立梁山山地部队，我认为这种说法不对。宋江在大排名之后考虑的是招安，山地部队对宋江来说没用。山地部队用来兼并别的山寨倒是有用，但宋江的目的已经不是兼并别的山寨。（结局：征方腊战役中，中埋伏从高山坠落而亡）

双尾蝎解宝：排名理由与其兄一样。（结局：征方腊战役中，中埋伏被射死在高山之上）

浪子燕青：卢俊义的真正嫡系，为人乖巧，少有的文武全才，得此排名看似勉强，实则实至名归。（结局：征方腊之后，看破局势，携财归隐江湖，有好事者还给他加上了与李师师一起归隐的完美结局）

地煞篇

神机军师朱武：原少华山大当家，史进上山后的二当家，活脱脱一个小吴用。他得此高位，主要是因为吴用想显示"知识就是力量"。（结局：征方腊后，与樊瑞一起投公孙胜门下出家）

镇三山黄信：原青州兵马都监，对梁山贡献不大，可能因为他是秦明的徒弟，另外他是宋江招降的第一批用来改良梁山血统的军官，因此得此高位。（结局：征方腊之后，回青州继续当军官）

病尉迟孙立：原登州兵马提辖，一个凭实力应该进入天罡的头领。孙立一生的污点是进入祝家庄做内应，导致师兄栾廷玉身死。宋江在后来的梁山中讲究忠义，孙立的这个污点被宋江放大，孙立由此被排在地煞，明显的不信任加打压。讽刺的是，资历和武功远不如孙立的解珍、解宝居然进入天罡，上哪儿说理去？（结局：征方腊之后，回登州继续任职）

丑郡马宣赞：关胜手下，因长相丑不受宋江待见。（结局：征方腊战役中死于苏州饮马桥下，可怜的穷小子结束了艰难的一生）

井木犴郝思文：关胜手下，因为关胜的原因排名相对较高，实际水平一般，扈三娘一套索就把他收拾了。（结局：征方腊战役中，被敌军套住后斩首）

百胜将韩滔：呼延灼手下，本事并不高，与梁山对阵被刘唐、杜迁擒获，因为呼延灼的原因得此排名。（结局：征方腊战役中，被敌将张近仁一枪刺中咽喉而死）

天目将彭玘：呼延灼手下，本事一般，被扈三娘用套索套落马下，因呼延

灼关系得此排名。（结局：征方腊战役中急于为韩滔复仇，被敌将张近仁刺落马下）

圣水将单廷圭：原凌州团练使，善于用水淹没对方军队，对阵关胜时被关胜用拖刀计拍落马下后降服，后成为关胜死党。（结局：征方腊战役中与魏定国一起陷于土坑被杀）

神火将军魏定国：原凌州团练使，擅长火攻，被关胜招降，与郝思文、宣赞、单廷圭并列为关胜旗下F4。（结局：征方腊战役中与单廷圭一起陷于土坑被杀）

圣手书生萧让：书生出身，擅长模仿各类字体，此次梁山大排名主力干将，当然要给自己弄个好位置。（结局：被蔡京招入门下，主要目的或许是防止萧让到社会上模仿蔡京的签字）

铁面孔目裴宣：原是蓟州孔目，为人公正廉明，小山头饮马川的老大，旗下有邓飞和孟康，该山头属于戴宗的下线，裴宣本人因为经常调动兵马得此位置。（结局：征方腊后，与杨林同回饮马川享清闲）

摩云金翅欧鹏：小山头黄门山的老大，宋江等从江州上梁山途中收服，对梁山贡献不大。（结局：征方腊战役中，被敌将庞万春的连珠箭射落马下）

火眼狻猊邓飞：小山头饮马川二当家，随裴宣一起上梁山，属于戴宗发展的下线。（结局：征方腊战役中，被敌将石宝砍成两段）

锦毛虎燕顺：小山头清风山老大，差点把宋江做成醒酒汤，其山头是第一个被宋江收服的山头。（结局：征方腊战役中，死于石宝铁马流星锤下）

锦豹子杨林：公孙胜和戴宗的联合下线，公孙胜写信推荐，戴宗路上偶遇，对梁山贡献不大。（结局：征方腊后与裴宣同回饮马川享清闲）

轰天雷凌振：堪称北宋的诺贝尔，呼延灼的挂名手下，对梁山贡献较大，曾在一夜之间轰掉宋江的卧室。（结局：征方腊后到火药局御营任用）

神算子蒋敬：小山头黄门山的二当家，宋江等从江州上梁山途中收服，对梁山贡献不大。后在梁山掌管钱粮。（结局：征方腊后回潭州做平民百姓）

小温侯吕方：小山头对影山代表之一，宋江上梁山路上收服，后为宋江的第二等级心腹。（结局：征方腊战役中与敌将一起从乌龙岭上摔下）

赛仁贵郭盛：小山头对影山代表之一，宋江上梁山路上收服，后为宋江的第二等级心腹。（结局：征方腊战役中被落下的巨石砸死）

神医安道全：资深名医，被张顺带上梁山救治宋江，后帮宋江洗掉脸上金字，该配方科技含量极高。（结局：在太医院做了太医，给皇家的人看病）

紫髯伯皇甫端：资深兽医，被张清推荐上山专管医治马匹。（结局：做了御马监太使，给皇家的马看病）

矮脚虎王英：清风山二当家，个人品质不靠谱，因为对宋江忠诚而娶到《水浒传》中最美的扈三娘，他的本事低微影响了扈三娘排名。（结局：征方腊战役中死于敌将郑魔君的枪下）

一丈青扈三娘：苦大仇深的扈家庄姑娘，被李逵杀了全家，唯一的哥哥流落天涯，后被干哥哥宋江当成衣服披在王英这堆牛粪上，因王英本事低微影响了她的排名。她的水平本可以进入天罡序列。（结局：征方腊战役中死于敌将郑魔君的铜砖下）

丧门神鲍旭：小山头枯树山老大，李逵发展的下线，协助李逵抄了魏定国的后路。（结局：征方腊战役中被敌将石宝砍成两段）

混世魔王樊瑞：小山头芒砀山的老大，擅长作法，对梁山贡献不大。（结局：征方腊后与朱武一起投奔公孙胜出家）

毛头星孔明：白虎山孔家庄大少，宋江的挂名徒弟，曾经长期在家招待宋江，本事低微。（结局：征方腊战役中病逝）

独火星孔亮：白虎山孔家庄二少，宋江的挂名徒弟，曾经长期在家接待宋江，被醉酒的武松一招撂倒进而一顿暴打。（结局：征方腊战役中被吴用错误排到水军参战，落水而死）

八臂哪吒项充：小山头芒砀山的二当家，背插二十四把飞刀很抢眼，上梁山后成为李逵的左膀右臂。（结局：征方腊战役中被剁成肉泥）

飞天大圣李衮：小山头芒砀山的三当家，背插二十四把标枪很扎眼，上梁山后成为李逵的左膀右臂。（结局：征方腊战役中被乱箭射死）

玉臂匠金大坚：刻字匠出身，在梁山负责刻章办证，与萧让是一对黄金搭档。（结局：内府御宝监为官，给皇帝刻章办证）

铁笛仙马麟：小山头黄门山三当家，宋江从江州上梁山途中收服，对梁山贡献不大，对音乐有研究，可以跟铁叫子乐和构成组合。（结局：征方腊战役中被敌将石宝砍成两段）

出洞蛟童威：浔阳江江边强人，混江龙李俊的死党。（结局：征方腊后开

小差，与李俊一起出国）

翻江蜃童猛：浔阳江江边强人，混江龙李俊的死党。（结局：征方腊后开小差，与李俊一起出国）

玉幡竿孟康：小山头饮马川的三当家，跟老大裴宣一起上梁山。（结局：征方腊战役中中炮身亡）

通臂猿侯健：流落江湖的裁缝，在梁山上主管裁缝工作，对梁山的主要贡献是引领梁山好汉找到黄文炳家，为宋江成功复仇。（结局：征方腊战役中被吴用错误派到水军参战，落水而死）

跳涧虎陈达：少华山三当家，第一个败在史进手下的梁山好汉，对梁山贡献不大，因与史进的关系得此排位。（结局：征方腊战役中与史进一起被乱箭射死）

白花蛇杨春：少华山四当家，当年与朱武一起采用苦肉计忽悠史进，对梁山贡献不大。（结局：征方腊战役中与史进一起被乱箭射死）

白面郎君郑天寿：清风山三当家，对梁山贡献不大。（结局：征方腊战役中被磨盘砸死）

九尾龟陶宗旺：梁山好汉中唯一一个货真价实的农民，兵器即劳动工具——铁锹，小山头黄门山的四当家。（结局：征方腊战役中被乱箭射中，马踏而亡）

铁扇子宋清：宋江胞弟，因宋江关系得此位置，在梁山上的主要工作是负责安排宴席，相当于办公室主任的角色。铁扇子的绰号暗含"窝囊废"的意思。（结局：征方腊后回家做平头百姓）

铁叫子乐和：原登州监狱狱卒，音乐爱好者，对梁山几无贡献，唯一的贡献可能就是节庆时唱个曲。（结局：驸马王都尉府中做家庭乐师）

花项虎龚旺：原东昌府守将，张清手下。（结局：征方腊战役中陷到溪里被乱枪戳死）

中箭虎丁得孙：原东昌府守将，张清手下。（结局：被毒蛇咬伤，中毒身亡）

小遮拦穆春：揭阳镇上小霸王，本事稀松，被薛永一招撂倒在地。（结局：征方腊全身而退，回揭阳镇做平头百姓）

操刀鬼曹正：林冲挂名徒弟，知名杀猪人，大山头二龙山的四当家，在梁山上主管屠宰工作。（结局：征方腊战役中，中药箭身亡）

云里金刚宋万：老梁山的三当家，晁盖和宋江到来后，排位呈自由落体，一落千丈。（结局：征方腊战役中死于乱军之中）

摸着天杜迁：老梁山的二当家，晁盖和宋江到来后，地位一落千丈。（结局：征方腊战役中马踏身亡）

病大虫薛永：流落江湖的卖艺人，在梁山的角色多是帮别的头领下山取家小。（结局：征方腊战役中与史进一块儿被乱箭射死）

金眼彪施恩：原孟州监狱小管营，武松的结拜兄弟，二龙山五当家，被认为是最有宋江领袖潜质的头领。（结局：征方腊战役中被吴用错误派到水军参战，落水身亡）

打虎将李忠：小山头桃花山老大，史进的启蒙师父，鲁智深不认可的结拜兄弟，鲁智深给他的评语是："一个不爽利的人！"（结局：征方腊战役中与史进一起被乱箭射死）

小霸王周通：小山头桃花山的二当家，鲁智深的绯闻新郎（桃花山下鲁智深潜伏在新房里假扮新娘），被鲁智深打得眼冒金星。（结局：征方腊战役中被敌将砍死）

金钱豹子汤隆：流落江湖的铁匠，李逵发展的下线，在梁山上主管打铁工作。（结局：征方腊战役中重伤身死）

鬼脸儿杜兴：扑天雕李应的管家，病关索杨雄的旧相识，对梁山的贡献可以忽略不计。（结局：征方腊后跟随李应回李家庄享清闲）

出林龙邹渊：登云山强人，顾大嫂劫狱团队成员之一。（结局：征方腊战役中马踏身亡）

独角龙邹润：登云山强人，顾大嫂劫狱团队成员之一。（结局：征方腊战役后回登云山享清闲）

旱地忽律朱贵：老梁山的四当家，晁盖和宋江到来后，地位一落千丈。（结局：征方腊战役中病逝）

笑面虎朱富：原沂州小饭店老板，参与解救李逵行动，后在梁山主要负责酿醋。（结局：征方腊战役中染病去世）

铁臂膊蔡福：原大名府两院押狱兼刽子手，参与解救卢俊义行动。（结局：征方腊战役中重伤身死）

一枝花蔡庆：原大名府监狱押狱兼刽子手，参与解救卢俊义行动。（结局：

征方腊战役后回大名府做平头百姓）

催命判官李立：原浔阳江边黑店老板，因曾经麻翻宋江不得重用。（结局：征方腊战役中伤重不治）

青眼虎李云：原沂州都头，朱富的师父，有外族血统，在梁山上主管基础建设。（结局：征方腊战役中被马踏身亡）

没面目焦挺：流落江湖的相扑高手，李逵发展的下线。（结局：征方腊战役中被乱箭射中，马踏而亡）

石将军石勇：流落江湖的混混，曾帮宋江带过一封陌生男人的来信而得以上梁山。（结局：征方腊战役中死于敌将枪下）

小尉迟孙新：病尉迟孙立的弟弟，原登州小饭店老板，因参与劫狱解救解珍、解宝而被迫上梁山。（结局：征方腊后，回登州享清闲）

母大虫顾大嫂：小尉迟孙新的妻子，能力远在丈夫之上，因丈夫本事低微而影响个人排名。（结局：征方腊后，回登州享清闲）

菜园子张青：原孟州十字坡黑店老板，武松的结拜兄弟，鲁智深的结拜兄弟，本事低微，劫道只敢对老头下手，结果劫到了同行——孙二娘的父亲，劫道劫出一门婚事。后上二龙山当六当家。（结局：征方腊战役中死于乱军之中）

母夜叉孙二娘：原孟州十字坡黑店老板娘，武松行者造型设计者，二龙山的七当家，本事应在其丈夫之上。（结局：征方腊战役中死于敌将杜微的飞刀之下）

活闪婆王定六：扬子江边的武术和游泳发烧友，因遇到张顺走上梁山。唯一一次为梁山建功的机会出现在与郁保四卜山给董平下战书，结果被打得皮开肉绽。个人的特点是速度比较快，比较适合竞走。（结局：征方腊战役中中药箭身死）

险道神郁保四：抢劫梁山二百匹马的强人，后被宋江说服成为无间道，进入曾头市做内应。在梁山上的主要工作是为宋江扛帅旗。（结局：征方腊战役中死于敌将杜微的飞刀之下）

白日鼠白胜：晁盖抢劫生辰纲团队成员，在梁山上勉强凑数。（结局：征方腊战役中染病身死）

鼓上蚤时迁：虽是鸡鸣狗盗之徒，但综合实力很强，对梁山贡献很大，几乎垄断梁山情报工作。跟他相比，戴宗就是个彻头彻尾的快递员。（结局：征

方腊战役中感染搅肠痧而死）

金毛犬段景住：擅长盗马的强人，曾经上演"千里送马毛"的闹剧，由此引发晁盖身死曾头市。在梁山上主管采购马匹。（结局：征方腊战役中被吴用错误安排到水军参战，落水身死）

13. 没妈的孩子不如草

轰轰烈烈的梁山大排名终于尘埃落定，各派利益得到了基本的平衡。

每个人心里都有一杆秤，每个人都知道，公平永远是相对的，绝对的公平是不存在的。如今，有的公平秤都不准了，所以饱经风霜的老人说，"秤不准，关键是心不准"！

在大排名中受打击最大的无疑是王伦的老梁山团队，杜迁、宋万、朱贵这三个没娘的孩子像三棵小草。在王伦时代，他们是有亲妈的孩子；在晁盖时代，他们是后妈的眼中钉；在宋江时代，他们是被遗弃的小老婆的孩子。

不知什么原因，宋万排到了杜迁的前面，这让杜迁很不高兴，一边的朱贵劝导说，"别生气，哥哥，宋老大这就是挑逗群众斗群众。"

哥仨又喝了一顿闷酒，顺便到山后的无名土包祭奠了一下王伦，又到比较气派的晁盖墓前祭奠了晁盖，擦干眼泪后还得到忠义堂找宋江报到。

宋万对杜迁说，"生活就是什么，生活就是自助餐，想吃就抓紧，一不留心人家就收摊了。"

与王伦的老梁山团队一起失落的还有晁盖的生辰纲团队，除了吴用和公孙胜这两个投机分子外，其他人都遭到了不同程度的打压。

刘唐这个曾经背三百条金子下山的蜗牛，阮氏三雄这些曾经的水军资深领导，都在这个时候明白了一个词：架空。白胜这个无足轻重的家伙顺便体会了另外一个词：失足。他的下落速度超过了所有的人，从晁盖生辰纲团队成员一下子成为与时迁、段景住做伴的邻居。白胜说："我知道自己不受待见，但没有想到这么不受待见！"

梁山大排名是宋江领导艺术的一次完美展示，他通过排名安抚了大多数头领躁动的心。最典型的是马军五虎将，关胜、林冲、秦明、呼延灼、董平，董平的位置是花荣让出来的，花荣在意的是与宋江的关系，至于排名没那么重要。宋江给了马军五虎将很高的地位，从而让这些前朝廷军官放下了戒心，团结在了他的周围。

至于水军的安排，更是领导艺术的体现。水军头领中三阮资格很老，宋江在承认三阮老资格的同时却让李俊、张横、张顺全面负责水军，老资格的三阮只能夹杂在中间安心当壁虎，做老资格壁虎。

守护中军的，全是宋江的嫡系部队。守护中军的马军头领是吕方和郭盛，他们是宋江的嫡系仪仗兵；守护中军的步军头领是孔明和孔亮，他们是宋江的徒弟；专管三军探事的马军头领王英和扈三娘，他们是宋江的干妹夫和干妹妹。宋江把扈三娘的作用发挥到最大，让王英终生对他死心塌地。

各个山头的利益基本都得到了平衡，唯一不平衡的可能就是石勇、薛永这些孤魂野鬼。也没办法，前面需要安排的人太多，宋江也就顾不上安排这些小鬼了！

14. 那些错过和不该来的人

梁山大排名结束了，留下的思考却很多，还有太多应该来的人，也有太多不应该来的人。梁山这艘船错过了好多人，也上错了好多人，恰如人生，拿着旧船票，却未必登对了客船。

梁山错过的人有多少呢？王进、扈成、韩伯龙、石宝、庞万春、苏定、栾廷玉，甚至鲁智深手下带头的混混张三和李四，甚至还有替宋江顶雷的唐牛儿，这些人未必不适合梁山。

王进，史进一生中最重要的师父，半年的时间就培养出一个梁山天罡头领，他的水平应该与林冲和徐宁有一拼，只可惜错过了。

扈成，扈三娘的亲哥，被李逵赶得流落天涯，扈三娘的武功可以进入天罡，她的哥哥估计也差不了，可惜流落江湖，兄妹终生不得相见。

韩伯龙，已经一只脚踏进了梁山，不料遭了吃霸王餐的李逵毒手，见过倒霉的，没见过这么倒霉的。

石宝，方腊手下的大将，后来砍死很多梁山头领，水平直逼林冲、关胜。只可惜活动范围不在梁山的半径之内，机缘错过，只能为敌。

庞万春，方腊手下大将，神箭与花荣有一拼，可惜之前与梁山没有交集，最终只能为敌。

苏定，曾头市的家庭副教师，可惜被史文恭连累。其水平应该不低，就是被史文恭连累太深，死于乱军之中。

栾廷玉，一个让宋江眼红的家庭教师，水平接近马军五虎将，因为师弟孙立的思想工作没做透而死于乱军之中，进而还影响了孙立在梁山上的升迁。

张三和李四，虽然本事低微，但未必不如王定六、朱富之流，在他们身上至少可以看到道义的身影，他们对鲁智深的坦诚可以感天动地，比见色起意的王英高尚得多。

唐牛儿，郓城可怜人，当年缠住阎婆让宋江成功逃脱，自己反而被发配五百里，这一助人为乐的行为可以与朱全有一拼，只可惜他是个小人物，不然他也有资格坐一把交椅。

说过了十大有资格上梁山的人，再来说说十个不应该上梁山的人，这些人上梁山后几乎被淹没，上不上梁山没有多大区别。他们对于梁山而言，就是大年三十的兔子，有它过年，没它也过年。

宋清，一辈子活在兄长阴影下的男人。宋清既没有武功，也没有江湖习气，本应在家安心做个农民，当梁山头领过于勉强。

乐和，音乐发烧友，在梁山之外会有更大的发展空间，只可惜误入顾大嫂的劫狱团队。在梁山虽然被编入情报工作人员之列，但主要工作就是在大型宴会上唱个曲。

紫髯伯皇甫端，一个被张清拉过来凑数的头领，让一个兽医位列一百单八将，只能说是尊重专业的结果吧。

神医安道全，被张顺胁迫上山，这样的专业人员，在山下的发展空间远远大于山上，一块御医的牌子足以骄傲一生。

操刀鬼曹正，宋代庖丁，如果愿意安身立命当个屠户，前途比上梁山光明得多。人家上梁山你也上梁山，人家迎来的是顶戴花翎，你迎来的却是药箭。

活闪婆王定六，喜欢武术也不一定要上梁山，梁山只是梁山，而不是宋江武校。王定六上了梁山后射箭没学会，学会了中箭，而且中的是药箭。

通臂猿侯健，一个裁缝，一个据说可以做到天衣无缝的裁缝，不好好给黄文炳家做衣服，非要跟着梁山好汉杀人放火，严重违反职业道德。等到在江南失足落水的时候，是否会把一生悔过？

金眼彪施恩，曾经风光无限的小管营，不好好管理囚犯，非要学黑社会承包快活林，后来非要跟着人家上梁山，还没有学会狗刨就已在江南失足落水。

鬼脸儿杜兴，一个被宋江绑架上山的人，一个在梁山无声无息的人，他就是大户人家的管家，到哪里都是帮人家管理金银细软。

其他的，还有朱富，好好的小老板不当非要学人家入黑社会；还有孔明、孔亮、穆弘、穆春，好好的地主阔少不当，非要选择梁山上的交椅。

如果人生允许重来一次的话，他们还会选择梁山的交椅吗？

第十一辑 梁山好汉闹东京

01. 给我一点阳光，我还大宋一片灿烂

一二三四五六七，一二三四五六七，这几天宋江做梦也会笑，因为他名下的一百零七块砖全部安放到位，个个情绪稳定，垒进大厦的不自负，垒进厕所的也没自卑。

宋江盘算一下手里的牌，怎么算，也到了跟高太尉摊牌的时候，毕竟他手里已经有了一把好牌。

如果要仪表堂堂的，他手下有花荣、吕方、郭盛、郑天寿、孟康。

如果要名门之后的，他手下有关胜、呼延灼、杨志，还可以加上林冲，再算上绰号的话还有杨雄、孙立、吕方、郭盛，他们分别代表的是关羽、呼延赞、杨令公、张飞、关索、尉迟恭、吕布、薛仁贵。还有比这个配置更拉风的吗？

如果要长相吓人的，有面如锅底的宣赞、没面目焦挺、黑旋风李逵、赤发鬼刘唐，哪个官宦子弟撒娇不吃饭，就交给这几位负责。

如果要有外族血统的，有青眼虎李云、火眼狻猊邓飞、紫髯伯皇甫端、金毛犬段景住，还有疑似的，如锦毛虎燕顺、金眼彪施恩。皇甫端还是重瞳子，一只眼睛有两个瞳孔而且重叠，这一点很奇特，据说项羽就是重瞳子。

如果说早期王伦想的是守住梁山，守住自己的一亩三分地，那么晁盖想的就是扩大梁山，把流水席摆到天下，而宋江的目标已经远离吃喝，他的目标实际是拜相封侯。

在宋朝原本已经没有这样的机会，但高俅的传奇故事无疑刺激了宋江躁动的心。高俅当年比宋江还落魄，比王伦还可怜，比晁盖还草莽，但人家实现了人生理想飞上了枝头，从一个见一次被打一次的无赖变成了高高在上的太尉。那么宋江，一个具备较高政治素养，拥有一百零七块砖的梁山首席头领，能否从梁山这块跳板实现自己的团体后空翻三周跳呢？

一切皆有可能。

在宋江盘算梁山砖头的时候，弟兄们也在疑惑，怎么这么多天都不下山打劫了？莫非梁山要全面转型？以前的梁山隔三岔五就要下山打劫，不打劫，吃啥？不打劫，喝啥？不打劫，吹啥？

宋江在盘算梁山砖头之后内心已经悄悄决定战略转型，总是替人搬家是没有前途的，只能是一家技术含量很低的搬家公司。在宋江的规划中，梁山应该注入政府资本，抓紧时间上闹市，早日进入皇帝的视线。

早期的王伦经营的是一个农村作坊，中期的晁盖经营的是一个乡镇企业，后期的宋江运营的是一个民营公司，这个公司现在已经完成了整合，等待的就是一个招安上市的契机。

宋江说，皇帝给我一点阳光，我还大宋一片灿烂。

02. 演唱会上的洗脑

转眼间大排名已经过去了几个月，这几个月梁山非常消停，这几个月没有战争，没有抢劫，没有杀戮，甚至连口角都没有，公孙胜问，"难道这就是清静无为的世界？"

李逵、鲍旭、李衮和项充这些人成天闲得发慌，"大排名都结束这么长时间了，怎么大哥也不组织一次大型活动呢"？宋江看看众人急得挠墙，想起了陈胜的名言，"燕雀安知鸿鹄之志哉"。

宋江在想什么呢？洗脑，给全梁山的头领洗脑。洗脑就是为了招安，不洗脑，招安是无法进行的，梁山上始终有两种声音在打架：招安，不招安。

对于林冲、鲁智深、武松这些曾经在官场吃过亏的人来说，他们是不主张招安的，他们认为官场就是一个磁力场，身处其中的人只能受磁力场作用，却永远无法改变磁力场。既然磁力场无法改变，那么不如远离。

对于李逵、焦挺、阮氏三雄这些常年生活在社会底层的人来说，官场离他们太遥远，官员在他们眼里没有一个好东西，这种印象是根深蒂固的。要饭出身的朱元璋认为官员没一个好东西，当了皇帝之后，看法依旧。由此，对官场有所畏惧的李逵等人自然不喜欢招安，他们认为招安不会有好果子吃。

而对于宋江、关胜、秦明这些前政府官员来说，招安是他们唯一的选择，落草只是一个跳板，招安才是最终目的。

人在拥有的时候不知道珍惜，到失去的时候才追悔莫及，因此以宋江为首的前政府官员，身在梁山，心在官场，招安就是他们心中的春草，割不断，烧不尽，忘不了。

宋江在心中盘算好了洗脑的方式——八月十五梁山演唱会。

这是一个新颖的形式，这也是一个看起来有效的方式，在宋江那个年代，说书和唱曲的感染力远高于政府公告的效力，说书和唱曲生动活泼接地气，政府的公告面目生硬而且不食人间烟火。

宋江在众头领中就地选材，拉出了一个组合，这个组合由铁笛仙马麟、浪子燕青、铁叫子乐和组成，双枪将董平有点感冒，不然他也可以凑一个，他也是一个音乐爱好者。马麟、燕青、乐和三个人既分工又合作，马麟吹箫，燕青弹筝，乐和唱曲，再加上宋江填词，梁山F4宣告成立。

宋江填的词是《满江红》，核心内容是"望天王降诏早招安"，词写得很生动，乐和唱得很感人，宋江听得很感动，借着酒劲竟然有种要流泪的感觉。但就在这个感动的时刻，宋江忽略了一个细节，他没有跟李逵提前打招呼。

李逵这种人就是提线木偶，宋江点头他点头，宋江画圈他画圈，但这一次宋江没有提前跟他打招呼，李逵闹不清自己的角色，到底是应该鼓掌还是喝倒彩呢？

武松第一个喝起了倒彩，他是一个性情中人，看不惯就要说出来。武松经历过官场的黑暗，被官场的毒蛇咬过，一听招安浑身就出冷汗，他就站起来大声说："今也招安，明也招安，把兄弟们的心都弄凉了！"

李逵正在半梦半醒之间，他没有闹明白自己的角色，以李逵的认字水平他不知道"招安"两个字怎么写，也弄不清招安究竟是怎么回事。他只是看到武松喝倒彩，他也喝倒彩，在他印象中，武松也是宋江的嫡系，武松喝倒彩大概也是宋江的意思。

正在自我感动的宋江看着瞎起哄的李逵，不禁同情起当年的王伦和晁盖，"手下没有文化人的日子可咋过啊"！

宋江知道这次洗脑大会算是搞砸了，原因就是没有安排好李逵这个鼓掌机器，本来应该领掌的，结果变成了喝倒彩的。宋江在心里对自己说，"细节决定成败"！

03. 宋江：还真对得起这张脸

因为李逵这个细节没有处理好，计划好的洗脑会变成了对招安的声讨大会。原二龙山的老大鲁智深还举了一个生动的例子，"官场要是能干净，我这身皂色袍子也能洗白了"。

宋江打眼一看，鲁智深那件袍子漂染得非常好，肯定洗不白，鲁智深的意思就是官场干净不了。宋江有点郁闷，不能因为一件洗不白的袍子就影响自己的招安大业啊。

宋江把李逵呵斥了一顿，大声喊着要把李逵砍了，当然这些都是杀鸡给猴看的。对武松这个准嫡系只能用话语打动了，"兄弟，你也是个晓事的人"。

一句"兄弟"就把武松喊得没有抵抗能力了，自从武大死后，宋江就是他的大哥，大哥说话了，当小弟的只有听话的分。

后来宋江评价这次八月十五洗脑会，仅仅用了两个字，"失败"。失败的直接原因就是李逵，"不恰当地破坏了气氛，让该出现的高潮没有出来"！

李逵在大家的建议下向宋江赔礼道歉，宋江黑着脸严肃警告，"都像你这样，不就乱了套。"

这样的场景大家非常熟悉了，还是杀鸡给猴看，表面骂李逵，实际是震慑大家。林冲等阅历丰富的人感觉到宋江的可怕,那些看不懂这个局的人也在说,"以后可要小心,连李逵犯了错也要罚"。

杀鸡儆猴不是目的,而是手段,宋江的终极目的还是招安。

八月十五的洗脑会没有成功,宋江不会放弃别的机会。一次偶然的机会,梁山的小喽啰们抓住了一个制作花灯的工匠,从工匠的嘴里,宋江得到了一年一度的东京灯会即将举行的消息,这对宋江来说又是一个机会。

"旅旅游,去一趟比较大的城市",这一直是宋江的心愿,这次东京灯会他不想错过。去逛灯会只是一个幌子,寻找招安的契机才是真正的目的。

原本以宋江的面容是不可能去东京的,他脸上有两行发配时留下的金印,只要有金印,就等于脸上写着"盗贼"两个字,估计走不了多远,就会被官差请到牢里吃盒饭了。

宋江命好,手下有神医安道全。安道全是全才,什么都会,还能研制出祛除金印的药,药的原理估计跟"疤痕灵"是一样的,如果流传到现在,肯定在电视购物里卖疯了。

宋江用安道全的药水洗掉了脸上的金印,从此他再也不怕别人骂他"文面小吏"了。每次照镜子的时候,也可以自豪地摸着自己的脸说,"嗨,还真对得起这张脸!"

梁山上最应该用这个药水的是武松,他经历过两次发配。每次发配都要在脸上留下两行金印,经过两次发配就得留下四行金印了,从金印的数量来看,武松比宋江更需要那瓶药水,只可惜宋江并没有把药水给武松,安道全似乎也没有替梁山好汉集体祛除脸上金印的举动。这或许是很多头领的遗憾,如卢俊义、武松、林冲,他们脸上都有难看的金字,这些金字一顶就是一生。

04. 进皇宫其实就是一抬脚

洗去了金字的宋江筹备下山,精选了几位头领一路做伴。

首选是柴进,见过大世面;史进和穆弘是一路,两个人江湖见闻多,经验丰富;鲁智深和武松是一路,和尚有社会地位受人尊敬,到哪里也不容易惹人怀疑；朱仝和刘唐是一路，这两人也经常在江湖上走动。

八人准备上路，李逵闹着也要去，宋江没有办法，只能应允，因为李逵是他的天然心腹，领导哪有不疼心腹的，前几天的杀鸡儆猴说白了就是宋江和李逵的双簧，马三立说，"逗你玩"！

梁山上能降得住李逵的人不多，一个是宋江，另一个就是燕青，燕青机灵，擅长相扑，扑李逵如同扑小绵羊，一扑一个准。梁山上还有两个人也能降住李逵，但都没有燕青全面，这两个人一个是张顺，一个是焦挺。张顺想降住李逵需要把李逵引到水里，焦挺倒是跟燕青一样，一扑就可以把李逵扑倒，只不过上了梁山之后焦挺再也不敢扑李逵了，因为李逵是他的小老大，屁股已经在他的头上。

此时的燕青跟白胜一样，也是一个山头的代表，白胜代表的是晁盖山头，燕青代表的则是卢俊义山头。宋江让燕青下山可谓一箭双雕，一是看住李逵，二是向卢俊义表示，我不是独立行动，燕青代表你出马了。

宋江脸上的金字已经洗掉了，但心中的金字还没有洗掉，到了东京城下，他的腿发软了。并不是因为通缉令还在生效，而是他心中的通缉令从来没有失效，习惯使然。

同样是受过通缉的人，柴进则不以为然，这是他的贵族气质使然，在他心中，能让他害怕的事情还没有出现，他的家族曾经拥有整个天下。贵族的气质几乎是与生俱来，光靠培养是培养不出来的。

现在柴进这个贵族带着燕青这个万金油去打前站，因为在他俩的心中无所畏惧。柴进和燕青进了东京城的一家酒店，看见身着各色官服的人来来往往，这个情景让宋江看了肯定是腿脚发软，心里打鼓，柴进看了则是兴奋不已，玩心大发，猛然间，他萌生了一个念头：进皇宫。

进皇宫在一般人看来比登天还难，在柴进看来，只需要一件衣服加一个腰牌。脱了衣服和腰牌，没有人知道你是个官，有了衣服和腰牌，没有人知道你是一条狗。

柴进和燕青用行动证明他们确实是一对黄金搭档，他们才应该是真正的主仆。柴进一个眼色，燕青马上行动，轻而易举地将一位姓王的官员骗进了包间，柴进自称是王官员的发小，这一下子把王官员给忽悠住了。

柴进的方法在一千多年后被很多骗子效仿，骗子经常冒充老同学打电话，你说他是老张，他马上顺杆爬，"是啊，我就是老张啊，咱们有多少年没见了！"

骗子用含混的话语，让你沉浸在对往事的回忆中，这时再不动声色地借钱。碍于同学情面，不好意思不借，等到你清醒过来时，骗子已经跟柴进一样远走高飞了。

柴进忽悠王官员先喝酒，之后再揭秘自己的身份，王官员不好拒绝，居然真的喝下了燕青准备好的药酒。没过几分钟，王官员被麻翻了，燕青对着已经被麻翻的王官员说："让你下回记住了，不要跟陌生人说话，更不要跟陌生人喝酒！"

有了王官员的官服和腰牌，皇宫对柴进来说就是一个超级自由市场，柴进这种有官相、心理素质又好的人顺利进入了皇宫。

皇宫对柴进来说既熟悉又陌生，熟悉是因为祖上曾经居住在皇宫，陌生是因为从他记事起，他们家的皇宫就成历史了。

看着眼前的一切，柴进有些兴奋，也有些伤感，他想起了南唐后主李煜的一句话，"独自莫凭栏，无限江山，别时容易见时难"！

再看看眼前的大殿，柴进对自己说，"人不能总是活在记忆里，还是活在当下吧！"

05. 燕青和皇帝是一个待遇

柴进走进了一座偏殿，这里是皇帝看书的地方，很少有人进入。用现在的眼光看，当时柴进无论在皇帝的书房里顺点什么东西，到现在都是价值连城，宋徽宗的一幅画拍卖价达两千多万元，一幅字拍卖价则高达一亿人民币。柴进在书房里转悠了半天，没什么东西能入他的法眼，看来看去，看到了一扇屏风，屏风上的大字让他心里"咯噔"了一下。

屏风上写着"山东宋江、淮西王庆、河北田虎、江南方腊"，这是四大寇的名字，也是让皇帝失眠的四个名字。

柴进见多识广，看了这四个名字也是百感交集。尽管赵家给柴家的誓书铁券早成了摆设，但柴家对江山社稷的爱却始终没有改变。对于柴进而言，尽管宋朝辜负了我，但我始终不会辜负宋朝，这一点他跟宋江一样，他也是在内心中渴望招安的人。

柴进把"山东宋江"四个大字剜了下来，此举有三个目的：一是向宋江报喜，"恭喜公明哥哥，你已经位列四大天王之首了"；二是向宋江示警，"抓紧时间运作招安吧，不然就来不及了"；三是向宋徽宗发出警告，"山东宋江到此一游，您老人家还是加强安保措施吧"！

等到柴进回到酒店，被麻翻的王官员还在昏睡，这个跟陌生人说话又喝酒的人还在迷糊中，目睹这一切的燕青从此对宋朝官员更加看不起。

宋江看了柴进剜下的大字后叹息了半天，自己在大宋官场努力了那么多年，可能连济州知府都不知道自己的名字，如今在梁山上折腾了两年，已经惊动了皇帝。宋江搜肠刮肚想起了一句话，"墙里开花墙外香"，是时候让皇帝认识自己了。

正月十四晚上，宋江带着众人进了城，留下可怜的李逵看客房。李逵也感到委屈，但没有办法，谁让你长得那么有特点，连李鬼都知道你，更何况东京城里的官差。李逵想想也郁闷，不过再想想宣赞就释然了，自己至少比他幸福，自己是在东京城边的旅馆里靠边站，而他则是在遥远的梁山上靠边站。

宋江一行人来到了一个茶馆，茶馆旁边就是北宋第一交际花李师师的家。

按照《水浒传》的说法，李师师这种艺妓属于官妓，走上层路线，一般情况下卖艺不卖身，但如果遇到皇帝或者燕青这样的，那就另当别论了。从这个角度看，燕青和皇帝是一个待遇。

要说皇帝也真不谨慎，弄点绯闻全天下都知道，宋江张嘴就说，"这个李师师莫非就是跟皇上打得火热的那位"，一边的店小二小声说道，"嘘，别泄露皇家机密"。皇家机密都传到茶馆店小二那里了，那还算哪门子的机密啊！

06. 宋江的男人本色

从阎婆惜后，宋江再没有碰过别的女人。不过在李师师面前，宋江又恢复了一点男人本色，对于李师师的美色，他还是有一点点动心。

本来宋江的意图很简单，那就是跟北宋第一美女见个面，聊聊天，谈谈理想，说说未来，回山寨可以给兄弟们讲讲"我和李师师不得不说的故事"。

宋江提出要求，燕青马上执行，以燕青的机灵，敲开李师师的家门不是难事。燕青装作跟老鸨很熟的样子，双方客套了半天，燕青说这次带来了一个大客户，老鸨的眼睛立刻眯成了一条线，"快请，快请!"

就这样，"超级富豪"宋江得以与李师师见面，柴进、戴宗、燕青会见时在座。

这次会面给宋江留下了深刻印象，一是世界上还有这么漂亮的女人，二是世界上还有那么好喝的茶（茶是李师师亲自笑盈盈地给倒的）。

在以后的岁月中，宋江也见过不少美女，但没有一个让他那么动心；宋江也喝过不少名茶，但没有一种让他那么刻骨铭心。这时他才想起林冲跟他说过的一句话，"有些记忆一生只有一次，一次就是一辈子"!

可惜快乐的时间总是短暂，宋江的陶醉才进行了一半，就被皇帝要来的消息给打断了。宋江恋恋不舍地离开李师师的家，而李师师也似乎表现出恋恋不舍。

唉，宋大哥，别陶醉了，人家的恋恋不舍是职业性的。

在李师师面前找到感觉的宋江兴致不减，他们转身进了另外一位交际花赵元奴的家。赵元奴在当时与李师师齐名，也是跟皇帝走得比较近的花魁娘子，这样一个头面人物，宋江一定要见。

宋江刚要说"才离李师师，又见赵元奴"，结果一进赵元奴的家他就失望了，赵元奴病了，概不见客。宋江刚升腾起的希望马上变成了失望，莫非这就是传说中的有缘无分？

宋江离开赵元奴家走进一家酒店，他的心情坏到了极点，在这里他遇到了喝高了的史进和穆弘。两人正在大声嚷嚷，耍着酒疯，这是梁山的传统，不要酒疯反而不正常。因为在梁山上一天只喝一顿酒，一顿酒喝一天。

喝得面红耳赤的史进看到了宋江铁青的脸，他知道自己在宋江心中的地位正在不可救药地下滑。

史进上梁山后就一天不如一天，第一次执行任务去打芒砀山的樊瑞，被打得鼻青脸肿；第一次给梁山当卧底，被董平抓住打得皮开肉绽；第一次组织暴力越狱，算错了日期进退两难；第一次跟宋江出差到比较大的城市，喝醉了耍酒疯被宋江抓了个现行。

史进看看宋江，再看看桌子上已经冷了的菜，"我的人生就是熰了底的红油火锅"！

07. 李师师：李逵不是我的本家

好多年了，宋江都没有那种奇妙的感觉。

见了李师师之后，宋江觉得丹田里升腾起一股热气，这是一种久违的感觉。第二天夜里，宋江还想去见李师师，他的脑海里始终闪现着李师师那恋恋不舍的神情。

宋江的计划又差一点被皇帝破坏，因为在这天夜里，皇帝又一次提前预约了李师师，这让老鸨有些为难。看在燕青掏出一百两黄金的面子上，老鸨还是让李师师挤出点时间，与宋江见个面。

宋江在心里合计，"人家是春宵一刻值千金，我这是会见一面值百金"。

有一百两金子打底，再加上李师师对宋江的印象也不错，双方聊得很开心。不过说起打情骂俏，还得说柴进是行家，宋江在一旁，只有听和看的份。从这个角度来看，柴进是贵族，而宋江只是个暴发户。

很快，宋江这个暴发户就露出了马脚，喝着喝着居然喝高了，一旁的柴进和燕青都知道，这是"酒不醉人人自醉"。

喝高的宋江本色尽露，居然卷起袖子要划拳。宋江划拳的功夫很厉害，打遍梁山无敌手，他一出马，其他一百零七个头领只能准备吃罚酒了。

如今在李师师家里，宋江还想把划拳进行到底。一边的柴进急忙解释，"没办法，这孩子一喝完酒就这德行！"

由此看来，宋江可能真有酒后无德的传统，当年在江州，酒后乱写乱画，把自己送进了江州的大牢。如今在天子脚下，公差遍地的地方，居然又一次喝高了，酒后无德。

宋江正有点找不着北的时候，李师师家的丫鬟说，门口来了两个奇形怪状的人。宋江一听就明白了，来的两个人是李逵和戴宗。宋江让丫鬟把二人放了进来，李师师一看李逵，"这不是土地庙里的小鬼吗？"见过丑的，没见过丑得这么纯粹的。

宋江赶忙介绍，这是我的伙计小李，李师师接言道，"我倒不打紧，辱没了太白居士"。

行家一张口，就知有没有，仅此一句话就可知道李师师的确有才，放在现在就是知性美女。"我倒不打紧"，这是不认李逵这个丑陋本家；"辱没了太白居士"，这是说李逵给李白丢人了。

什么是知性美女，就是骂人不带脏字。

宋江听出话头，让李逵喝了三杯酒后再去门口站着，而他继续发挥酒后乱写乱画的传统。宋江给李师师写了一首词，词中表现了自己迫切期待招安的心情，但李师师匆忙扫了一眼，暂时没有看出端倪。

如果说有人跟宋江前世有仇的话，那这个人就是皇帝，宋江两次与李师师的聚会都被皇帝搅黄了，因此宋江对皇帝又爱又恨，爱是因为他是皇帝，恨是因为花了一百两黄金的聚会才过了一会儿就被皇帝搅黄了。

08. 梁山好汉全伙在此

宋江和柴进听说皇帝已经到了门口，赶紧跟李师师说了声再见准备开溜。已经来不及了，皇帝已经从地道出来了，宋江、柴进、燕青只能躲在黑影里。

看着刚才还跟自己打得火热的李师师，转头就对着皇帝笑得花枝乱颤，宋江在心里暗自佩服，"真是个好演员！职业！"

看着皇帝，宋江心里一个激灵，"干脆就在这跟皇帝要道招安圣旨吧！"

宋江刚想动，被柴进拉住了，"哥哥，你这是耗子给猫当伴娘，为了招安不要命啊！"

宋江也是，喝酒喝高了，头脑发热了，竟然忘了皇帝的大忌。

尽管李师师只是皇帝一时的红颜知己，但皇帝绝对不想李师师跟别人有什么来往，尤其是在他的眼皮底下。此时宋江如果出来索要招安圣旨，那等于告诉皇帝，"我就给你戴了顶绿帽子又怎么样"？

还能怎么样，死路一条呗。

宋江这边刚消停，李逵那边开始闹了。

李逵跟前来接应皇帝的官员打了起来，这下麻烦大了，全东京城的官兵都知道皇帝有危险，从四面八方过来增援。

幸好外边接应的有鲁智深、武松等人，吴用还派了马军五虎将前来接应。

按照吴用的计划，即使没有李逵闹这一出，梁山头领也要大闹东京城，为的就是闹出一点动静，引起皇帝注意，就跟现在的炒作一样，管你文炒武炒，先炒起来再说。

马军五虎将一边接应宋江等人，一边虚张声势，他们这次就是来走秀的，并不是真的攻城，就是想在东京城炒作梁山的概念，让皇帝知道梁山已经壮大了，不招安不行了。

马军五虎将中，除了秦明和董平外，其他三人都对东京城有很深的感情。

关胜从这里接到平叛梁山的命令，在这里他受到高俅的接见；呼延灼也有同样的经历，他也是在这里受到高俅的接见，高俅还拍着他的肩膀说，"小伙子好好干"；至于林冲，更是生于斯长于斯，这里有他的童年、少年以及青年时代，这里曾经有他的爱，林娘子故去后，东京城对于林冲来说就是一座空城。如果说还有一种情结在里面，那就是复仇，复仇的对象就是高俅。

林冲和关胜等人一起大喊，"梁山好汉全伙在此"，目的就是吓破高俅的胆。

09. 李逵把鬼吓哭了

马军五虎将护着宋江、柴进等人先回了梁山，留下燕青来接应李逵。李逵这个人天不怕、地不怕，一个人拿着两把大斧就敢出去找高俅的兵马火并，典型的要脸不要命。不过这个不要命的还是怕燕青，燕青一扑把他撂倒，李逵马上消停了。

燕青带着李逵从小路出了东京，一路走僻静小路回梁山。

就在回山路上，李逵又惹出了事端。

燕青和李逵进了一个姓狄的大户人家，这个大户人家是个病急乱投医的主，一见扮相奇特的李逵，竟然把李逵当成了道士。见过眼神差的，没见过这么差的。

李逵趁势忽悠："我是著名道士罗真人的徒弟，能腾云驾雾，能捉鬼降魔！"

没看出来，李逵忽悠也是个能手，可能是跟宋江学的，近朱者赤，近墨者黑，近宋江者忽悠。

同当年相信鲁智深的刘太公一样，狄太公也信了李逵的鬼话。

狄太公请李逵到自己女儿的房中捉鬼，他的女儿已经半年不出房门了，这半年也没有吃饭，仆人一接近房门她就往外扔石头和砖头，一扔就是半年。如果不知道真相，这种现象绝对奇特，在科技不发达的古代，这不是着了魔又是什么呢？这个魔可能还给他女儿提供饮食和砖头，这是多么高级的一个魔呢？

李逵和当年的鲁智深一样，趁机胡吃海喝了一通，一边的燕青暗自偷笑。

李逵可能也相信世间有鬼，但他不怕鬼，他是能把鬼吓哭，而且让鬼夺路而逃的人。果不其然，李逵一进狄太公女儿的房间，就看见一个身影要逃。说时迟，那时快，李逵一斧头将那个身影砍倒在地。

仔细一看，不是鬼，是人，原来鬼都是人编出来吓人的。

经过拷问狄太公的女儿，李逵明白了事情的真相。

事情的真相很简单，狄太公的女儿在自己的房里与别人鬼混，为了防止被人发现就扔砖头不让人靠近，至于饮食和砖头都是前来偷情的那个人提供的。

李逵变成了一个道德警察，他痛恨狄太公女儿这样不贞洁的女人，一斧头下去，把狄太公的女儿砍死了。在他眼中，人只分两种，可杀的，不可杀的。女人也只分两种，该杀的，不该杀的，狄太公的女儿属于该杀的那一类。

从这个举动来看，李逵属于心理变态的那种，往好处说，是眼睛揉不得沙子；往不好处说，是把自己当太平洋警察，非要强迫别人执行他的道德标准。

现在回头看，当初去砍杀扈三娘一家可能也不是宋江的主意，而是李逵吃了无名飞醋。李逵曾对宋江说，"我敬重你是因为你是不贪色欲的好汉"，在潜意识中，他要求宋江跟他一起做无性人。

当李逵误以为宋江要娶扈三娘时，李逵就对扈三娘一家痛下毒手。扈三娘，你真的很冤，李逵居然吃你的无名飞醋。

10. 李逵的生死状

一个真相解开了，两颗人头落了地，狄太公追求真相的心被李逵吓得差点停止。

狄太公心疼女儿，埋怨李逵为什么不手下留情，还被李逵一顿痛骂，"这样的女儿要她何用！"因此我怀疑，莫非李逵的小名不叫铁牛，而叫石头？

一根筋的石头，一块从石头缝里蹦出来的石头。

又勒索了狄太公一顿饭后，李逵和燕青继续赶路，这一次他们又到了刘太公家里借宿，这次借宿又借出了麻烦。

麻烦来自一个强盗，这个强盗冒用宋江的名头强娶了刘太公的女儿，留下老两口在家里哭天喊地，这会儿遇到了道德警察李逵。

李逵听完刘太公的叙述，顿时火冒三丈，他"坚信"就是宋江做的，在东京李师师家里，宋江已经露出色迷迷的表情。

李逵一路上都在生宋江的气，他埋怨宋江不该去跟李师师喝酒，不该露出色迷迷的表情，更不应该去强娶人家的女儿。咱们不是说好女人如衣服吗，咱们不是说好都不要衣服一起裸奔吗？怎么你偷偷穿上衣服，让我一个人裸奔呢？

精明的燕青觉得事情有蹊跷，此次宋江回梁山是和大队人马一起行动，不太可能半路开小差来这里强娶民女，这不符合逻辑。

李逵就是个不讲逻辑的人，他认定就是宋江做的。

"没想到啊，没想到，公明哥哥你竟然是个好色之人！"在李逵的字典里，即便正常的男女之情也是肮脏好色，心态完全扭曲了。

李逵一回到梁山就砍倒了"替天行道"的大旗，他要揭开宋江的真面目。李逵彻底把自己当成了道德警察，即便是宋江，他照样不给面子。

在李逵看来，宋江好色是有前科的，之前砍死阎婆惜，说明你宋江跟阎婆惜这个妓女曾经生活在一起，不然你犯不着砍她；之后你在东京李师师家中表现得色迷迷，说明你有色心；现在你抢了人家的闺女，说明你有色胆。

李逵一顿抢白让宋江有些无地自容，好在他脸皮厚，还能从容应对。解决误会的方式很简单，当面对质。

宋江与李逵定下了生死状，谁输了就砍头，赌注够大。

等到宋江站到刘太公面前，刘太公用老眼昏花的双眼确定，这个人不是抢走他女儿的人，那个人比宋江帅。

帅不帅，宋江不去管，只要清白就可以了，帅又不能当饭吃。

现在轮到李逵难堪了，心理扭曲的他居然真想砍头谢罪，还是聪明的燕青想到了变通的办法，负荆请罪吧。

负荆请罪就是个形式，让双方都有台阶下。宋江需要李逵这样死心眼的手下，李逵也需要宋江这样手头大方的老大。

一番虚张声势之后，矛盾基本解除，急得一边担当刽子手的蔡福和蔡庆团团乱转。半年了，一个人都没砍过，蔡福和蔡庆的刀都生锈了，膀子经常发酸，闲得发慌。

这就是蔡福和蔡庆不懂行情了，梁山是宋江的跳板，梁山所有人都是宋江的砝码，多一人就多一点重量，少一人就少一点胜算。

在宋江的字典里早就有注释，"英雄的主题就是和平，和平的主旨就是不杀"！所以蔡福和蔡庆还得继续扛着刀做样子，有空的时候就去帮知名杀猪人曹正杀猪吧。

11. 李逵就是执行机器

让蔡福和蔡庆继续杀猪吧，李逵还得接茬杀人。这次李逵杀人是有订单的，下订单的就是宋江，目标就是假冒宋江的那个人。

假宋江活动的范围不大，李逵和燕青稍微一活动就找到了假宋江的老巢。

假宋江名叫王江，长的比宋江帅得多，就是手下的砖少了太多。宋江手下大砖有一百零七块，小砖估计在两万左右，王江的手下算来算去只有六七块砖，而且都是小砖。

宋江是航空母舰，王江就是小舢板了，一个小舢板敢冒用航空母舰的名头，看来虚假广告从宋朝就有。

两个早成气候的梁山天罡对阵两个不成器的强盗，就跟蔡福和蔡庆联手对付两头猪一样，没有难度。假宋江迅速消失了，假柴进也陪着他的假老大消失了，他们一起到下面报到，顺便可以与假李逵会合。

李逵就是执行机器，交给他任务肯定没有问题，但不能指望他有太多感情，因为他的感情早被当年那四只老虎叼走了，有些伤是一辈子的，比如李逵的心伤。

李逵和燕青砍了假宋江后，救出了刘太公的女儿，还从假宋江的老窝抄出了五千两黄金和白银，当强盗有这么高的收入，怪不得那么多人铤而走险。

宋江看到李逵打了假，报了仇，还带回了那么多黄金，脸上也乐开了花。他早就知道李逵能干，没想到他这么能干，看来以后得多派李逵下山，至少还能带回点黄金白银，以弥补梁山日益亏空的库存。

对李逵而言，他越来越喜欢下山，只有下山他才能找回过去的自己。现在的梁山已经成了养老院，适合朱贵这些越活越抽抽的人，并不适合李逵这种内心有一团熊熊火焰的人。

心中同样有团火的还有燕青，东京的见闻让他的心活泛了，他相信自己能做更多的事情。在燕青看来，如果你的面前是一堵墙，就只能原地踏步，如果你的面前是一条看不到头的跑道，有多远你就能走多远。

燕青准备拆掉面前那堵阻挡脚步的墙。

第十二辑
快，来兼并我们吧

01. 高个子都是纸老虎

转眼到了阳春三月，草长莺飞，梁山脚下的人来来往往。

这些来来往往的人给梁山带来一个消息：有个叫任原的人在山东泰安东岳庙摆擂。据说任原身高一丈，擅长相扑，连续两年没有对手，今年已经是第三年了。全泰安的人都知道，"任原很寂寞，任原很孤独，据说已经孤独到对着自己的影子练相扑了"！

燕青听到消息，他知道这就是自己拆墙的机会。对，到泰安打擂去。

燕青打擂就这样拉开了序幕。

在宋江看来，人家身高一丈，你身高六尺，中间差了整整四尺，根本就不是一个数量级。燕青并不这么看，他觉得个子高只代表海拔，并不代表本事。

梁山上的高个子不少，早期的头领有杜迁和宋万。杜迁的外号摸着天，宋万的外号云里金刚，两人的个头都很高，但在燕青看来，这两个就是电线杆的材料。至于后来那个高个子郁保四，在梁山上根本没有作为，唯一的作为就是给宋江当旗杆。

综合比较这三个不成器的高个子，燕青得出结论，"高个子都是纸老虎"。

据说这个结论一出，杜迁、宋万、郁保四郁闷了好几天，没办法，人家的老大是二当家，你们要么没有老大，要么老大已经作古。

燕青对着宋江一顿争辩，一向话不多的卢员外也出来帮腔，毕竟燕青是他唯一的死党。有卢员外帮腔，宋江网开一面，就同意了燕青下山，卢员外也承诺到时接应燕青回山。由此看来，人在团队里，靠的还是嫡系。

燕青简单打扮了一番，打眼一看就是个山东货郎，再加上燕青能模仿各地方言，模仿山东货郎更不在话下，放在现在，就是个小品演员，而且经常能上春晚的那种。

如果燕青就这么一个人去了，也弄不出太大响声，无非就是创造一个货郎打败职业高手的奇迹。就因为多了一个人，性质完全变了。燕青一个人去，叫打擂，如果再加上李逵，那就是砸场子了。

李逵来了，正如他悄悄地走了。

就在燕青寻觅客栈的时候，李逵出现了，不用问，又是私自下山。

因为李逵跟宋江的关系亲近，所以享受特权。当年下山接应朱仝有他，去大名府忽悠卢俊义有他，去蓟州寻找公孙胜有他，去东京城看花灯还有他。

燕青一看李逵跟来了也不能强行驱逐，在梁山上谁都知道宋江是李逵的靠山，小鬼好惹，阎王难缠，看在宋江这位阎王的分上，还得带李逵这个小鬼玩。

燕青与李逵约定：进了客店就不准出门，睡觉的时候要包着头别让人看见脸，看打擂台的时候不准大呼小叫。

三条规定就是给李逵量身定做的，就因为他长得太有特点了，简直就像脸上刻着字：我是李逵。

02. 成功，我才刚上路

燕青和李逵进了一家客店，店小二看看他们的打扮，露出了不屑的眼神，那意思是你们住不起吧。燕青又走出客店门口，仔细看看，是客店啊，怎么还能住不起呢？

店小二说："今时不同往日，现在全天下的高手都来打擂，人多房少，房钱是平时的好几倍。"

燕青冷冷一笑："太霸道了！"

店小二也嘿嘿一笑："这也怪不得我们，要怪就怪吕不韦，就是他教我们奇货可居，我们都跟他学的。"

燕青暗暗地在心里说："吕不韦，我感谢你八辈祖宗！"

没办法，随行就市吧。

安顿好客房，燕青先去砸了任原设的挑战牌，挑战牌的作用就跟皇帝出的黄榜一样，揭了黄榜就意味着你揽下了皇帝的瓷器活，而砸了任原设的挑战牌，就意味着要跟任原死磕了。

任原长得很扎眼，手下还有好几百个徒弟，连续两年没有人敢挑战他，大家都被他那一身肉给吓住了，就跟当年黔州的老虎刚见到从中原运过去的驴一样。这么大一坨，谁打得过啊？

任原就是运到黔州的驴，燕青就是敢对驴下口的黔州老虎。都说第一个吃螃蟹的人是勇敢的，第一个敢对驴下口的黔州老虎不也是勇敢的吗？

自从燕青砸了挑战牌之后，燕青下榻的客栈就成了旅游景点，一天有三四十拨人去寻找那个砸挑战牌的人，劲头就跟粉丝追星一样。

店小二操碎了心，磨破了嘴，身板差点没累毁，反复跟别人解释，本店就住进了一个山东货郎外加一个包头巾的人，怎么看也不像敢砸挑战牌的人啊。

越解释越没人信，店小二干脆不说了，干自己的活，让别人猜去吧。

等到晚上开饭的时候，李逵解开头巾准备吃饭，店小二吓了一跳，得，这黑塔准是打擂的。

燕青在一边笑笑说："不是他，是我！"店小二看看李逵，再看看燕青，再摸摸自己的脑袋，再看看晚上的月亮，天确实是黑了，可这不是梦啊。

世间的事就是这样，总是会有一些奇迹发生，燕青就是创造奇迹的人。

燕青身材长得恰如其分，增一分太长，减一分太短，就是这样的男人让李师师看着心动。一旁的李逵目睹了一天中几十拨慕名而来的客人，对燕青说："小乙哥，你已经成功了！"燕青则微微一笑："成功，我才刚上路呢！"

03. 燕青有点神奇

打擂的前一天，燕青专门去看了一下任原，他确实长得跟铁塔似的。

燕青总觉得任原有点面熟，端量了半天想起来了，"这不就是庙里的金刚吗？"估计跟郁保四长得比较像，没准是同父异母的兄弟。

任原的徒弟中有人认出燕青就是那个砸挑战牌的，便指给任原看。任原有三百多个徒弟撑腰，说了句："这就是那个找死的人啊！"

燕青听了此话，心里忐忑，转身跑了出去，身后是众人的狂笑。

燕青这一跑半真半假，他心里确实有点害怕，一个任原并不可怕，若是三百个徒弟上来群殴那肯定就没命了；再则燕青善于演戏，这是故意给任原露个怯，让任原放松警惕，不把燕青放在眼里，这样燕青就可以出其不意了。

一切都在燕青的掌握之中，回到客店的燕青长出了一口气。

想想当年流落街头，因为卢俊义的救助才有了今天。尽管学了一身的武艺，但一直还没有得到施展，如果这次打擂成功，那么卢俊义和自己都脸上有光，至少可以向宋派头领证明：我们主仆二人也是天下无敌。

等燕青来到擂台下的时候才发现，原来任原摆擂是一次官府行为，当地知府在那里亲自坐镇。不过燕青不去管他，他就是个来打擂的，不论这个擂台是官府的还是民间的，今天这个擂他是打定了。

不过有一个人倒不想让燕青打这个擂，这个人就是泰安知府。原因很简单，泰安知府看上燕青了。

别误会，这个看上是看重的看，不是男女之间看对眼的看。

燕青一脱上衣，露出满身花绣的时候，泰安知府在心里叫了一声好。一看燕青眉清目秀，还有一身好花绣，身材匀称，唇红齿白，当个办公室主任绝对是好材料。

现在就不能不说燕青的神奇了，泰安知府看重他，大宋第一交际花喜欢他，一个男人左右逢源到了这个程度，这就逼着焦挺、宣赞在梁山找个地缝钻进去。想一想，如果当年赢得郡王府比赛的是燕青而不是宣赞，郡主还会郁闷而死吗？那将是多么美好的一段佳话啊。

从燕青的经历看，帅也是一种生产力。

04. 任原遇上了硬茬子

泰安知府一再要求燕青不要打擂，燕青还是铁了心要打。泰安知府为拉拢燕青也没少下本，他允诺让燕青和任原平分本次比赛奖金，还任命他当泰安府的办公室主任。

不用打擂还有奖金，还能当办公室主任，这种好事上哪儿找去？燕青并不这么看，"燕雀知鸿鹄之志哉"。

泰安知府啊，您这只瞎家雀就别瞎操心了。

等到燕青一上台，任原知道自己遇上了硬茬子。

燕青虽然个子不高，但一身疙瘩肉，体形呈倒三角形，一看就练过。任原心里已生忌惮，他知道，像燕青这种人，底盘低，重心低，不好对付。

在外人看来，燕青身高六尺，任原身高一丈，根本不是一个数量级的，就跟奥拓做出架势要撞奥迪一样，那不是勇气，是自杀。不过凡事都讲究技巧，而燕青就是掌握技巧的人。

任原想用气势压倒燕青，实在不行，就用一身肉压死他。

可没想到，任原根本抓不着燕青，连扑几下都被燕青灵敏地躲过，那场面就像大象踩蚂蚁，看着凶险，但大象根本踩不住灵活的蚂蚁。

任原刚想进行下一个动作，燕青扑了上来，左手托住任原的裆，右手扭住任原的手，肩胛骨扛住，"一，二，三，走你"。

奇迹发生了，身高六尺的燕青将身高一丈的任原扛了起来。"一，二，三，下去"，任原还没有明白发生了什么事，自己就躺在了台下。

"怎么回事，刚数六个数我就下来了？"

要说任原也没什么好埋怨的，燕青练这个动作已经练了好几年，梁山上的小喽啰都被他摔了一个遍，郁保四、宋万、杜迁、焦挺也陪燕青练了好几个月了，浑身都涂满了云南白药。

任原的徒弟们一看师父下去了，心知师父的招牌算是彻底砸了，大家还是各自想退路吧。这些不争气的徒弟惦记着擂台边上的奖金，那是给赢家的奖金。徒弟们一哄而上把奖金抢了，任原一看，心更凉了，"人心散了，队伍不好带啊！"

任原还在想着回去涂点云南白药，几分钟后才发现，用不着了，李逵替他省了。李逵随手抄起一块石头就把任原的脑袋给拍了，眼看活不成了，还云南白药呢，费那劲干啥！

李逵一出现，现场的秩序就乱了，他太有名了，那张脸长得跟车祸现场似的，那张脸分明就写着四个大字——"天下大乱"。

一个燕青打擂那叫竞技体育，一个燕青加一个李逵打擂那就是阴谋暴乱。

刚才还惦记着让燕青当办公室主任的泰安知府顾不上燕青了，撒丫子自己先颠了，留下他的手下围捕李逵和燕青。如果没有人接应，李逵和燕青恐怕插着翅膀也很难飞出去，好在燕青还有一个有情有义的主人——卢俊义。

卢俊义带着一千多人从外面接应，李逵和燕青从里面往外打，一千多人把泰安闹得开了锅，泰安知府心里说，"完了，完了，砸锅了！"

等到卢俊义盘点人数的时候才发现，李逵不见了，这个没头神又去哪里了呢？因为李逵是宋江的嫡系，卢俊义不好发作，只能在心中默默呼喊，"李二黑，你在哪里？"

05. 先锋话剧：李县令的一天

李逵和卢俊义等人走散后迷了路，一头扎进了寿张县。

这里离梁山比较近，李逵根本不害怕，还想来点恶作剧。他早就听说自己在寿张县有名，但没想到自己那么有名。

据说在寿张县，一提"黑旋风李逵来了"，正在哭的小孩不敢哭了，不爱吃饭的小孩从此吃嘛嘛香，正在吵架的两口子和好如初，不好好学习的小孩从此金榜题名，甚至有失眠症的人也不失眠了，一下子就过去了——昏过去了。据说还有更神奇的，在寿张县做手术从来不用打麻药，手术开始前说一句"黑旋风来了"，手脚顿时就麻了；等手术完了，再说一句"黑旋风走了"，手脚顿时就好了。

李逵不信自己有这么神奇，他想亲自尝试一下，他选择了寿张县衙门。李逵冲里面喊了一句："梁山泊黑旋风爹爹在此！"

在场的公务人员都手脚麻木，动弹不得了，李逵一看，"效果不错，比葵花点穴手都管用！"

李逵决定来一次恶作剧，在寿张县衙好好折腾折腾。

李逵一瞪眼，"有喘气的没，不出来，爷爷可就放火了！"

里面的人一听，"赶紧出去几个吧，不然这家伙指定放火，啥事他干不出来！"

经过紧张的民主选举，选了两个倒霉催的出来应付李逵，事先大家说好了，要是伤了，算工伤，要是死了，算殉职。

两个官差出来应付李逵，"头领大爷，有什么指示？"

李逵眨眨眼，"别紧张，都放松点，我就是路过，来看看你们，叫你们的头儿出来跟我见个面！"

两个官差一听要见自己的上司，一个劲儿抱怨，"大爷，您就别提他了，听说您来了，他早从后门溜了。"

李逵不信，自己到后堂找，找了半天没找到人，倒是找到了衣服。一看衣服，李逵来了兴致，这不就是唱戏的行头吗？得，我先给扮上吧。

从内心讲，李逵还是想当官的，他回家搬老娘上山的时候就骗老娘说，"铁牛当官了！"如今有了这身行头，李逵的官瘾更大了，他想起陈胜的那句名言，"王侯将相宁有种乎"！

今天我李逵就来个先锋话剧，"李县令的一天"。

穿上行头的李逵让所有官差出来见面，不然还是放火，众人一看是避免不了，得，耗子给猫当会儿陪客吧。

李逵冲众人做个鬼脸，"怎么着，我这身行头还不错吧！"

"怎么能说不错呢，那是相当的不错！"众人顺着李逵的话头说话，李逵一瞬间看到了无数笑脸。

李逵嘿嘿一笑，"这样啊，咱们正规走一下程序啊，严肃点，升堂！"

"威——武——"众多龙套制造出了升堂的效果。

"咋没人来打官司呢？莫非不给我面子？"李逵恨恨地说。

"您一坐，谁还敢来！谁知道您是审阴间官司，还是阳间官司？"一个龙套趁机挤兑李逵，幸好李逵没文化，没听出来，跟李师师骂他一样，文化人骂人，不带脏字。

"你们来个情景再现吧，一个原告，一个被告！"

两个龙套扮演两个打官司的人，原告骂被告，被告打了原告，案子很简单，李逵审得也很简单。

"打人的是好汉，挨打的活该，众官差听令，把这挨打的架出去，打这个没出息的！"

这句话证明，李逵是个彻头彻尾崇尚暴力的人，他认为世界上最优雅的动作是打人，最完美的事情叫征服。莫非你名字的含义就是"理亏"？

06. 骑虎驱狼，以毒攻毒

折腾了半天，李逵折腾够了，走吧，李县令的一天到此结束。

寿张县的百姓原本听说李逵很可怕，但看现实中的李逵很可爱，简直就是小品演员。"走自己的路，让别人笑去吧"，李逵穿着那件不合身的官服在寿张县大街上溜达，正巧有个书堂，里面的学生们正在读书。

"这是什么鸟语，搜啥呢？"

李逵抬脚进了书堂，正在讲课的先生一看李逵，脑海里闪现出无数恐怖片的镜头，"坏了，大白天钟馗就出来了，赶紧跑吧"！

狗急了跳墙，先生急了跳窗。

一向儒雅的先生跳窗跑了，剩下一屋子的学生乱成了一锅粥。"这就是传说中的阎王？小鬼？钟馗？妈呀，真活见鬼了！"

一屋子的学生哭成了一片，李逵倒有点不好意思了，"我是很丑，但是我很温柔啊！"

李逵还想在寿张县折腾，突然有人从背后拖住了他："大爷，赶紧走吧，兄弟们找你都找疯了！"

李逵一看，是穆弘，穆弘也是宋江的嫡系，据说当年让宋江白蹭了好多天饭，关系也不错。得，回吧！

穿着这身官服，李逵没舍得脱，一直穿到梁山见了宋江，还装模作样对着宋江拜了两拜。第二拜的时候，李逵踩到衣服下摆了，还摔了自己一个跟头，吴用在旁边说："以前项羽是沐猴楚冠，李逵这是沐猴宋冠了。"

同样是文化人骂人的话，李逵还是没有听出来。

宋江指着李逵骂道："你这厮老开小差，今天跟兄弟们说了啊，下不为例！"

只要有下不为例就好办，一个团队常常就是两个甚至三个标准，对一般人是严标准、严要求，对亲信是宽标准、宽要求，没办法，谁让人家是老大的亲信呢？

宋江经李逵和燕青下山一番折腾后，知道了梁山如今的江湖地位，但他却高兴不起来。在他看来，梁山一天不被招安，梁山就始终是草台班子，而他也不过是草台班子的草台老板，这不是他的追求。处心积虑，忍辱负重，卧薪尝胆，一个前政府小官员常年与杜迁、宋万这些粗人称兄道弟不过是权宜之计，最终的目的还是要回到朝廷的怀抱。

盘算一下手里的砖，不想招安的其实就那么几个，鲁智深、武松加林冲以及阮氏三雄，剩下的哪个不想招安？又有哪个头领真正想在梁山吃一辈子猪肉炖粉条呢？连段景住还惦记着当个县令光宗耀祖，时迁还梦想着到大内当防盗专家呢。

这边的宋江在忧愁，东京城内的皇帝也在忧愁，该拿宋江这伙人怎么办呢？元宵夜闹东京，顺带还烧了李师师的家，三月二十八又闹了泰安，这闹到哪一天是个头呢？

一边的御史出来替宋江等人说话："听说那些人跟一般强盗不一样，坏事没干多少，好事倒没少干，据说还是以前朝廷军官为主体，如果能招安的话，兴许能派上抗辽前线！"

骑虎驱狼，典型的以毒攻毒之法，跟清朝用义和团打八国联军一样，本意想来个坐山观虎斗，结果是不小心入了虎口。

不过对宋江而言，无论此次招安成功与否，都已经开始了梁山回归朝廷的破冰之旅，尽管前程艰难，但梁山回归朝廷的步伐已不可阻挡。

冬天过去了，夏天就不会远了！

07. 宋江被浇了四盆冷水

当日皇帝派太尉陈宗善去梁山负责招安，朝廷中有一种声音支持招安梁山，毕竟此举可以让朝廷多一支抗辽生力军。

不过一个单位也好，一个国家也好，很多时候都会是两种声音、两个派别，蔡京和高俅就属于反对招安的一派，他们反对的理由很简单，就是觉得梁山层次很低，不够档次。他们心中还有一个不可告人的目的，如果把梁山招安了，以后打谁去？克扣的军饷从哪里扣啊？留住梁山就是留住自己的财源。

高俅反对招安还有一个原因，就是梁山上有好几个自己的仇家，最大的仇家是林冲；蔡京反对招安是因为生辰纲，让一帮劫了生辰纲的人天天在自己眼皮底下晃，想想都可怕。

两个高官私下里都反对招安，他们都主张陈宗善相机行事，能招安就招安，不能招安咱们就接着打。

陈宗善从接受任务开始就知道这个任务会很难缠，但没想到这么难缠。

高俅和蔡京各自给他派了一个亲信，说是来帮忙的，实际就是来捣乱的。事情就是这样，如果一个人做事，一般会成功，但如果两个人、三个人联合做事，一般都很难成功。

梁山的第一次招安也就应验了这条规律。

陈宗善带着两个大爷上了路，路过济州的时候，会见了济州太守张叔夜。张叔夜一看陈宗善带的这两个手下，怎么看也不像手下，倒像大爷，结果一问，名义上是手下，实际上真是大爷。

张叔夜叹了口气，"在宰相门口，没有人知道你是一条狗！"

张叔夜火速派人上山通知了宋江，宋江一时兴奋居然昏了过去，吴用又是掐人中，又是喷辣椒水，这才救了过来。

宋江压抑不住内心的兴奋，招安就意味着他要从梁山的跳板上起跳了，就意味着他要跳过大宋的龙门了，就意味着大宋要给他重新建立官员档案了，以前的黑色记录一笔勾销，日后的辉煌从头开始积累。

宋江没想到的是，他心中的一团火却遭到了好几盆冷水从头浇到脚。

吴用负责浇第一盆，"照我看，这第一次招安指定没戏。得先把朝廷的军队打个半死，咱们才有可能招安，那时候可能身价还不一样。咱现在去就是个石头价，咱要能打他个半死再去，那没准能卖出金子价！"

林冲负责浇第二盆，"要是朝廷派高官来，肯定装腔作势。他们平常没有别的工作，就是装腔作势。弄这么些人来，指定没好事！"

关胜负责浇第三盆，"诏书上指定是满嘴跑火车，那些人写假大空的文件可有一套！"

徐宁负责浇第四盆，"来人肯定是高太尉的人，咱们要是以后落在他手里指定没好日子过。你看林冲兄、王进兄，还有我，我们这些人在他那里都过得不舒坦。据说现在他手下好几个团队都准备跳槽，他就是一混混，哪能带团队！"

08. 阮小七：黄酒没毒

宋江一下子被浇了四盆水，有点手脚冰冷，但他并不准备放弃，"招自己的安，让他们浇水去吧！"

宋江叫这四个浇水的人少安毋躁，千万别冲动，另外通知宋清和曹正准备酒席，按最最最高标准，让钦差们往死里吃。

梁山上下张灯结彩，宋江安排接待大使火速下了山。

这四位接待大使是萧让、裴宣、吕方和郭盛。

裴宣以前在官府混过，知道官场礼节；萧让是个聪明人，待人接物一团和气；吕方和郭盛是梁山最帅的组合，一看就很养眼，这样能给钦差留个好印象。宋江嘱咐吴用，一会儿宣读诏书的时候尽量别让李逵、焦挺、宣赞、段景住这些人站前排，尽量往后站，别影响梁山的形象。

据说这个嘱咐让这几个人郁闷了好几天，喝了好几顿闷酒。

萧让和裴宣以前就知道朝廷的办事人员不好惹，但没想到这么难缠。

一见面，蔡京的亲信就横挑鼻子竖挑眼："你们那宋江算哪棵葱哪头蒜啊，钦差来了还不下山迎接！"

萧让和裴宣赶紧赔话："现在假货泛滥，据说圣旨都有假的，俺们那些头领都在金沙滩等着，让我们打个前站，请您老成全！"

高俅的亲信见蔡京的亲信发飙了，自己也不能闲着："不成全又能怎的，你们还能飞到天上去啊？长翅膀了吗？"

吕方和郭盛两个是强人出身，有点压不住火了，"不过是两条京巴狗，还真把自己当藏獒了"！萧让和裴宣只能不断使眼色，"千万别跟狗一般见识"！

萧让几个人好歹劝这个大爷下了马上了船，没想到阮小七又惹出了事端。

阮小七从小就在农村长大，见多了官差欺压百姓，他比别人更恨官差，也更反对招安。在他眼里，官差比狗可恨，你冲官差扔块骨头他还咬你，你冲狗扔块骨头可能就成了朋友，所以狗比官差可爱。

阮小七的手下光着膀子一边划船，一边唱歌，这一原生态景象也受到了官差的责难。劳动者是最美的人，劳动者的歌曲也是最美的歌曲，这些耀武扬威的官差体会不到劳动之美，这下惹火了本来心里就有一团火的阮小七。

阮小七拔了船上堵水的木塞，大叫一声："船漏了！"

一行官差顿时脸上没有了血色，乱成一团，慌忙转移到别的船上，此次招安带来的十瓶御酒就落到了阮小七的手中。

阮小七让水手拿过一瓶御酒打开了盖，香气扑鼻："这酒不会有毒吧，我先替大家尝尝！"咚咚咚咚，一瓶下去了，没咋的。是不是有毒呢？没尝出来，接着尝。咚咚咚咚，四瓶进了肚，"喝出来了，没毒"！

从阮小七喝的瓶数以及反应来看，估计喝的不是白酒，而是江浙一带度数很低的黄酒，基本可以当水喝，据说也有劲头，有后劲。

阮小七一看，已经喝了四瓶了，剩下六瓶也别留着了，给大伙都分了吧，这叫有福同享。

十个空瓶怎么办？好办，舱里不是有桶装的散酒嘛，灌上。

09. 诏书？简直是恐吓信

陈宗善带着两位大爷好不容易到了金沙滩，一下子看到了出气筒——宋江，"宋江啊，你们太不着调了，弄个漏水的船来接钦差，真不拿钦差当朝廷命官啊？"

宋江一听就知道是阮小七等人捣的鬼，又不能明说，只能一个劲儿找补："我这里有的是好船，不可能有漏船，要不就是船底触礁了或者遇到湖怪了！"

陈宗善一听不好再说什么，他常年在皇帝身边养成了低调的习惯，而高俅和蔡京的两个亲信常年替官员疏通关系，自我感觉良好，已经忘了自己就是个小角色，还在指手画脚。

宋江身后的马军五虎将和八骠骑大多都是前朝廷军官出身，他们知道官员可恨，狗腿子更可恨。一个个把手摸向兜里，林冲摸到了解腕尖刀，花荣摸到了自己的箭，张清摸到了石子，其余人都卷起了袖子，只等宋江一声令下就痛打落水狗。

宋江曾常年混迹大宋官场，打碎了牙往肚里咽，被人啐了口水让风自然吹干，被人打了左脸还会把右脸伸过去，你打不死他，反而可能被他恶心死。

其实宋江心里也有一团火，只是忍而不发，一旦位居高位，那就新账老账一起算。

宋江耐着性子请陈宗善和两个亲信进入忠义堂，在他看来，过程并不重要，重要的是结果，只要宣布了招安诏书，自己就算重回朝廷怀抱了。

回头查看一百零七块砖，少了一块黑砖，李逵。这厮又到哪里去了呢？宋江心中充满了疑惑，但愿这厮别再惹祸。

萧让替陈宗善打开圣旨开始宣读，真跟关胜说的一样，满纸跑火车。圣旨的核心意思是"你们这些梁山贼寇干的那点破事皇帝都知道了，本想派兵征讨，又怕劳累百姓，不值当，因此把你们招安。诏书一到，马上把抢的东西都交公，把你们的破房子全拆了，一起到东京认罪。如若不然，天兵一到，让你们一个不留"！

这哪是诏书，简直是恐吓信，杜迁和宋万一听，"咱们一辈子净干恐吓别人的事，这回倒被皇帝恐吓了"！

宋江以下的头领都怒了，这哪是招安，这是训狗呢，太不把人当人了。

消失了一会儿的李逵从房梁上跳了下来，倒把大家吓了一跳。

李逵扯过诏书就撕了，冲着陈宗善就打了过去，被宋江和卢俊义死死抱住。高俅和蔡京的两个亲信又出来刷存在感，"这人干吗的，有没有王法了？"

"王法，爷爷我就是王法，打你个狗腿子！"

李逵挥手就开始打两条狗，"皇帝姓宋，我宋江哥哥也姓宋，凭什么他当皇帝，宋江哥哥就不能当皇帝！"

李逵是个粗人，弄不清皇帝究竟姓啥，他觉得宋朝的皇帝就应该姓宋，唐朝的皇帝就应该姓唐。要这样想，明朝的皇帝就应该姓明，清朝的皇帝就应该姓清，大不列颠及北爱尔兰联合王国的皇帝，就应该姓大了。

宋江使个眼色让众人把李逵拉了下去，众人安抚李逵，"打两下过过瘾得了"！

10. 这酒是勾兑的

宋江一边勉强维持住了局面，一边向陈宗善赔罪说，"太尉，这些都是插曲，是我们穿插的真人秀节目，逗个闷子！"

一看陈宗善不置可否，宋江决定打开一下尴尬的局面，让手下把十瓶御酒拿上来。

原指望这十瓶御酒能打开尴尬的局面，没想到局面更尴尬了。

第一瓶御酒倒出来，众人一看，这御酒怎么跟朱贵酒店里自己酿的酒一样啊。著名品酒大师鲁智深远远一看，"这酒是勾兑的，劲头有些冲！"武松在旁边一看，跟鲁智深说，"哥哥，这不是咱们前天喝的那种一喝就上头的酒吗？"

宋江一看，也有些尴尬，让人接着倒剩下的九瓶御酒，结果还是一个样。

孙二娘和顾大嫂在一边嘀咕，"这酒的成色还不如咱们自己小店酿的呢，起码咱的是粮食酒，这是勾兑的酒！"

鲁智深拿起了禅杖，"这些不着四六的东西，拿黑作坊的酒来冒充好酒，太欺负人了！"武松也拿起了戒刀，"欺负谁没喝过好酒是吧，我在景阳冈喝的都比这个强！"史进冲了上来，"这都是啥啊，我和智深大哥在渭城喝的都比这好！"穆弘也冲了上来，"连我们家酒窖里的酒都比酒这强！这叫啥玩意儿！"

李俊、童威、童猛、张横、张顺等人骂骂咧咧下山去了，"你们等着，回去的时候都把船凿漏了，淹死你们的"！

宋江一看，招安着实进行不下去了，跟陈宗善赔个笑脸说，"您看这诏书写得实在是太伤人了，哪怕写两句好话呢。"

陈宗善一看陷入了僵局，得，这趟浑水咱不蹚了。

宋江把陈宗善等人送过了渡口，没给李俊他们凿船的机会，高俅和蔡京的手下有点蔫了。人家不想招安了，谁还怕你们这两条狗吗？

回到忠义堂上，宋江埋怨底下那一百零七块砖，"你们也太心急了，有意见慢慢提嘛！"吴用冷冷回应，"哥哥，您就别着急，你看着吧，咱们跟朝廷之间必定还有好几场大仗。高俅这人吧，不把他打服了，他就会一个劲儿使坏！"林冲在一旁接话说，"对，先打他个生活不能自理！"史进跟着凑热闹，"对，我师爷，也就是我师父王进的爹就曾经打得他生活不能自理，三个月没爬起来！"

宋江听着这些话，心里不是滋味，自己想回归朝廷怎么就这么难呢？

想想他们的话也不是没有道理，人得有点身价，不然别人会把你当成挥泪大甩卖的主，顶多给你个白菜价，那样自己这些年在梁山受的苦可就白受了。

11. 快，来兼并我们吧

第一次招安不成，一场大战不可避免。

对于梁山来说，这场大战可以锻炼队伍进而扩大影响；对于高俅和童贯来说，又可以有理由挪用军费了。

宋朝的军事能力着实有限，军队数量庞大，但战斗力不行。有一次宋朝和西夏对决，双方有争端，宋朝派出了二十万军队，西夏那边一看架势不对，准备言和，宋朝不答应。西夏被迫迎战，集中了两万军队，居然把宋朝的二十万军队打败了。

等到辽国快灭亡的时候，金国与宋朝约定夹击辽国，辽国苦苦哀求宋朝不要跟金国联手，要明白"唇亡齿寒"的道理。宋朝高层被"燕云十六州"诱惑，还是与辽兵戎相见。结果呢，在这次与金国的联合作战中，非但没有讨到多少便宜，反而还暴露了黔之驴的本质。

几年后，北宋在经历两次京城被围后灭国。

童贯在高俅等人的推荐下当上了讨伐梁山总司令，总共带领了两万人马，对外号称十万，吹牛指数直逼曹操。

童贯不知己也不知彼，不知道手下的军队没有多少战斗力，也不知道梁山的兵马成了气候。

没有知识的人是可耻的，说你呢，童贯。

吴用听说童贯带领两万大军讨伐梁山后，就跟宋江商量，"哥哥，干脆咱们就把这场战役弄成一个模特秀吧，好好秀一下咱们的家底"。

于是这场梁山与官府的较量成了一场模特秀，梁山脚下的战场就是众位好汉的T台，战争的本质已经开始变质，实际上就是梁山向官府显摆，"看，我们很有实力，赶紧兼并我们吧！"

吴用安排没羽箭张清先出山，他的任务就是出去哨探一下，就是告诉官府，我们这儿有个甩石子高手，只要石头管够，管保让你们两万人脑上开花。张清始终把手放在袋子里面，那眼神分明是在说，"别急，一个一个来！"

张清大摇大摆转了一圈之后就回去了，他的恐吓任务完成了。第二棒交给李逵的团队，这是一个屠夫团队。为首的是李逵，后面依次是樊瑞、项充、李衮，四人的共同点是长相凶恶，童贯身后的士兵看着这四个凶神恶煞的人有点心惊胆寒，"真要落在这四个人手里，哪有好啊！"

童贯身为主帅心里也犯嘀咕，"梁山这个丑F4组合很拉风啊，我的人打得过吗？"

不管怎么样，该打还得打，不然回去怎么跟皇帝交差啊。

一咬牙，一跺脚，"冲啊！"童贯帅旗一挥让士兵们往上冲。

12. 梁山的生活秀

童贯的兵往前冲了几步发现这仗没法打了，对方根本不是在打仗，而是在举行梁山运动会，上来了一场大型团体操表演。

从正南方向出场的是霹雳火秦明，他带领的是红色方阵，人马是火焰红旗，红甲红袍，朱缨赤马。秦明的两个手下是临时借调的，从关胜的 F4 中抽出来两个，分别是圣水将单廷圭和神火将魏定国，代价是秦明得连请关胜喝两顿酒。

从正东方向出场的是大刀关胜，他带领的是青色方阵，人马是青甲青袍，青缨青马，关胜自己则是活脱脱的关公模仿秀。关胜手下还是哼哈二将，丑郡马宣赞、井木犴郝思文，这二位就是跑龙套的，还不能向老大关胜要出场费。

正西方向出场的是豹子头林冲，他带领的是白色方阵，这些人马是白甲白袍，白缨白马。林冲的手下也是临时配置的，分别是镇三山黄信和病尉迟孙立。这个组合很强大，因为孙立这个地煞是天罡水平。

正北方向出场的是双鞭呼延灼，他带领的是黑色方阵，这些人马是黑甲黑袍，黑缨黑马。呼延灼的搭档还是他的原班人马，百胜将韩滔和天目将彭玘，这两人也不需要出场费。

以上四队是绝对主力，光筹备这些衣服和铠甲就让通臂猿侯健熬得视网膜几乎脱落。

东西南北之后，还不算完！接着说其他方向，这次梁山大型团体操编排得比较复杂。

东南方向是双枪将董平带领摩云金翅欧鹏和火眼狻猊邓飞，西南方向是急先锋索超带领锦毛虎燕顺和铁笛仙马麟，东北方向是九纹龙史进带领两个不成才的小弟，跳涧虎陈达和白花蛇杨春，西北方向是青面兽杨志带领锦豹子杨林和小霸王周通。

看到这个时候，童贯看明白了，这是要摆八卦阵啊，里面应该还有人吧。

不错，里面的人还多着呢。

有朱仝和雷横守着南门，中央阵四个小门分别是金眼彪施恩，白面郎君郑天寿，云里金刚宋万，病大虫薛永，这四个人水平比较低，所以排在靠里面一点，省得丢人现眼。

此外还有凌振率领的炮兵部队，这支部队不容小视，他们能远距离把童贯的大营给平了。

另外值得一提的就是守旗的，共有四人。

梁山第一海拔郁保四，这是个天然旗手，有他在，可以不用旗杆；没面目焦挺，时而飘起的彩旗能够遮盖他那并不俊秀的脸；还有孔明、孔亮，他们是宋江的嫡系，安排在这里很安全。

负责给宋江拉风的是吕方和郭盛，两匹马，两条方天画戟，童贯远远一看，"啊呀，吕布和薛仁贵也在梁山落草了！"

另外，解珍和解宝带两把钢叉守护中军，如果有无间道出现，钢叉马上就飞出去了。他俩的身后是圣手书生萧让和铁面孔目裴宣，这两人就是纯粹的龙套，而且是死跑龙套的。另外还有两个人很重要，他们是铁臂膊蔡福和一枝花蔡庆，主管梁山的刽子手工作，只可惜从上山以来还没有开过张。今天他俩带领了一支大刀队，看上去也很唬人。

蔡福在心中默默祈祷，"佛祖、太上老君以及孔子啊，求诸位老人家可怜可怜我们哥俩吧，今天无论如何发个人让我们砍砍吧，不然我们的刀真生锈了！"

第十三辑 招安的主题是和平

01. 乱七八糟的投名状

总而言之，言而总之，这场梁山运动会是下了血本的。

徐宁、花荣、燕青也有自己的方阵，戴宗还是负责送快递，公孙胜则是一副马上要作法的派头，吴用也把已经生了锈的铜链挂在腰上，宋江也配了锟铻宝剑，旁边是五十多个副将。穆弘和穆春领了一千五百人，刘唐和陶宗旺领了一千五百人，王英和扈三娘，孙新和顾大嫂，张青和孙二娘，这三对夫妻领了二千人。

经过粗略估算，这场梁山团体操估计至少需要一万人，除了宋清那种主管办宴席的，朱贵这种越活越抽抽的，剩下的能出来的基本都出来了。

这不是打仗，这就是一场秀，一场亮家底的秀。

这场亮家底的秀还是很有效的，让童贯手下的两万人都知道了梁山的实力，这就给梁山赢得了口碑效应。到时候这两万人回到东京一忽悠，广告效应就不得了，口碑广告是世界上最好的广告。

等到真正交手时，九宫八卦阵就是个摆设，还是要靠将领用冷兵器解决。秦明先跟对方第一个将领打了二十来个回合，然后故意卖个破绽，一狼牙棒将敌将打落马下，单廷圭和魏定国飞马过来把人家的马抢了，这就是投名状了。

东南方向的董平一看秦明抢了头功，跟手下说，杀吧，不然连骨头渣都没有了；索超一看，不行，咱得去抢点骨髓啊；秦明一看，呀，那二位已经乱套了，咱也冲杀吧。

秦明从正南方向杀了过去，与董平和索超形成了三股洪流。

这些带头的不是手持大狼牙棒就是大斧，再不就是双枪，已经被梁山团体操吓了半天的官兵撒丫子就跑，两万人像潮水一样哗地就退了。

梁山的九宫八卦阵初胜一场。取胜不重要，重要的是展示了梁山的家底，展示了宋江手里的砖头，为日后的招安打下了基础。

三天之后，童贯率领人马与梁山再战，结果还是外甥打灯笼——照舅（照旧）。

先是张顺把官军引到水里过了一顿水底砍人的瘾，朱仝和雷横出来又纠缠了一番，关胜和秦明把童贯吓了个半死，林冲和呼延灼又把童贯吓了个半死。鲁智深和武松把童贯的阵形全冲乱了，解珍和解宝拿着钢叉见人就叉，董平和索超一人砍死童贯一个主将，童贯只能像丧家犬一样逃窜了。

童贯这场讨伐没有别的作用，就是给梁山来送投名状的。

史进砍死一个主将，杨志砍死一个，连张清手下那两个不长进的丁得孙和龚旺还联手戳死一个，这让杜迁和宋万感慨了半天，"早知道咱俩也联手出去砍一个"。

最露脸的是卢俊义，最丢脸的是八十万禁军。卢俊义与八十万禁军的左翼将军酆美一过招，几招之后就把酆美从马上拽了下来，一旁的杨雄和石秀把酆美五花大绑。

据说林冲和徐宁在听说这个消息后感叹，"八十万禁军，真是黄鼠狼下耗子，一窝不如一窝了！"两个人为此还喝了一顿闷酒，说了很多东京往事。

02. 宋江，你就是一部印钞机

宋江看到卢俊义抓回活酆美，心中百种滋味，他既想把酆美当成自己的一块砖，但又不想就此显示卢俊义的功劳，这让他进退两难。

仔细一想，郾美这个人不要也罢，多这么一个人就是一百零九个人，没有一百零八吉利，还是要一百零八吧。

郾美这个人怎么办呢？放了吧，让他回去给梁山多做点宣传，顺便也能把卢俊义的功劳给抵消了，人放了就相当于没抓，宋江这一招还是很毒的。

梁山的周围已经平静，但宋江知道东京城内必定不平静，两万多御林军被打得灰头土脸，光是云南白药就足以让东京的药店断货了。

怎么办呢？不能坐以待毙，不能等官府的兵马都启动了，梁山还没有准备，得再派个人去打听一下。

扫视了一百零七块砖头，最适合的还是戴宗，毕竟腿快，有什么事情比别人能早回来，那么让谁陪他去呢？李逵又站了出来，宋江一看，笑了，"你惹太多事了，一边待着去！"旁边的刘唐站了起来，"就让兄弟我去吧！"

宋江看看刘唐，点了点头，这位兄弟也算是对梁山有功的人，还是让他去吧。想当年人家从山上呼哧呼哧背三百条金子下山送给自己，结果自己还让人家又背了二百九十九条金子回来，想想还是有点不人道，这次就权当补偿吧。

一边的郁保四和王定六有点不太服气，要论腿长，梁山上没有人比郁保四的腿更长了，要论腿快，王定六怎么说也能跟戴宗有一拼，结果腿长的和腿快的都没有份，这让两个人有点愤愤不平。旁边的时迁发话了，"有什么不平衡的，人家跟老大喝酒的时候咱们还不知道在哪儿喝茶呢！"

董平则在一边不怀好意地笑，看着他的笑，郁保四和王定六恍然大悟，"原来咱俩再也不能下山全是因为他，咱俩第一次下山就是被他打得皮开肉绽！"

戴宗和刘唐在兄弟们的目送下去了东京，兄弟们心里多多少少都有点嫉妒，谁不想去那个大城市呢？

戴宗和刘唐在东京四处溜达的时候，高俅和童贯正在商量补救方案，主要是怎么瞒过皇帝。高俅想来想去，还是不能实话实说，无论哪个朝代，跟皇帝实话实说一般都没有好下场。皇帝是什么，皇帝就是老虎，在老虎的眼里只有两种人，一种可以吃，另一种还是可以吃。

高俅和童贯决定不跟皇帝说实话，反正皇帝不读书，那个年月也没有互联网，欺骗皇帝还是很容易的。

高俅跟皇帝说因为天气炎热，御林军水土不服，所以这仗就没打，等天气好了再多派人马打吧，另外梁山那地方水多，得有船才行，得多拨点军费造船。皇帝看看高俅，"你办事，我放心，如果钱能解决问题，那就不是问题！"

高俅一听，好办了，这下又有大买卖做了，造十艘船，回来按一百艘报销。

战争，不就是高某的印钞机嘛，宋江你个鳖孙，可千万别被招安了！

03. 董平，天生的造谣高手

上次童贯率领两万兵马对外号称十万，牛皮指数百分之五百，这次高俅听说了梁山团体操的阵势，两万人马肯定是不够的，至少得十万，不然这仗没法打。

高俅调动了十个节度使各自带领一万人马到东京集结，又考虑到梁山有水泊需要水军作战，又从南京调动了一万五千水军。水军的将领名字叫刘梦龙，也是个迷信的名字。据说刘梦龙的母亲梦见一条黑龙飞入腹中，后来生下了刘梦龙，整个过程跟郝思文他娘生郝思文一样。

高俅前前后后调动了十三万人马，十个节度使压阵，这个消息在东京城成为公开的秘密。戴宗和刘唐从无数摆摊的小贩和饭店的小二嘴里听说了这个消息，马上收拾行李上梁山报信，这次报信又把宋江吓了一大跳。

十个节度使，十三万人马，这要排着队上梁山也能把梁山给踏平了，这可怎么办呢？宋江毕竟是办公室主任出身，让他忽悠没问题，让他带兵打仗还是勉为其难了，军事的事情还得指望军师吴用，人家读的书多，即使没吃过猪肉，毕竟还见过猪跑。

吴用说，"哥哥不用惊慌，当年诸葛亮三千兵马就能破曹操十万兵马，人家实力对比是1比33，咱们现在是两万兵马对十三万兵马，已经是1比6.5了，比诸葛亮那时候可强太多了。再说了，那十个节度使当年也跟咱一样是强盗，据说就是杜迁和宋万那水准的，你就把他们当成杜迁和宋万，事情就简单了！"

宋江看着眼前这个极能忽悠的吴用，想不信也没有办法，全梁山就这么一个文化人，还得听他的，死马当活马医吧！

吴用派出张清和董平先打头阵，张清能甩疯狂的石头，董平有天下无敌的双枪，有这两个人去恐吓，先把高俅的兵吓得胃出血。

高俅的人马刚到济州城外，就遇到了董平和张清。董平尽管自称"风流万户侯"，但跟秦明和索超一样，都是急脾气，还有个外号叫一直撞，说白了就是一根筋，当年如果不是一根筋去追宋江，也不至于中了绊马索。

不过这一次董平倒是把别人戏弄了一番，这个人就是节度使王文德。

王文德大喊了一声，"你知道名扬天下的上将王文德吗？"

没承想，被董平一句话给噎死了，"啊，你就是杀你继父的大傻子啊！"

董平这一招很毒，也很黑，董平以前未必知道王文德，更不可能知道人家那么多隐私，他这一招就是无中生有，造谣诽谤，结果王文德身后的将士都在议论，"原来王老大还有这种猛料啊"！

这就是假新闻，让你百口莫辩，王文德又不能在阵上当众解释，"我没有杀继父！"那样别人会说，"哦，原来还是有继父，你娘是二婚啊！"

04. 早点遇到王焕该多好

极度郁闷的王文德恨不得把董平给吞了，打了二十来招还是不分胜负，身后的小兵都在说，"看，王将军想杀人灭口呢！"

董平啊，董平，没想到你还有造谣的天赋。

王文德急切之下赢不了董平，索性带着人马冲了过去，没想到疯狂的石头张清正在前面等着他。

张清看见王文德过来，大叫一声"休走"，紧接着就是一颗石头甩了过来。这个过程是有讲究的，大叫一声"休走"是让你发一下愣，有个短暂的定格，就在这定格的一瞬间张清的石头就甩过来了。

张清一石子打在了王文德的头盔上，把王文德震得耳鸣阵阵。张清还想接着甩石头的时候，王文德的救兵来了。

撤吧，反正威慑效果已经达到了。

高俅到达济州后，马上召开军事会议，经过紧张的军事会议商定，采取水陆并进的方法，让宋江不能两头兼顾，哪头打死了哪头算。

没想到两头都没打死，反而被宋江打了。

首先是陆地上的作战，高俅派出的是一个叫作王焕的节度使，王焕以前也是个绿林好汉，后来受了朝廷招安，给了个节度使的虚职。

宋江看到王焕眼都绿了，因为王焕就是他的前辈、他的榜样，人家运气好已经招安成了节度使，而自己现在还是个白丁，人比人真是气死人。

宋江对王焕说，"王节度使，你看你头发也白了，背也驼了，听说精气也不如前了，我劝您还是回去吃点药，跟梁山好汉作对没好果子吃！"

王焕瞪了宋江一眼，"你这个文面小吏，还敢跟天兵抗衡！"

宋江白了王焕一眼，"老王啊，你这句话有两个错误，一是我曾经文过面，但我整过容了，就相当于没文过面；再则你别天兵天兵的，人家高太尉那些正式编制的兵才叫天兵，你们这些顶多算聘用的，听说好多还是临时凑数！"

王焕一听，宋江这叫什么话？决斗吧。

王焕向梁山阵营冲了过来，梁山阵营冲出来的是豹子头林冲。

真的是棋逢对手，王焕跟林冲打了七八十个回合居然不分胜负，看得宋江眼花缭乱，心里直痒痒，"要是早点遇到王焕该多好啊，多好的一块砖！"

这就是宋江一厢情愿了，人家王焕当山大王的时候，可能宋江还在私塾里当三好学生呢。

两人不分胜负各自回营，换下一拨人继续对决。

高俅帐下有个不知死活的人叫荆忠，他对决的对手是呼延灼。

荆忠明显是个棒槌，跟呼延灼仅仅打了二十个回合，就被呼延灼一钢鞭给打落马下。呼延灼在心里说，"这样的人也能当节度使啊，走的哪个妃子的后门？"

05. 董平的连环梦

高俅一看折了一个节度使，心中暗叫一声不好，脸变得蜡黄。高俅手下的一个叫作项元镇的人看到高俅蜡黄的脸，心中不是滋味，一拍马就冲了出来。

梁山上出阵的是风流万户侯董平，董平这个人莽撞得很。

看到林冲与对手大战八十个回合，呼延灼一钢鞭打死对手，董平也急了。董平没有想到，项元镇跟花荣一样，对阵的时候根本就不跟你认真打，而是不断算计你。

项元镇跟董平打了不到十个回合，拨马就走。

董平还是一根筋，惦记着把人家一枪刺落马下，没想到人家跟花荣一样，也有撒手铜——回马箭。

项元镇回马一箭，董平下意识一抬枪，还是被射中右臂，董平心里一凉："完了，我也成断臂了！"

如果不是林冲和呼延灼救援，董平估计不可能生还了，项元镇已经张弓搭箭准备射第二箭，见林冲等人冲过来这才作罢。

中箭落马的场景让董平连续几天做噩梦，梦见背后有人张弓搭箭要射他，醒来的时候，抢来的程小姐正张弓搭箭对着他。

唉，还是梦，居然是连环梦，梦中有梦。

高俅说两路进攻，保证万无一失，结果两路都不顺。

陆路进攻不顺，水路也出现了问题，高俅带来的水军习惯江中作战，到了梁山水泊中，反而找不着感觉了。

高俅水军遭到了梁山水军的分割包围，想走回头路却发现回不去，回头路已经被人用稻草和树枝给堵上了。

水军将领刘梦龙还算个聪明人，一看形势不好，脱了铠甲下水游了一段，趁机爬上岸，沿着一条小路跑了。另外一个叫党世雄的比较笨，还想从水中强行突围，遭到了梁山水军的重重包围，等想下水逃生的时候，又遇上了张横这个黑船老大，"一，二，三，走你"，张横把党世雄扔上了岸，岸边十几个小喽啰把党世雄五花大绑，捆得结结实实。党世雄还纳闷，怎么捆得这么职业呢？一个小喽啰冲党世雄嘿嘿一乐，"我们跟曹正头领都捆过上千头猪了，习惯了！"

这一仗高俅两条战线都被打得落花流水，惹得下面的官兵纷纷议论，"街头混混当太尉就是不行！"

高俅收拾军队整顿了没两天，宋江又上门叫阵了，打不死你也累死你，烦死你。高俅没有办法，只能出门迎战。

高俅方出战的人叫韩存保，对手是双鞭呼延灼。

高俅一看呼延灼就有气，"就是这厮丢了朝廷的三千连环马"。这就是揭呼延灼伤疤了，一提那三千匹连环马，呼延灼也心疼。

韩存保惦记着在高俅面前好好表现一下，打了五十来个回合与呼延灼依然不分胜负。呼延灼一看对手如此之强，也准备算计一下对手，这都是在梁山上学的。在梁山上不学点鸡鸣狗盗，怎么好意思跟别人打招呼呢？

呼延灼引着韩存保进了山谷，山谷里有条溪流，在呼延灼看来，这里就是降服韩存保的好地方，而在韩存保看来，这里也是拿下呼延灼的好地方。

两人确实势均力敌，谁也制服不了谁，从马上打到马下，从陆地上打到小溪里，最后打到两人铠甲没了，头盔也没了，兵器也没了，直接近身格斗了。

缠斗了许久，两个人都想投降了，可谁都抹不开面子，只能硬着头皮继续打，打到最后，两人都是严重的技术变形，连拳头都抬不起来了。

就在这时，张清带着人来了，手下是曹正的杀猪团队。张清特别嘱咐，绑了就得了，千万别开膛放血。

没办法，跟曹正这些职业杀猪人得交代清楚，不然这些人会条件反射般给韩存保的胸口插上好几把杀猪刀。

06. 宁可落草，不能被俘

张清正惦记着如何拿韩存保请功，迎面有高俅的两员大将冲了过来。

张清还是照方抓药，跟对方打不过三个回合，拨马就走，对方又是不知死活地来追。"走你！"又一个石子甩出，对方那个叫作梅展的将领额头上鲜血直流，张清摇摇头，"罪过，罪过！"

张清一转身发现，坏了，自己成了别人的靶子。敌将张开冲自己射来一箭，幸亏张清常年甩石头，反应快，他一提马头，箭正射中了张清的马头。张清躲过了这一箭，却损失了这匹马。

张清跳下马，手中拿着枪勉强招架，他这个人石头甩得好，枪却使得一般，在张开的进攻下，张清险象环生。

就在这危险时刻，关胜和秦明杀了出来，这才解了张清的围。把本来已经被对方抢走的韩存保又抢了回来，韩存保在心中惨叫，"哎，等于被人家绑了两次！"

令韩存保没有想到的是，在梁山之上他居然受到了英雄般的礼遇，这让他有点摸不着头脑。宋江还放出了党世雄，让他俩好好聊了一会儿，两个人都在感慨，"这哪里是被俘啊，简直是凯旋！"

宋江厚待这两个人也有自己的目的，为的就是让这两个人回东京说自己的好话，毕竟人家离皇帝比自己近。宋江像祥林嫂一样絮叨了半天，诉说了自己想招安的心，说到高潮处禁不住泪流满面。

经过宋江的努力，韩存保和党世雄彻底扭转了对梁山的看法。在他们看来，梁山聚义并不是农民起义，只是一群坐地起价的等待朝廷兼并的人，他们感兴趣的不是推翻朝廷，而是朝廷对他们的收购价。

宋江一看基本达到了目的，便放韩存保和党世雄回去。

一边的秦明和关胜冷冷看着，他们知道等待韩存保和党世雄的是什么。

果不其然，当韩存保和党世雄兴致颇高地回到大营的时候，他们发现原本一张张热情的笑脸变成了一张张冷冰冰的屁股。

高俅恨恨地说，"你俩还有什么脸来见我，这不就是二皮脸吗？你们回来一点好作用都没有，只会扰乱军心，把他俩给我推出去砍了！"

韩存保面色惨白，回头看着党世雄，"怪不得人家关胜、秦明和呼延灼宁可落草，也不回来！"

幸亏有王焕奋力保护同僚，联合众人苦劝高俅。高俅一看，不能犯了众怒，还得靠这些人打仗呢。王焕这些人说到底也是为了自己，哪天自己不小心被俘了，到时至少能享受个回来不杀头啊。

高俅心有不甘地饶了这两人的性命，罢免了官职，押回东京听候发落，跟关胜他们预料的一模一样。这也就解释了为什么关胜等人宁可落草，也不愿意回去，一切都是因为宋朝没有一部"被俘将士安置法"。

07. 红烧曹操还是红烧高俅

从前的韩存保是坚定的反梁山派，现在他是坚定的挺梁山派，宋江的梁山演讲收到了效果。

韩存保的叔叔是宋朝国老太师，门下学生众多，有一个叫郑居忠的当上了御史。无官可做的韩存保决定蹚一蹚梁山的浑水，他说动郑居忠跟他一起去忽悠蔡京，再由蔡京去忽悠皇帝。

大宋官员都有一种立功心理，蔡京同样也有。

蔡京心中暗想，如果自己能把梁山招安成功，那么功劳肯定在高俅之上。这些官场中人表面称兄道弟，背后实际都是斤斤计较，能落井下石就不可能锦上添花，能给你挖坑就不会铺桥。

蔡京还是得宠，他成功地忽悠皇帝对梁山再次进行招安，这主要是因为皇帝本身也不想打仗，需要他过问的事情太多，有道教的事情，有书法的事情，有绘画的事情，有花石纲的事情，哪有那么多闲工夫管打仗的事情？

皇帝已经决定再次招安，高俅那边还不知情。高俅的一个手下叫牛邦喜，他按照高俅的指示从附近搜刮了一千五百只小船，准备用来水战。

高俅一看一千五百只船到了，进攻梁山有希望了。

高俅命令把船都放到港里去，每三只船排成一排，用钉子钉上，上面用木板铺上，船尾用铁环锁定。

吴用听到小喽啰的汇报之后，总觉得这个形式有点熟悉，想了半天，一拍大腿，"高俅准是《三国志》看多了！"

要说高俅也挺可怜，一个街头混混非要当太尉，挺难为他的。高俅当天看《三国志》刚看到曹操命令把大船都连接起来，这样可以让北方士兵在船上如履平地，可以克服晕船。后来事情太忙，高俅就没往后翻，他只知道连环大船在水中稳定，却不知道，这种大船既可以用来打仗，也可以用来被烧。

等到高俅的水军与梁山水军交手时，水军将领刘梦龙才发现事情不妙，梁山派来的全是小船，船上全是火药、硫黄还有黑油。刘梦龙看着这些东西也有点面熟，想了半天想起来了，"这不正是《三国志》里用来烧船的吗？"

等刘梦龙反应过来已经晚了，魔术师公孙胜在高处开始作法，当然这主要是烘托气氛，重点还是烧船。

不一会儿的工夫，梁山水泊就变成了当年的赤壁，形式是一样的，都是红烧，菜的内容不一样，赤壁那里是红烧曹操，梁山这边是红烧高俅，估计味道都差不多。

刘梦龙上次逃跑跑出了经验，这一次还想克隆上一次，结果发现克隆不了了，他刚钻到水底就被人捞了上来，捞的人是混江龙李俊。另一个水军头领叫作牛邦喜的也学着刘梦龙的方式逃跑，还没下水就被黑船老大张横拿挠钩钩住了。两个人本来还自我安慰，"没事，听说梁山的伙食不错，宋江一般都是抓着就放！"

坏就坏在"抓着就放"。

李俊和张横商量，"咱们要是把活的押上去回头还得放了，奖金一分没有，咱们要把死的弄上去，该给的奖金肯定跑不了！"

李俊和张横冲这两个人说了声，"就不麻烦二位受累上山了！"

两个人就这么被砍了，比窦娥还冤。

08. 招安的主题是和平

高俅在陆路上准备策应水路官兵，等了半天还是没有等到水路的消息，刘梦龙和牛邦喜都已经 game over 了，没有人给高太尉发消息了。

这时炮声四起，轰天雷凌振把震天雷放了一个又一个，高俅的心提到了嗓子眼儿，就差一咬牙把自己的心给吃了。

撤退路上，高俅又受到了连环惊吓。

先是急先锋索超拎着开山大斧向他冲过来，吓得高俅出了一身冷汗；过了一会儿，林冲冲了出来，高俅出了第二身冷汗；一会儿，杨志冲了过来，高俅出了第三身冷汗；一会儿，朱仝冲了出来，高俅出了第四身冷汗。

如果说索超和朱仝未必真想要高俅的命，林冲和杨志可都有灭高俅的心。

当年高俅曾经把林冲害得家破人亡，把杨志害得走投无路。在这里见到这两个人时，高俅格外害怕。

幸亏宋江还是明白，招安的主题是和平，和平的主题是不杀，对于高俅的追杀都是做做样子，吓出点胆汁就可以了。

高俅勉强回到营中躺下休息，没想到，半夜又是一片火光。等高俅安排人去查看情况时，石秀和杨雄已经得意扬扬地走了。自此高俅留下了强迫症，每天半夜都要起来好几趟，总觉得屋子外面着了火，都是被梁山给闹的。

高俅正在迷迷糊糊的时候，听说皇帝派钦差来了，心中疑惑，这个时候钦差来干什么呢？

见了钦差，高俅才明白，原来蔡京在背后做了小动作，人家摇身一变成了招安派，这让高俅有点骑虎难下了。

高俅已经连败两阵，灭是灭不了梁山，就这么回去肯定灰头土脸；可是如果就此招安呢，功劳都是人家蔡京的，自己就是个跑腿的，人家吃肉，自己连汤都喝不上，这让高俅很搓火。

此时济州城内一个老吏给高俅出了个主意，"太尉，咱们一手招安，一手动武，就从诏书上做文章，先把宋江骗进城再说。"

原来诏书的措辞有一处地方模棱两可，这句话是这样的，"除宋江、卢俊义等大小人众所犯过恶，并与赦免"。这句话可以这样理解，"就是免除宋江等人所犯的罪恶，既往不咎，一起都赦免了"。

如果把上句宋江后面的顿号变成逗号，意思就完全不一样了，那意思就变成"除了宋江，剩下人的罪都免了"，这就等于把宋江一个人给坑里面了。

按照高俅的如意算盘，只要拿这道诏书把宋江骗进济州城砍了，梁山自然就散了，到时就可以一举剿灭。

要说高俅自己是个文盲，他也把别人当文盲，他知道梁山上有的是杜迁和宋万这些粗人，却不知道梁山上同样也有吴用、萧让这些读书人。这道诏书骗宋万和杜迁这些粗人是管用的，但骗吴用这些读过书的人，那就是拿英语考美国总统了，碰上人家的强项了。

09. 高俅的脑筋急转弯

当再次招安的消息传上梁山后，宋江又一次激动了，招安是他生命的全部。饱经风霜的卢俊义这一次倒是保持着高度警惕，他是被人骗惨了，现在格外怕被骗。

卢俊义说，"哥哥别心急，这估计又是高俅玩的伎俩，哥哥千万不能去。"

宋江有点不高兴了，"都像你们这样前怕狼，后怕虎，招安大业什么时候才能完成啊！"

近来因为连续用计成功，吴用心气变得高了，"高俅这个混混已经被咱们打怕了，就算想玩点把戏恐怕也玩不出来。不用怕，大家跟着公明哥哥下山听诏书去！"

吴用虽然话说得有点大，但该做的安排还是不敢马虎。

吴用安排李逵带领他的屠夫团队先去济州东面埋伏，安排扈三娘、孙二娘、顾大嫂三对夫妇带人去济州西面埋伏，这些安排都是以防万一。

此外，吴用还安排疯狂的石头张清带领五百人马先去哨探一番，知己知彼之后，宋江才带着一百多人下山听高俅宣读招安圣旨。

或许有一个美好的未来正在等着他们。

高俅在城上看着这些人还是有些害怕，毕竟林冲和杨志混杂其中，万一他们发个暗器，自己的官宦生涯就算到了头。不过看看宋江血红的眼睛，高俅笑了，曾几何时，自己也像他一样对仕途充满了渴望，现在的自己有点心猿意马，宋江却还是望眼欲穿。

高俅安排人开始宣读圣旨，在他的授意下，刽子手在城里面做好了准备，只要宋江进城接旨，别废话，先砍了再说。

高俅的人开始宣读圣旨，当读到"除宋江"，吴用的耳朵竖了起来，他知道这道诏书有问题，他提醒花荣，"将军听到了吗？"

花荣顿时明白了，高俅处心积虑埋的包袱一下子就被吴用给抖了出来，剩下的戏就没法进行了。

花荣冲着城上高喊一声，"既不赦免公明哥哥，招安有个屁用！"本来还没明白的杜迁、宋万、鲁智深、武松等人这才反应过来。花荣一箭射死替高俅读诏书的倒霉人，这让林冲郁闷不已，"再偏一点，射死高俅该多好呢！"

城下众好汉叫着"反了，反了"呼啸而去，高俅还不知死活地安排人马追了出来。刚追出五六里地，李逵、樊瑞、项充、李衮冲了出来，旁边是扈三娘等三对夫妻，这些人就构成了对官兵的绞肉机。

一番混战后，高俅的队伍又被打得满地找牙，士兵们一边跑，一边骂，"哎，太尉出身街头混混，只会斗殴，哪会打仗啊！"

10. 招安不成，还得接着打

尽管这次又被宋江等人闹得一塌糊涂，但高俅达到了目的，不用骑虎难下了，他可以堂堂正正地报告朝廷，"招安不成，还得接着打！"

东京城里的童贯和蔡京等人接到高俅的密报，知道招安暂时还是没戏，只能强打精神继续给高俅增援。

童贯和蔡京从禁军里又调来两个教头，一个叫丘岳，一个叫周昂。两人一个是八十万禁军都教头，一个是八十万禁军副教头，两人的职位相当于是禁军教官督导队的正副队长，能力应该是有的。

不过从后来与梁山的对阵来看，八十万禁军教头确实是"黄鼠狼下耗子——一窝不如一窝了"。跟王进、林冲、徐宁的时代相比，那时候的禁军教头是五星级的，现在这拨顶多是三星级的。林冲那拨只有鲤鱼才能跳过禁军的龙门，而这一拨泥鳅也可以。

丘岳和周昂带了两千人、四千匹马前来增援，高俅顿时有了底气。他认为陆战已经不怕了，关键的问题还在水上。上次那一千五百只船全报销了，再想从水路进攻，就只能再造新船了。高俅倒不怕花钱，反正花的都是朝廷的钱，他只是发愁没有好工匠，据说最好的造船工匠孟康已经上了梁山。

高俅等了两天之后，有个叫叶春的人出现了。

叶春也很可怜，好不容易攒了点钱准备回家买房娶媳妇，盘缠生生被朱贵的手下抢了。他几次想去找朱贵算账，却又无奈地忍住了，一个朱贵不可怕，可他的身后是李逵、樊瑞这些难缠的魔头。算了吧，权当老子被儿子抢了。

叶春在济州徘徊了很多天，没有盘缠连家都回不去，更别说娶媳妇了。

高俅召集造船的工匠，叶春知道自己的春天来了，只要造成一批船，自己的媳妇就有着落了，兴许还能一下娶两个！

叶春是见过世面的，他建议高俅要建就建大海鳅船，这种船船体高，能容纳几百人，用二十四部水车做动力，每十二个人踩一部水车，船上还可以建造弩楼，遇到敌情射弩，就能把对方射成筛子。

高俅听了，立马心花怒放，"这不就是我心目中的巨无霸船吗？到时可能连弩都不用，撞也把这些鸟人给撞死了！"

高俅命令叶春马上开始造船，并承诺只要船造好了，媳妇要多少有多少，到时候你就知道什么叫"身体不好了"。

叶春听了，陷入了无限的憧憬之中，那将是多么香艳的一幅画卷啊。可惜，倒霉孩子最后没等到那一天。

高俅大张旗鼓地造船，又给宋江吓得心怦怦直跳，如此庞然大物该如何对付呢？吴用倒是保持头脑清醒，他一语点破了问题的实质，"这还不简单，随便几个水军头领就搞定了。无论什么船，在船底下凿两个窟窿也就沉了，大船无非多凿几个窟窿而已！"

宋江只看到了事物的外表，吴用看到了事物的本质。所谓庞然大物，看起来可怕，但只要看透其中原理，处理起来也很简单。

最大的船只要在下面凿上了窟窿也会沉没，最大的金字塔只要没有塔基也会倒塌，恰如人生，最灿烂的人生如果基础塌陷也会成为过眼云烟。

11. 谁欠谁的门牙

叶春的大船还没有造好，吴用还是决定先去骚扰一番，骚扰的方式很简单，派几个无间道进去放火。

吴用安排孙新和张青化装成砍树的民工混进去，安排顾大嫂和孙二娘化装成送饭的家属混进去。顾大嫂一听还要化装，顿时就笑了，"这都是本色演出，还化啥装呢!"

安排完这两对夫妻,吴用又安排时迁和段景住前去接应,能放火也跟着放火。时迁在下山的路上跟段景住说,"人家放火,咱也放火,没什么特色啊,显不出咱们的高明来。要我说,咱们放火要放出特色,一会儿咱们不去船厂放火,我上城楼放火,你去草料厂放火,这样让他们救火都来不及,这才显得咱们高明!"

段景住是个粗人,在梁山上就干过"千里送马毛"的事,这次时迁指导他放火,段景住兴奋得不得了,"想不到放火也有这么多学问!"

等到半夜二更,孙新和张青在左边的船厂放火,孙二娘和顾大嫂在右边的船厂放火。高俅的官兵正赶去救火的时候,城楼又起火了,不用问,是时迁干的。刚准备去救城楼火的时候,西边草料场也起火了,高俅心中气愤不已,"这帮混蛋"!

东京城里来的教头丘岳和周昂奉命出来巡视,正遇上疯狂的石头张清。两人没在江湖走动过,不知道张清石子的疯狂,一不小心就上了张清的当。

张清跟丘岳刚打了三个回合,拨马就走,丘岳不知死活地在后面追,张清很轻巧地从口袋里摸出石子,看丘岳来得比较近时,一声"着",石子就在丘岳面门上开了花。

后来经过盘点,丘岳损失惨重,这颗石子共造成丘岳四颗牙齿脱落,鼻子和嘴唇都被打破,达到了毁容的地步,放在现代,至少可以鉴定九级伤残了。

周昂见丘岳吃了亏,立刻上来跟张清对打,张清依然打了几个回合后回身就走,周昂定在原地没动,张清心里嘀咕,"算他聪明,不然打掉他八颗门牙!"

经此一战,高俅更加愤恨梁山,丘岳对梁山的恨更是没齿难忘,他始终记得梁山欠他四颗牙。

过了一段时间,叶春的大船终于造成了,离他娶媳妇的日子越来越近了。

高俅从全国各地招募了一万多名水手,分派到大海鳅船上,一切都向着有利于高俅的方向发展,梁山的灭亡似乎也只在旦夕之间。

连续好几个夜里,高俅梦见自己上了梁山,醒来的时候他都很兴奋。

高俅的梦是真的,只不过上山的身份完全不一样。

在梦中，他是意气风发的太尉；在现实中，他是浑身湿透的落水狗。太尉与落水狗的差别，就是理想与现实的距离。

12. 叶春：我的媳妇没了

看着叶春打造的超级大船，高俅也有了带兵亲征的冲动，手下参谋苦苦劝阻，只可惜高俅已经铁了心，根本不做理会。

高俅并不是个帅才，跟梁山的前头领晁盖一样，太想个人出风头了。

当领导的得像刘邦一样，有个领导的样子，不能像项羽一样，每次都把自己当成加里森敢死队，那样风险太大，一旦自己挂了，整个团队就散了。

项羽是将才，刘邦是帅才，至于高俅，顶多是个蠢材。

高俅带领着大海鳅船向梁山进发，很快他就发现一个奇怪的现象，梁山水军根本不怕这些大船。船上的弩射个不停，等到快要近身的时候，人家一下子又扎进了水里，弄得高俅一点办法都没有。

等到了宽阔水域，一下子又蹿出了无数艘梁山小船，大海鳅船想撞却撞不动，人家船都在水下固定了石头。大海鳅船的水车还被塞上了木板，水车转不动了，想后退也没办法，因为后面水域也被塞满了东西。放箭也不管用了，人家都拿着盾牌。

双方僵持了一会儿，这时有人喊，"船漏了！"浪里白条张顺带着一帮水手在水下已经把每艘船都凿出了窟窿。

高俅正不知所措的时候，水中钻出了一个人，高喊着："太尉救我！"

高俅揉了揉眼睛，发现这个人自己并不认识，等到反应过来的时候已经晚了，来人一把把高俅拽到了水里，这个人就是张顺。

接下来的战斗就是一场争夺投名状的战斗了，平常在梁山上坐冷板凳的人在这场战斗中都有了投名状。先是锦豹子杨林出其不意地把八十万禁军教头丘岳一刀砍了，这下梁山就不是欠丘岳四颗牙了，而是一条命；病大虫薛永一枪把梅展刺落在水里。

最后一盘点，张顺捉了高俅，童威、童猛捉了一个节度使，李俊和张横捉了一个节度使，杨雄和石秀捉了一个，三阮捉了一个，郑天寿、薛永、李忠、曹正捉了一个，等等，等等。

顺便说一下叶春，这个倒霉孩子造完船之后没有马上回家，而是等着高太尉现场验货。还没等高太尉验完货，船就沉了，叶春也稀里糊涂地被李云、汤隆和杜兴给灭了。

新房，媳妇，一闭眼啥都没了，一切都结束了。

13. 高俅：有权的感觉真好

宋江在忠义堂上看着张顺把高俅带了上来，心中一阵狂喜，经过了那么多年等待，终于有机会跟自己的偶像见面了。

高俅的故事太有传奇色彩了，他激荡着那个时代青年奋进的心。想一想，一个街头混混都能当上太尉，那么读书人通过努力不也能实现宰相梦吗？宋江就是做着宰相梦的读书人之一。

看着高俅，宋江感慨万千，高俅这个人外表看来也没什么了不起，没有花荣帅，没有李逵黑，没有吴用有文化，没有林冲有武功，但就是这样的人却高高在上。宋江想了半天想起了一句话，"素质，素质！"

高俅虽然哪样都不占，但他的素质并不低，能在皇帝面前左右逢源也是本事，这个本事在现代被认为是交际能力，而交际也是一种生产力。

宋江提前安排李逵带着他的 F4 团队暗中盯住林冲，防止林冲找高俅复仇；又安排吕方和郭盛去找杨志喝酒，防止杨志冲动之下对高俅图谋不轨。

等到一切都安排妥当，宋江对着高俅纳头便拜，在心中，宋江已经把自己当成高俅的门生了。

宋江和高俅的关系，就如同粉丝与明星的关系，并不真实，都是活在想象当中。宋江想把高俅当成老师，高俅却把宋江当成粪球，落花有意流水无情，说的就是这种一厢情愿。

看着宋江恭顺地下拜，高俅在心里感慨权力的魔力，如果自己的背后不是权力，自己的下场不会比叶春那些人好，有权的日子真好。

高俅忐忑不安地与宋江等人应酬着，这时他发现，眼前的这些人已经一厢情愿地把他当成了上级领导，这让高俅有点得意扬扬。他原本以为在梁山上会看到很多屁股，没想到看到的还是那么多笑颜如花的脸。

既然对方已经在内心归顺了，高俅心中的石头落了地，在梁山他依然可以摆出太尉的谱。

在高俅的骨子里面，他还是个街头混混，只不过这么多年在皇帝的身边让他收敛了一些，但这种日子未必适合他，这让他找不到从前的自我。

现在在梁山上，高俅又找到了往昔混混的日子，大块吃肉，大碗喝酒，守着骆驼不吹牛，守着银河系就不说地球，大家彼此还能说很多肝胆相照的话。

高俅在心里对自己说，"我就是个混混，如果一切可以重来的话，或许我也能在梁山坐一把交椅！"

高俅喝到兴起，吹嘘自己当年曾经摔跤天下无敌，打遍东京胡同无敌手。一边的史进在心中嘀咕，"你不是当年被我师爷一棒打得三个月下不了床吗?"

一边的燕青看着高俅有点不顺眼，他俩曾是同行，都是街头混混出身，都是街头混混的极品，燕青是全才，高俅是专才。

既然高俅吹嘘自己摔跤天下无敌，燕青决定给高俅点颜色看看，高俅居然不知死活地接受了挑战。

仅仅一招，燕青使了一个大背摔，高俅半天爬不起来，忠义堂上的兄弟都在心中暗笑，"哦，原来就是这样打遍天下无敌手啊！"

第十四辑
大宋的官服，我想死你了

01. 美也是生产力

一连两天，高俅都在梁山过着有酒有肉的日子，如果不是随从提醒，他甚至有点流连忘返。人都想活得真实一点，高俅也是如此。

不过梁山虽好，毕竟不是久留之地，还得回到东京。

高俅向宋江拍胸脯承诺，只要高某回京，招安一定成功。宋江听了心花怒放，他甚至想象自己在高俅的提拔下平步青云，以遂平生之志。这叫什么，这叫耗子找猫谈投资，挣钱不要命。

高俅表示可以留下那些节度使做人质，自己先回京去复命。宋江在心中盘算，高俅这个人一生没在乎过别人，还会在乎那几个倒霉的节度使吗？再则这些倒霉的节度使在梁山上耗着也不是事，每天酒肉供着也是一笔大开销，索性送佛送到西，打包赠送吧。

在高俅的要求下，宋江派萧让跟着高俅下山，目的是在皇帝面前介绍梁山，相当于梁山旅游大使。吴用考虑萧让一个人太孤独，需要一个伴，就让乐和陪着萧让一起去，至少在萧让闷了的时候，乐和还能给萧让唱个曲解个闷。

高俅下山之后，宋江对吴用说了心里话，"我看高俅此去未必是真情实意，恐怕招安大计未必能成!"吴用接话说,"是啊,我看此人长得尖嘴猴腮,贴上毛比猴还精,眼睛长得像大黄蜂,脸长得像眼镜蛇,属于典型的转面忘恩之人,恐怕乐和和萧让要被他软禁了!"

一旁的顾大嫂和孙立等人在心里骂道:这不是两个马后炮吗? 早知道那样让我们乐和兄弟去干什么?

吴用主张再安排两个人去东京,设法把梁山的真实意图传达给皇上,让谁去合适呢? 燕青站了出来,大家一看,对,只能他去。

燕青和盘托出了他的夫人路线,他主张去走李师师的关系,让李师师从枕头边把梁山的风吹进皇帝的耳朵里。一旁的雷横一听到"枕头风"就浑身哆嗦,没办法,当年他就是被歌女白秀英的"枕头风"给害了。

宋江知道燕青兄弟是情场高手,据说已达到了"万花丛中过,片叶不沾身"的境界。宋江在心中十分佩服,不像他自己,就沾染过一个,还被沾得彻底,成为一生的污点,动不动就被李逵拿出来当成好色的证据。

有燕青出马,还得有个出色的快递,这个人当然就是戴宗。一边的王定六急得挠墙,还是被郁保四给按住了,人家戴宗是老大的核心层,你王定六是老大的大气层,还是一边待着去。

燕青盘算如何对付李师师,想了半天,无非是两点,一是钱财,二是才艺,他没想到的是,还有他那一身完美的花绣。

美有时候也是一种生产力,不是吗?

02. 李师师:我对燕青有一点动心

燕青和戴宗大大咧咧地进了东京城,老马识途找到了李师师的家。现在的李师师家比火烧之前更漂亮、更气派了。

一看燕青到来,李师师的妈妈桑不太高兴,在她眼里,燕青就是个灾星,上次没让她占到便宜反而遭遇了一场火灾。不过燕青机灵异常,几句话下来,李师师自己从里面走了出来,不用问,李师师对燕青是有点动情。

燕青拿出了见面礼——一包袱的金银珠宝，妈妈桑眼睛都绿了，有钱就行，有钱就行。妈妈桑也有自己的苦衷，自从李师师与皇帝搭上之后，名气是更大了，但钱没见多，原因是散客都不敢来了，谁敢给皇帝戴绿帽子呢？

李师师搭上了皇帝，反而影响了李师师一家的收入，心中的苦只有他们自己知道。

有钱开路，妈妈桑知趣地不当电灯泡了，下去准备饭菜，燕青与李师师得以独处。李师师起初还埋怨燕青给自己惹事，不过看在金银珠宝的分上就下不为例了。燕青告诉李师师，上次来的那些人都是梁山首领，如今在等待政府兼并，希望李师师跟皇帝说说，早点把梁山兼并了，把收购价定得高一点。

枕边风对李师师来说不在话下，她现在的兴趣在燕青身上。

长期以来只面对皇帝一个男人，李师师有些审美疲劳了。别人都以为陪侍皇帝是美差，但是不是美差，可以看看皇帝后宫三千佳丽眉宇间的忧愁。

现在燕青送上了门，玉树临风，风流倜傥，又十分健谈，这不正是自己内心中一直渴望的男人吗？

李师师招待燕青喝酒，燕青又不好推脱，他知道李师师已经春心荡漾，但他必须要把持住。当间谍的一旦把持不住，那只能是死路一条，燕青在心中暗暗告诫自己。

一番音乐交流之后，李师师提出要看看燕青身上的花绣，暗示已经很明显了，但燕青准备继续装傻。李师师细细地抚摸着燕青身上的花绣，手指颤抖，眼神迷离，心中痒痒地有些把持不住。燕青也有同感，但是他得把持住。

这个时候他不能跟李师师传绯闻，一旦有了这种绯闻，梁山的招安计划就彻底泡汤了，哪个皇帝会招安一个给自己戴绿帽子的团伙呢？

燕青灵机一动，提出拜李师师为干姐姐，他非常正式地拜了八拜。

当初武松拜潘金莲没有按住潘金莲骚动的心，燕青的八拜暂时遏制了李师师萌动的心。想想李师师也不容易，二十七岁大龄知性美女，恨嫁心强烈，只可惜被梁山招安计划给耽搁了一份好姻缘。

从最后燕青的结局来看，挑了一担金银财宝出走的他很有可能与李师师双栖双飞，如果是那样，那将是多么完美的结局。

不过那些都是童话的笔法，"王子与公主从此过上了幸福的生活"。

03. 燕青给皇帝唱曲

燕青拜完李师师，姐弟关系就算成立了，不过这也挡不住李师师追求幸福的心，人家娱乐圈都玩姐弟恋，我李师师怎么就不能玩一把呢？

为了达到日久生情的效果，李师师热情地邀请燕青到家里住，这一招跟当年潘金莲使的一样，可能两个人是一个师父教的。

燕青找借口回酒店拿东西，顺便把与李师师结拜的事情告诉了戴宗，听得戴宗心猿意马。跟李师师结拜，这是多少男人梦寐以求的事情，戴宗也是男人，不免有点嫉妒。

听说燕青要住到李师师家，戴宗不无嫉妒地说，"这样也好，就怕兄弟把持不住！"

燕青倒是坦然，"做大事的自然要把持得住，兄长如果不信，我可以发誓！"

戴宗赶忙拦着，"哎，咱们兄弟之间还用发什么誓啊？"

燕青笑笑，"不发誓，恐怕兄长不信！"

燕青心里明白，他跟戴宗分属梁山的两个阵营，他代表卢俊义，戴宗代表宋江。自己如果不发誓，戴宗肯定会把这点破事报告给宋江，到时候这件事就成了梁山上共同的秘密了。

发誓就是一个幌子，就是让戴宗别往情色那方面想。

戴宗嘱咐燕青早去早回，并说给宿太尉的信还得等燕青来送，从这个角度看，燕青是高级特工，而戴宗就是给高级特工打杂的。

燕青回到李师师家，再一次体验了"有钱能使鬼推磨"。燕青把带来的金银财宝满屋子一散，奇迹又出现了，原先还对他很冷淡的人全对他堆出了笑脸，上上下下都叫他叔叔，眼神已经不把他当外人，甚至把他当姐夫了。

可惜燕青并不是真正的姐夫，真正的姐夫是皇帝。

恰巧，就在这天夜晚，姐夫来到了李师师家，燕青的机会来了。

李师师称燕青是自己的姑舅兄弟，皇帝一点也没有怀疑。也难怪，皇帝常年在后宫之中，对民间事情并不熟悉，皇帝自己也是单纯人。再加上皇帝还是个文学青年，有词人和画家的浪漫，他愿意把人世间想象得特别美好。

李师师为什么会讨皇帝喜欢，全凭她的美貌与乖巧，她属于那种皇帝刚想打盹她就知道递枕头的女人，懂得如何投其所好。

李师师准备用唱曲作为说服皇帝的工具，不是都说，音乐可以直达人的心灵吗？

李师师安排燕青唱了两首曲。第一首曲新莺乍啭，清韵悠扬，让皇帝在之后的好几年不知肉味，直到被金国请到黑龙江打猎，他依然记得有一个夜晚，有个叫燕青的年轻人让他三年不知肉味，余音绕梁三年。

燕青的第二首曲则是哀哀怨怨，如泣如诉，听得皇帝一时拐不过来弯，"这唱的哪出啊，莫非又是一出先锋话剧？"

04. 女友结婚了，新郎不是我

燕青唱完第二首曲就扑倒在地，号啕大哭起来。

这是本次表演的关键，必须要哭得真，哭得像，哭出眼泪，哭出感情。燕青是个演员，而且是个好演员，他的哭惊天动地，让皇帝有点不知所措。事后李师师对燕青竖起了大拇指，"影帝，绝对的影帝，那哭天喊地的劲头，亲爹死了也就那样！"

燕青对皇帝诉说了自己的凄苦，自己是个正经商人，被梁山的人掳掠上山待了三年，如今回乡一看房子没了，老婆跑了，财产空了，连户口都注销了，什么买卖都干不了，身上还背着"梁山贼寇"的名头，这日子不吃救济粮是没指望了。可他没户口，救济根本办不下来，地方的官差跟他说了，"救济粮不可能，牢饭有希望"！

李师师在一边帮腔，"官人啊，您可得为我兄弟做主啊，可得帮他找回清白！"皇帝一想，不就是个清白吗？多大点事，顶多自己盖个章就算完了，可问题是哪个皇帝会随身携带公章啊？

李师师知道过了这个村可没有这个店，没有公章也可以，只要是皇帝亲笔所书，就一样有效。李师师缠着皇帝亲笔写下赦免燕青的御书，这下燕青有了免死金牌，即便梁山一百零八块砖都要被朝廷消灭，燕青这块砖也可以幸免于难。

给燕青写完御书，皇帝来了兴趣，顺便问起梁山的情况，这下可问到了燕青的强项。

燕青回答说，先前梁山曾经接过两道招安诏书，第一道除了恐吓还是恐吓，而且还拿勾兑的二锅头当御酒；第二道诏书玩脑筋急转弯，高俅在诏书上挖了陷阱，想把带头大哥宋江挖坑给埋了，大家都不答应，这才闹将起来。至于梁山的形势，不是小好，而是大好，高俅的十万兵马在梁山脚下基本上算是报销了，他自己还被我燕青摔了大背跨。

皇帝听了燕青的话，有点不相信自己的耳朵，原来自己了解的情况与事实居然有这么大的差异，一边的李师师递话说，"皇上，现在什么事情都有一个原则：别看广告，看疗效！"

这时候皇帝才有点明白，原来他得到的信息都是过滤过的纯净水，即使有杂质，也被高俅他们过滤掉了，这是一种幸，还是不幸呢？自己离事实的真相究竟有多远呢？

夜深了，皇帝在李师师的房中睡下，燕青回自己的房间安睡。与李师师分别的时候，李师师哀怨地看了燕青一眼，这一眼让燕青彻夜无眠，在那一瞬间他还是有一丝心痛的感觉。

或许男人对女人有一种天然的呵护心理，即便这个女人不属于你，但在内心里，你依然希望这个女人完美无瑕。

看着李师师朦胧的背影，燕青的心隐隐作痛，他不断地告诫自己"把持住，把持住"，但心痛的感觉挥之不去。

那种心痛的感觉很多人会有同感：女友结婚了，新郎不是我！

05. 搞定了皇帝，搞定了宿元景

第二天，燕青起了个大早，他得赶紧去送信，接收人是宿元景宿太尉，《水浒传》中少有的清廉高官。

宿元景与宋江之前有过碰面。梁山人马攻打华州解救史进和鲁智深时，宿元景代表皇帝去华山上香，宋江等人把宿元景的行头借去，用行头骗华州太守下拜，趁机杀了华州太守。后来宋江宣布对此次事件负责，宿元景给朝廷写了个情况汇报，事情也就算过去了。

宋江这个人非常迷信，他的函授教材上有一句话写着"遇宿重重喜"，宋江执着地认定，姓宿的就是他的贵人，他要千方百计巴结宿元景。

要我说，宋江的理解可能也有偏差，或许"宿"也做"夜"讲，说的是宋江一到夜里就有好事，万一是"夜夜做新郎"的好事呢？或许是。如果真是那样，宋江可就太冤了。

燕青去拜见宿元景倒把宿元景吓了一跳——换成谁也要心惊肉跳，朝廷命官接受强盗送礼，麻烦可就大了。

可事情到了这个份上，宿元景想证明自身清白也不容易，毕竟你有过被人掠去行头的经历，如果不答应梁山的要求，戴宗就会把你的小秘密在东京城贴得到处都是，让你有口说不清。好在宿元景知道梁山好汉本质并不坏，而且在等待招安，这样他们的危险系数并不高，只要运作得好，梁山或许也可以成为他在官场的一个重要砝码。

宿元景强作镇定，不动声色，燕青也很知趣，说了声"再见"转身就走。

搞定了皇帝，搞定了宿元景，接着就该搞定萧让和乐和了。

这两个人自从到东京后就一直被软禁在高俅府中，天天只能跟对方掰手腕玩。乐和会唱的曲子都唱完了，萧让的耳朵都听出了茧子，这时他们才知道原来软禁也很难受啊，还是自由最好。

高太尉府守卫森严，燕青想见萧让和乐和也不容易，不过这点事难不住燕青，在他眼里，天下到处都是不上锁的防盗门，即使上了锁，他也能拿一包方便面捅开一个小区。

燕青找到的钥匙是高太尉府中的一个虞候，"虞候"一职说起来好听，实际就是个碎催，给太尉府里打杂的。虞候穿着光鲜，油水并不多，全靠欺上瞒下赚点差价，日子过得紧紧巴巴。

在燕青眼里，这样人容易搞定，只要有钱就行。

燕青大大咧咧地冲着一个出来办事的虞候走了过去，邀请他一起喝杯茶。听到这个邀请，虞候明白，赚外快的时候到了。一听是要把乐和叫到门房与燕青见个面，虞候有点为难，但看着燕青手里的大块银子还是咽了口水答应了，谁会跟钱过不去呢？

燕青顺利地跟乐和见了面，乐和见了燕青直想哭，他说，"我想咱们的乐队了！"

在梁山上，有不少音乐人，有铁叫子乐和，有铁笛仙马麟，有浪子燕青，有双枪将董平，偶尔还有金钱豹子汤隆拿着三十斤的铁锤打铁就当是打击乐，所以乐和才会说，"我想咱们的乐队了！"

乐和说，高太尉家的墙太高，他和萧让爬了几个晚上都没有爬出去，燕青眼前浮现出一只青蛙拼命想跳出井口的景象。

可怜的青蛙，缺少的是关键的一拽，这就跟人生一样，在职场浮沉，有的时候只是需要贵人关键的一拽。

燕青安慰乐和说，"没关系，兄弟，今夜我来给你关键的一拽！"

乐和乐呵呵地回去告诉萧让，今夜咱俩就可以离开这个鬼地方了，燕青会把咱们拽上墙头。

燕青和戴宗在墙外埋伏到半夜，等到四更的时候以咳嗽为号，把绳索抛进了院内。等了好几个时辰的乐和和萧让拽着绳索顺利爬上了墙头，两只青蛙终于跳出了井口。

多年之后，当萧让和乐和在东京聚会的时候，他们总会想起那个越狱的夜晚。那时戴宗已经作古，燕青流落天涯，萧让和乐和在心中呼喊，"小乙哥，你在哪里？我们去哪里找回当年的绳索呢？"

06. 招安是一笔经济账

燕青和戴宗等人一早离开东京回了梁山，让李师师空等了一整天。等到第二天的时候，李师师明白，燕青不会回来了。

高俅的日子也不好过，他的手下发现乐和与萧让跑了，这下麻烦大了，他苦心掩盖的真相要暴露了，"哎，纸终究是包不住火的！"

高俅上朝的时候发现，真相确实掩盖不住了，皇帝全知道了。皇帝也很痛心，自己信任的一群高官竟在玩"指鹿为马"的游戏，明明被人打败，却说是不服水土尚未开战；明明被人俘虏了，却说风光凯旋、回京调养。

造假也造得太假了。

自古昏君和奸臣是相辅相成的，没有昏君就不会有奸臣，没有奸臣就不会有昏君，昏君和奸臣就是鸡和蛋的关系，究竟先有鸡还是先有蛋，永远争论不休。皇帝又想，自己不信任这些人又能信任谁呢？总不能真的去信任宋江吧？

皇帝知道，所谓大臣，只是一个个位子，即使高俅不在那个位置上，也会有另外一个高俅出现，所谓大臣就是一个 ID，在 ID 的背后，没有人知道他是一条狗。

在恨恨地对高俅说了句"下不为例"后，皇帝决定对梁山进行第三次招安。皇帝虽然对经济不在行，但是他也知道算一笔经济账，常年讨伐梁山耗费大量军费，如果招安成功，这笔经费就可以省掉了，剩下的钱可以采购更多的花石纲。

皇帝并不知道，官员从民间采购的花石纲大多都是强买强卖，有的不给钱，只是给皇帝报账的时候才会报出价格，弄成公平买卖的样子。也难说皇帝完全不知情，可能也是睁一只眼闭一只眼，不能管，也懒得管了。

皇帝提出招安，正好给宿元景一个机会，好几天了，他一直做噩梦，梦到御林军包围了他的家，宣布他"私通梁山贼寇"。

"私通梁山贼寇"的罪名很大，大到可以夷灭三族，如今皇帝主张招安，宿元景顺势就坡下驴。只要把梁山招安了，宿元景以前与梁山的瓜葛就不再是私通，而是正常走动，性质就完全不一样了，前者是夷灭三族的罪，后者还有可能戴上大红花（为朝廷分忧，积极主持招安）。

皇帝亲自写了一道招安诏书，下令从国库取出金牌三十六面，银牌七十二面，红锦三十六匹，绿锦三十六匹，御酒一百零八瓶，全部用来犒赏梁山头领。

要说皇帝也不是没做过功课，他也知道梁山上有三十六天罡，七十二地煞，总共一百零五个男头领，三个女头领，估计是李师师给他补的课。

从这个角度来看，李师师就不仅仅是个交际花了，而且是那个时代首屈一指的奇女子，跟清末传奇人物赛珍珠有一拼。

07. 连强盗都有那么大的官瘾

那个年代山高水远信息不畅，皇帝这边已经下旨招安，梁山那边还毫不知情，他们只是从燕青带回来的御书揣摩皇帝的心态。

看着皇帝亲笔所写的御书，吴用高兴地说，"皇帝都批条子了！"

吴用看着御书高兴，圣手书生萧让则在仔细研究皇帝的瘦金体，他会模仿蔡京的字体，他的下一个目标就是皇帝的字体。

宋江看大家激动，他也激动，他取出了九天玄女的函授教材，按照上面的方法算了一卦，卦象显示，"大吉大利"。

吴用又安排燕青和戴宗下山探听消息，临下山的时候，李逵冲他挤眉弄眼，燕青心想，坏了，指不定是戴宗的大嘴已经把自己的事情说了个底儿掉。

燕青和戴宗一到东京城地面就发现梁山要被招安的消息已经满天飞，连卖糖蒜的小贩都知道了，据说三十六天罡要封节度使，七十二地煞要封各州的知州，男头领有媳妇的发小妾，没媳妇的发媳妇。

燕青知道凡是民间的消息都要过滤后再听，他准备只告诉宋江招安的消息，至于发媳妇的消息还不能说，免得影响梁山的气氛。

宋江听说招安的消息后再一次心花怒放了，这已经是他第三次心花怒放，他在心里说，"孔子、老子、韩非子、太上老君，你们这些老人家，不会再忽悠我了吧！"

人在江湖漂，谁能不被忽悠呢？不过这一次真的不是忽悠，而是真事。

宋江安排人在梁山往济州城外的路上搭了二十四座山棚，上面张灯结彩，下面笙箫鼓乐，明白人知道这是要招安，不明白的还以为梁山要举行集体婚礼呢。宋江确实应该给兄弟们举行一次集体婚礼，毕竟大家都是人，不是神，不过暂时还是顾不上了，先招安盖上朝廷的戳再说。

济州太守张叔夜听到城外鼓乐齐鸣，忙叫手下打听消息，得知是梁山正在等待招安。张叔夜长叹了一口气，"这年头，怎么连强盗都有那么大的官瘾？"

08. 大宋的官服，我想死你了

坦白说，皇帝给梁山的见面礼并不重，甚至还有些寒酸，也没办法，那个年头官吏太多，需要吃饭的嘴太多，财政负担重，皇帝家也没有余粮啊。

一路上，招安大使宿元景有些忐忑不安，梁山上的人不会因为见面礼少拒绝招安吧。等见了济州太守张叔夜，宿元景问，"这礼轻不轻？"张叔夜笑了一声，"太尉过虑了，梁山那些人招安不是为了钱，只是为了名分。即使不给他们见面礼，他们也不在乎，他们不缺钱。"

宿元景一听，心里踏实了很多，他安排张叔夜上山通知宋江准备招安，免得夜长梦多错过天亮。

张叔夜向宋江确认了招安消息的准确性，这下宋江的心彻底放在了肚子里，想招安，盼招安，招安终于来到眼前。

宋江安排吴用、朱武、萧让、乐和四人先下山接待宿元景，内心里还是有点忐忑。宋江就像第一次做大买卖的农民企业家，尽管穿上了西服，但心里还有泥，手还在哆嗦。

等到宿元景来到梁山脚下，宋江和卢俊义带着身后的一百零六员将齐刷刷跪倒一片，宿元景在心中感慨，"怪不得同事们都爱出差，原来代表皇帝出差这么拉风啊！"

宿元景享受着皇帝般的待遇上了梁山的忠义堂，一路上他感慨不已，"当了半辈子官，第一次知道当官还能如此威风！"

宿元景宣读了招安圣旨，开始了他人生中最重要的一次宣读。

在宿元景的宣读中，宋江看到了在家务农的自己，在郓城打拼的自己，在江湖逃命的自己，以前的一幕幕不断在眼前闪回，最后定格在那道醒目的圣旨上。

宋江知道，自己奋斗了半辈子就是为了这道圣旨。

宋江终于得到了梦想中的招安圣旨，这意味着他终于跳过了大宋的龙门，从此以后，他不再是梁山的鲤鱼，而是大宋的鲤鱼；从此以后，他有资格跟随着其他官员在皇帝面前鱼贯而入，亦步亦趋；从此以后，他以前的案底一笔勾销了，他可以跟那套久违的官服说一句，"我想死你了！"

09. 宋江：我要开一个跳蚤市场

招安终于成为现实，宋江不再是梁山强盗，而是大宋官僚。

吃水不忘挖井人，宋江决定在梁山上好好款待宿元景一行。

虽然没有炮龙烹凤，但至少也是肉山酒海，据说让宿元景的手下在以后的三年不知道肉味。

皇帝三年不知道肉味是因为燕青的乐曲，宿元景的手下不知道肉味则是因为梁山的肉山，说白了，吃顶了！

本来宋江还想留宿元景多住两天，被宿元景拒绝了。宿元景发现，梁山的生活很容易让人陶醉，让人满足，容易让人上瘾，还是早点回东京城去过自己的平淡生活吧。

宿元景嘱咐宋江，既然已经成了大宋官僚，就得遵守大宋规矩，早点来朝见天子，以防夜长梦多。宋江点头称是，然后向宿元景坦白了自己的想法：他要在梁山开跳蚤市场。

梁山从王伦开始创办，到晁盖开始壮大，到宋江这里得到招安，在发展的过程中不可避免出现过与民争利的现象，对周围的百姓也多有骚扰，动不动就下山跟人借粮，而且还是借了从来不还。

为了表达诚意，也为了回报当地百姓，宋江决定开办为期十天的梁山跳蚤市场，把山寨中能卖的都卖了，省得带着坛坛罐罐上路。

宿元景听了这话，知道宋江已经王八吃秤砣——铁了心了，当下也不反对，只是告诉宋江，跳蚤市场越早开越好，免得朝中的奸臣老拿梁山的过去说事。

送走了宿元景，宋江立马召集会议，着手招安后的善后工作。宋江采用来去自由的原则，愿意招安的左袒，不愿意招安的右袒，一统计结果，还是左袒的多，看来大家还是喜欢吃国家粮。对于不愿意招安的，宋江发放路费，一下遣返了三千多人。邹渊、邹润等老牌山大王想趁机离去，看看别的头领都稳坐泰山，也就没敢动，毕竟人都有从众心理。锦豹子杨林等人也有离去的念头，但不想当出头鸟，总想着如果有人带头他也走，等了半天还是没人带头。杨林用目光扫视了一遍忠义堂，心里在想，"要是有一只会说话的鹦鹉该有多好啊！"

既然头领们都不走，就都得参加跳蚤大会了。

梁山实行的是平均分配，每个头领的存货都不少，用不着的东西也很多。梁山的平均分配是这样的，一切抢劫先归公，百分之五十收归仓库，百分之五十用来分配。用来分配的百分之五十的一半用来打赏小喽啰，另外一半给头领们平均分配。从宋江到段景住，头领们分配得一样多。像林冲和关胜这样的头领有点不高兴，像白胜和段景住这样的头领则是成天合不拢嘴。

不过林冲这样的头领在东京过着阔绰的日子，也不在乎钱；关胜这些投诚军官等待的是朝廷招安的机会，也不在乎钱；看重钱的王英等人又分到了钱，所以总体效果是大家都很开心，开心的理由不同而已。

在梁山上，头领们没有用钱的地方。梁山上一切都是敞开供应，所有物品按需发放，吃饭不用带钱，吃完饭签字就行。头领们轮流做东也很简单，不用出现金，先记账，在年底分红里扣除就可以了。

当初，雷横在梁山看到众头领床下堆满落满灰尘的黄金和白银，他百思不得其解；等到他上梁山之后也有了这样的遭遇，他看着这些堆满灰尘的东西，心中不断问自己，"到底要这些死沉死沉的东西有啥用呢？"

10. 千万别被皇帝放了鸽子

梁山的跳蚤市场开放了，附近百姓能来的都来了，这哪里是跳蚤市场啊，简直就是淘金大会。

宋江为了让梁山库存尽快清空，定价都是挥泪大甩卖的跳楼价，只为市场价格的百分之十，价格便宜到你想都想不到。

为了激发老百姓上梁山逛跳蚤市场的积极性，宋江特意交代宋清和朱富，凡是来逛跳蚤市场的百姓，吃饭一律免单，也就是说，梁山上既有便宜东西卖，又有免费的午餐吃，这种好事哪找去。

幸亏梁山库存比较多，不然根本撑不到十天。

热烈非凡的十天终于过去了，到了跟梁山说再见的时候了。

宋江准备安排李逵放火烧房，被吴用制止了。吴用说，"哥哥，咱还没见到皇上呢，如果烧了房，让家小们都回乡，万一皇帝放咱们鸽子怎么办？"

宋江想想也有道理，决定暂不烧房，所有的家小先在梁山上待命，等见到皇帝确定皇帝没有放鸽子再说。旁边的头领看着宋江急切的心神，心里都有些不舒服，"他是想当官想疯了吧！"

宋江想带着梁山全部人马上路，又被吴用制止了。吴用说，带几万人马上路，不知道的还以为我们要进攻东京呢，说不定沿途都成了空城，到时候咱们想喝口水都找不到人家。

宋江一想也有道理，当下决定带领一百零七个头领去东京城，另外带七百人马防身就可以了，省得阵容太大惹皇帝猜疑。

宋江一行浩浩荡荡来到东京，一百零八块砖整整齐齐码放在皇宫外。

东京老百姓这才有机会见到了传说中的一百零八将，他们发现梁山就是个小社会，有男，有女，有读书人，有武将，有杀猪的，有贩牛的，还有裁缝和酿醋的，更奇怪的还有道士和和尚，一边观看的老百姓都在说，"没想到梁山上也有这么复杂的社会分工！"

在人群之中还有两个激动的人，这两个人就是当年鲁智深的手下——过街老鼠张三和青草蛇李四。他们在梁山的众头领中发现了神情肃穆的鲁智深，两人都兴奋地说，"师父越来越像和尚了！"鲁智深也看到了他们，冲他们双手合十打了个招呼，心中骂道，"两个鳖孙还是不会说话，洒家不是越来越像和尚了，本来就是，尽管是自费和尚"。

林冲激动地看着围观的人群，但在人群中找不到他想找的人。

前情往事，过眼云烟，我们注定无法回到从前。

燕青在人群之中发现了李师师，李师师风姿绰约地站在那里，两个眸子望穿秋水，眼神分明在说，"小乙，我终于把你等回来了！"

皇帝看着宋江这一百零八块砖，心中也很激动，这一百零八块砖从此就属于自己了，自己拿着这些板砖想拍谁就拍谁，不就是辽国那些鳖孙吗，先拍死他们。

皇帝命令御膳房传膳，他要款待宋江这一百零八个好汉。

在这次盛宴上，梁山头领们第一次知道世界上还有那么多好吃的东西，第一次知道了当皇帝是这么威风。

在梁山上，他们吃饭仅仅是吃饭，在皇宫，吃饭是艺术的集合，吃的是各地的美食，看的是各地的节目，听的是各地的流行乐曲。这哪里是吃饭，简直就是一场关于艺术的饕餮盛宴。

已经喝多了的杜迁对宋万说，"兄弟，人比人真得死啊！"朱贵则对朱富说，"人是人他妈生的，妖是妖他妈生的，同样都是妈生的，做人的差距咋就那么大呢？"

第
十
五
辑

宋
江
，
替
朕
去
征
辽
吧

01. 宋江，替朕去征辽吧

吃过饭后，皇帝先让宋江等人回去休息，听候安排。

对于这一百零八块砖，皇帝也有点为难，他知道这些人个个是英雄好汉，只怕时间长了会尾大不掉，那对赵宋政权可是个巨大的威胁。如果有朝一日，那些不知死活的头领弄一床黄色的被单往宋江身上一围，那自己不就成了赵氏孤儿了吗？

想了半天，皇帝想了个办法，先下令把民间所有黄色的东西都销毁，免得以后让宋江他们找到黄色被单，让他们就是想复制赵宋先祖的模式也不可能，至少不能黄袍加身。

这也只是皇帝一厢情愿的想法而已，梁山多的是黄金，大不了到时弄一身黄金甲穿着，到时候满城尽带黄金甲，你照样还得成赵氏孤儿。

要说皇帝手下有奸臣还是有好处，奸臣们看皇上为难，马上就知道皇上在为如何安排梁山人马犯难。

这还不好办？把他们分开，化整为零。原来投降的朝廷军官，哪儿来的回哪儿去，当地负责安排就业，剩下的人马，分成五拨，让他们互相不能救援，朝廷进行整编，这样用不了多长时间，梁山人马就从地球上消失了。

皇帝也不是靠谱的人，这么大的事情他居然没有写成诏书，只是安排一名钦差去进行口头传达，这也有点太随便了。

头领们一听这个安排就急了，"卸磨杀驴也太快了点吧！怎么着也得让驴喘口气啊。"头领高喊，"不行咱就回梁山"，这下让宋江也有点慌了，如果兄弟们回了梁山，他自己也就成了光杆司令，也就成了没有价值的人，多年努力也就白费了。

宋江苦苦劝住众位兄弟，然后对钦差说，"我们兄弟生死不分离，请钦差大人跟皇帝求个情！"钦差向来只管传话，不管其他，就是个快递的活儿。

皇帝听到钦差的传话，一时间不知所措，一群奸臣在下面起哄，"您看，皇上，这就是跟您老人家叫板啊，干脆把那一百零八将都骗进城砍了，一了百了！"皇帝也有点迷茫，无论怎样，也不能刚请人家吃完饭就砍人吧。旁边的奸臣安慰说，"陛下，您也够仁慈了，人家一般没吃饭就砍人，要不就是正吃着饭就把人给砍了！"

皇帝有点犹豫不定，尽管他不知道该如何使用这一百零八人，但他同样不希望就这么毁了一百零八块砖，太浪费了。旁边转出一个人，宋江的恩主，宿元景宿太尉。

宿元景提出的方法是"骑虎驱狼"，用梁山人马去打辽国，一来考验梁山的忠诚，二来打击辽国的嚣张气焰，三来遏制梁山势力的发展，一箭三雕。

皇帝一听可以让梁山帮他打辽国，心中乐开了花，自己早就想好好地拍辽国一砖，这一下有了一百零八块板砖，拍死他们！

02. 感谢招安好政策

皇帝听到"骑虎驱狼"的方法顿时来了精神，马上写下诏书让宿元景前去宋江大营传诏。

宿元景宣读完圣旨，宋江本来忐忑的心放下了，皇帝不仅让他们保留原有编制，还封他当了先锋使。至于先锋使是多大的官，宋江不去想，照他估计，怎么着也得算个节度使级别吧，不是都带个"使"吗？李逵抬杠，"拉倒吧，班长和军长还都带'长'字呢，差老鼻子级呢！"李逵说得对，宋江这个先锋使只是虚职，属于临时性的，不占编制，或许连个科级都赶不上。

宋江对宿元景说要回梁山处理一下善后事宜，宿元景只说了一句话，"早去早回！"

宿元景奏请皇上从国库里拨出了一千两金子，五千两银子，五千匹绸缎，算是给梁山家小的安家费。一旁的蔡福和蔡庆嘀咕，"皇上也太抠门了，梁山光是救卢俊义就花了一千两金子，这点金子还不够头领们塞牙缝的！"

宋江却不这么看，毕竟是皇帝赏的，就算皇帝赏根稻草也是金贵的，那也算御赐，是皇家的东西。

宋江带着吴用、公孙胜、林冲、刘唐、阮氏三雄、杜迁、宋万、朱贵还有自己的兄弟宋清回了梁山。

之所以要这样安排，是因为这些人上梁山最久，对梁山最有感情。

对于杜迁来说，他的感受最强烈，当年正是他保着王伦来到这里，靠着艰苦创业才有了梁山的基业，梁山的一些建筑还是他跟王伦一起挑土奠的地基，他对梁山的一草一木是有感情的。至于宋万和朱贵，他们对梁山的感情也很强烈，在这里他们有过呼风唤雨的岁月，有过节节下滑的岁月，有过仰人鼻息的岁月，但总体来说，关于梁山的记忆是美好的，在内心中他们舍不得。

吴用和公孙胜这些第二代梁山人对于梁山也有感情，这里是他们发迹的地方，这里是他们藏身的地方。本来他们上梁山只是为了有个藏身之所，没想到最后客人灭了主人，强龙压过了地头蛇，所以关于梁山的记忆对他们来说也是美好的。

唯独对林冲来说，梁山的记忆是复杂的。他在人生最落魄的时候走上梁山，受尽了王伦的刁难；他在人生最落寞的时候奋起，火并了王伦拥立了晁盖；他在平淡的时期又失去了晁盖，树立的是第三代老大宋江。三任老大中，王伦对他最差，晁盖对他最好，宋江对他一般，王伦把他当打压的对象，晁盖把他当合作的对象，宋江把他当防范的对象。一个梁山如此复杂，林冲对于梁山的记忆是复杂的，难以说清。

对于宋江、宋清兄弟来说，这次相当于衣锦还乡，招安了，宋江还封了先锋使，可以让老爹安心回山东郓城享清福了。其他头领的家小也可以回乡了，从此以后你们不再是强盗的家属，而是大宋的军属，从前你们的身份卑微难以启齿，从今以后你们的身份正当而且光明正大，这一切都得感谢皇帝的好政策，感谢宋江的积极运作招安。

03. 雁过拔毛 VS 雁过留雁

祭奠完晁盖，焚化了灵位，从此晁盖长眠于梁山上。

宋江安排众头领的家小回乡安顿，安排宋太公回山东老家安享晚年，三阮的家小连夜被送回了石碣村，剩下的破船让附近老百姓随意挑选，也算梁山回馈百姓。梁山原有房屋，由附近老百姓随便拆，都是免费赠送，原有的关卡也都拆毁，能用的材料也都免费赠送。

看着来拆房的百姓络绎不绝，看着当年辛辛苦苦建起来的房屋一间间被拆毁，杜迁和宋万流下了热泪。

再见了，我的梁山，再见了，我的青春岁月。

宋江一行人离开梁山前往东京，林冲回头看已经被拆毁的梁山大营，心中万般感慨。

宋江挥别梁山来到东京，再次见到和蔼可亲的皇帝。

皇帝语重心长地说，"这次你要替寡人去拍砖了，记住，狠狠拍，拍死他们！"宋江感动得一塌糊涂，他一直梦想为皇家效力，如今终于成为现实。现在皇帝亲自委托他去拍砖，自然是义不容辞，宋江拍着胸脯跟徽宗说，"陛下您放心，我指定拍死他们！"

皇帝一高兴，赏酒赏肉，赏刀赏盔甲，总之皇帝一高兴什么都赏，大到活人，小到马甲。

皇帝给梁山小兵们也有赏赐，每人一瓶酒，一斤肉，结果这次赏赐居然出现了状况。负责派发的官员们不会错过发财的机会，他们对酒和肉进行了克扣，雁过拔毛就不错了，以前他们都是雁过留雁，这次看在梁山好汉要替皇帝拍砖的分上就暂放一马，扣一半吧。

等发到士兵手中，每人酒半瓶，肉十两。古代的秤是十六两为一斤，因此有半斤八两的说法。这些负责派发的官员只给士兵发十两肉，等于克扣了六两，克扣率达到了百分之三十七点五，挺黑的，尤其是肉价那么贵。

当面向官员们提出抗议的是项充、李衮手下的一名军校，这名军校性格直率，看不惯这些官员的嘴脸。

负责派发的官员异常跋扈，"你们老大宋江见我们都屁颠屁颠的，更别说你们这些大头兵！"军校脸上有些挂不住了，抽出了刀。这时，负责派发的官员倒有点不像官员，更像泼皮牛二，"你砍啊，你倒是砍啊！"

人到这个份上就怕刺激，不刺激没事，一刺激就容易冲动。军校挥起手，一刀正砍在派发官员的脸上，接着又连砍几刀，"我砍了，我就砍死你又怎么样！"

一边的杨志目睹了这一过程，想起了当年的自己，哎，人都是被逼出来的。

04.《水浒传》里的豪华阵容

还没出发，就砍了朝廷的官，这下麻烦大了，宋江急得直挠头。吴用赶紧着手补救措施，连忙安排燕青和戴宗去找宿元景说明情况，并且强调，肇事的士兵已被斩首示众。

这时的宋江就像当年的曹操，内心复杂得像北京的立交桥。

当年曹操为了表明军法严明，玩了一出"割发代首"，现在宋江为了表明自己仁义，只能玩一把痛哭流涕的。肇事的军校知道罪责难逃，表示愿意一命抵一命，这正符合宋江的心意。从内心来说，宋江也不愿意杀这名军校，毕竟也算自己的一个兄弟，不过不杀此人，朝廷的明枪暗箭肯定会向梁山袭来，到时候想挡也挡不住。

宋江说，自他上山以来没有坏过一个兄弟。一边的蔡福和蔡庆连连点头，"没错，我们哥俩这些年光杀猪了，没砍过人！"

蔡福和蔡庆以为这次有机会砍一次活人，没想到，这个愿望也破灭了，宋江让犯事的小兵饱餐一顿，自缢身死。蔡福和蔡庆的任务就是当小兵咽气之后再斩首示众，众人都说宋江仁义，说他哥俩残忍。

唉，原来刽子手也是替老大背黑锅的。

等到高俅等人在朝廷上攻击宋江的时候，宿元景心中微微一笑，首先是你高俅等人克扣皇帝赏赐，宋江大营的所有人都能证明；再则，宋江那边已经一命抵一命，这事就算了。

高俅等人干瞪了半天眼也没办法，只能佩服宋江阵营里真有高人。

他一个混混，总以为别人也是混混。混混可以当太尉，但不能领导那么大的梁山，只有一个人除外，那就是历史上的极品混混汉高祖刘邦。说白了，刘邦也是综合素质极高的人才，混混只是他的表象，高素质才是他的根本。

处理完善后，宋江开始向辽国进发，他知道招安只是万里长征走完第一步，想在官场平步青云，还得一点一点从零开始。

《宋史》中关于宋江被招安后的记载很少也很散乱，有的说参加了征讨方腊，有的说在张叔夜手下为官，说法不一。征辽的说法完全是后人加上去的，小说家演绎的，整个北宋时期从没有对辽取得过那么大的胜利，也不可能在即将灭辽的时候手下留情。

征辽只是知识分子的想象，"在现实中打不过你，到书中写死你"。

《水浒传》人物的出现是有讲究的，这些人物的出现符合王朝末期人的心理。王朝将覆时，一个显著的特征就是没有能挽救危亡的救国良将，所以有"国难思良将"的说法。而《水浒传》人物呢，有不少具有挽救民族危亡能力的良将，而且很有来头。有关公的嫡传子孙关胜，有形似张飞的林冲，有杨令公的嫡传子孙杨志，有呼延赞的嫡传子孙呼延灼，有号称小吕布的吕方，有号称赛仁贵的郭盛，有号称病尉迟的孙立（这里的尉迟指的是唐朝名将尉迟恭，此公与秦琼是给唐太宗守门的大将，后来被演绎为门神），有号称病关索的杨雄，还有号称小李广的花荣，等等。这些人物出现的目的之一，就是挽救国家危亡。

把历史上的名将召集在一起，这就是知识分子的想象，是知识分子救国的体现，就跟现在有些球迷热衷于打造历史上最强的足球阵容一样，非要让贝利、马拉多纳带着大罗、小罗、小小罗一起踢球。

都是想象，都是愿望，都是构思，都是梦想。

05. 辽国大将，中石身亡

知己知彼，方能百战不殆，接受过九天玄女函授的宋江自然明白这个道理。忽然他想到了一个人，这个人就是给他千里送马毛的段景住，他忽略这个人的存在已经很多年了，如今终于又想起来了。

段景住曾长期在宋辽边境活动，也经常去金国和辽国偷马，对北面的地面比较熟悉，宋江准备把段景住当成识途老马，问问当地情况。

段景住说前方是檀州，是辽国门户，城外有宽阔水路，从东京城可以水陆并进，两翼齐飞。宋江一听便觉得有道理，便安排水军头领先行，到檀州城下会合。

宋江的人马很快到了檀州城下，又到了众位头领争夺投名状的时候。

辽国方面出战的是大将阿里奇，据说能力敌万人，梁山方面出战的是金枪将徐宁，最擅长的是砍马腿，马上功夫也算了得，但没有砍马腿的功夫了得。

徐宁与阿里奇打了不到三十个回合，打不过阿里奇只能往本阵逃。徐宁在前面跑，阿里奇在后面追，再没有人救援，徐宁危在旦夕。这时花荣张弓搭箭，张清把石子摸在手中，"啪"的一声，张清先出手了，身高九尺的阿里奇被打落马下，左眼被打瞎。林冲等人冲出去抢了阿里奇的好马，活捉阿里奇，宋江趁机进攻，辽军大败溃散。

等到战后盘点的时候，阿里奇伤重而死，堂堂辽国大将，竟死于疯狂的石头，从此辽军上下都知道，梁山阵营中有个擅长甩石头的小将，大家都提防着点儿。

张清大大咧咧地穿戴着阿里奇的盔甲，骑着阿里奇的马，在檀州城下耀武扬威。檀州城内的洞仙侍郎还在城墙上观察张清，又被张清甩了一石头，幸好躲得快，眼睛没事，耳朵擦破了皮，这已经很不容易了，跟当初的双枪将董平做得一样好了。

这时，辽国援军到了，带头的是辽国皇帝的两个侄子，一个叫耶律国珍，一个叫耶律国宝，据说也是两个"万人敌"。

两个"万人敌"也栽了，耶律国珍栽在董平手里，追根溯源，罪魁祸首是他的弟弟耶律国宝。

耶律国珍跟董平打了五十多个回合，双方不分胜负，观战的耶律国宝怕哥哥有失，下令鸣锣收兵。耶律国珍一听鸣锣，条件反射要收兵，越急着走越被董平缠住，枪法竟然有些乱了。董平见有机可乘，出右手枪压住耶律国珍的枪，然后出左手枪奋力一刺，正好刺中耶律国珍的脖子，耶律国珍呜呼一声，落马身死。

06. 张清：出来混的，迟早要还

耶律国宝本想保哥哥周全，反而让哥哥耶律国珍送了命，耶律国宝心里后悔，拍马冲过来为哥哥报仇。

张清一看又来了个愣头青，偷偷藏了个石子在手里，也做出冲锋的样子向耶律国宝冲了过去。耶律国宝以为张清是跟他真刀真枪来对打的，没想到人家手里还握着石子。两人距离有十来丈远的时候，张清的石子飞了出去，耶律国宝也落马了，他说的最后一句话是，"太不要脸了，你居然不使兵器使暗器！"张清冲过去得意地说，"谁告诉你石子不是兵器呢？"

仗打到这个份上没法打了，两位主将身死，剩下一万多人作鸟兽散，张清和董平各立一功，檀州城危在旦夕。

檀州城守将如果坚守不出的话，还能勉强守住，等待援军。

可惜他们的眼中只有粮食，正是这些粮食让檀州城在一夜之间被攻破。

当时檀州缺粮，看到外面河道上挤满了宋军粮船，檀州守将们动了心。檀州守将们从水门出发，准备抢了粮食就往回跑，结果发现再也回不去了。

守将们一出水门，马上遭遇到梁山水军攻击，轰天雷凌振在一边放炮烘托效果，守将们一个个战战兢兢夺路而逃，梁山头领们从四面发起进攻，檀州就这样回到宋朝怀抱。

打下檀州，下一个目标是蓟州，也就是公孙胜的老家，杨雄、石秀和时迁打过工的地方。杨雄告诉宋江，蓟州非常富裕，打下蓟州粮草就不愁了，再接着往前打也有本钱了。

李逵和戴宗对视一眼，这回就算办护照也进不去，只能打进去了。

宋江和卢俊义兵分两路进攻蓟州，宋江去攻平峪县，卢俊义去攻玉田县。宋江受到阻挡暂时屯兵不前，卢俊义进军顺利，很快与辽兵遭遇。

这次给卢俊义当军师的是神机军师朱武，在梁山上他属于替补军师，给吴用打替补，常年也得不到上场机会。这一次在卢俊义旗下，朱武得到了表现的机会，最起码他认得各种阵形，这一点比吴用强得多。

辽兵先摆出是五虎靠山阵，旗号一变又变成了鲲化为鹏阵，这些阵形卢俊义都不认得，朱武却是信手拈来，看着朱武，卢俊义明白了一个道理，"知识就是力量"。

辽国出来叫阵的是四员小将，分别是耶律宗云、耶律宗雷、耶律宗霖、耶律宗电，不用问，这是上阵亲兄弟。

耶律宗云对关胜，耶律宗霖对呼延灼，耶律宗电对徐宁，耶律宗雷对索超，要说这哥儿四个也很不一般，对阵梁山四大天罡面不改色，这武功、这气度，足够李忠、周通之流学一辈子。

擅长捡便宜的张清又在寻找机会，不过这回他被别人给算计了。

辽军中有一个叫天山勇的神射手，暗地里瞄了张清很久，他用两名副将做掩护，三人一起来到阵前，两名副将在前，天山勇在后。张清故技重施甩出一枚石子，前面的副将一低头，石子从头盔上擦过。就在张清准备换石子的时候，天山勇的箭到了，正中张清咽喉。

在落马的一瞬间，张清明白了那个道理，"出来混的，真的要还"！

07. 卢俊义变成了项羽

张清落马，幸得史进等人救护，这才保住一条命，送到檀州经过安道全救治后才完全康复。

经此变故，卢俊义的人马有些乱了，大家都没有了战意，准备收兵，这时又有另外一路辽兵杀来，卢俊义的人马阵脚大乱。混乱中，卢俊义与大队人马失散，一个人往辽兵方向杀了过去，这元帅当的，跟项羽一样，光顾着自己过瘾了。

卢俊义遭遇了耶律四小将围攻，不过卢俊义一点也不慌乱，在他内心里，他是老虎，对手只是四头小野驴。

斗了一个时辰，两方都疲惫不堪，卢俊义卖一个破绽，耶律宗霖上当，一刀砍了个空反被卢俊义刺落马下。战场上的平衡被打破了，其他三个小耶律只能落荒而逃。

卢俊义对付四个小耶律，打了足足一个时辰，古代一个时辰等于现在两个小时，这就是夸张手法了，真要那样的话，卢俊义可以去参加铁人三项，体力太好了。卢俊义一路走，一路打，路上又遇上一伙一千余人的辽军部队，卢俊义一顿冲杀，赶散了这支队伍。此时的卢俊义不是卢俊义，而是项羽再生。

继续往前走，卢俊义又遇到一拨人马，刚准备打，一听是河南口音，一搭话，是呼延灼带着本部人马。两人并排前进，前面又遇到了拦路的，一对话，还是自己人，是关胜带着手下的F4。

等到天亮盘点人马的时候，发现少了解珍、解宝等四名头领，人马少了五千多人。过了不久，解珍、解宝等四名头领回来了，还带回了两千兵马，这让卢俊义有些欣慰。

人就是这样，拥有的时候不知道珍惜，失去时才知道他的可贵。

卢俊义等人占了玉田县，不一会儿的工夫就遭到了辽兵包围。

辽兵领头的是耶律宗云，在阵中指手画脚，指指点点。城上的燕青看得仔细，对卢俊义说，"昨天他们射了咱们的张清，今天咱们也射他们一个。"说话间，一弩箭飞了过去，耶律宗云倒栽下马。可怜的耶律家族，一天的工夫就丢了两个小耶律。

卢俊义看着外边围得像铁桶一般，心中忧虑，朱武在一边安慰，"哥哥，没关系，只要宋江哥哥得到消息来增援，咱们里应外合，这铁桶马上就变成了塑料桶。"

朱武的话很有军事思想，讲的就是包围和反包围，从形势上看，被包围的一方很凶险，而一旦有援军赶到，那么包围就成了夹心饼，包围和被包围都是相对的。

朱武的军事思想能上升到这个高度，莫非是大军事家孙武的转世？

08. 铁桶变成了塑料桶

果真如朱武预料，宋江得到消息之后火速前来增援，刚才辽军围城还像个铁桶，顷刻间已经变成塑料桶了。宋江从外往里打，卢俊义从里往外打，不一会儿的工夫，塑料桶就被打破了，辽兵四散而去，朱武的"铁桶变塑料桶"理论得到了验证。自此，卢俊义高看朱武一眼。

解了卢俊义的围，下一个目标就是攻打蓟州了。

这时蓟州守将还在错误估计形势，在他们看来，宋朝兵马只有那个会甩石头的张清厉害，其他人不值得一提。

那个会甩石头的人已经被射落马下，估计活不成了，宋朝兵马不过如此。

在错误的判断下，蓟州守将大大咧咧地出战，迎接他们的会是什么呢？

首先为梁山建功的是林冲，林冲对阵的是辽将宝密圣。两人打了三十来个回合不分胜负，林冲突然大喝一声，把对方吓了一跳，趁对方愣神的工夫，林冲对准对方脖子正刺一矛，对打就此结束。林冲的这一声大喝跟三国时的张飞有一拼，怪不得在《水浒传》中他有"小张飞"之称。

为梁山建立第二功的是徐宁，他的对手比较弱，就是射中张清的天山勇。天山勇弓箭了得，马上功夫一般，不到二十个回合就被徐宁刺落马下。或许天山勇应该向花荣学习，打得过就打，打不过就跑，大不了回马射一箭。

连折两将，蓟州城内的守将吓破了胆，但宋江的人马已经到了城边，不打又不行。接下来倒霉的是辽将咬儿惟康，他没等开打便心生胆怯，等到遭遇急先锋索超的大斧时，彻底吓破了胆，越害怕动作越变形，动作越变形越害怕。打了不到二十个回合，咬儿惟康被索超从脑门劈个正着，一生就此结束。

接连受到恐吓，蓟州的守将们一个个嘴唇发干，手脚发麻，被上司强逼着出战，结果只有死路一条，这次轮到了史进逞英雄了。史进冲上前，先砍了一个守将，紧接着追上另一个逃跑的守将又是一刀，两刀两个，史进冲着已经倒地的辽将说，"不想打，千万别勉强！"

仗打到这个份上没有什么好打的了，蓟州守将只能垂死挣扎，撑到哪天算哪天吧。

此前宋江安排时迁和石秀混进了辽军残兵之中，这时他们开始在蓟州城内放火。放火是时迁的强项，想点哪里点哪里。

时迁先爬上蓟州宝严寺塔上放了一把火，火光冲天，城里城外都看得见；接着时迁又到佛殿上去放了一把火，两把火一起，蓟州城内一片兵荒马乱。与此同时，石秀在蓟州衙门放了一把火。

蓟州城全乱了，老百姓纷纷收拾包袱准备逃命，衙门都被点了，城门指定是保不住了。

宋江从外面攻城，蓟州守将们一哄而散，蓟州回到了宋朝怀抱。在引领大军进城的时候，宋江有些得意地冲吴用说，"兄弟，攻城有的时候就是这么简单！"

09. 一堆白铁，还是一堆黄金

宋江一伙来势汹汹，辽国上下举国震动，究竟该如何对付宋江等人呢？

辽国上层有两种声音，一种是提高警惕，坚决打击，一种是糖衣炮弹，准备招安，最后还是招安派占据了上风。招安不需要出动军队，只需要出点钱、封点官，这些对于掌握江山的皇帝来说，相对简单一些。

辽国负责招安的欧阳侍郎仔细研究了宋江一干人等，发现这些人在宋朝并不受待见，地位最高的宋江只得了个先锋使的虚职，实际还不如一个科级干部，其他人更是没有一点官职。再说，童贯和蔡京那些贪官也不可能给宋江这些人好果子吃，宋江等人心里肯定憋屈，只要辽国提供更好的职位、更好的待遇，宋江等人肯定会集体跳槽，阵前反水。

欧阳侍郎来到蓟州，先派人通报了宋江。宋江这个人迷信得很，做什么事都喜欢算一卦，这一次也不例外。卦象显示上上之签，宋江说，"估计是来招安的，我们该怎么办呢？"

宋江的心里也含糊，他何尝不知蔡京和童贯对自己虎视眈眈，他何尝不知自己在宋朝官场可能空欢喜一场。就这么放弃吗？就这么背弃自己为国效命的信念吗？说不过去，绝对说不过去。

吴用说，不管怎么样，咱们先将计就计，顺便取了他们的霸州。

欧阳侍郎带来了辽国皇帝的厚礼，一百零八匹好马，一百零八匹好缎子，封宋江为镇国大将军，总领辽兵大元帅，并送金一提，银一秤，而且这些还不是全部，仅仅是定金。等正式签合同的时候，封赏更丰厚。其他的头领列个名单，全都封将军，给官职，没媳妇的发媳妇，有媳妇的发小妾，想啥有啥。

看着这优厚的条件，宋江也有些心动，吴用的眼有点绿了，吴用甚至盘算自己能当个什么官。宋江借口手下兄弟耳目众多，人心不齐，所以不能立即回话，先得考虑一段时间再做答复。

欧阳侍郎走后，宋江问吴用，"兄弟，这个条件如何？"

吴用长叹一声，"这要看兄长的意思了，如果兄长坚持忠义，那么这个条件没有任何意义；如果兄长选择变通，那么这个条件相当不错了。咱们在宋朝皇帝那里顶多是白铁的价格，在辽国皇帝那里，咱们是黄金的价格。这就要看兄长了，究竟要宋朝的白铁，还是要辽国的黄金。人家欧阳侍郎分析得对，有高俅、蔡京那些奸臣在，咱们就不能在大宋官场上有所作为，到头来都得成杨白劳。照我看，如果归顺辽国皇帝，那日子比在梁山还舒服呢！"

宋江听完，一声叹息，"军师说的是什么话，我们生是宋人，死是宋鬼，怎么可能为辽国卖命。即便将来宋朝负我，我绝不负宋朝！"

一句话让人渺小，一句话让人高大，宋江这一句话让他的形象高大了起来。

10. 世上没有活神仙，只有马后炮

这段时间，宋江在蓟州休养生息，内心里还是想算算命。这天他跟公孙胜闲聊，宋江突然想起公孙胜有个神仙师父罗真人，是不是可以找他算命呢？

宋江跟公孙胜说想去见一下罗真人，正中公孙胜下怀。公孙胜这个人的斗争意志从来都不坚定，"在家想江湖，在江湖又想家"。宋江提出要去见师父，公孙胜很高兴，这样他可以回去见师父顺便拐个弯回家见老娘。

宋江马上点将，点了戴宗、花荣、吕方、郭盛、燕顺、马麟，再加上自己和公孙胜总共八个人，这个数挺吉利。李逵、宣赞、樊瑞、焦挺也积极请命，

都被宋江回绝了，宋江嘴上说名额有限，实际是嫌他们长得丑，怕罗真人不待见。再则，李逵跟罗真人还有仇，不能带着李逵去刺激罗真人。

宋江一行人上了呼鱼鼻山，山上风景秀丽，气候宜人，冬暖夏凉适宜养生。等见到罗真人时，罗真人给足了宋江面子，一口一个"将军"，让宋江非常受用。这是因为罗真人听说过宋江的事迹，再则宋江是皇帝封的先锋使，也算是受天子之命的朝廷官员。

无论是罗真人还是鲁智深的师父智真长老，他们都是接受官府领导的。无论哪个朝代，宗教可以存在，但都是为统治阶级服务的，没有哪种宗教可以凌驾于国家政权之上，所以罗真人和智真长老对于朝廷的大臣还是尊崇有加。

这一夜宋江得以与罗真人独处，宋江一股脑说了很多心中的苦恼，期待罗真人能给他指点迷津。罗真人耐心听完宋江的倾诉，他告诉宋江，"将军一点忠义之心，与天地均同，神明必相护佑。他日生当封侯，死当庙食。只是将军一生命薄，不得全美。"

罗真人的意思是说宋江的忠心天地可鉴，老天爷也会保佑，以后有望封侯，死后有人为他建庙，只可惜一生命运坎坷，不能说是完美。

罗真人说得很对，征方腊之后，宋江的功劳可以封侯，奈何奸臣作梗，只做得楚州安抚使，死后确实有人给他建庙。宋江一生的确坎坷，不能算完美，没有正经结婚，没有正经享受家庭生活，没有子嗣。然而人生在世，完美的人又有几个？

罗真人临别时送了宋江八句偈言，"忠心者少，义气者稀。幽燕功毕，明月虚辉。始逢冬暮，鸿雁分飞。吴头楚尾，官禄同归。"

宋江乞求罗真人说得明白一些，但罗真人以"天机不可泄露"为由拒绝了。后来宋江给手下众头领看过这些法语，没有人能够参透。

这八句偈言其实说了宋江日后的一些事，"你手下的将领虽多，但忠心讲义气的并不多，从最后看，只有吴用、花荣和李逵。这次征辽尽管有功，但对于朝廷来说，你们如同月亮的光辉，可有可无。在一个冬天，你手下的兄弟们就会像大雁一样各自纷飞了。在古代吴国和楚国交界那一块，你会立功，从此官职和俸禄都有了，至于以后的事情就不知道了！"

当然这些话是马后炮，是事情发生之后再回头看。

但这就是人生，即便你有郁保四的长腿、戴宗的速度、公孙胜的道法，你也始终无法跑到时间的前面。

11. 当卢俊义大骂宋江

宋江即使得了罗真人的法语，也无法看到自己的前程，只能一步一步脚踏实地往前走。

宋江传信给欧阳侍郎，表示愿意归降，并说由于副手卢俊义跟他是死对头，肯定会带兵追杀，请求辽国给座城池让他躲藏。欧阳侍郎急于把宋江招安，毫不犹豫地让宋江进入辽兵控制下的霸州城。宋江又借口老搭档吴用还没有跟来，请求沿途不要为难吴用，尽管让吴用跟着来，欧阳侍郎又毫不犹豫地答应了，此时他已经中了宋江的连环计。

宋江借城是为了进入这座城池当内应，让沿途辽兵不为难吴用就是让辽兵放松警惕，这样吴用身后的鲁智深和武松可以如同砍瓜切菜一般占领险要关口，一路轻松来到霸州城下。

等吴用来到霸州城下的时候，卢俊义做追赶状也到了城下，一场精彩的骂战开始了。卢俊义指着城上的宋江骂道："俺在河北安家乐业，你来赚我上山。宋天子三番降诏招安我们，有何亏负你处？你怎敢背叛朝廷！你那黑矮无能之人，早出来搭话，见个胜败输赢！"

这番话未必是卢俊义精心准备的台词，或许正是他的肺腑之言，人家好好地在河北当自己的财主，你宋江非要改变人家的生活方式，弄得他家破人亡。把人家请上山，又把人家架空。

当然，这些苦卢俊义不能明说，打碎了牙只能和血吞下去，要问梁山之上谁最苦，男找卢俊义，女找扈三娘。

宋江做出很愤怒的样子，实际上可能真的愤怒了，因为他看出卢俊义真入戏了。怒归怒，正事还不能忘，宋江命令林冲、花荣、朱仝、穆弘出去迎战，说是迎战，其实是去开门迎接。

戏演到这个时候该收场了，林冲和花荣引着卢俊义就进了城，霸州城内的辽兵就像拍电影那样被缴了械，一个小兵跟另外一个小兵说，"咱到底算哪拨的，怎么一会儿工夫就被缴了械！"另外一个小兵回答道，"你管呢，谁给咱盒饭咱就跟谁干！"

宋江得意扬扬地看着欧阳侍郎，"你太小看我们了，我们不是一般的强盗，我们是爱国忠君的强盗，不对，我们现在都是朝廷官员了，是有着爱国忠君思想的大宋官员。刚才我们总共使了两计，一计叫诈降，一计叫里应外合。当然了，你们可能还没进化好，还不懂得这些高超的计谋！"

宋江训完话后，很有风度地让欧阳侍郎带着他的全部班底安全离开了，又安排手下将城头的辽军旗帜尽数拔去，全部换上宋军旗帜，从今往后，霸州不姓辽了，姓宋！

12. 哪朵云彩上有雨

灰头土脸，绝对的灰头土脸。

力主招安的欧阳侍郎垂头丧气地回到了辽国都城燕京，玩了一辈子鹰最后被鹰啄了眼，确实够丢人。

原先就力主坚决打击宋江的那一派开始反攻倒算，要求辽皇斩了欧阳侍郎去去晦气。幸好有明白事理的兀颜统军替欧阳侍郎求情，这才算躲过了一斩。兀颜统军的理由很简单，"斩了欧阳侍郎于事无补，反而让宋江那些人看笑话"。这个思路非常对，适合所有的皇帝处理败军之将，对于败军之将绝不能一杀了之，那样更丢国家的脸，让你的对手更加看不起你。

辽国大将贺统军请求带兵出征，辽皇同意了，这个时候只能死马当活马医了，你知道哪朵云彩上有雨呢？

贺统军也是个人物，据说还会作法，他制定的战术是诱敌深入，把宋江的兵引进一条深谷，然后活活饿死他们。

贺统军带兵兵分两路攻打霸州，攻打是次要的，诱敌深入是主要的。

贺统军的到来让宋江和卢俊义很兴奋，"这不是找打吗？不趁这个时候顺便打到幽州还等什么呢？"

吴用和朱武两位军师苦苦劝阻，还是劝不住已经穿一条裤子的宋江和卢俊义。如果说梁山是一家公司，宋江和卢俊义是董事长和总经理，吴用和朱武就是给他们打工的，打工的想当董事长和总经理的家，反了你了！

任何违背真理的行为都会受到惩罚，宋江和卢俊义这次军事冒进很快吃到了苦头。宋江和卢俊义将两处军马分成大小三路进军，一路追击辽兵，结果半路被斜刺里杀出的辽兵隔断，彼此不能救应。卢俊义率军混战，左右冲杀，这时候贺统军作起了法，黑雾遮天，白昼如夜，不分东南西北。

辽兵以铃铛为号，听着铃铛就冲出了混战圈，宋兵什么办法也没有，只能乱冲，到一个山口的时候，卢俊义听到里面人语马嘶，就带人杀了进去，又是一阵狂风走石，卢俊义两眼摸黑，不见自己的五指。

等到风平云静，卢俊义才发现，完了，这回不是掉坑里，而是被人封到山谷里了。卢俊义带着徐宁等十二个头领面面相觑，谁也不说话，手下五千兵马看着四周的高山峭壁也都呆住了。

一个小兵对另一个小兵说，"兄弟，我现在终于弄明白一个成语。"

"什么成语？"

"插翅难飞！"

13. 山东猎户的跨区作业

本来宋江也有可能掉到沟里，好在他有公孙胜保驾护航，贺统军刚作法升起黑云，就被公孙胜作法给驱散了，说穿了他们就是两个化学爱好者在做化学实验。

盘点军马，少了卢俊义的那一路，宋江已经很有经验了，照着九天玄女的方法算了一卦，卦象显示：没关系，只不过掉坑里了！

光知道掉坑里，但不知道是哪个坑，宋江还得派人去找。

要说宋江手下还是人才多，在山里找人可以启用解珍和解宝了，这哥俩在梁山上几乎没有作为，这回终于用得上了。一个人在团队里的价值关键在于被需要，你总是被需要说明你有能力，如果你总是不被需要，那或许到了说再见的时候。

解珍和解宝翻出了压箱底的猎人服，哥俩告别这身行头已经有几年，现在终于可以穿上了。

哥俩走过几个山头，别说人了，连只老虎都没见着，哥俩心里有些郁闷。远远看见一处灯火，应该是一户人家。这样的景象让哥俩感到很亲切，在老家的时候，哥俩经常在深山里找这样的人家讨口吃的，顺便歇个脚。

给解珍和解宝开门的是一位老太太，听到解珍、解宝借宿的请求，老太太马上就答应了，"谁顶着房子走路哩"，跟当年史进他老爹说得一模一样，莫非老太太是陕西移民？抑或是史进老家幽州那一块的？都是猜测。

解珍和解宝跟老太太说哥俩是山东的猎人，老太太就相信了，老太太的两个儿子不相信，山东猎人怎么不在山东打猎反而跑到幽州来打猎呢？这属于跨区作业，不符合常理。

解珍和解宝一看瞒不住，干脆实话实说了，"俺们是梁山上的两名头领，到这里是找人的，俺们的卢俊义头领失踪了，活不见人，死不见尸，全军上下都挺闹心的！"老太太的两个儿子一听是梁山头领，顿时高看了一眼，热情地款待了獐子腿和白酒。

老太太的两个儿子告诉解珍和解宝，"八成是困在了青石峪，要救只能从峪口救，峪口那里有两棵树，很大很显眼。"

书中没有交代老太太和儿子是哪个民族的，只说老太太的丈夫叫刘一，早就过世了。老太太的两个儿子分别叫刘二和刘三，从姓氏和名字看，可能是在这一代讨生活的汉人，而且大字不识几个。不然就不能叫这样的名字，爹叫刘一，儿子叫刘二、刘三，明白人知道是爷仨，不明白的能当成哥仨。

14. 燕京露出了大板牙

解珍和解宝连夜把刘二和刘三的情报带回给宋江，宋江这才有点安心。不一会儿的工夫，段景住和石勇带着白胜来了，白胜是从卢俊义那里过来送信的。

白胜这趟来得不容易，先是大家搭人梯把他送上了高山，然后白胜又用毡团把自己卷成一个卷，打包成一个大毡包，从高山上滚了下来。段景住和石勇正在巡查瞭望，看着从天上掉下一个大毡包，两人都兴奋地跳了起来，开始以为毡包里面可能有馅饼，没想到打开一看是白胜。

白胜从天而降的方式其实很冒险，只能听天由命，运气好，到山脚被树卡住还有命，弄不好掉水沟里，一米深的水都可能把他淹死。白胜可能是模仿《三国演义》里的邓艾，邓艾就是用这种方式突破蜀国天险，直接攻占成都。多读《三国演义》是有好处的，别像高俅那样，看《三国演义》只看两页。

白胜带来的情报基本跟解珍和解宝一样，无非就是"我们被包围了，请求增援，请求增援"！要说还是现代社会好啊，这点事一个短信就搞定了，用不着白胜费那么大劲。

宋江与吴用一盘算，连夜点兵去救卢俊义。

到天明的时候，宋江的人马接近了峪口，辽军守将贺统军也带兵冲了过来。最先倒霉的是贺统军的两个弟弟，两个本事不济的人分别遭遇的是林冲和李逵，结局只能 game over。贺统军一看，赶紧作法，结果不灵了，他的同行公孙胜也作起了法，所以说"同行是冤家"。

贺统军拍马逃跑，宋江的人马开始扒峪口的石头，不一会儿的工夫，宋江看到哭成了孩子的卢俊义，宋江拍拍卢俊义的肩膀，"放心兄弟，咱梁山从来都是不抛弃、不放弃！"

过了青石峪，幽州就暴露在梁山军马的面前。

贺统军得到了增援，但还是抵挡不住梁山军马进攻。贺统军先是跟林冲斗了五个回合，发现对手太厉害，只能转身就跑。正跑的时候，迎面碰上了镇三山黄信，贺统军自己先慌了，被本事平平的黄信一刀砍在马头上，交通工具顿时报废了。贺统军刚想继续跑，又遇到了石秀和杨雄，两人把贺统军放翻在地。这时，云里金刚宋万又冲了过来，这下热闹了，一个敌将三个头领怎么分呢？幸好三人都不是小气鬼，干脆算三人合资吧，三个喊着口号，"一二三，一二三"，乱枪戳死贺统军，三人各得三分之一功劳。

贺统军死了，幽州城的防盗门也就成虚掩着的了，宋江用手指轻轻一捅，梁山军马就进驻到了幽州城。

幽州城是辽国都城燕京门户，相当于燕京的嘴唇，现在嘴唇被宋江打破了，辽国的大板牙只能暴露在宋江的铁锤之下了。

宋江脑海里浮现出皇帝的谆谆教导，"一定替朕拍死他们！"

15. 兀颜延寿可能是个理科生

幽州失守，辽国上下异常惊慌，经过辽皇召开的扩大会议商议，辽国决定派辽国都统军兀颜光的儿子兀颜延寿打头阵，迎战宋江军马。兀颜延寿这个人勇猛还是有的，智商稍微差了一点，用鲁智深骂人的话说，"七窍开了六窍"，结论是"一窍不通"。

战场上对主将来说，最关键的是要按照自己的节奏行事，本方牵着对方的鼻子走，不能被对方牵着鼻子走。

然而兀颜延寿偏偏违反这个原则，所以说他的智商不高。

原本兀颜延寿的胜算还比较大，至少他摆的阵比梁山先进。

兀颜延寿一看宋江摆的是九宫八卦阵，心中一阵冷笑，"这么烂大街的东西也拿得出手？"

兀颜延寿冲到阵前高声叫道："你摆的破九宫八卦阵不嫌丢人吗？你看得懂我的阵吗？"

宋江带着吴用和朱武上云梯看了半天，宋江挠破了脑袋，吴用皱破了眉头，朱武平静地说，"这是太乙三才阵。"

宋江下了云梯，鹦鹉学舌，"这破阵有什么稀奇，太乙三才阵！"

兀颜延寿可能是个理科学生，非常较真，今天就是抬杠来了，回到阵上又变一下，"你还认得不？"

朱武一看，马上通知宋江，"此乃循环八卦阵。"

兀颜延寿还不死心，接着变，"还认得不？"

朱武再看，不得了，"诸葛武侯的八阵图。"

兀颜延寿冲出来趾高气扬地问，"还认识不？"

宋江嘴上占人家便宜，"大侄子，你穿了马甲我照样认识你，这是诸葛武侯的八阵图！"

兀颜延寿有点懵了，他以为宋江是真明白，他不知道宋江就是个棒槌，全靠朱武在后面作弊给他发信息。兀颜延寿延续了自己一根筋的传统，"既然你认得我的阵，你倒是变个奇异的给我看看啊！"

宋江一看小孩子快上当了，最后一激，"你不是说我的阵形烂大街吗？你来打一下试试！"

兀颜延寿到底是个未成年的孩子，不假思索，马上就上了宋江的当，"打就打，你们不准放冷箭！"

宋江嘴上表示没问题，随即示意手下，"准备放箭！"

等兀颜延寿带着人开始攻阵的时候才发现，宋江太能忽悠了，怎么说话不算话呢，说好不放箭，怎么还放呢？宋江的兵高喊，"我们答应不放冷箭，但没说不放明箭啊！"

宋兵弓箭如雨下，兀颜延寿带的人马只冲进去一半，这意味着他起手少了一半砝码。等冲到阵里，公孙胜又开始作法，严格说来，这样违背公平竞赛原则。执着的理科学生兀颜延寿眼前产生了幻觉，先是听得到处水响，后又看到千团火块，又看到两处都是鹿角，无路可走，最要命的是黑气遮天、乌云蔽日，兀颜延寿光是被这些奇景就折腾得已经没有抵抗能力。等到呼延灼突然杀出的时候，兀颜延寿只能举起方天画戟垂死抵抗，方天画戟的杆一下子就被呼延灼打成了两段，他自己也被呼延灼一把抓住，生擒活捉。

一个理科高中生跟一个江湖老油条的斗法就此结束，这一回合，江湖老油条宋江胜。宋江看着被活捉的兀颜延寿，得意地说，"大侄子，你黑叔叔吃的盐比你吃的米还多呢！"

16. 孙立，地煞地位，天罡水平

兀颜延寿的手下回去向他老爹兀颜光报告，"完了，令郎被宋江给擒了！"

听了儿子被擒的经过后，兀颜光判断宋江一方必定使用了妖法，他恨恨地说，"对付一个未成年人用如此下作的手段，太不要脸了！"

事情到了这个份上，只能继续跟梁山人马缠斗了。

兀颜光点了十一员大将、二十八宿将，精兵二十万，并请辽国皇帝御驾亲征，这架势就是拿全部家当跟宋江死磕来了。

兀颜光的两位先锋官分别是琼妖纳延和寇镇远，两人武功非常了得，也是照出梁山头领原形的两面镜子。

首先被照出原形的是九纹龙史进，这个在梁山上不太得意的头领在征辽战役中表现很出色，在蓟州城下居然两刀砍死两员辽将，很出风头。（主要是对手太差了）

这次遇到琼妖纳延，史进遇到了硬茬子。

史进与琼妖纳延斗了不到三十个回合，发现根本打不过对手，只能回马就跑。琼妖纳延不甘心，拍马在后面追，这一追就让他成了花荣的移动靶。琼妖纳延马上就要追上史进了，到底花荣的箭比他的马快，花荣一箭将琼妖纳延射落马下。正在逃命的史进听到背后的琼妖纳延落马，立刻回身，冲着躺在地上的琼妖纳延就是一刀，这一仗就算史进赢了。

唉，上哪里说理去。

另一名前锋寇镇远看折了琼妖纳延，叫喊着出来复仇，他的对手是梁山上被低估的头领病尉迟孙立。

孙立这次使的是金枪，金枪在他的手中神出鬼没，寇镇远打了不到二十个回合发现打不过，回身就跑，孙立在后面紧追不舍。眼看追不上，孙立张弓搭箭射出一箭，寇镇远听到弓弦响，居然伸手抓住了这一箭，让孙立也忍不住喝了一声彩。

寇镇远以牙还牙，孙立却假装看不见，等寇镇远射出箭的时候，孙立算好时间差，箭到身前，身体向后倒下，做出中箭的样子，两只脚踩在马镫上，身子仰躺在马背上，这一点非常难做到，得算准箭的飞行时间差。

寇镇远以为孙立已经中箭，看着孙立的马驮着仰躺的孙立跑过来也没在意，马到他跟前的时候，孙立突然一跃而起，坐在马上。

寇镇远大喊一声，"躲得过我的箭，却躲不过我的枪"。

孙立挺起胸脯受他一枪，枪尖刚顶到孙立盔甲的时候却被他身子一侧躲了过去，寇镇远的枪从孙立的身体和胳膊之间空刺了过去，自己的上身却完全暴露给孙立。

孙立起手挥起虎眼钢鞭，正打在寇镇远头上，"啊，朋友，再见！"

这次对决充分展示了孙立的实力，在梁山上他被低估了，他跟呼延灼能打成平手，居然只排到第三十九位，典型的"地煞身份，天罡水平"。

17. 八十万禁军教头是一窝不如一窝

经此一战，辽国已经没有多少家底了，只剩下一个大阵。这个大阵总共动用二十万人，辽国皇帝在中央亲自压阵，十一员大将、二十八宿将分兵把口。皇帝带着全国的家当出来摆阵了，显然辽皇已经输红了眼，快崩溃了。

宋江带着吴用和朱武登上云梯观看，宋江看得惊讶不已，吴用看得目瞪口呆，还是朱武看了出来，"这是太乙混天象阵。"

宋江赶紧问，"有过关秘籍吗？"

朱武摇摇头，"此天阵变化莫测，不可造次攻打。"

宋江说，"若不打，怎么才能让他退兵？"

朱武说，"也有一个办法对付他们！"

宋江急切地问，"什么办法？"

朱武说，"挨打！"

宋江瞪了朱武一眼，都什么时候了还开玩笑。不过冷静一想也有道理，先挨打，看他们的破绽，然后再找破阵方法。

宋江和朱武等在阵前看到辽兵阵势有所变化，朱武大叫一声，"坏了，对方动手了！"话音未落，辽兵分五路杀了出来，宋江没有迎战的方法，只能撤退。回到大营一盘点，损失不小，孔亮刀伤，李云中箭，朱富着炮，石勇中枪，巧合的是，这四位后来在征方腊的战役中一个也没活成，或许应了那句话，"常走夜路总会撞到鬼！"

第二天撞到鬼的是李逵，他是在吴用的安排下试探着去攻阵，进去了没出得来，被人家给活捉了。

李逵被捉，事情大发了，他是宋江的嫡系。好在宋江手里还有筹码，就是那天被他忽悠的兀颜延寿。宋江提议双方交换俘虏，对方虽然犹豫，最后也答应了，毕竟兀颜延寿是主将的儿子，身价还是很高的。

经过交换，李逵又被换了回来，宋江阵营一片寂静，大家都想不到破解的方法，都很郁闷。

打破寂静的是来给宋江运粮的八十万禁军枪棒教头王文斌，这也是个忽悠。他的任务只是运粮，看到宋江大营遇上了难题，王文斌夸口说自己能破解，他只知道吹牛，却不知道吹牛也会死人的。

王文斌站在云梯上看了半天，没看出是什么阵势，下来后还继续忽悠，"这不就是那什么什么阵吗，就在我嘴边，说不上来，这都是我玩剩下的！"

王文斌表现得成竹在胸，宋江也信以为真，有枣没枣打两竿子吧。

梁山军马列阵挑战辽兵，到了王文斌见真章的时候。

王文斌首先出马，辽军出马的是大将曲利出清。打了二十来个回合，曲利出清回马就走，大嘴王文斌在后面紧追。曲利出清一边跑，一边观察王文斌，等王文斌追近的时候，曲利出清翻身狠砍一刀，这一刀跟关胜的回马枪有几分相似。

大嘴王文斌被砍成两段，死于马下。辽兵趁势进攻，宋江再败一阵。

回到大营，宋江马上写了情况说明，特别声明，"王文斌自愿出战，与宋江无关，与梁山无关"。

大嘴王文斌，死得好冤，就死那张嘴上了。

后来林冲和徐宁又喝了一次酒，又提到了大嘴王文斌，他们坚持了以前的结论，"八十万禁军教头真是一窝不如一窝了！"

18. 白天不懂夜的黑

面对辽国的庞然大阵，宋江感觉自己就是一只老虎，而对方是一只刺猬。宋江这只老虎想张嘴咬死刺猬，却找不到下口的地方，人生最痛苦的事情莫过于如此，明明眼前有肉，可就是吃不着，饿不死，也得急死。

宋江已经不敢算卦，他心里没底，如果算卦再算成凶卦，日子就没法过了。宋江找不到好办法，只好坐着发呆，迷迷糊糊中倒在床上睡着了，这一次曲径通幽，在梦中他再次接受了九天玄女的函授。

日有所思，夜有所梦，当你茅塞不开的时候，不妨蒙着头睡一觉做个梦，说不定梦醒了你就茅塞顿开了。牛顿在半梦半醒之间被苹果砸了脑袋，从而想出了万有引力定律；阿基米德在洗澡发呆的时候想到了浮力原理。当你想一个问题进了死胡同的时候，不妨换一种方式，或许会别有洞天。

在梦中，宋江想到了破阵的方法，总结起来有三点：第一点，夜袭；第二点，各个突破；第三，集中火力，中军突破。

第一点，夜袭，出其不意，在敌人最疲惫的时刻出击，敌人的战斗力大打折扣；第二点，各个突破，用马军五虎将分别冲击对方的五个大营，让他们彼此之间各自为战，不能相互救援，降低辽国的联合作战能力；第三点，集中火力，突破中军大营，百万军中取上将首级，帅旗倒了，人心就散了，队伍自然也就不好带了。

宋江一觉醒来定下了破敌良策，不过他还是准备戏弄一下吴用。

一见吴用的面，宋江便问，"军师可有妙计破阵啊？"

吴用尴尬了半天，"这个，这个，这个。"

宋江揶揄道，"百无一用是书生啊，看来你真是一书生！"

吴用脸红一阵，白一阵，没办法，谁让宋江是老大，说得再难听，吴用也得忍着。不过红白了一会儿后，吴用也就习惯了，没有什么好尴尬的，把自己当二皮脸就得了。

宋江跟吴用开始分配人马，马军五虎将各率一个尖刀连，其他头领分各个方位策应。直扑辽国中军大帐的是卢俊义和燕青带领的突击队，不管是谁，抓着辽国皇帝必定重赏。另外一个重点是李逵带着他的丑F4组合（樊瑞、鲍旭、项充、李衮）护送雷车冲击大营，务必炸开一条血路。还有一个最关键的，公孙胜负责作法。

夜里南风大作，走石飞沙，雷公闪电，梁山人马顺风进攻，辽国逆风防御。子夜，总攻开始，马军五虎将带领尖刀连发起进攻，所有头领一起上阵，除了宋清这样啥也干不了的跟着宋江、吴用、朱武守营，剩下的头领全出动了，连兽医皇甫端都拿着骟马的马刀冲了上去。

兀颜统军正在安排第二天的工作，没想到梁山兵马没打招呼冲了进来，这也太不讲究了。

李逵等人护送的雷车火起，空中霹雳交加，按照我的分析，这些雷车可能相当于土坦克，在当时算重武器，万军丛中打开血路还得靠重武器。

兀颜统军一看形势不妙，马上逃跑，他始终想不明白，为什么这个大营白天还是巨无霸，晚上就成了纸糊的巨无霸呢？

谁让你白天不懂夜的黑！

19. 三个打一个，打死为止

兀颜统军想跑，却发现逃跑已是一件很困难的事情。首先得躲避李逵运来的那些雷车，同时还得躲避空中飞舞的石子。疯狂的石头张清痊愈了，这次来辽军大营就是讨债的。张清采用的是群发石子，拿起石子就往空中乱打，兀颜统军身后的副将不是脑袋起了包，就是脸上毁了容，在张清的石头轰炸下基本没有战斗力了，想逃走，只能靠兀颜统军自己单打独斗。

梁山人马打仗从来不讲究战场规矩，他们的规矩是"没有规矩，打死再说"！

先是花荣冲着兀颜统军背后射了一箭，射在护心镜上，让兀颜统军心脏骤停了几秒钟。兀颜统军的心脏刚恢复工作，大刀关胜冲了过来，上手就是一刀，兀颜统军的三层盔甲被砍破了两层。关胜再接再厉再砍一刀，这一刀居然被兀颜统军躲了过去。

两人正斗得欢畅，花荣又射出一箭，射中了兀颜统军的耳朵穿透了头盔，这下头盔彻底固定住了。

这还不算完，张清又飞过来一颗石头，打在兀颜统军的脸上，兀颜统军没有战斗力了，趴在马上拖着兵器跑。关胜追上，一刀将其砍下马，张清上来再补一枪，花荣偷空把马抢了，三个人总算联手把兀颜统军给搞死了，不容易。

整个过程就应了《马大帅》里范德彪的台词，"太不讲究了，不按套路打"！

其他各路人马都有收获，卢俊义的突击队突破了中军大营，只可惜让辽国皇帝跑了，卢俊义心里充满了遗憾，"哎，我与我追求的幸福就差了那么一点点"。

大家一起努力，二十万辽兵彻底报销了。

宋江鸣金收兵，一盘点，本方将领一个没少，对方将领抓了一堆，上至上将，下至小兵，辽国所有军衔的官兵都抓齐了，让宋江顺便学习了一下辽国的军衔知识。

摆在辽国皇帝面前的有两条路，一条是投降，另一条还是投降。辽国皇帝和手下的残兵败将一合计，按照经济学原理，还是投降的成本最低，那就投降吧！辽国都城燕京竖起了降旗，这倒给宋江出了个难题，"怎么办呢？是接受投降还是痛打落水狗呢？"还是请示上级吧。

梁山征辽写到这里其实已经没有多大意义了，因为本身就是虚构的，是知识分子书生救国的一种方式。北宋对辽从来没有如此大胜，即使在初期取得过阶段性胜利也都是惨胜，基本是毙敌一千，自损八百。即便在北宋末期，即使辽国濒临亡国，北宋军队依然在辽军面前讨不到便宜。

北宋的病根从赵匡胤时期就种下了，"杯酒释兵权"解除了武将夺权的威胁，叠屋架床的管理方式则让北宋的军事内重外轻，对外只能处于防御，再也无法主动进攻。

赵匡胤曾说，"卧榻之侧岂容他人酣睡"，但遗憾的是，他的子孙在他的祖制下只能与狼共舞，与虎同眠。

01. 鲁智深：我想师父了

梁山军马兵临城下，辽国皇帝承诺，"年年进牛马，岁岁献珠珍，再不敢侵犯中国"。这个承诺是虚构的，不存在的。中原政权等待这个承诺等了几百年。从赵匡胤时期就在等待，一直等到南宋亡国。

元朝从建立到覆没，直到朱元璋建立了明朝，才算勉强等到了这个承诺，所以说人生最痛苦的事情就是等待。

梁山军马征辽最终以辽国投降附表称臣结束，宋江等头领却是竹篮打水一场空，个个都是杨白劳。在奸臣的眼里，辽国没有亡国，这场仗相当于没打，所以他们可以将宋江等人的功劳一笔抹杀。

为了防止被遗忘，宋江让萧让作文，金大坚刻字，两个善于伪造的人联手将这次征辽经过刻成石碑竖立在永清县东十五里的茅山之下，以纪念这次伟大的战役。这是模仿汉武帝时期的霍去病，霍去病讨伐匈奴封狼居胥，宋江征辽立碑茅山，历史是相通的。

石碑立下，征辽画上了一个句号。

经过战争洗礼的鲁智深想起远在五台山的师父——智真长老，屈指一算，他已经离别师父很多年了。

鲁智深想起了自己艰难的前半生，悲喜交加。

军营成长，渭城惹祸，五台山出家，东京城种菜，野猪林救人，二龙山落草，青州聚义，梁山团圆。不经意间，自己走出了从军官到和尚，从和尚再到落草和尚的人生轨迹，是喜是悲，谁又能说得清？

宋江听完也十分感慨，"我何尝不是如此，如果没有变故，我现在依然是郓城县吏，而现在我是先锋使，我也不知道县吏和先锋使，我究竟更喜欢哪一个。如果一切可以重来的话，我也想好好设计我的人生剧本。"

宋江说完他的感慨，鲁智深开始盘算自己的事。

此时的他有些迷茫，他不知道路在何方，是跟着宋江的大部队闷着头往前走，还是选择另外一条道路呢？

想来想去，身边没有一个明白人，武松是个粗人，宋江是个忽悠，吴用是半瓶水，还是去问师父吧。

离开五台山时，智真长老送给鲁智深四句偈言，到现在应验了三句。

四句偈言是"遇林而起，遇山而富，遇水而兴，遇江而止"。

鲁智深按照自己的经历一对照："遇林而起"是自己遇到林冲，揭竿而起救助林冲；"遇山而富"是自己和杨志一起上了二龙山，过上有酒有肉的生活；"遇水而兴"是自己上了梁山而且当上了步军第一头领；现在就剩下"遇江而止"了，究竟是什么意思呢？

是遇上宋江就停止，还是遇上大江就停止呢？还得问问师父。（师父说的江是钱塘江）

夜深人静，鲁智深在心里祈祷，他多渴望能够穿越时空，看到自己的未来！

02. 鲁智深，将军还是皇帝？

听说鲁智深要去找师父问前程，宋江也动了心。

宋江本就是爱算命的人，不仅经常在梦里找九天玄女算命，还找过公孙胜的师父罗真人算过命，现在又想找鲁智深的师父智真长老算命。

宋江的做法也有问题，拜的佛太多，又是九天玄女，又是罗真人，又是智真长老，这不是制造神仙之间的紧张气氛吗？

不管怎样，宋江还是要去算一下命，毕竟对前途没底。

众头领听说宋江要去算命，吵吵着都要去，只有公孙胜保持沉默。他是道教中人，不能拜佛教，如果拜了，那就是背叛师门、两姓教徒了，那就成了教徒中的吕布。

宋江看看身边的头领，想都带去，不可行，总得有人带着队伍班师回朝啊。想来想去，还是让卢俊义带队吧，他的命运早就注定是悲剧了，不用算。

至于萧让、金大坚、皇甫端、乐和，这四个人常年在大本营待着，没有生命危险，不算也罢，这些人勉强要算，也只能算出到底是老死在床上还是炕上。既然都是老死，那就别管是床还是炕了，不像别的头领，死法千奇百怪，那样才值得一算。

宋江让卢俊义等六名头领带队继续赶路，剩下的人都跟他上了五台山。

五台山门口，众头领穿着锦绣战袍，一百多人往门口一站，着实是一道风景。出来迎接的僧众认出了鲁智深，再看他身边的风景，僧众们只有一个判断，"鲁智深发达了！"

僧众们还在争论，"是当皇帝了，还是当将军了呢？"一个道行深一点的和尚说，"肯定是将军，咱这一行几千年就出了一个皇帝，还是姓朱的，据说在几百年后！"

当将军也不容易啊，僧众们都用羡慕的眼光看着鲁智深，都在想，如果当年从五台山出走的是自己，那么自己是不是现在也是一名将军呢？

生活从来没有如果，只有结果。

鲁智深和宋江等人参见了智真长老，此时智真长老年逾六旬，眉发尽白，骨骼清奇，宋江一看就十分欢喜，这就是得道高僧啊。

智真长老看到鲁智深的第一句话很有味道，"徒弟一去数年，杀人放火不易！"

长老还认鲁智深这个徒弟，也知道鲁智深这些年的主要工作是杀人放火，但得出的结论是"不易"。

不错，鲁智深是杀人放火，但鲁智深杀的人除了镇关西都是该杀之人，放的火全是正义之火，这跟武松等人有天壤之别。

宋江忙替鲁智深辩解，"智深和尚虽然杀人放火，但忠心不害良善，善心常在！"宋江这个评语还比较公道，从这一点看，他适合当老大。

智真长老虽是得道高僧，但毕竟是大宋的和尚，对朝廷官员宋江还是非常尊重，"久闻将军替天行道，智深跟着将军是没错的！"

宋江急忙接过话头，"对，相信我，没错的！"

鲁智深看师父脸色缓和，赶紧拿出金银财宝奉上，算是给师父的见面礼。智真长老淡淡看着，"若是杀人放火所得的不义钱财，为师可不能要！"

鲁智深赶紧补充一句，"师父，这钱都是干净的，是弟子在多次战斗中立功所得的奖金！"

智真长老听了非常高兴，鲁智深的钱来路干净而且光荣，那就收下吧，就当替鲁智深给佛祖上香了。

宋江一看智真长老收了鲁智深的钱财，急忙拿出了自己那份，不料被智真长老拒绝了。鲁智深那份是师徒之间的情谊，宋江这份就是世俗的往来了。宋江苦求了半天，智真长老勉强同意把宋江这份礼交到五台山寺庙仓库里，也算是宋江给五台山的一份赞助。

03. 大雁也有"仁义礼智信"

第二天一早，宋江和鲁智深跟着智真长老一起参禅，智真长老连续上了三炷信香，第一道祝皇帝和皇后身体健康，万寿无疆；第二道祝宋江等斋主寿算延长，名垂万载；第三道祝国泰民安。看智真长老上了这三道香，宋江确定，智真长老确实是忠诚于大宋的和尚。

宋江瞅准时机向智真长老询问人生感悟，智真长老说了几句偈语，宋江听得云里雾里，不明就里。糊涂就糊涂吧，先率领一百零一个兄弟一起在香坛前起誓，"但愿众兄弟同生共死，世世相逢"，当然这都是美好的愿望。

到了晚上，宋江动问梁山的前程，智真长老不动声色，写了四句偈语：

当风雁影翩，东阙不团圆。

只眼功劳足，双林福寿全。

以宋江的造诣自然看不懂这些高深的话，再问智真长老，智真长老摇摇头，"天机不可泄露"。

宋江听了非常郁闷，问了半天等于白问，先前罗真人说了一通让他听不懂的话，现在智真长老又说了一通让他听不明白的话，这命算的，越算越糊涂。

智真长老叫来鲁智深，言语中略有伤感，"徒弟此去恐怕就是永别，不过你会得到正果！"拿过纸笔，智真长老写下四句偈语：

逢夏而擒，遇腊而执。
听潮而圆，见信而寂。

鲁智深也不明就里，不管三七二十一，背下来再说，省得忘了。

众人在寺庙里歇息了一宿，第二天一早就离开了五台山。

对于宋江来说，这一趟唯一的收获就是拿到了不知所云的偈语，不过对于前程他照样糊涂；对于鲁智深来说，最大的收获是与师父重逢，顺便得到四句偈言，尽管他不知道偈言的真正含义，但他知道，他的一生都在这四句偈言里，他能做的就是用自己的一生去验证。

等到卢俊义和公孙胜看到宋江得到的偈语时，也是一头雾水，一旁的圣手书生萧让是个明白人，"禅机法语，哪是一般人能看得明白的？就别猜了，闷头过吧！"

宋江一行继续赶路班师回朝，一路上都闷闷不乐。众头领们不知道路在何方，宋江也不知道梁山的旗帜到底能够打多久。

正行进间，宋江发现天空中的雁群没有排成"一"字形，也不是排成"人"字形，而是不成形地乱飞，宋江心中疑惑，"莫非大雁的定位系统失灵了"？

不是大雁的定位失灵了，而是浪子燕青惹的祸。

燕青刚跟花荣学会射箭，正拿大雁练手，一会儿的工夫射下了十来只。这让宋江非常不高兴，而且感觉不吉利。在他看来，梁山兄弟不正是一群南归的大雁吗？

宋江是受传统教育长大的，在他看来大雁符合"仁义礼智信"。大雁在空中遥见死雁，尽有哀鸣之意，这就是仁；大雁一经丧偶，终生不配，这就是义；依次而飞，不越前后，这就是礼；预避鹰雕，衔芦过关，这就是智；秋北冬南，这就是信。

这么有情有义的鸟类怎么能忍心加害呢？

燕青听了宋江的训斥也很自责，心中懊悔不已。卢俊义在旁边安慰他说，"别听他扯犊子，大雁还有仁义礼智信啊？不过，不杀生，总是好的！"

04. 皇帝的封赏很寒酸

没几天工夫，宋江的兵马到了离东京城不远的地方——陈桥驿，也就是当年宋太祖赵匡胤黄袍加身的地方。

皇帝听说宋江到了陈桥驿，心里有些紧张，他担心宋江黄袍加身。高俅等人安慰皇帝说，"皇上放心，那个地方连个黄色的被单都找不着，想黄袍加身，美死他！"

既然没有黄袍加身的危险，那就好办了，皇帝把心放回肚子里，着手安排宋江等人进宫觐见。

皇帝初见宋江等一百零八个头领很高兴，毕竟人家替他拍了辽国好几板砖。皇帝刚想大张旗鼓封赏，就被蔡京等人拦住了，"边境还没彻底太平，这些人还不能大封，都有官职了，一个个脑满肠肥，以后谁还替您拍砖啊？"

皇帝想想也是，要是把这些人都转正了，都加入官员序列了，以后谁还去打仗呢？喂老虎也好，喂猎狗也好，不能喂饱了，喂饱了反而不干活，没有工作效率了。

在蔡京等奸臣的运作下，封宋江保义郎，为皇城使；封卢俊义宣武郎，为行营团练使；其他三十四天罡都封为正将军，七十二地煞封为偏将军，另外赏赐金银，外加一顿大餐。

总体说来，这次封赏很寒酸，基本等于打发要饭的。宋江和卢俊义的官职相当于团练使，勉强算地市级驻军领导人，跟单廷圭等人上山前一个级别，还没有宣赞、关胜上山前级别高。至于封的所谓正将军和偏将军，都是干封，没有实际职务，只能说是享受某一行政级别的待遇，用小品里的话说，"五级木匠，相当于中级知识分子"。所以梁山上一百零六个头领的级别只是相当于正将军和偏将军，就是一个称谓，没有实际内容。

在皇宫胡吃海喝一顿之后，大家都有些郁闷地回到了陈桥驿，本来指望着皇帝给大家每人发一身皇家铠甲，没想到只给了宋江和卢俊义两件，而且还只是马甲，人生最大的失落莫过于此。

如果每个人都得到金光闪闪的铠甲，或许公孙胜还会坚持战斗到底，现在看到只有马甲，而且只有两件。

公孙胜意兴阑珊，这不是一个道士想要的，既然得不到，该到了说再见的时候。

公孙胜要走，宋江也不能硬拦，当年在罗真人面前曾经答应过罗真人，征辽之后就让公孙胜复员回家，现在到了兑现承诺的时候。宋江劝公孙胜再考虑考虑，再琢磨琢磨，再酝酿酝酿，但公孙胜仿佛吃了秤砣，不再更改了。

见公孙胜要走，梁山一百零六个头领都有些伤感，毕竟大家一起喝酒耍酒疯很多年了，耍酒疯也耍出感情了。

大家纷纷拿出钱财送给公孙胜，公孙胜不要，他们就硬塞进公孙胜的行李中，连小气的李忠都拿出一锭十两的大银，这让史进和鲁智深吃惊不小，"这厮是抢了钱庄吧，居然变大方了"！

不一会儿的工夫，公孙胜的行李鼓鼓囊囊，那是金银珠宝起的支撑作用。

公孙胜看着这些东西，感慨万千，人生一世，到底为什么呢？就是为了这些鼓鼓囊囊的东西？

回家的路上，公孙胜变成了像当年刘唐一样的蜗牛，每次坐下歇脚的时候，他总是在想，"人到底要这些死沉死沉的东西有什么用呢？"

05. 反了吧，回梁山喝酒

过了几天，就到了农历正月初一，按惯例，梁山一百零八员将可以进宫给皇帝拜年，毕竟这些人替皇帝拍过砖，是有功劳的。蔡京等人怕皇帝一高兴又大行封赏，提前发了通知，只准宋江和卢俊义两个有马甲的人进宫，其他人原地待命。

在进宫朝贺的队伍中，宋江和卢俊义穿着马甲站在最后面，皇帝压根就没看见他俩，这让两人郁闷了半天。

两人憋了两肚子气回到大营，吴用一看宋江铁青的脸色，想打破一下尴尬局面，"咋的，哥哥，让人给煮了？"

宋江听了，更加郁闷，愈加自责，"本指望征辽能给大家带来封赏，没想到就给了两个小官，我和卢员外官职卑微，连句话都说不上！"

吴用安慰宋江，"别郁闷了，哥哥，听说皇城里丢块砖都能砸死两个五品，有啥好郁闷的？要郁闷，也让五品官去郁闷吧！"

宋江听了吴用的安慰，勉强有点释怀，就让吴用组织大家喝酒，无论怎样，都得过个年。

宴席上，李逵一边喝酒一边絮叨，"以前咱们在梁山的时候，想吃就吃，想喝就喝，那日子才是为所欲为。现在呢，不敢吃，不敢喝，喝顿酒还怕人家举报给皇帝，这叫啥日子啊，还不如梁山呢！"宋江一瞪眼，"你家的狗熊死了，赶紧回家哭去！"

这顿酒喝得不舒服，不痛快，只喝到夜里两点就结束了，大家都没喝好，没喝痛快。

第二天，宋江和卢俊义进城去给宿元景等人拜个年，联络了一下感情，这样也踩了蔡京的尾巴。蔡京居然出了个通告：以后梁山人马非特殊情况，不准进城。人家没把你当自己人，防着你呢！

看了这个通告，李俊等水军头领不干了。水军头领个个都不是省油的灯。李俊是揭阳岭上的强人，张横是浔阳江上的黑船老大，张顺是江州欺行霸市的鱼老板，阮氏三雄是打鱼不交税的强人，六人凑在一起一合计，"反了吧，咱们回梁山喝酒！"

六人准备找个智囊，他们找来了吴用。吴用一听他们的计划就连忙摆手，"别，别，千万别，公明哥哥努力了半辈子总算穿上了马甲，你们可别把他的马甲弄丢了！"

李俊等人一听也无可奈何，怎么着也不能扒了宋江的马甲，那样有点不仁义，也不厚道。

吴用回来之后就找宋江闲聊，话里话外也在敲打，"哥哥，您现在混上马甲了，兄弟们啥也没混上，心里可不是滋味！"

宋江何尝不知道这些，但他又有什么办法？

现在的他断然不能回梁山落草，人生没有回头路，人生也经不起来回折腾，像吕布那样反复来反复去，到头来又是怎样的结局呢？

尽管宋江白天不懂夜的黑，但是现在，既然选择了招安，只能选择一条路跑到黑，即使路上有可能撞到鬼。

06. 燕青：我发现了方腊商机

宋江人马在城外停留了十多天，众头领不仅口中淡出了鸟，心里也淡出了鸟，燕青更是心痒难耐。

燕青想偷偷进城看李师师，想来想去没有合适的搭档。矬子里拔将军，燕青选中了铁叫子乐和，怎么说大家都是音乐人，有共同语言，乐和当过狱卒，知道什么该说，什么不该说，不像李逵和戴宗，完全是两个大嘴巴。

燕青和乐和商量妥当，没想到李逵一直在偷听。

就在他们准备动身时，李逵跳了出来，"想进城，带上我吧！"燕青拿这个活宝也没办法，谁让人家是宋江哥哥的红人，带就带上吧，大不了让乐和稳住他，自己去见李师师。

世上的事永远都是计划没有变化快，等到快进城的时候，燕青发现已经甩不掉李逵了，乐和提前一步跟时迁结伴进城了，只剩下李逵紧紧跟着他。

燕青想想，见李师师是见不成了，只能等下次，也罢，两情若是久长时，又岂在朝朝暮暮？

燕青和李逵意兴阑珊地看着花灯表演，花灯很漂亮，但要分跟谁看，跟李逵一起看最好看的花灯也是枉然，如果跟李师师一起看，光看月亮就能看得心花怒放。

李逵一路瞎走，走到了一处勾栏，里面正在说书，说的是《三国志·关公刮骨疗毒》。听到精彩处，李逵大叫了一声：这才是爷儿们，纯的！全勾栏的人都扭头看他，都觉得这个人有些面熟，却想不起来在哪里见过。燕青见状赶紧拉着李逵跑开，一个观众对另一个观众说，"对了，这不就是阎王殿里的小鬼吗，怎么大白天就跑出来了！"

好不容易进趟城，李逵还要四处转转。正巧，看到一个人正在往一户人家窗户上扔石头，"大白天砸人家窗户，你法盲啊！"李逵冲着那人就扑了过去。

砸窗户的人也是个愣头青，"我跟他有债务关系，你管得着吗？再说了，老子马上就要上前线，到前线也是个死，跟你打，大不了也是个死！"

李逵早就想过一下"鲁智深三拳打死镇关西"的瘾，他计划争取两拳打死眼前这个人，又被燕青拉住了，"别惹事，你要惹事，宋江哥哥的马甲准丢！"

一听"宋江哥哥的马甲"，李逵放下了拳头，为了宋江哥哥的马甲，这次就算了，争取下次有机会打破鲁智深三拳打死一个人的纪录。

燕青拉着李逵找地方喝茶，刚才那个愣头青的话却始终回荡在他的心头，燕青心生疑惑，"全国都太平了，上哪儿找前线呢？"

正好旁边有位老人在喝茶，燕青跟老人搭话，"老人家，刚才有人说要上前线，您知道现在还有什么前线吗？"

老头看了燕青一眼，"您还不知道啊，江南那边方腊反了，听说占了八个州二十五个县，已经自成一国了。据说过不了几天就打扬州了，兴许没多长时间就打到东京城了，回去让家里人多买点大白菜，这物价到那时候一准上涨！"

燕青顾不上倒霉的物价指数，他知道方腊可能就是梁山的商机。

眼看朝廷就要把梁山人马鸟尽弓藏、兔死狗烹，方腊出现了，得赶紧告诉皇帝，"鸟又来了，兔子也活过来了，赶紧张弓放狗吧！"

07. 宋江，封建体制外的野蛮生长

燕青和李逵连忙付了茶钱，一路小跑出城，老者还在后边喊，"别急，喝完茶再买大白菜也不迟啊！"

燕青火速来见吴用，把方腊这个商机告诉了吴用。吴用一听激动得不得

了，"这下我又有用了！"

等吴用把商机告诉宋江，宋江差点跳了起来，"这些天把我闲得光长肉了，前两天上厕所看到我大腿内侧又长了肉，我一个劲儿自责啊，这么多年光长肉却一事无成啊，现在咱又有机会了！"

宋江和吴用之所以如此兴奋，主要还是封建制度惹的祸。在传统的封建体制下，官府内的人高高在上，旱涝保收，宋江和卢俊义这些人不一样，他们都跟临时工似的，必须坚持不懈，靠不停的工作才能保住饭碗。如果没有方腊，梁山的人马过不了几天就要被遣散或者集体转业，现在有了方腊这个商机，梁山人马的番号不仅可以保留，而且还会壮大。

宋江对于封建体制无能为力，他只能带领弟兄们自己创造机会，方腊是他们不能错过的商机，也是容易争取到的商机，打仗送死这样的活没有几个人跟他争。

果不其然，宋江提出自己的想法，宿元景马上表态支持。等宿元景把宋江的想法提给皇帝，皇帝也很高兴，多一批人去拍砖是好事啊，一句话，"拍死他们"！

皇帝火速接见了宋江和卢俊义，对他们的勇敢精神进行了狠狠表扬，又把皇宫里看不上眼的绫罗绸缎赏赐了一批，反正在仓库里堆着也是堆着。

宋江和卢俊义领了赏赐和圣旨正准备走，皇帝发话了，"听说你们那里有个刻章非常好的金大坚，还有个相马从来不走眼的皇甫端，把这两个人都给我留下吧，你们留着也没用！"宋江一听，心里不情愿，但嘴上也不敢说，皇帝要人还能不给吗？给。

皇帝留这两个人也有用意。金大坚手艺好，刻章能力强，皇帝盘算着让他多刻几个章，自己好往画上盖。听说金大坚刻的假章比真章都真，如果让这样的人给方腊刻成了玉玺，那皇帝的玉玺基本就可以扔了，为了保证本国玉玺的权威性，还是不能让这样的人离方腊太近。至于皇甫端，就更需要了，一年一度的皇家赛马会又要开始了，皇帝已经连续三年输给皇后，这次得让皇甫端给皇帝找几匹好马。

08. 谁动了我的砖头

在回大营的路上，宋江和卢俊义看到一个路人拿着一副快板，快板构造很简单，两块板，一根绳，手指一动就响，那人一边敲，一边说唱，"夫人啊，我本住在苏州的城边，家里有屋又有田！"

宋江看着快板心生感慨，"我和卢俊义不就是两块快板，要是没有人拨动，自己怎么发出声响呢？"

卢俊义有点不以为然，"哥哥，咱有本事啊，是因为咱有本事，人家才提携咱！"

宋江不悦，"兄弟，你真是太傻太天真，就算咱有本事，如果没有宿太尉推荐咱，咱还不是在家待业。做人不能忘本，不能忘了宿太尉这个引路人！"

卢俊义也觉得自己很傻很天真，马上闭口不言。

本来回营分发皇帝赏赐，宣布征讨方腊时气氛还非常好，不一会儿的工夫，宋江又遭遇了被人挖墙脚的命运。蔡京府上来人了，"听说你们这里有个叫萧让的字写得不错，太师让他去府上打个杂"！

萧让不情愿，宋江也不情愿，但是太师说话了，谁能不听，不听人家就打你的小报告。

蔡京未必是真的欣赏萧让，他的目的是不让萧让出去给自己惹事。自从梁山人马在陈桥驿驻扎后，东京城内出现了好些蔡京签字的条子，接到条子的官员都把事情给办了，最后却发现蔡京根本就没写过类似的条子。蔡京怀疑到了萧让的头上，索性把这个假证贩子放在自己家，省得出去惹事。

刚刚把三个奉命上调的人送走，宋江还没缓过神，第二天又有人来要人了。来要人的是王都尉，就是当年请皇帝喝酒又送砚台那位，人家现在更不得了，神宗的驸马，皇帝的姑父，高俅的恩公，从哪条线论，都是有背景的。

王都尉要的是乐和，他听说此人曲唱得不错，有这个人在他家担任主唱，全东京城的达官贵人就没法跟他比了。宋江只能忍痛割爱。

一百零八块砖少了五块，分别是公孙胜、金大坚、皇甫端、萧让、乐和，这些都是梁山上的专业技术人才，都被人挖了墙脚。

送走了五人，宋江马上召见了曹正，很严肃地跟他交代了，"乐和走了，以后不能拿音乐糊弄士兵了，以前那种让乐和唱个曲就省三个月的肉的好事不可能再发生，你们后勤一定要保证肉食供应！"

曹正点头离去，宋江这才放宽心。

他没有想到，没过几天，他就失去了这位优秀的庖丁。

在曹正之后，梁山屠宰工作只能全面委托给蔡福和蔡庆了，宋江心里始终忐忑，"如果连蔡福和蔡庆都挂了，我们到哪里去吃不带毛的猪呢？"

09. 到底谁在"替天行道"

该说说宋江的商机——方腊。

方腊本来是歙州山中的樵夫，以打柴为生，跟石秀算是同行，都是卖柴的。忽然有一天，方腊在山中小溪边洗手的时候，在水中看到了自己头戴平天冠、身穿衮龙袍的影子，由此他便向人炫耀自己有天子福分，从此走上了起义造反的道路。没想到越搞越大，本来只想小打小闹，没想到一下发展成了一个庞大的集团。

要我说，方腊可能眼神不好，又或许是那几天劳累过度，产生了幻觉，所以才会看到自己穿皇帝龙袍的水中倒影，要是放到现在，建议到眼科挂号，然后再约一下神经科大夫会诊。

历史上真实的方腊起义是因为方腊的老家出产砚台，各级官员拼命压榨，让从事砚台经营的人无利可图，生活无以为继，这才发生了方腊的聚众起义。方腊起义其实是官逼民反的典型，活不下去了，自然就会反抗，但凡有点饭吃，谁愿意做这种风险近乎百分之百的投资呢？

在方腊号召下，江南八州二十五县陆续起义，方腊自封为天子，从此走上与皇帝对抗的道路。

用鲁迅先生的话说，梁山这些"替天行道"的强盗一被招安，就去打另一拨不"替天行道"的强盗了。

宋江一行雄赳赳、气昂昂地来到了讨伐前线，他们的第一个目标是方腊旗下的润州城。这是方腊大军的门户，踹开这道门，就算进了方腊的院子里。

水军的众头领一看到江南水乡，个个摩拳擦掌，征辽的时候他们几乎没派上用场，这次在江南水乡作战该到了他们大显身手的时候。

宋江兵马屯守扬州，对面就是润州，隔着大江不好进攻，得安排人进行渡江侦察，不然两眼一抹黑，怎么打呢？

主动请缨担任侦察任务的是柴进、石秀、阮小七和张顺。柴进这个人见过世面，皇宫大内都敢进；石秀是拼命三郎，临阵不慌；张顺和阮小七两个人就更不用说了，他俩游泳比走路快，他们不去谁去？

四人分成两个行动小组，柴进和张顺一组，石秀和阮小七一组，哪一组得了情报就赶紧回来报告，别让宋江等到花儿也谢了！

10. 不要跟陌生人喝酒

张顺和柴进来到江边，对面就是金山，金山寺就在金山上，柴进不禁感慨，"多好的风景，可惜我们一生都在赶路，却无心看风景！"张顺冲柴进笑笑，"哥哥，何必感慨，等擒获方腊，咱们就当驴友，到处看风景！"

张顺看着眼前的大江，放眼望去，一条船也没有，看来划船过去是不可能，只能游过去了。

张顺跟柴进知会了一声，跳进了大江，他把尖刀挂在腰间，衣服和两锭大银放在包袱里，然后又绑在头上，两只脚踩着水，就这样离柴进远去。柴进远远看着，江水始终没有没过张顺的胸脯，"莫非他会铁掌水上漂？"

张顺远远回应，"哥哥，这是踩水，有时间，我准备就这样环游世界，连船票都省了！"

张顺踩着水来到了金山脚下，这里居然有一条船。张顺上船歇息，准备三更天时再去金山寺，去早了，恐怕人家把他当奸细给抓了。

张顺正在等待的时候，远远听着有摇橹的声音，"现在船都在方腊手里，这些人有船，可能就是方腊的手下"！张顺潜入水底，趁人不注意上了那条船，两个人刚从船舱里出来就被张顺砍下水一个，张顺控制住了剩下的一个。

这时候审判得一对一，一对二根本忙不过来。

经过审问，张顺得知眼前这个人是扬州城财主陈将士的管家，陈将士准备给方腊贡献军粮进而谋个官当当，方腊的弟弟方貌同意了，给了不少行头还封了官，这个人就是回来给主人报喜的。张顺又详细盘查了陈将士家庭成员的情况，最后学着武松的样子，"实话都说了，却饶你不得"，一刀砍了。

得到如此猛料，张顺马上摇着船回来跟柴进会合，两个人一起回扬州来见宋江。

扬州的官僚天天请宋江喝酒，把宋江喝出了胃下垂。张顺他们回来的时候，宋江还在喝酒，两个人只能等到散了席才跟宋江见上面。

宋江一听张顺的猛料顿时来了精神，马上找军师吴用商量对策。吴用一听这个猛料就大叫了起来，"好办了，搞定了这个陈将士，润州城的防盗门也就成玻璃门了，一踹就开！"

吴用的计策说起来也简单，那就是来个李代桃僵，张冠李戴。

先让人假扮方腊手下的官员去骗陈将士，把陈将士一家灭口，再让人假冒陈将士以献粮为名，骗开润州城门。

去骗陈将士的是燕青，他机灵，而且会说当地方言。这事换了别人都干不了，鲁智深、武松没他机灵，花荣一张口就是山东话，不像燕青见人说人话，见鬼说鬼话，见了鸟都能拿鸟语对付。

燕青带了两个帮手，一个是解珍，一个是解宝，他俩负责下药。两人在登州的时候经常给狗熊和老虎下药，给人下药就更没难度了。

燕青假冒来报喜的官员，他带来的消息让陈将士一家兴奋不已，都觉得是祖坟上冒青烟，终于能当官了。当官了自然得喝顿酒庆祝，燕青自称不会喝酒，劝陈将士一家尽情娱乐。陈将士一家的自娱自乐没进行多久，就被解珍和解宝下了药，用解珍的话说，"不愁整不死他们，我下了能放倒四头熊的药量！"

陈将士一家很快倒在药酒里了，燕青和解珍、解宝干净利落，斩杀完毕，外边接应的鲁智深等秋风扫落叶般把院子内外的人都清理干净了，陈将士一家只能在另一个空间继续自娱自乐了，而他们的行头以及名号使用权都转到了梁山的名下。

陈将士应该记住两句话，"不要跟陌生人说话，更不要跟陌生人喝酒！"

11. 宋万，你怎么不打招呼就走了

有了陈将士的行头和名号，梁山人马可以理直气壮地给润州守军送粮了，那里没有人见过真的陈将士一家，即便一条狗顶着陈将士的名片去送粮都得接待，更何况人了。

这次担纲主力的是穆弘和李俊，这两个人经历过大场面，临阵不慌，假的比真的还横，宋江安排他俩扮演陈将士的两个儿子。另外四十名头领分散在几条船上，两万士兵分散在三百条送粮船上。

这些送粮船从外面看是粮草，从里面看，是杀人见血的刀。

到了润州城下，穆弘和李俊谎称陈将士是自己的爹，哥俩是来送粮食的。润州守将吕师囊警惕性很高，对两人盘问了半天，幸亏两人常年撒谎，回答得比真的还真。吕师囊本想派人下去检查粮船，不凑巧，方腊的信差来了，吕师囊得带人接信差去，不然就是欺君之罪。李俊和穆弘偷偷地说，"这年头真邪门了，假的比真的还真，方腊也有钦差啊！"

方腊的钦差是来传达一位天文爱好者的观测报告的。

据说这位天文爱好者夜观星象，发现有无数罡星进入吴地分野，中间杂有一半无光，说明近期可能有祸事。

钦差的话给吕师囊提了个醒，粮船就不检查了，让他们原地待着，等星象的问题弄明白了再说。

船舱中的李逵和解珍、解宝这些人却没有那么执着的科学精神，这都到城门口了，哪有不打的道理？

李逵一挥斧子，梁山人马就开始冲锋了。

本来史进和柴进还伪装成方腊的运粮部队，到这时候，赶紧脱了这身倒霉的衣服往里冲。等城内的部队反应过来已经来不及了，史进、张横等人已经冲进来，刚被安置进旅馆的穆弘和李俊直接冲进了旅馆的伙房，拿起火把就到处点火，城内的局势控制不住了。

吕师囊本来还想抵抗，一看关胜和呼延灼等人也冲了进来，"完了，连关公都来了，跑吧！"

没费多少周折，宋江和吴用就进了城，大家开始盘点战利品，大家似乎又回到了梁山大秤分金的年代。

过了一会儿，宋江发现，居然有三个人点名没来，大事不好。

经过大家仔细寻找，才在乱军之中找到了三位点名未到的头领，他们再也来不了了，这三名头领分别是云里金刚宋万、没面目焦挺、九尾龟陶宗旺。

宋江乱了分寸，不是说好同生共死吗？你们三个怎么不打声招呼就走了呢？这三人都是在乱军中被箭射死，马踏身亡。想想这三人平时的好，宋江泪如雨下。

宋万，老梁山三当家，第一代梁山团队的成员，为梁山的基本建设做出了不可磨灭的贡献。他先后经历了三任梁山老大，王伦、晁盖和宋江。无论是王伦时期的核心角色，还是晁盖和宋江时期的靠边站角色，他都出色地完成了梁山交给的任务，他是梁山的一块砖，哪里需要哪里搬，垒进忠义堂不骄傲，垒进厕所不自卑，他的一生，是忠诚坦荡的一生。

焦挺，李逵发展的下线，一生最高光的时刻是把李逵摔倒在地，展示了相扑的魅力。焦挺不辞辛苦，给燕青当陪练，为燕青打败擎天柱任原立下了汗马功劳，燕青的军功章里有他的一半，谁说陪练不是英雄？

陶宗旺，梁山上唯一的正宗农民，梁山的沟沟渠渠里留下了他辛劳的身影，他那把铁锹还在默默无语地诉说着主人的忠诚。如果没有他，梁山的饮用水和农业用水都会存在问题，他就是梁山的大禹。

宋江哭得撕心裂肺，既是为这三位故去的头领，也是为他自己，辛辛苦苦积累的一百零八块砖被人搬走了八块，剩下的一百块还能挺多久呢？

12. 百胜将不胜，天目将失明

给宋万等三人开完追悼会，宋江和卢俊义商量分兵攻打方腊，他们得继承宋万的遗志，把剿灭方腊的战斗进行到底。

经过抓阄，宋江负责攻打常州、苏州，卢俊义负责攻打宣州、湖州。两人开始分兵，这时宋江发现，坏了，有一块砖病了，这块病砖就是杨志。

杨志自从上梁山之后就郁郁不得志，以前在二龙山他是二当家，上了梁山，他居然排在了三当家武松后面。上梁山之后，鲁智深和武松都顶着和尚的名头，他则顶着名门之后的名头，不久之后才发现，他被孤立了。

在朝廷降将那个圈子里，人家把他当成二龙山的二当家；在占山为王的强盗圈里，人家又把他当成朝廷降将；更为难堪的是，在名门之后的那个圈子里，人家又把他当成强盗；他甚至想加入晁盖劫取生辰纲团队，结果人家还是把他当成对立面，最后杨志给自己起了个外号，"四不象"。

长期郁闷，长期孤独，杨志一到江南就病了。

既然病了就好好休养吧，杨志和宋江都没想到，这次竟是永别，这位名门之后、将门虎子就这样退出了属于自己的舞台。

宋江从杨志的眼神中读出了杨志的心里话：我不服。宋江则在心里说，"兄弟，这就是社会，不服不行啊！"

宋江和卢俊义分完砖，又把水军单独组队，这些水军头领宋江和卢俊义都用不上，就让他们自己组团从水上进攻沿江城市吧，打到哪儿算哪儿，没有指标。

宋江带领人马来到吕师囊屯兵的毗陵郡，手下的核心大将是关胜，关胜的F4自然如影随形。呼延灼被编入卢俊义的部队，他的两个手下韩滔和彭玘则被划归宋江的部队，他们都没有想到，这次分手居然是永别，再见面就是另一个空间了。

关胜带着黄信、孙立、韩滔、彭玘跟对方的五名将领对阵，形势朝着有利于梁山人马的方向发展。

方腊阵营中有个叫金节的军官想当无间道，想要找机会投降宋江，他存心不认真打，打了几个回合就往本方阵营跑，想借机冲乱本方阵形。

因为事前没有打招呼，百胜将韩滔也不知道金节的内心想法，一个劲儿在后面紧追，不小心进入了方腊阵营的射程范围。

方腊阵营的高可立张弓一箭，百胜将韩滔应声中箭，倒撞下马。秦明刚想过来救援，韩滔就被敌将张近仁补上了一枪，百胜将韩滔就此结束了光辉的一生，"哎，从第一百零一场起，我的交战记录是非平即负！"

看到韩滔落马被刺，天目将彭玘不顾一切冲过来为韩滔复仇，可惜又忘了开天眼。彭玘向着方腊阵营的高可立冲过去，却没提防刺死韩滔的张近仁从斜刺里杀出。又是一枪，天目将军彭玘也结束了光辉的一生，"这下我的天眼彻底关上了！"

韩滔和彭玘折了，就连关胜也差点折了。

关胜本来已经把敌将砍落马下，他飞奔过去准备夺敌将那匹赤兔卷毛马，没想到自己胯下的赤兔马居然马失前蹄把他颠了下来，如果没有徐宁、宣赞、郝思文的相助，关胜也折了。后来关胜分析自己落马的原因，"原来马也吃醋，马也有嫉妒心！"

不过关胜还是坚持原则，淘汰了原来的那匹赤兔马，换上了赤兔卷毛马。末了，关胜还训了赤兔马一顿，"再叫你吃醋，再让你嫉妒，你让我落马，我让你立马走人！"

13. 药箭，该死的药箭

又折了两块砖，宋江的郁闷指数直线升高。

幸好第二天李逵替他出了气，李逵带领他的 F4 团队为百胜和天目两位将军报了仇。

本来吕师囊看到李逵还很兴奋，心里惦记着抓住李逵向方腊请功，便安排高可立和张近仁出来捉李逵。高可立和张近仁这两个人实际就是两个棒槌，没有多少真本事，只不过是趁别人不注意袭击了韩滔和彭玘。

这回他们还想袭击李逵，没想到被李逵给袭击了。

看着这两个杀害兄弟的仇人，李逵一声没吭，拿起斧子就开始冲锋，鲍旭、李衮、项充一看李逵冲锋也不顾一切冲了过去。等到高可立和张近仁反应过来想跑的时候，四个人已经围了上来，高可立和张近仁从马上向下刺都被项充和李衮的盾牌挡住，李逵趁机砍马腿，将高可立颠下马来砍了，鲍旭从马上把张近仁揪下来砍了。

远处的吴用看了，对宋江说，"哥哥，看来以后各部队可以推广李逵的流水作业砍人法！"

众人回到大营，用仇人的首级祭奠了死去的韩滔和彭玘，刘唐、杜迁、扈三娘哭得格外伤心，当年正是刘唐和杜迁擒获韩滔，扈三娘擒获彭玘，三个人对着天空在心中默念，"是不是我们当年不把你们带上梁山，就没有悲剧发生呢？"吴用在旁边安慰，"节哀吧，兄弟们，富贵在天，生死有命！"

战争陷入了僵局，方腊阵营中的无间道金节打破了这个僵局。当晚，金节跟夫人商议后写了一封密信，把信绑在箭上射进了宋江大营，双方就靠这封密信接上了头。金节这个方式很冒险，万一宋江大营里也有无间道呢？

第二天，守护毗陵郡的吕师囊本不想出战，结果被凌振的风火炮给吓了出来。凌振的风火炮把城楼轰塌了一个角，吕师囊慌了。与其被人家轰死，还不如轰轰烈烈战死，于是就安排守将四门出击。

金节守卫的西门本来是最安全的防盗门，金节这个内应从里面打开了门，孙立、鲁智深等人一哄而入，毗陵郡守不住了。除了吕师囊逃脱外，剩下的人都成了俘虏。

宋江见了金节喜出望外，心里惦记着把他发展为给梁山补缺的砖，金节却根本没有那个念头。再后来，宋将刘光世看中了金节将其收归帐下，金节跟随刘光世节节高升，一直做到亲军指挥使，后来在抗金战斗中阵亡。

此时柴进和戴宗从卢俊义的部队回来传递消息，带来了一个好消息，一个坏消息。好消息是卢俊义已经攻占了宣州，坏消息是，梁山的砖又少了，一下子少了三块。

在攻打宣州的战斗中，先是一位头领被飞下的磨盘砸死了，这位头领是郑天寿，原清风山的三当家；后来两位头领中了抹了毒药的箭，这两个头领分别是操刀鬼曹正和活闪婆王定六。

宋江听了，大哭一声，颓然倒地，"兄弟，我的兄弟！"

14. 骂人也是生产力

笑过哭过，日子还得照过。宋江在吴用的安慰下只能向前看了，不能过于计较几块砖的得失，一切生死有命。

宋江的兵马一路追击吕师囊到了无锡，守卫无锡城的是吕师囊和三大王方貌的手下。

方貌手下有名将领叫卫忠，也是个忽悠。吕师囊刚说梁山不好惹，卫忠就不干了，非要出来找梁山人马过过招，这一过招不要紧，他的对手是李逵和他的F4。

在为韩滔和彭玘报仇的战斗中，李逵他们发明了流水线作业砍人法，这个方法简直屡试不爽。李逵和鲍旭负责砍人，李衮和项充负责拿盾牌掩护，四个人砍两个将领也就是几分钟的事情，流水线作业法效率就是高。

卫忠还想比画两下，看到流水线作业法后，非常明智地转身就跑。这一跑不要紧，无锡城的防盗门来不及关了，李逵和他的F4趁机从门缝里闪了进来，无锡城守不住了。

吕师囊原本还想在无锡喘口气，现在一看甭喘了，到苏州再喘吧。

等到苏州见了方貌，方貌也不让他喘气，一气之下要把他给砍了。幸亏卫忠等人在旁边劝说，吕师囊这才勉强躲过这一刀。不过这一刀也没取消，而是存着，随时有可能落下，就看方貌高兴不高兴。

苏州的安静没维持几天，宋江的兵马到了，吕师囊知道，这就是一群瘟神，请不走，只能打。

方貌安排吕师囊第一个出战，吕师囊知道该来的一定躲不掉，早死早托生。与吕师囊对打的是梁山金枪将徐宁，他的金枪使得神出鬼没，而且他还有金甲护体，吕师囊跟他打得很吃力，偶尔捅他一矛，人家根本没反应。徐宁越打越勇，吕师囊越打越灰心，这仗就没法打了。徐宁一枪将吕师囊刺落马下，徐宁赢了，吕师囊解脱了，"哎，楼上的靴子终于落下来了，横竖也躲不过一死！"

宋江的人马趁机冲锋，遇上方貌的大队人马，双方主将展开一场骂战。

不要小看骂战，在冷兵器时代还是很管用的，骂赢了，手下的士兵跟着解气，骂输了，手下的士兵就跟着泄气，骂人也是生产力！

方貌先骂宋江，"你们不好好在梁山当强盗，非要学人家招安，连个强盗都当不好还能做啥呢？再说你们皇帝也是个晕瓜，非让你们这些菜鸟来当先锋，那不就是打着灯笼上厕所——找屎（死）吗？"

宋江回骂也挺狠，"你们不就是睦州的一帮农民吗，不好好跟着瞎驴种地非要学人家造反。你们就是青蛙上公路，愣充绿色小吉普；癞蛤蟆上公路，愣充迷彩小吉普；拉上电线就发光——装灯，抱个笤帚就想上天——把自己当哈利·波特啊。若是早点投降，我还能饶你不死，若是还跟我耍贫嘴抗拒改造，我就整死你没商量！"

骂来骂去，方貌也烦了，问题是他也骂不过宋江。方貌是个农民，宋江则是官府小吏，宋江骂人是对着人练出来的，方貌骂人是对着牛练出来的，宋江的骂功要远在方貌之上。

君子动口，小人动手，方貌说，"咱们也别装君子了，一边出八个人，八挑！"

15. 李俊：我们结拜吧

两个人一对一叫单挑，十六个人，八对八，自然就是八挑。

宋江阵上出来八挑的是关胜、花荣、徐宁、秦明、朱仝、黄信、孙立、郝思文，个顶个都是高手。八挑进行了三十来个回合，朱仝率先打破了僵局，他把自己的对手挑落马下，双方主帅一看八挑已经出了结果，鸣金收兵。

方貌折了大将，心情不好，再看宋江阵中那么多如狼似虎的头领，心中还是忌惮。得，惹不起，藏得起，干脆来个闭门不出。

宋江跟花荣等人在苏州城下转了个遍，发现苏州城不好打，四周都是水港，城墙又十分坚固，如果对方坚守不战，一点办法都没有。宋江看着苏州城，不禁有些头疼。

正头疼的时候，李俊回来了，向宋江简单汇报了水军作战的战况。简单地说，水军形势不错，已经打下了江阴和太仓，目前正在攻打常熟和嘉定。

李俊一看宋江眉头紧皱，知道是苏州城让宋江头疼，当下提议自己带人进太湖寻找机会，兴许可以找到机会跟宋江两面夹击苏州。

李俊带着童威、童猛进了太湖的一处小岛，以买鱼为名打探消息，一上岛就让人给抓了。那架势可能是要把他们做成醒酒汤，可能是跟燕顺和王英学的。

李俊不禁感慨，"当了半辈子强人，小河沟里翻了船"。李俊回头问童威、童猛是否后悔，童威、童猛表现得很有英雄气概，"跟哥哥一起死也值得，只可惜如此死法辱没了哥哥的名声！"

三人已经做好赴死准备，他们的英雄气概居然感染到了对方。对方一看李俊大义凛然的样子隐约觉得是个好汉，一问才知道，"原来这三个人就是梁山头领李俊、童威、童猛"。

有梁山的名头就好办了，这些人都是梁山的粉丝。

捉李俊的这些人是四个好汉，领头的叫费保，此人非常精明，眼光也独到。本来李俊还想拉他们入伙，被他们拒绝了，因为他们已经对朝廷失望，他们的视野已经走出宋朝，投向遥远的国外，从这一点看，费保算得上早期的留洋派。在日后的岁月中，李俊在国外当上了国主，费保可能是丞相。

费保和李俊攀谈了一会儿，彼此都有相见恨晚之意，那就烧黄纸结拜吧。七个人烧了黄纸，把头磕到了地上，这就算结拜了。

既然结拜了，兄弟的事就是自己的事，费保着手帮李俊打听方腊的消息。

没过几天，消息传来，方腊有一批军事物资要从太湖上过。李俊和费保抓住了这个机会，把方腊的物资给劫了。大家打开物资一看，大喜过望，想什么来什么，这不是咱们急需的马甲吗？

方腊的物资是衣服和铠甲，正是宋江等急需的马甲，吴用一看这些衣服就有了主意，"赶紧，穿上马甲就没人认识咱们了！"

16. 鲁智深：我就不按套路出牌

有了方腊军队的马甲，吴用故技重施，方法跟当年打润州一样，派人化装成方腊的士兵接近城门，然后趁乱攻打。

负责打头阵的依然是李逵团队，这支团队的流水线作业砍人法深得宋江的信赖，因此头阵由他们打。不过这哥几个的容貌实在是出格了，连长相不怎么样的费保看见他们都有自信了，"世界上还有比我还丑的，而且一下子就是四个！"

李逵等人的容貌还真是问题，本来打苏州还可以再从容一些，就因为他们的长相早早把他们暴露了。李逵等人在苏州城门下一亮相，守城的士兵就惊了，"不对啊，咱这地方根本没这么丑的人，这些人要么是外星人，要么就是宋江的人！"

李逵本来还想休息一下再攻城，现在来不及了，被人认出来了，于是哥几个顾不上休息，马上攻城。

凌振一看李逵开始攻城，马上开炮，炮是给自己人的信号，也是对敌人的震慑。正在家里办公的方貌听到隆隆的炮声心知不好，赶紧骑着马往外跑，很不幸，迎面遇上了鲁智深和武松。鲁智深挥舞了禅杖向他冲过去，方貌拨马往回跑，没想到被武松抄了后路，武松一个箭步上去，将方貌从马上拽下来一刀砍了。

临了，方貌很气愤，"宋江的人打仗太不讲究了，两个打一个，而且还是鲁智深和武松打我一个！"

也是，鲁智深和武松联手打一个，有人能挡得住吗？

战后盘点，武松功劳最大，他的战利品是方貌，方腊的亲弟弟，其他头领则是各种乱七八糟的战利品，跟武松比都属于拿不出手的。

宋江盘点了半天，发现又有一个头领点名没来，永远来不了了。

这名头领就是著名的丑郡马宣赞，他在饮马桥下跟对方将领一对一单挑，打到最后谁都不躲了，只管往对方身体上刺，最后两人同时倒地，用行动证明了此次单挑的公正性。据说在两人倒地的一瞬间还约定，"这次打平了不算，下次接着打！"

折了宣赞，宋江又是一阵心痛，尽管宣赞长得不招人待见，但至少也是一块好用的砖，至少有他的存在还能衬托出宋江的皮肤白。

哭过痛过，宋江往地上洒了一杯白酒，"宣赞兄弟，下辈子找对象还是找个门当户对的吧！"

一波还未平息，一波又来侵袭。

对于宣赞的感慨还没结束，施恩和孔亮的噩耗又传来了。在攻打常熟的战役中，折了施恩，在攻打昆山的战役中又折了孔亮，两人都是失足落水，溺水身亡。哎，让不识水性的头领去参加水军作战，这是谁出的馊主意啊？

17. 柴进，去当无间道吧

攻克了苏州，李俊还想把费保拉进梁山的队伍，还是被费保拒绝了。李俊没有说服费保，倒被费保给说服了。

费保说："人都是讲运气的，以前在梁山的时候和梁山征讨辽国的时候，运气在梁山的一边。现在不同了，梁山已经没有运气了，宋头领手下的将领折得接二连三，就算以后有命回东京城，贪官们也不能让梁山的人好过。反正我们是对皇帝的领导能力失望透顶了，以后我们弄一艘大船下南洋，找个皇帝管不到的地方去随心所欲，这样的日子才叫舒坦哩！"

费保的话深深地打动了李俊，他也知道现在的梁山是强弩之末，跟方腊的拼争注定是鱼死网破，没有好结果，只不过宋江待他不薄，提拔他当水军第一头领，知遇之恩不能忘。

李俊跟费保约定，下南洋的事也算他一股，等平了方腊，他和童威、童猛一起来找费保出国。

宋江兵马继续前行，前方是离杭州不远的秀州。

秀州守将段恺一看宋江兵马浩浩荡荡，心里已经投降了，等关胜等人做出要攻打的样子，段恺高喊，"不用打了，投降，投降！"

没想到方腊的部队里也有软骨头，看来软骨头无所不在。

段恺投降后给宋江详细分析了杭州的守备情况，得出的结论是，敌人很强大，宋江一定要小心。听了这话，宋江心中也有些忐忑，接连损兵折将让他心有余悸，他担心再这么打下去，手里的砖迟早要折腾光。

有没有一种更简便的方式呢？有没有一种不用浪费太多兵马又能起到作用的方法呢？有，那就是无间道！谁是无间道的最好人选呢？柴进！

不用宋江张口，柴进已经来到宋江面前，因为柴进也想到了无间道。

柴进胆大心细，一方面胆子大到进皇宫如同逛菜市场，一方面心细到剜下皇帝屏风上的宋江字样来引起皇帝重视，这样的人当无间道当然是最好的选择。

在柴进看来，他已经逛过了皇帝的菜市场，该逛一逛方腊的菜市场了。

不过柴进也有软肋，他不会说当地方言，无法跟方腊的人沟通。语言不通，那就是鸡同鸭讲，怎么当无间道呢？不过没关系，梁山上不还有燕青吗？只要有燕青在，走遍天下都不怕，即使遇上大不列颠人，也能对付几句英语。

说燕青，燕青到，燕青奉卢俊义的命令来送战报。战报上说，卢俊义那边也是如火如荼，过不了几天就可以跟宋江胜利会师。宋江当即征求燕青的意见，"愿不愿意跟柴进一起去当无间道啊？"

燕青心想，当年在东京城就是两人一起合作进了皇宫，现在再一起合作进方腊的伪皇宫也不错，当即答复宋江，"我愿意！"

与此同时，侯健和段景住也领到命令去水军参战，两位头领的命运也在这里埋下了伏笔。

柴进和燕青顺利执行完无间道计划，并在日后功成身退，而侯健和段景住却在征战中失足落水，溺水身亡。同样是执行命令，结局却差得如此之大。

安排柴进和燕青当无间道，这是知人善用；安排侯健和段景住两个不会水的人参加水战，这是不知人不善用。

一将无能，累死三军。

01. 徐宁：我的安全补丁呢？

一块，两块，三块，宋江手下的砖越来越少了，就在这个时候，皇帝又跟宋江来要砖了。皇帝要的砖不是别人，正是神医安道全，这可要了宋江的命。

宋江心里一合计，"就这么一个随军医生，生老病死全靠他，他走了，我们这些人只能活马也当死马医了，爱咋地咋地吧！"

心里不愿意，宋江还得送安道全上调，毕竟皇帝得了感冒，等着安道全去医治呢，皇帝的命要紧。

送走了安道全，宋江兵马往杭州进发，到了杭州才发现，这座城池也不好打，四周有水，城墙坚固，跟苏州的情况有些类似。宋江没有办法，只能安排将领每天以骚扰为主，直到把他们骚扰出城。

宋江把手下将领两人一组，分了几组，每天一组出去巡逻。第一天是花荣和秦明，第二天是徐宁和郝思文，就这样循环下去。前些天都很太平，轮到徐宁和郝思文这一天出事了，而且还是大事。

徐宁和郝思文一起巡逻到杭州城北门，这天城门居然大开。徐宁和郝思文正骑马在吊桥上看的时候，城里冲出了方腊的骑兵，徐宁和郝思文掉头就跑，西边又杀出了一拨兵马，他们被包围了。

等徐宁杀出重围才发现，郝思文已经被套住捉进城去。徐宁一看已然无法营救，准备继续跑的时候脖子上中了一箭。徐宁带着这支箭在面前跑，方腊的兵马在后面追，幸好半路遇到关胜，这才算解了围。

接下来的事情非常不妙，井木犴郝思文这一次没有了好运气。他之前曾经两次被捉，一次是被扈三娘用套索套住了，一次是被单廷圭的手下活捉了，他以为这一次也会有惊无险。

只可惜，再一再二，没有再三再四。井木犴郝思文这一次没有脱险，他被斩首示众，或许在最后的时刻，他也在反思自己的外号，"井木犴，胡地野狗，倒霉的名字！"

金枪将徐宁的状况也不好，回去的时候已经七窍流血，数次昏厥。这个时候宋江他们才知道，徐宁中的箭跟王定六和曹正中的箭一样，都是抹了毒药的。神医安道全已经回去给皇帝治感冒了，徐宁也只能活马当死马医了，听天由命吧。半月后，徐宁不治身死，一个身穿无敌金甲的将军就此结束了自己的一生，怪只怪金甲设计有缺憾，脖子是明显的系统漏洞，需要打上强力补丁。

到现在为止，关胜手下的 F4 已经去了两个，分别是宣赞和郝思文。这是关胜手下最铁杆的成员，只可惜都已离他而去。

徐宁原是东京禁军的金枪班教头，枪法天下无敌，一身金甲近乎完美，还是无法抵御该死的药箭。徐宁，名字寓意"一生平稳安宁"，遭遇梁山之后就不得安宁。

02. 张顺，你在西湖还好吗

战事不利，宋江兵马士气低迷，瘟疫传染，情绪也传染。水军头领李俊和张顺得到了进军不利的消息，内心也很失落。两人商量从水路上做点文章，跟敌军遭遇了几次也没有结果，方腊的兵马全退到了城内，想打都打不着，这让李俊和张顺都很郁闷。

时间已经过去了半个月，两军还在僵持，张顺耐不住性子了。这个当年在江州欺行霸市的鱼牙主人做事从来都是干净利索，不喜欢磨磨叽叽，他跟李俊商量，"今晚我从水底进去埋伏起来，找机会放火，到时候你们就打冲锋！"

李俊一听，觉得可行，他知道张顺的本事，这种人在水里游泳比在陆地上跑得快，没准是浔阳江底来的人。

张顺带好随身装备来到西湖边的西泠桥上，眼前的景色让他看呆了。

正是春暖时分，西湖水色泛蓝，四面山光叠翠，景色美不胜收。

张顺看着西湖美景，心生感慨，"身在浔阳江上，见的都是大风大浪，什么时候见过这样的好湖水，即使在这身死，做鬼也快乐！"

世上的事往往都是一语成谶，张顺的戏言，却不经意成为现实。

张顺想从水门下面游进城，到水门处才发现，水门非常坚固，没有一点可乘之机，水门这条路走不通了。

水门走不通，只能翻越城墙了，这倒难不住张顺，但难的是城墙上有人。

张顺耐着性子等了一会儿，又甩出一颗石子去投石问路，投石问路成了打草惊蛇——杭州城被围已久，方腊手下的兵都高度紧张，神经衰弱，一颗石子已经把他们惊醒，他们知道天上不会下石子，石子一定是从下面扔上来的。他们嘴里喊着："没事了，去睡觉！"实际上却蹑手蹑脚埋伏在一边，给张顺设下了圈套。

张顺隔了一个时辰又扔了一个石子，还是没有反应。张顺这才壮着胆子往城上爬，爬到半腰，城上梆子响了，城上的人开始收网了。

张顺跳下水准备潜泳脱险，已经来不及了，城上乱箭齐射，乱石齐飞，几分钟之后，张顺的人生结束了。这个浔阳江上的强人没有死在浔阳江的大风大浪里，没有死在征辽的枪林弹雨中，却死在看似平静的西湖边。

造化弄人，如是弄人。

如果说之前梁山损失的那些砖都不是宋江嫡系，那么张顺可以算宋江的嫡系了。张顺和李俊是宋江最信任的两位水军头领，张顺的机灵又深得宋江喜爱。张顺在江州给宋江送过鲜鱼，为宋江劫过法场；在梁山又为宋江千里求医，此次征方腊又是张顺最先找到方腊的马甲一举攻破润州，可以说张顺的功劳之大说不清。

想念你的好，想念你的妙，想念你送的鲜鱼的味道。张顺兄弟，你在西湖水底还好吗？

03. 张清，谁动了你的石头

宋江是在梦中得到张顺的噩耗的。

宋江的梦很神奇，能在梦中接受函授，能在梦中找到破阵方法，也能在梦中接收张顺不顺的短信息。

这实际就是"日有所思，夜有所梦"，因为李俊通报过宋江：张顺要夜游西湖潜入杭州城放火。宋江担心张顺，才会在梦中梦到张顺。

梦居然成真。李俊传来了张顺身死的确切消息，宋江心如刀绞，昏倒在地，在场的人都伤感不已。

宋江醒来后，悲痛地说，"我丧了父母，也不如此伤恼！不由我连心透骨苦痛！"宋江作了一辈子秀，这次不是作秀，而是发自肺腑。

宋江坚持要去西泠桥上祭奠张顺，吴用试图阻拦，但宋江决定的事情从来不会更改，这一次也不会。

宋江带着戴宗、李逵、李衮、鲍旭、项充这些人来到了西泠桥上，隆重地为张顺祭奠招魂，仪式很庄严，很感人，这个仪式背后隐藏着宋江的计谋。

如此大张旗鼓的祭奠引起了杭州城内方腊兵马的注意，方腊兵马趁机出动，想要活捉宋江，形势一度非常危急。

宋江不慌不忙，他早有安排。

方腊的儿子方天定派两路人马来抓宋江，两路都陷入了宋江兵马的重重包围之中，樊瑞、马麟、石秀、李逵等人分兵把口，能砍的都砍死，来不及砍的都赶下湖淹死以祭奠张顺。

最后一盘点，砍死四名敌将，活捉一名，祭奠张顺的规格很高，张顺兄弟安息吧！

宋江这边勉强有了点进展，便派戴宗去打听卢俊义部队的消息。几天后戴宗带回了卢俊义的消息，有好有坏。好消息是卢俊义已经突破了关口，过几天就能跟宋江胜利会师，坏消息是那边也损兵折将，又折了好几块砖。

卢俊义攻打独松关时，遭遇了方腊兵马的重重阻拦。

那天欧鹏、邓飞、李忠、周通四个头领上山探路，突然遭遇敌军。敌军居高临下，从上往下冲，势能转化成动能，势不可当，小霸王周通一个没注意就被对方一刀砍落马下，打虎将李忠也挂彩了。如果救援再晚些，李忠也完了，幸好，救援及时，李忠保住了一条命，估计问题不大。

第二天，双枪将董平到关下挑战，想为几个头领复仇，没想到从关上打下一炮，董平虽然躲过了炮，左臂却被炮弹飞出的铁片伤了，当时就成了独臂老人。回到营内，董平左臂已使不动枪，只能上了夹板静养。过了一天，董平要去复仇，被卢俊义拦住了；又过了一天，董平的伤势刚有好转，就跟张清一起瞒着卢俊义去复仇。

旧仇未报，反添新仇。

董平和张清被仇恨冲昏了头脑，两个人居然没有骑马，步行前去挑战。

此时的董平左臂使不动枪，只能右臂使枪，双枪将变成了单枪将，战斗力锐减百分之五十；张清不知道什么原因，居然放弃了赖以成名的石子，也拿着一条枪去跟人单挑，以己之短攻人之长，两人的复仇从一开始就注定要失败。

张清跟敌将对打，一枪扎在松树上，急切拔不出来，被敌将一枪刺死；董平一看，急忙来救，不料被另一敌将从背后拦腰一刀，不幸遇难。

他们的悲剧警示后世：无论什么时候都要坚持自己的特色，钱财没了不可怕，特色没了才可怕。

04. 谁是谁的模仿秀

董平和张清的悲剧在于放弃了自己的特点，过于跟独松关的防盗门较劲。

开防盗门不一定需要钥匙，门打不开的时候可以试着走一下窗户，独松关的防盗门正是从窗户打开的。

立下功劳的是孙新和顾大嫂，这对夫妻上梁山之后没干别的，净干些混进难民队伍做内应的事情。

这一次卢俊义也是如法炮制，让孙新和顾大嫂混进了难民的队伍进了独松关，在独松关旁找到了一条极其隐蔽的小路。

孙新和顾大嫂回来报信，又带着时迁、白胜、李立、汤隆等人混进了难民队伍。

这些人一起在独松关放火，独松关乱成了一锅煳底的粥。

卢俊义率兵马从外面进攻，顾大嫂等人一边放火一边接应，董平和张清用鲜血没有打开的防盗门就这样被顾大嫂轻松打开了。

宋江听完戴宗带回的好消息和坏消息，心中是有喜有悲，喜的是马上就能跟卢俊义会师了，悲的是又少了三块砖，分别是周通、董平、张清，尤其董平还是宋江看重的马军五虎将之一，就这样悲壮谢幕了。

时间紧迫，不容宋江伤感。

宋江安排李逵带兵马去接应卢俊义，他率军继续攻打杭州城，这一次主攻地点放在了杭州城东门。

宋江阵中第一个出战的是花和尚鲁智深，他的出马引起了方腊阵营中一个人的兴趣。这个人叫邓元觉，被方腊封为宝光法师，也是个和尚。

同行是冤家，宝光和尚决定出来会一会智深和尚。

鲁智深一看对方也是一个和尚，很是兴奋，"呀，对方也有和尚啊，不知道他是自费和尚还是公费和尚。"

两人都是和尚，两人都使禅杖，鲁智深使的是水磨禅杖，宝光和尚使的是混铁禅杖，谁的禅杖质量更好就不好说了。两人你来我往打了五十来个回合，不分胜负，看不出来到底谁是谁的模仿秀。

宋江阵营中从来不讲究战场规则，武松看鲁智深打了五十来个回合不分胜负，担心鲁智深吃亏，拿着双刀就冲了上来。

宝光和尚打一个鲁智深就非常吃力，一看武松来了，转身就跑，他知道他跟鲁智深正处于微妙的动态平衡中，只要有一只蚊子站到鲁智深肩上，他宝光和尚就必败无疑。

现在冲过来的不是蚊子，而是虎面僧人武松。

武松冲锋的时候，方腊阵营的一员猛将冲过来要跟武松过招，此人名叫贝应夔，他壮着胆子来跟武松单挑，只可惜两人根本不是一个档次的。

武松一个侧身躲过贝应夔的枪，撇了自己的戒刀，一把将贝应夔连人带枪拽下了马，再拾起戒刀，咔嚓，单挑结束。

远处方腊阵营的将领们都在相互提醒，"记住这张脸，下次遇上了，千万躲着走！"

05. 倒霉的群口相声

鲁智深遇到了对手，大刀关胜也遇到了对手。

与关胜对决的是方腊阵营的石宝，此人非常了得，他有两件法宝，一件是流星锤，一件是劈风刀。

关胜与石宝打了二十来个回合，石宝拨马就走，关胜却定在了原地，这是有战斗经验的正确做法。

宋江不明就里地问关胜，"咋不追呢？"

关胜说，"石宝刀法不在关某之下，此去必然有诈！"

吴用插话说，"对，有人说过此人惯使流星锤，经常诈败，然后回头就是一记铁马流星锤！"

宋江附和，"可不咋地，如果去追，必然被害！"

这是三人的群口相声，都在表明自己有见识，只可惜这次群口相声的演员是他们三位，观众还是他们三位，他们的群口相声没有让更多人听到，导致梁山又损失了好几块砖。

宋江这边暂时消停了，李逵也接应了卢俊义过来会师，顺便把呼延灼的分部也接应过来，三路人马总算会集齐了。

宋江又进行了盘点，结果让他痛心不已，又丢了两块砖。

丢的最重要的一块砖是雷横，这个对梁山有大功的人在与敌将的对砍中不幸被砍落马，结束了光辉的一生。雷横杀过牛，放过赌，开过碾坊，当过都头，如果不发生变故，他还是郓城呼风唤雨的都头，只可惜他的人生充满意外。如果有来生的话，看演出时一定别坐头排，坐头排千万别忘了带钱。

梁山上丢的另一块砖是龚旺，疯狂石头张清当年的副将。龚旺在梁山上没有什么表现，本事低微，排名靠后，最后死得也很可怜。龚旺追赶敌人时连人带马陷在小溪里，被方腊军队乱枪戳死。可怜花项虎，最终被人痛打落水虎。

宋江心里闷闷不乐，为了往前冲，只能化悲痛为力量了。

宋江没有想到的是，丢砖的事情丝毫没有减少的迹象，反而变本加厉。

就在这一天，宋江兵马继续作战，急先锋索超与方腊阵营的石宝对决，急脾气的索超上了石宝的当。

石宝与索超打了不到十个回合拨马就走，索超拍马就追，关胜大喊一声"别追"，还是晚了。石宝的流星锤飞了出来，急先锋索超被打落马下。火眼狻猊邓飞飞马来救，没有提防石宝再次杀出。石宝手起刀落，挥手一刀就让邓飞死不瞑目了。

前后只有几分钟，宋江就目睹了两块砖在眼前消失，宋江心中充满了悔恨，"要是早点给你们表演一下群口相声就好了！"

索超和邓飞再也听不到宋江、吴用、关胜三人的群口相声了，在另一维度空间他们只能反思自己当年的鲁莽。

当年在大名府里，如果不是急于捉宋江，索超就不会掉进梁山的陷马坑。

当年在杭州城下，如果不是急于立功，索超就不会倒在石宝的流星锤下。

冲动是魔鬼，遇到事情如果多想三秒，或许就是另外一个结局。如果还有下辈子，索超别叫"急先锋"了，叫"慢三秒"吧！

至于邓飞，人们会记住你的侠义心肠，记住你的舍己救人，我们知道你的眼睛不是因为吃人肉发红，而是为了帮助别人急得发红！

06. 那个叫赤发鬼的人去了

眼看着砖一块接着一块减少，宋江心急如焚，吴用也如同热锅上的蚂蚁，再这么死磕下去，梁山的家当快折腾光了。

吴用闭着眼睛想了半天，终于想出了一个办法，这个办法也很冒险，就看敌人上不上当。按照吴用的计划，梁山兵马事先埋伏好，然后用一路人马去引诱城内兵马出战，埋伏好的人马再出来一起攻城。

这个计划看起来天衣无缝，结果呢？

梁山兵马按照吴用的计划出战，并且成功引诱城内兵马出战，这时梁山埋伏好的人马伺机而动，群系攻打四个城门。

卢俊义、林冲、刘唐等人负责攻打候潮门，他们来的时候，城门居然大开。急性子的刘唐以为城里出了无间道，骑着马就往里冲，他以为前面就是他的军功章，却没想到前面其实是他的墓志铭。刘唐冲到城门下的时候，城门瞬间落了下来，上千斤重的城门将刘唐砸在了下面，原来大开的城门不是无间道，而是一个无底洞。

因为吴用的错误计策，梁山的早期头领之一刘唐死于非命。当年刘唐与吴用初见面的时候，刘唐对吴用佩服得很，而在城门落下那一瞬间，刘唐或许改变了自己的看法，"吴用，你这个没用的书生，早知道这样，我就把你打个生活不能自理！"

刘唐死于非命，李逵和他的团队很伤心，物伤同类，从此能跟他们一起喝酒的人越来越少了。李逵、鲍旭、李衮、项充四个人喝了个半醉，嘴里嚷嚷着要给刘唐报仇，宋江本来不肯，仔细又一想，单打独斗，梁山恐怕没几个人能打过石宝，李逵的流水线作业法或许可以砍死他。

事实证明，李逵的流水线作业法确实管用，四个人一哄而上冲到了石宝马前，石宝挥刀砍下时有项充和李衮两面盾牌挡着，李逵一斧就砍了石宝的马腿，幸亏石宝躲得快，不然李逵顺便就砍了他的腿。石宝的副手就不那么幸运了，他还没来得及逃跑，就被鲍旭砍落马下。

李逵团队用流水线作业的方法向前推进，石宝节节败退，退入城中。城上的檑木炮石乱打下来，宋江急忙鸣金收兵。李逵团队中的鲍旭太投入了，宋江鸣金的时候，鲍旭已经蹿进了城门，他没想到石宝就在城门里面躲着。两人几乎同时砍向了对方，石宝的刀先到，自此李逵的 F4 团队只剩下 F3 了。

战争又一次陷入僵局，想突破杭州只能采用老办法了，套马甲。到哪里去找马甲呢？

解珍和解宝来了，他们带来了宋江急需的马甲——方腊的运粮船。

杭州被围之后，城内的粮食支撑不住，方腊从各处搜刮粮食来供应，没想到这些粮食又成了梁山的马甲。

梁山人马征方腊以来已经采用过三次马甲战术，每次都获得了成功，这说明方腊一伙的鉴别能力太差了，穿上马甲他们就不认识了。

07. 你的泪在脸上，还是在心里

有了运粮船做掩护，梁山的十几位头领顺利进入了杭州城，一度坚不可摧的防线就这样被轻易瓦解，就跟瓦解欧洲的马其诺防线一样。

半夜二更，凌振开始放炮，这是放火的信号。十几个人一人一把火，众人点火火焰高，杭州城一下子成了一片火海。

方腊的大儿子方天定急切间匆匆上马，居然没有找到猛将护驾，只能一个人带着几个小兵灰溜溜往城外跑。跑到江边，张横从江中跳上来一刀砍了方天定，为弟弟报了冤死西湖的仇。

终于进了杭州城，此时的宋江没有半点兴奋，他知道他手里的砖已经越来越少了。

大家休整的时候，阮小七回来了。

宋江清楚记得，之前阮小七是跟张横、侯健、段景住一起出发的，怎么现在只有阮小七和张横回来呢？

阮小七眼泪汪汪地说，"大风，大风，大风！"

阮小七说，他们在进军的途中遇上了台风，风力不知多少级。所有的船都翻了，所有的人都掉到了海里，侯健和段景住不幸溺水身死。宋江眼睛直瞪着吴用，"你难道不知道他们两个不会游泳吗？"吴用一脸尴尬，"这个，这个，现在不都讲究一边下海，一边学游泳吗？"

侯健兄弟，在另一个空间你还是走线如飞吗？如果让你重新选择，你是愿意做一个太平裁缝还是做一个梁山头领呢？

段景住兄弟，在那边你还是以盗马为生吗？如果让你重新选择，你是愿意盗马，还是平平淡淡过一生呢？

逝去的侯健和段景住已经做不了选择题，活着的宋江和卢俊义还需要接着做选择题。

杭州攻下了，方腊剩下的据点不多了。宋江和卢俊义商量，还是接着抓阄吧。也奇了怪了，每次抓阄都是宋江的阄好，为什么呢？

经过公平抓阄，宋江抓到了睦州和乌龙岭，卢俊义抓到了歙州和昱岭关。此时可供两人分配的将领已经不多了，除了损失掉的砖，又多了六块病砖。

当时杭州瘟疫横行，基本没有什么治疗办法，张横、穆弘、孔明、朱贵、杨林、白胜都病倒了，宋江只能安排穆春和朱富留下来照看病人。八个人中最终只活下来两个，穆春和杨林。他俩病愈后赶上了大部队，其他人则长眠于杭州，而六个人中最可怜的是朱贵和朱富兄弟。

朱贵，曾经的梁山四哥，在梁山发展的大潮中做自由落体，节节下滑，旱地忽律的宿命只能越活越抽抽。朱贵只适合待人接物当个眼线，却被很勉强地拉上了征方腊的前线，功未成身已死，一个曾经不可一世的鳄鱼只能接受瘟死的结果，一生活出了两字，"憋屈"。

朱富，不应该上梁山的人，因为要救李逵而错上梁山的破船，在梁山上主管酿醋。征方腊战役中他本来有望全身而退，只可惜在看护病人的过程中染上了瘟疫。等他闭上眼睛的时候，眼角全是眼泪，穆春对杨林说，"你看，笑面虎怎么哭了？"

杨林说，"活着的时候，他的眼泪在心里；只有死了，他的眼泪才流出来！别人只看到他的笑，可谁又读得懂他的苦！"

08. 柴进：我们都是无间道

该说说前去做无间道的柴进和燕青了。

要说两人也不容易，一路愣是靠忽悠打进了方腊阵营内部。一路上，柴进自称中原秀士，能知天文地理，善会阴阳，前知五千年，后晓八百年。

那个年月科学不发达，人也迷信，方腊手下的一些重臣就相信了柴进的话，柴进很快被推荐给了方腊。

方腊见柴进仪表非凡，心生欢喜，他也是以貌取人。如果让李逵或者宣赞去忽悠他，估计就是"拉出去砍了"。

柴进一见面先狠狠地吹捧了方腊一番，他说夜观星象，帝星明朗，又看到一缕五色天子之气，起自睦州。柴进的话让方腊兴奋异常，有点找不到北。

其实柴进说的都是鬼话，"看天象帝星明朗"，那是因为没有污染，大气能见度高；"五色天子之气起自睦州"，估计就是某个小化工作坊排放尾气了。这些鬼话骗不了科学家，骗骗方腊这样的文盲绰绰有余了，谁让他是文盲呢：当初方腊看到水中倒影戴着皇冠，就以为自己有当皇帝的命，却不知道那就是幻觉，严重了就是精神病。

柴进连续半个月的忽悠收到了成效，方腊居然把柴进招为驸马。柴进看看天，又看看地，"到哪里说理去啊，当一次无间道居然实现了二婚的梦想！"

不过当方腊的驸马也不容易，从成婚之日起，柴进夜夜失眠，总担心说梦话暴露了身份。后来他想到了一个办法，晚上睡觉的时候用棉花塞住喉咙，这样他不再说梦话了，好几次差点被噎死。直到这个时候柴进才明白，"原来二婚也不一定幸福"！

成为驸马之后，柴进随意出入方腊的伪皇宫。在柴进看来，皇宫就那么回事，只不过墙更高一点，房子更大一点，其实又有什么用呢？房子再大，睡觉的时候也只是睡一张床，还是小户型经济实惠。

柴进还在继续当无间道，方腊已不把他当外人，有事没事就跟柴进唠嗑拉家常。渐渐地，柴进熟练掌握了当地方言。

方腊的战将接二连三被梁山消灭，方腊很是苦恼，柴进接着忽悠，"皇上，没事，那些将星从星象来看，本来就是临时工，待不了太久。从星象看，皇上有二十八星宿，您就准备凌烟阁吧，过了多久，宋江手下会有不少人来投奔您呢！"

站在一旁的燕青一边听一边直想笑，他在心里说，"老柴啊，我知道您能忽悠，没想到您这么能忽悠！"

柴进和燕青两人都没闲着，没事的时候他俩总在方腊的国库外转悠，两人早就踩好了点，就等趁乱捞两担金银财宝。柴进和燕青两人都是深谋远虑的那种，他们知道方腊靠不住，宋江靠不住，皇帝也靠不住，所以他们早早为自己准备后路。

方腊覆灭的时候，燕青从国库里抢出了两担金银财宝，一担给柴进，一担留给自己。

09. 解珍：攀岩时记得带安全绳

柴进和燕青忙着挖井的时候，宋江还在乌龙岭下徘徊等待，他发现，乌龙岭又是一道难以开启的门。

李逵带着项充、李衮带头去撞门，发现这门没法撞，等你一接近的时候，人家就开始扔檑木炮石，反正石头有的是。

陆路不行，宋江想走水路，宋江安排阮小二、孟康、童威、童猛从水路进发，试着从水路攻破方腊水寨，然后绕道上乌龙岭。

这支水军不久就遭遇了方腊水军，双方展开了一场惨烈对决。

阮小二和孟康见方腊水军从上游放下火排，便站在船上迎战，准备跟对方硬碰硬。后面的童威和童猛一看对方势头太猛，马上弃船上岸，从陆路逃走。

等阮小二意识到危险的时候已经晚了，方腊水军借着火排的掩护围了上来，一挠钩钩住了阮小二，阮小二的半条命已经没了。为了死得有尊严，阮小二扯出腰刀自刎身亡。一旁的孟康想下水逃走，也晚了，人怎么可能跑得过炮弹呢？方腊水军发射了火炮，正中孟康头盔，可怜玉幡竿，居然成了靶子。

自此江湖上再没有立地太岁阮小二，再没有玉幡竿孟康，宋江又丢了两个优秀的将领。

战争陷入僵局，解珍和解宝站了出来，他俩觉得该到报效宋江的时候了。

从综合能力来说，解珍和解宝是天罡地位、地煞水平，两人在梁山上没有像样表现，只不过因为打压孙立的需要才让他俩进了天罡序列。

孙立没有成为天罡，解珍和解宝却出人意料地成为天罡，两人都对宋江充满了感激。

看着陆路和水路都碰了钉子，解珍和解宝准备用攀岩的方式探路。吴用和宋江都不赞成，但没有别的办法了，或许攀岩也是一条路。

事实证明，猎人还是有自己的狩猎范围的，就像大自然里的熊一样。解珍、解宝可以在登州山里纵横霸道，但在乌龙岭上，他们却是跨区作业，没有跨区作业的安全许可证。

解珍和解宝半夜往山上攀爬，尽管声响很小，还是被山上守军听到了。山上的守军大多也是猎户出身，同行之间互相拆台，很容易。

解珍正往上爬的时候，上面的挠钩钩住了他的发髻，解珍拔出刀砍挠钩的时候，脚已经被提起来悬空了，解珍没有别的选择，只能硬着头皮砍了挠钩，然后就体验了一把重力加速度。解宝急忙下撤，也来不及了，山上石块弩箭齐飞，解宝身死。

10. 花荣：看我十步射猪

宋江听说解珍和解宝阵亡的消息后，悲从心来，尽管两人并不是他的嫡系，但兄弟俩的为人还是不错的。同宋江的圆滑相比，解珍和解宝更多的是朴实。

为了抢回解珍和解宝的遗体，宋江亲自带兵出战，一下子陷入了重重包围。幸亏军师吴用派兵接应，不然宋江就跟着解珍和解宝去了。

眼看着乌龙岭这扇防盗门始终打不开，从东京来督战的童贯有些烦躁了，"撬了半天锁都撬不开，干脆砸门而入吧！"吴用制止了这个冲动的人，"童大人啊，咱们不能跟这门死磕，硬砸也砸不开，弄不好，毙敌八百，自损一万，不值当！"

童贯放弃了砸门的想法，吴用安排燕顺和马麟出去探路，求爷爷告奶奶也得找条路绕开乌龙岭这道防盗门。

燕顺和马麟在外面溜溜找了一天，看谁都像知道路的爷爷，求了无数的爷爷，当了无数次孙子后，他们终于找到了知道路的真爷爷。

真爷爷告诉他们，前面不远有条小路，一般人他是不告诉的，看在他们是朝廷剿匪兵马的分上就告诉他们一下。

有了这条小路，就可以独辟蹊径绕开防盗门，不用再跟那该死的门锁较劲了。宋江终于看到了一点胜利的曙光，尽管很微弱。

宋江绕过了乌龙岭，选择就多了，一条路可以直接去打睦州，一条路是回过头来再打乌龙岭。宋江想了半天，决定先打乌龙岭，这根刺卡在嗓子眼儿里实在太难受，不拔了它，注定消停不了。

如果乌龙岭上的人还是坚守，宋江还是没有办法，没承想，乌龙岭上的和尚宝光法师邓元觉冲动了，"老虎不发威，你就当我是年画虎啊！"

邓元觉极其冲动地冲下山来，正好掉进宋江和花荣的圈套。

花荣掂量了一下宋江阵容里的砝码，发现能打过邓元觉的没有几个，打邓元觉这样的人很难打死。他武功高，有预判能力，一有风吹草动撒丫子就跑，即使鲁智深和武松加一起也未必能打死邓元觉。

不过，最强悍的人在花荣看来也不过是移动靶子，区别只是一箭还是两箭，有的人一箭可以射死，有的人需要两箭，邓元觉属于哪一档呢？

花荣跟宋江说，"哥哥，委屈你当一下诱饵，只有你这样的鱼饵才能钓到邓元觉这条大鱼！"

一切安排妥当，秦明出去跟邓元觉单挑，这些都是走过场，都是为了麻痹邓元觉。秦明打了几个回合回身就跑，邓元觉产生了错觉，"宋江的手下这么弱啊！"

宋江在不远处做出手足无措很害怕的样子，这一幕深深地刺激了邓元觉，"宋江已经六神无主了，此时不抓，更待何时？"

邓元觉向宋江扑了过来，他以为自己马上就要接近目标，却没想到目标背后竟然掩藏着重重杀机。

等邓元觉离宋江近在咫尺时，花荣的箭发射了。

11. 武松断臂

射死了邓元觉，宋江并没有直接攻打乌龙岭，他知道如果此时攻打，对方必定严防死守，难度很大，倒不如先去攻打睦州，等攻下睦州再来收拾乌龙岭。

计划是美妙的，执行起来却是千疮百孔。让宋江没有想到的是，在睦州他又遭遇了连环打击，他的义妹和妹夫在这场战斗中阵亡，宋江失去了一个兄弟和一件衣服。

兄弟是王英，衣服是扈三娘，两个看起来不般配的人在战斗中却是珠联璧合。坦白地说，王英人品是差了点，对扈三娘还是不错，王英不是扈三娘爱的人，但扈三娘就是王英最爱的人。

王英和扈三娘的结合是一段别扭的婚姻，但不妨碍他们"先结婚后恋爱"，据说婚后关系不错，两人联合在一起的战斗力特别强，1+1大于2。

王英和扈三娘遭遇的是方腊手下的郑彪，此人有道法，说白了会变魔术，这在对决中还是很唬人的。

王英正跟郑彪对打的时候，郑彪突然变出了一尊金甲天神，金甲天神挥棒向王英打来，王英吓了一跳，枪法就乱了，被郑彪戳落马下。郑彪有点不讲究，弄个变戏法吓唬人，王英一愣神的工夫就着了他的道。

看王英落马，扈三娘心疼不已，此时她记得的全是王英的好，她要为王英复仇。报仇心切就容易一叶障目，扈三娘正追赶的时候，被郑彪挥手甩了一块铜砖，一下被打落马下，一代奇女子扈三娘就这样无奈谢幕了。

可以说，扈三娘是《水浒传》中最不幸福的女人，本来拥有幸福的一切，却被宋江刻意改变；本来可以嫁一个更好的头领，却嫁给了并不出色的王英；本来已经接纳了王英，却被郑彪的戏法和铜砖改变了幸福的走向。人生际遇如此，不幸指数直逼卢俊义，意外指数又接近杨志。

失去了一位兄弟和一件衣服，宋江非常悲伤，他的悲伤没有尽头。

第二天，宋江的悲伤变本加厉。

在这一天的战斗中，方腊阵营中出现了一个会使飞剑的人，此人叫包道乙，非常了得，能在百步之外飞剑杀人，武松成了他的试金石。

武松和包道乙对打，武松步战，包道乙骑在马上，这样包道乙就对武松形成了居高临下之势。包道乙的武功非常不错，他拔出剑从空中来了一个高难度劈刺，武松居然没有挡住，这一剑砍在武松左臂上，武松痛得晕倒在地。一边的鲁智深怒不可遏，一禅杖打过来，没有打到包道乙，包道乙顺势跑了。

鲁智深救起武松时，武松的左臂与身体仅有一点点肉连着，武松见已无可挽回，右手拿起戒刀一下砍断了连接，从此变成了独臂英雄。

12. 李逵疼在心里

武松的疼痛还没有过去，李逵的疼痛也来了。不同的是，武松的疼痛在身上，李逵的疼痛则在心里，因为他的 F4 兄弟没了。

李衮和项充跟着李逵一路冲杀，都遭遇了不测。

先是李衮失足掉到小溪里，被方腊的士兵乱箭射死。项充一看势头不好，转身跑的时候又被绳索绊倒，被敌兵乱刀砍死。只剩下李逵独自一个杀进了深山里，最后还是花荣、秦明、樊瑞及时赶到，救了李逵。

这时，F4 兄弟组合彻底散了。

早期的时候，李逵手下有四位兄弟，分别是樊瑞、鲍旭、李衮、项充，后来樊瑞集中精力研究道法去了，李逵就跟鲍旭、李衮和项充组成了丑 F4 组合。四个人谁也不用说谁，一个比一个寒碜，一个比一个难看，本来梁山上对这四个人都不待见，等他们发明了流水线砍人法之后，他们在梁山阵营的地位大大提高。现在，鲍旭、李衮、项充三人离李逵而去，只剩下李逵泪流满面地感受人生孤独。

一天之内，宋江连丢了四个半将领，四个将领是王英、扈三娘、李衮、项充，那半个是武松。令宋江更郁闷的是，鲁智深失踪了。

刚才在追杀对方将领时，鲁智深一路猛追，不见踪影，活不见人，死不见尸，这可怎么办呢？

战争发展到这个地步，宋江与方腊两败俱伤。睦州城内想守，睦州城外想攻，战争进入了僵局。

僵局很快被打破了，打破僵局的是凌振。

凌振的几个大炮放完，城内的人快崩溃了，"与其被炮轰死，不如体面地战死"。双方又进入了短兵相接。

善于变戏法的郑彪对阵大刀关胜，以他的功力哪里是关胜的对手，不过他会变戏法，他变出了一尊金甲天神。

关胜正手足无措的时候，魔术师樊瑞出手了，樊瑞也会变戏法，他变出了一尊铁锤天神，这场战争变得立体了。关胜和郑彪在下面打，两尊天神在空中打。最终，铁锤天神打死了金甲天神，关胜砍死了郑彪，2比0，关胜方获得了全胜。

郑彪被除掉了，会使飞剑的包道乙也被凌振的火炮打死了，睦州城成了随意进出的自由市场，宋江耗费了那么多将领终于得到了这座城池。

就在此时，另一路人马又有噩耗传来，前去攻打乌龙岭的燕顺和马麟遭遇了不测。

马麟被石宝的副将一标枪扎落马下，又被石宝补了一刀。燕顺冲过去复仇的时候，又被石宝流星锤打落马下。

唉，又没有了两个将领。

13. 我们都是生活的棋子

宋江的心情低落到了极点，不能再等下去了，再等，自己手中的筹码就要折腾光了。

宋江不顾一切地派关胜、秦明、花荣、朱仝四员大将去攻打乌龙岭，无论如何也要砸开这扇门。

石宝一看领头的是关胜，没了底气，他知道这个长得像关羽的人很厉害，而且已经杀红了眼。石宝手下有个不知死活的副将叫白钦，他与关胜支应了几个回合，关胜还没热完身，石宝那边就鸣锣收兵了。

此时，另一路由童贯率领的大军趁石宝不备攻破了乌龙岭西门，乌龙岭保不住了，石宝要成丧家狗了。

宋江阵营中的吕方和郭盛一看东门马上要破了，争着上来砸门，不料却被砸了。

先是赛仁贵郭盛，他在往乌龙岭上冲的时候遭遇了突如其来的石头，一块巨石将他连人带马砸死在岭边。临终前，郭盛充满了疑惑，"怎么张清都不在了，还有疯狂的石头呢？"

郭盛走了，吕方也要跟着去了。

吕方的悲剧还是因为学艺不精，尽管他用的也是方天画戟——吕布的方天画戟是天下无敌的神器，吕方的方天画戟就是狐假虎威的道具。

吕方遭遇了石宝的副将白钦，两人厮打在一起。吕方抓住了白钦的枪，白钦抓住了吕方的方天画戟，两人在马上展开了拔河比赛，拔到后来，干脆丢了兵器改马上空手道了。

可惜两人选错了比赛场地，他们较量的地方居然是在悬崖边的一条路上，你来我往，你推我搡，两人两马都掉下了悬崖，双双身死。

在落地一瞬间，两人都明白了一个成语，"同归于尽"。

一番恶战之后，宋江的兵马全面占领了乌龙岭。

石宝一看遍地的宋江兵马知道大势已去，拿起劈风刀自刎身亡，这个不可一世的敌将自此谢幕，在谢幕之前，他拉了一堆梁山头领垫背。

在失去意识前的一瞬间，一个念头闪过石宝的脑海，"争来争去，我们都只是一颗小小的棋子！"

宋江这颗棋子终于突破了乌龙岭，现在就要看卢俊义这颗棋子了。如果卢俊义能如期突破，他们就将形成对方腊的合围，卢俊义的情况又如何呢？他能如期完成自己的任务吗？他们能完成对方腊的合围吗？

卢俊义终究如期完成了任务，代价也是损兵折将，梁山的筹码在不断的征战中消失殆尽，如同人生，当你一步步接近幸福的时候，而幸福却正在离你远去！

14. 梁山史上最黑暗的一天

卢俊义的任务是攻打昱岭关和歙州，这是两块硬骨头，这两块骨头让梁山的兵马经历了一场大劫难。

为方腊守护昱岭关的是一位神射手，名叫庞万春，此人的箭法跟花荣有的一拼，正是他，让梁山六位头领都葬身乱箭之下。从这个角度讲，他比花荣还狠，花荣对付敌人是点射，顶多算狙击，他对待敌人则是不讲道理地机枪扫射，用《马大帅》里范德彪的话说，"挺不讲究的，不按套路打"。

当时，史进、杨春、陈达、李忠、薛永、石秀六个人领了三千兵马出去巡逻，巡逻到了昱岭关下，这就犯了兵家大忌。如果不是要重兵攻打，那么就不要到人家家门口巡逻，那不是找打是什么呢？

这三千多兵马居然沿路在人家的眼皮底下进入了埋伏圈，不知不觉地进入了人家的口袋。当然这也要怪卢俊义，弄这么六个不精明的人一起搭班子，不出意外才怪。

卢俊义也很委屈，"这也不能怪我，是施老爷子要一下写死他们六个！"

史进等六人率军来到了昱岭关下，关上站着有小养由基之称的庞万春。养由基是古代的神射手，据说比李广还牛。庞万春看着史进他们便哈哈大笑，这一笑就是笑里藏刀、口蜜腹剑了。

庞万春开口了，"你们梁山不是有个花荣射箭很厉害吗，敢跟我比吗？先看我一箭！"庞万春一箭射下，正中史进，史进还剩半口气。紧接着，关上乱箭射下，其余五个头领顾不上史进，拔马就走，但怎么也跑不出人家布好的包围圈。

六名头领，六匹战马，二千九百来个士兵，全都倒在昱岭关的箭雨里。

冷冷的箭雨，冷冷的无奈，冷冷的遗憾，冷冷的感慨。

在生命的最后时刻，陈达、杨春、史进爬到了一起，他们想起了当年在史家村的誓言，"要么同生，要么同死"。三个人都很欣慰，刘、关、张没有做到的事情我们做到了，三个人想起了那句歌词，"如果下辈子我还记得你，我们死也要在一起！"

薛永，这个可怜人心中充满了遗憾，所谓的将门之后，所谓的梁山头领，到头来都是一场空，如果人生可以重新来过，你是选择街头卖艺还是再上梁山呢？

石秀，心中更是感慨万千，往昔贩羊的艰难时光历历在目，往昔梁山的辉煌就在眼前。拼命三郎，性情三郎，人生刚开了头却已经结了尾，难道人生就是如此短暂？

李忠，人生的苦难在他的脸上留下了太多痕迹，往昔卖艺的艰难，往昔桃花山的辉煌，往昔在梁山的郁闷，一切仿佛就在昨天，只可惜时光从来不停息，把所有的岁月都无情带去。周通兄弟，我们又能一起吃咸鸭蛋了。

别了史进，别了杨春，别了陈达，别了薛永，别了石秀，别了李忠，这是梁山史上最黑暗的一天，这是另一度空间最辉煌的一天，梁山失去了六块优秀的砖，另一度空间多了六块优秀的瓦。

15. 时迁找到了天路

三千多人最后只剩下一百多人逃回大营，幸存者把六位头领战死的消息告诉了卢俊义。卢俊义一听，心如刀绞，本来将领就不多，一下子就折了六个，这日子还怎么过啊？

一边的朱武安慰说，"生死有命，富贵在天，哥哥别太难过！"

朱武已经看出了门道，在江南一直损兵折将，就是因为水土不服，地理不清。朱武想了半天，硬砸防盗门肯定不行，折了那六员将领就说明一切了，得另寻捷径，找条小路绕开这道不开启的门。

想来想去，探路的最合适人选就是时迁，他的排名很低，但能量很大。时迁出身不好，以前是个小偷，在梁山上屡屡立功，也屡屡不受重用。后来时迁总结自己的人生时很有感慨，"这人啊，宁可失业，也不能失足"。

正所谓，"一失足成千古恨，再回首已是百年身"。

时迁奉命前去探路，一天的时间就让他找到了路。

当晚，在一个小庵堂里，一个老和尚给时迁指点了一条道路，这条路以前是通的，现在是断的，似乎成了一条天路。时迁不以为然，抬起脚让老和尚看了一下鞋底，鞋底上分明写了五个大字，"不走寻常路"。

时迁回来报告了找到路的好消息，卢俊义和朱武喜上眉梢。有了这条小路，他们再也不用跟那道该死的防盗门较劲了，只要略施小计，这道防盗门就得塌了。

按照朱武的指示，时迁带着火炮、火刀、火石找到了那条小路。

那条路确实已经成了一条天路，一般人爬不上去，不过在时迁看来，什么天路地路，只要踩在自己的脚下就是柏油大马路。朱武曾经忧虑地跟他说，"听说那条路的坡度已经超过了人类的极限，相当难跑！"时迁淡淡地说，"别人攀岩有最大仰角的限制，而我从来就没有最大仰角！"

时迁顺利地上了昱岭关，卢俊义和朱武也一路放着火杀到了昱岭关下。

为什么要放火呢，主要担心沿途树林里有埋伏，一路放火过去，非常省事，卢俊义还在前面忽悠，"兄弟们，打下了昱岭关，我请大家吃烧烤，随便吃！"

16. 孙二娘：逝去的光辉岁月

卢俊义和朱武一路放火烧山，时迁则在昱岭关上到处放火。

火一起，人心就乱，昱岭关上一片混乱。时迁放完火后又爬到房顶大叫，"一万多宋兵已经上关了，赶紧逃命吧！"

战争时期什么最可怕？谣言最可怕，谣言一起，人心就散了，队伍想带也没法带了。昱岭关的士兵们听到时迁的呼喊开始逃命，守将们看到士兵们逃命也各自逃命而去，最大的官庞万春跑得比谁都快，瞬间就不见了踪影。庞万春手下的两员副将反应迟钝了一些，没跑多远就被卢俊义的人马抓住了。

得了昱岭关，歙州近在眼前。

在歙州，卢俊义的兵马又遇到了老熟人，败军之将庞万春。庞万春跑得快，一路狂跑进了歙州城，还没喘息多久，卢俊义的兵马就到了，双方还得继续打。

庞万春打仗跟花荣一样，不按套路打，不按套路出牌，打了没几个回合转身就跑，他的对手欧鹏还在后面锲而不舍地紧追。庞万春回身射出一箭，却被欧鹏一把抓住，对于欧鹏而言，非常不容易了。欧鹏以为庞万春一次只能射一箭，没想到庞万春的箭是连发的。欧鹏稍有松懈，第二支箭飞了过来，这下欧鹏冷不防，没有躲过。

这就要怪梁山头领的文化知识不高了，三国时期诸葛亮的连弩都能十连发了，庞万春的箭来个两连发又有啥奇怪呢？

看欧鹏落马，庞万春引军冲了过来，卢俊义兵马败退，损失惨重。

退出三十里后一盘点，卢俊义发现，坏了，又少了一个人，这个人就是菜园子张青。张青在乱军中阵亡，死因不明，可能是乱箭射死，马踏身亡。

可怜一个菜农，不安心种菜，非要学人家当强盗，到头来就是这样一个结局。十字坡，二龙山，梁山，都不过是张青的驿站，一回首，一切到了尽头。

看着死去的丈夫，孙二娘被悲伤笼罩，她知道属于他们的辉煌岁月过去了，一切都成了一场梦。

鲁智深失踪了，武松残废了，杨志病危了，曹正中箭了，施恩落水了，张青阵亡了，当年的七大头领只剩下她一个完整的人了，难道这就是他们当年苦苦追求的幸福生活？

如果不是当年李忠那些人非要让二龙山卷进是非的旋涡，或许他们还在二龙山过着逍遥自在的日子，只可惜，进了旋涡，再也走不出去。孙二娘甚至有去找李忠算账的冲动，想想又放弃了，李忠和周通都作古了，又到哪里找他们算账呢？

输了今天这一阵，朱武预计对方会来劫营，兵法上这叫趁火打劫。

朱武和卢俊义一合计，咱们提前准备吧，弄两只羊在营中替咱们打鼓，咱们就在两旁埋伏。

羊如何打鼓呢？很简单，把羊蹄绑上棒槌，旁边再放上一面鼓，准保鼓声不断，有演唱会的效果。

17. 关胜：我的 F4 散了

庞万春真的带人来劫营了，当他看到打鼓羊的时候就知道自己被羊给骗了，想要撤的时候来不及了。

庞万春的副将没跑几步就被呼延灼一鞭打碎了天灵盖，他自己没跑多远便遭遇了钩镰枪。埋伏在暗处的金钱豹子汤隆用钩镰枪将庞万春的马钩倒，紧接着把庞万春擒获。庞万春瞪着汤隆，心中憋了一肚子气，"又不是连环马，至于用钩镰枪吗？"

庞万春的抱怨没持续多久，卢俊义下令将他剜心，用来祭奠那些被他伤害的头领。

庞万春生错了地方，如果他出生在北方，如果他早一点认识宋江，或许他也会是一条梁山好汉，只可惜就这样无情错过。

卢俊义以为这一次是大获全胜，战后一盘点还是少了一块砖，这块砖的名字是丁得孙，一个在梁山上没有作为的地煞头领。

丁得孙的脸和脖子上都有难看的伤疤，跟毁过容似的，所以人送外号中箭虎。征方腊战役开始后，他一直担心自己会中箭，尤其是看到王定六、曹正、徐宁这些人都中了药箭后，他更加害怕。现在他解脱了，他终于逃脱了中箭的命运，而是被毒蛇咬了脚，毒发身亡。

躲过了明枪，躲过了暗箭，最终没有躲过草丛里的毒蛇，丁得孙在总结自己的人生时非常感慨，"人这一辈子，真不容易！"

失去了庞万春这样的主将，歙州城看上去就成了一座不设防的城市，胜利似乎就在眼前。

关胜手下的F4兄弟单廷圭和魏定国看着大开的城门以为芝麻开门了，两个人兴冲冲地飞马进去要抢头功，没有想到遭遇了陷阱，迎接他们的是陷马坑。两个人连带两匹马都掉进了陷马坑，水将军、火将军遇到土炕都哑火了。旁边的乱兵乱枪乱刀齐上，水将军、火将军只能就地安息了。

自此，关胜手下的F4全部覆灭，宣赞、郝思文、单廷圭、魏定国，四个头领，四个前朝廷将军，在征方腊的战役中都结束了人生征程。

从此以后，关胜每次喝酒只能一个人端着酒杯，对着四个斟满酒的酒杯，一杯酒下肚，酒在胃里，泪在脸上。

卢俊义目睹了水火将军的悲剧，只能叫声命苦，命令后面的士兵兜着土往前冲，一人一把土，坑就填平了，人多还是力量大。

歙州城门户大开，但还没有失去抵抗能力，方腊手下的王尚书就是一员猛将，还有很强的战斗力。

王尚书首先对阵的是青眼虎李云，李云不是纯种汉族人，对于梁山来说，可以算是友邦人士。不过这位友邦人士功夫太过平庸，对付王尚书这样的猛将非常吃力，几个回合下来，王尚书一枪将李云刺倒在地，他的马又非常配合地狠狠踩了几蹄子。

可怜的李云就这样结束了自己的使命。

紧接着上来与王尚书对决的是石将军石勇，石勇除了脾气倔强以外没什么别的特点，武功也只是马马虎虎，没几个回合，石勇也被王尚书给收拾了。

在倒地的一瞬间，不知道石勇有没有想起那年那月的小酒馆，正是在那里，他给宋江带去了一封陌生男人的来信，也正是在那里他赢得了上梁山的船票。电影《泰坦尼克号》里，杰克在临终的时候对罗斯说，"我一生中最大的幸运就是赢得了泰坦尼克号的船票"，那么石勇你呢，赢得梁山的船票，对于你究竟是一种幸运还是不幸？

看王尚书如此嚣张，卢俊义的人马也不讲究战场规则了，孙立、黄信、邹渊、邹润四个人一拥而上，四个人跟王尚书也只是打个平手。就在此时，林冲也加入了群殴的队伍，五打一，这下没法打了，五人合力把王尚书扎成了马蜂窝。王尚书死的时候一直没闭眼，心中充满了愤怒，"太不讲究了，不按规矩和套路打啊！"

兵荒马乱的，谁跟你讲规矩啊？！

18.蔡庆：我终于开张了

经历了千辛万苦，损失了十三员将领，卢俊义终于攻克了昱岭关和歙州，可以跟宋江胜利会师了。

宋江听说卢俊义丢了十三员将领心里郁闷非常，幸亏吴用开导，这才有点释怀。两人一盘算，打方腊盘踞的清溪县还得里应外合，不然可能又是旷日持久的僵持战。

柴进和燕青去当无间道后一直没有传回消息，宋江和吴用也疑惑，到底柴进和燕青现在是无间道呢，还是已经反了水呢？搞不清楚。

没办法，只能再派一拨无间道去。

派谁去呢？就派李俊带着阮小五，阮小七，童威、童猛兄弟去吧，有李俊在，肯定能把方腊的人忽悠住。

李俊靠什么忽悠方腊呢？很简单，粮食。

方腊阵营断粮很久了，见了粮食就跟见了亲爹一样，李俊他们是来送粮食的，那就是干爹了，李俊就凭借粮食当了方腊的干爹。

有李俊在敌营做无间道，宋江有了进攻的底气，他和卢俊义驱动人马攻打清溪县，遭遇了方腊的侄子方杰，此人武功非常了得。

方杰使的是方天画戟，与他对阵的是秦明。两人打了三四十回合，不分胜负，两人都打起十二分精神，生怕一走神就被人家戳死。

然而就在这个关键的时刻，秦明还是走神了。方杰的副将杜微见方杰久攻不下，便拿出飞刀向秦明扔了过去，秦明下意识躲避飞刀，却没有抵挡住方杰的致命一戟。

人还是不能三心二意。

看秦明横死，宋江愤怒地看着旁边的扑天雕李应，"你的飞刀呢？人家的飞刀是杀人的，咱的飞刀就是切肉的？"李应面红耳赤，心里也充满了委屈，"我早就老花眼了，看什么都有重影，哪还敢使飞刀啊？"

方杰得手后有些兴奋，他的叔叔方腊也从城内出来观战，一切似乎在朝着有利于方腊阵营的方向发展。

但是这仅仅是假象。不一会儿的工夫，清溪县里四处火起，不用问，是李俊干的。方腊一看老巢被烧，赶紧让方杰回城救火。这时，宋江兵马从背后杀了过来，从歙州来接应的卢俊义也从另外一个城门杀了进去，这下方腊的老巢"老房子着火——没得救了"！

方腊和方杰逃到了帮源洞，这是方腊最后的军事基地，也是他的最后一根救命稻草。

占领了清溪县，宋江开始盘点，又是伤心不已。

梁山上海拔最高的郁保四由于个子高扎眼，被杜微飞刀伤死；母夜叉孙二娘可能站的位置太靠前了，也被杜微飞刀伤死；邹渊和杜迁在乱军中被马踏身亡；李立、汤隆、蔡福重伤不治身亡；阮小五被方腊手下的娄丞相斩杀。

一盘点，全是眼泪，又是八员大将。

令宋江略有安慰的是，梁山的仇人一个都没得跑，杀害阮小五的娄丞相见大势已去自缢身死，被梁山人马发现后割了头；飞刀杀死郁保四和孙二娘的杜微也被宋江兵马抓住，剜心的任务就交给了一枝花蔡庆。

蔡庆很轻松地完成了任务，放下刀时泪流满面，"哥，好几年了，今天咱终于开张了!"

19. 鲁智深等来了方腊

方腊逃到了帮源洞,覆灭只是时间问题,无间道柴进和燕青开始发力,方腊最后一根稻草也保不住了。

宋江兵马抵达帮源洞时看到了柴进和燕青,宋江不知道柴进究竟是敌是友,兵荒马乱的,谁知道会发生什么事呢?

柴进与花荣假意对打,双方迅速交换了信息,交流的结果是,柴进还是自己人,口号是共灭方腊。

有柴进和燕青这两个无间道,方腊身上的定时炸弹开始倒计时了。

方杰还是大大咧咧地出来迎战,他首先对阵是关胜,两人打了十个回合不分胜负。宋江也不讲究规则了,又派上了花荣,三人纠缠在一起,方杰依然没有惧色。宋江又派上了朱仝和李应,这下变成了四打一,就没法打了。

方杰急忙往本方大营跑,看到柴进向自己冲了过来,他以为柴进是来救援的,没想到柴进是来落井下石的。趁方杰一愣神的工夫,柴进一枪刺中了方杰。方杰还想挣扎,燕青从背后上来又是一刀。

六个打你一个还不死,你以为你是猫啊有九条命。

最后一根稻草也没了,方腊只能靠自己的双脚逃命,至于能逃到哪儿就看自己的造化了。宋江兵马攻进了帮源洞,方腊所有家当都落入了宋江兵马的手中。燕青趁乱从仓库里抢了两担金银财宝,这是他后半生的保障。

阮小七眼光独到,他看上了方腊的黄袍。

阮小七穿着方腊的黄袍四处乱跑,倒是一道独特的风景线,这让朝廷来的官员很不爽,这不是黄袍加身吗?你以为你是太祖啊!

方腊的老巢被端掉了,可就是找不到方腊,这个草头天子藏到哪儿去了呢?就在宋江冥思苦想之际,失踪多日的鲁智深回来了,他居然带回了方腊。

鲁智深那天一路追杀夏侯成进了深山,进了深山后,他与夏侯成展开了一场不限时间的长跑，最后鲁智深追上了夏侯成，给了他一禅杖，夏侯成自然活不成了。

这时，鲁智深遇到了一个老和尚，老和尚告诉鲁智深，就在这深山里的小房子住着吧，有吃有喝，只管休息睡觉，过几天会有一个人来，到时你把他打翻在地捆了就可以。

鲁智深听完，眨巴眨巴眼睛，"莫非这就是传说中的守株待兔！"

鲁智深守株待兔擒方腊这段有点神话色彩，实际情况可能是鲁智深瞎猫碰上了死耗子，误打误撞遇上了方腊，他的生活总是充满奇遇。

看鲁智深捉住了方腊，宋江心中乐开了花，兴奋地对鲁智深说，"这下你发达了，想当国师当国师，想当方丈当方丈！"

鲁智深却不以为然，他经历了人生的起起落落、分分合合，现在的他更淡然了。

一个人在深山里独处的那几天，他反思了自己的人生。从一个军官到一个在逃犯，从一个在逃犯到一个自费和尚，从一个自费和尚到一个落草和尚，从一个落草和尚到一个招安和尚，不知不觉间，他走出了一条独特的人生轨迹，这个轨迹不平常，然而走得也很累，现在他想歇歇了。

空即是色，色即是空，空空色色，色色空空，人生本来就是四大皆空。

20. 智深圆寂，燕青高飞

方腊被灭了，征战也结束了，这是一场两败俱伤的战役，毙敌一千，自损八百，勉强算获胜，也是惨胜，惨胜到让人直想哭。

宋江兵马驻扎进了杭州六和塔，调养生息准备回京。

当夜，鲁智深听到外面响声巨大，以为是方腊兵马再次杀来，等他拿起禅杖出去一看，不见敌兵，只见钱塘江潮。鲁智深问一边的和尚，和尚说，这是潮信现象，形成是因为万有引力。

鲁智深听到"潮信"两个字，浑身一个激灵，他想起了师父送给他的偈语，"逢夏而擒，遇腊而执，听潮而圆，见信而寂"。鲁智深想，"逢夏而擒，我打死夏侯成；遇腊而执，我捉住了方腊；遇到潮信，我该圆寂了！什么是圆寂？"

鲁智深又问和尚什么是圆寂，和尚忍不住笑出声来，"你还是和尚呢，不知道圆寂就是和尚去世的意思啊！"鲁智深有点不好意思了，自己这个自费和尚理论知识不扎实，不知道的事情太多了。

现在他明白了，到了他圆寂的时候了。

鲁智深沐浴更衣，写下了一段偈语，然后让人通知宋江，等到宋江来的时候，鲁智深已经两腿搭在一起圆寂了。

一个莽撞和尚，一个杀人放火的和尚，到头来却以一位得道高僧的方式离开这个世界，或许正应了那句话，"放下屠刀，立地成佛"。

宋江看了鲁智深的偈语，感慨不已，偈语上写着：

平生不修善果，只爱杀人放火。忽地顿开金绳，这里扯断玉锁。咦！钱塘江上潮信来，今日方知我是我。

宋江感叹了许久，又去看了武松。此时的武松已是废人了，不愿意再跟随宋江进京朝觐。宋江无奈，只能随他去了。

从此，武松在六和寺出家，八十善终。一个杀戮甚多的人最终选择忏悔过去，平淡生活，修炼四十多年终于求得心情平静，"苦海无边，回头是岸"！

宋江盘点人马，又少了好几员将领。杨雄发背疮而死，时迁患搅肠痧而死，林冲中风瘫了，半年后病逝。久病的杨志没有转危为安，在丹徒县病逝。

班师途中，李俊诈病，恳请宋江留下童威、童猛照料自己。后来，三个人一起找到费保去了东南亚一带，据说李俊还做了国王。

挑了满满一担财物的燕青也找了卢俊义，恳请卢俊义跟自己一起归隐，可惜卢俊义还贪恋官场富贵，错过了与燕青一起归隐的时机。

人的眼界与财富无关，与地位无关，出身贫贱的燕青看淡一切，从容不迫，出身高贵的卢俊义却苦恋红尘，最终品尝苦果。

尾声
梁山的铁杵磨成了针

01. 梁山的铁杵磨成了针

该说说一百零八将的结局了。

征方腊战役中阵亡正将十四员:

秦 明　徐 宁　董 平　张 清　刘 唐　史 进　索 超　张 顺
雷 横　石 秀　解 珍　解 宝　阮小二　阮小五

偏将四十五员:

宋 万　焦 挺　陶宗旺　韩 滔　彭 玘　曹 正　宣 赞　孔 亮
郑天寿　施 恩　邓 飞　周 通　龚 旺　鲍 旭　段景住　侯 健
孟 康　王 英　项 充　李 衮　单廷圭　吕 方　燕 顺　马 麟
郭 盛　欧 鹏　郁保四　陈 达　杨 春　李 忠　薛 永　李 云
丁得孙　石 勇　杜 迁　邹 渊　李 立　汤 隆　王定六　蔡 福
张 青　郝思文　扈三娘　魏定国　孙二娘

在路上病故正将五员:

林 冲　杨 志　张 横　穆 弘　杨 雄

偏将五员:

孔 明　朱 贵　朱 富　白 胜　时 迁

杭州六和寺坐化正将一员：

鲁智深

六和寺出家正将一员：

武　松

复员回家一员：

公孙胜

于路中辞去正将两员：

李　俊　燕　青

偏将两员：

童　威　童　猛

调往其他官府偏将五员：

安道全　皇甫端　金大坚　萧　让　乐　和

留下享用胜利果实的正将十二员：

宋　江　卢俊义　吴　用　关　胜　花　荣　柴　进　李　应　呼延灼

朱　仝　戴　宗　李　逵　阮小七

偏将十五员：

朱　武　黄　信　孙　立　樊　瑞　凌　振　裴　宣　蒋　敬　杜　兴

宋　清　邹　润　蔡　庆　杨　林　穆　春　孙　新　顾大嫂

　　盘点下来，享用胜利果实的总共有二十七人，加上调往其他官府的五人，加上武松、公孙胜、李俊、燕青、童威、童猛，一百单八将总共剩下三十八人，伤亡大半。

　　这次皇帝没有像以前那么小气，给梁山人马好好打赏了一番，想当官的给官，不想当官的给钱，宋江苦心经营的招安终于在这个时候有了一点结果，用李白的话说，铁杵终于磨成针。

02. 当辞职成为一种时尚

天罡们获得的官职是这样的：

先锋使宋江加授武德大夫、楚州安抚使，兼兵马都总管
副先锋卢俊义加授武功大夫、庐州安抚使，兼兵马副总管
军师吴用授武胜军承宣使
关胜授大名府正兵马总管
呼延灼授御营兵马指挥使
花荣授应天府兵马都统制
柴进授横海军沧州都统制
李应授中山府郓州都统制
朱仝授保定府都统制
戴宗授兖州府都统制
李逵授镇江润州都统
阮小七授盖天军都统制

这些官职都是纸糊的，没有多少人坚持到底，大部分人中途开了小差。

首先是戴宗，此人速度快，溜得也最快。

戴宗借口梦到了泰安岳庙的神灵，跟宋江说了一声就辞职到了泰安州岳庙里，算是自费出家了。他每天殷勤奉祀圣帝香火，表现得非常虔诚。数月后，无缘无故，戴宗跟众道伴相辞作别，大笑而终，告别的方式跟《说岳全传》的牛皋一样，跟《射雕英雄传》的洪七公和欧阳锋一样。

在戴宗辞职后，阮小七也离开了官场。

他穿过方腊的龙袍，"黄袍加身"是宋朝皇室的心魔，皇帝因此好几天睡不着觉。还是童贯那些奸臣明白皇帝心思，他们替皇帝把阮小七罢了官。

奸臣之所以为奸臣，在于他懂得变通，他们虽然也把皇帝看成神，但更

把皇帝看成人，很多忠臣做不到这一点。其实皇帝也是人，是有七情六欲的俗人。

被罢官之后，阮小七带着老母回到梁山泊石碣村，依旧以打鱼为生奉养老母，寿至六十而逝世。

接着离开的是小旋风柴进，他是一个乖巧的人。

看到戴宗辞职，柴进就心动了，看到阮小七被罢官，他更是去意已决。阮小七只是穿了方腊的黄袍就被罢了官，柴进却还当过方腊的驸马呢，与方腊集团有扯不清的关系，再加上他的前朝皇族身份，一旦追究起来麻烦就大了。

思前想后，柴进假装中风，以身体健康为由提出辞职，谁还能让一个中风的人继续劳累呢，那就太不人道了。

后来的某一天，柴进无疾而终。

柴进离开了，李应感到更加孤独，他索性照葫芦画瓢，柴进中风他也中风，柴进辞职他也辞职。

李应回到故乡独龙冈村，在宋江放火焚烧的平地上按照原样盖起了庄园。等到庄园竣工的那天，李应看着修好的庄园，明白了一个道理，人生原来就是一个圈。李应与鬼脸儿杜兴继续在村里当大户，过得很滋润，俱得善终。

与这些辞职的人不同，那些原本就混迹于官场的人老马识途，如鱼得水。

大刀关胜在北京大名府总管兵马，甚得军心，上上下下佩服得紧。一日，操练军马回来，因大醉，失足落马，得病身亡。临终前，关胜明白了一个道理：喝酒不骑马，骑马不喝酒！

双鞭呼延灼被委任为御营指挥使，每日随驾操备。后领大军，大破金兀术四太子，出军杀至淮西。在《说岳全传》中，呼延灼与金兀术大战，打得金兀术也佩服得五体投地，只可惜，呼延灼在撤退的时候踩断陈旧的浮桥，落马阵亡。

在这些人中，结局最好的要算美髯公朱仝，他在保定府管军有功，后随刘光世破了金军，一直做到太平军节度使，也算个高官了。

从因果报应来看，朱仝是应该得到善果的，关公也不过在华容道上放了一次曹操，朱仝一放就是仨，分别是晁盖、宋江和雷横。

朱仝的经历也验证了一个道理：给，永远比拿快乐！

03. 我们都要追求幸福生活

再说说地煞们的结局。

铁扇子宋清在班师之后自愿还乡为农，他不愿意再过问江湖是非，也不愿意活在兄长的阴影下，当初上梁山就是一个票友，现在戏唱完了，该回家歇歇了。宋清一生平庸，儿子宋安平却非常出息，宋安平科举高中，做官如鱼得水，也算给老子争了光。

镇三山黄信仍回青州任职，没升没降，以前的同事拿他打趣，"你这不是原地画圈吗？"黄信不以为然，"至少青州的三座山头没了，我用曲线救国的方式镇住了三山！"

是啊，清风山、二龙山、桃花山、燕顺、王英、郑天寿、鲁智深、杨志、武松、曹正、施恩、张青、孙二娘、李忠、周通，一个个活跃的山头，一张张鲜活的面孔，到这个时候全都烟消云散。每次黄信喝酒的时候，都会想到过去那些激情燃烧的岁月，想起他与三山的争斗，他在心中默念："安息吧，兄弟们，下辈子，我们还做对手！"

病尉迟孙立回家乡登州任职，职位上没有变化。孙立一生中最大的遗憾就是为了上梁山出卖了师兄，一生中最大的安慰就是转了一圈，家人还在，亲情还在，这就足够了。

独角龙邹润不愿为官，回登云山去了，重新收拾山寨，招聘了小喽啰，再也不打家劫舍，转型当了乐于慈善的强盗，反正已经领了足够的封赏。

一枝花蔡庆跟随关胜，仍回北京为民，刽子手的工作没法干了，在梁山荒废了太长的时间，后来有没有开肉铺就不知道了。蔡庆准备封刀，因为他知道，真正的高手手中无刀，心中也无刀。

铁面孔目裴宣与锦豹子杨林商议了一番，回了饮马川。对于他们而言，一生中最好的时光是在饮马川度过的，现在他们要找回从前的影子。

神算子蒋敬思念故乡，愿回潭州为民，对于他而言，梁山只不过是人生的一段经历，并不是全部。经历过风雨之后发现，平平淡淡才是真。

神机军师朱武向樊瑞学习了道法，两个都做了全真先生，云游江湖，去投公孙胜出家，以终天年，也是一种幸福。

小遮拦穆春回揭阳镇乡中，复为良民，从此不再是小遮拦，而是有遮拦，立足社会还是要遵守规则的

轰天雷凌振仍受火药局御营任用，他有一招鲜，始终能吃遍天下。

原本在京师的偏将五员继续幸福生活，尽管平淡，也很幸福。

安道全被钦取回京后，在太医院做了金紫医官，平常没啥事，赶上皇宫里有个头疼脑热的就出诊，当大夫能做到太医，登上人生巅峰。

皇甫端担任御马监大使，专门为皇帝相马养马，想想也挺开心，"我跟孙悟空是一个级别，也算个弼马温"。就差封个"齐天大圣"了。

金大坚在内府御宝监为官，主要负责给皇帝刻章，现在我们看到宋徽宗的作品上，没准就有金大坚刻的章。

萧让在蔡太师府中受职，做门馆先生，据说每天闲得要死，一本书，一壶茶，就能混一天。萧让无限感慨地说，"我的人生浓缩成两个字，书，茶！"

乐和在驸马王都尉府中尽老清闲，终身快乐，不在话下，看来与音乐结缘的人，就是幸福。

04. 宋江：我那三个忠诚小弟

现在该说说宋江、卢俊义、吴用、花荣和李逵了，这五个人的结局都是悲剧，只不过有的悲剧是被动的，有的悲剧则是主动的。宋江、卢俊义、李逵的悲剧是被动的，吴用、花荣的悲剧是主动的。

宋江、卢俊义进入官场后坚持低调做人，但他们还是触动了官场敏感又脆弱的神经。强国可以兼容并蓄，弱国就只能小肚鸡肠了。圣明的君主乐于看到不同的人才鱼贯而入，比如唐太宗，疲弱的君主则会为出色的下属伤透脑筋，就像明朝的崇祯皇帝忌惮袁崇焕。

对于人才重用与否取决于人才本身的能力，更取决于老大的心胸。

很不幸，宋江和卢俊义遇到了心胸并不广阔的皇帝，皇帝对这两人始终不放心，在他看来，地主和长工永远不会是一条心，强盗和皇帝永远也不会是一条心。

《水浒传》就是一部历史剧，《水浒传》是个筐，各种问题往里装。

《水浒传》表面是写宋江和卢俊义被猜忌，实际上写的是武将被排挤、被限制使用。两宋时代，武将永远都是被排挤和被限制使用的对象，柔和的做法是"杯酒释兵权"，极端的做法就是"风波亭"。活在两宋的时代，宋江和卢俊义这样非正统的势力注定是要被消灭的，即便你的忠心可昭日月。

宋江和卢俊义喝下了奸臣们安排的毒酒，毒酒并非皇帝直接赏赐，但也得到了默许。后世争论不休，到底是宋高宗赵构害死岳飞还是秦桧害死岳飞，其实没有意义。岳飞被害，背后是默契，皇帝默许，奸臣执行。

宋江和卢俊义以为自己会在官场立足，但是在官场他们始终是另类。在别人看来，他们不是科班出身，就是半路出家的野和尚，他们注定进入不到别人的圈子里，毕竟官场是讲圈子的。

卢俊义喝下了毒酒，坠水溺死在淮河深处，不知道落水的那一瞬间，他会如何评价自己的人生？

宋江喝下毒酒后很冷静，他在知道来龙去脉后，马上开始安排后事。宋江一生中最看重的是名节，他不能让李逵在最后时刻坏了他的名节。李逵是可怜的，在毫不知情的情况下喝下了宋江藏好的毒，一生的忠诚换来了一杯毒酒，这就是愚忠的结果。

不过对李逵来说也坦然了，毕竟跟着宋江风光过、辉煌过，现在老大落魄了，自然也要跟老大一起落魄。

如果说这三人的悲剧是被动的，那么吴用和花荣的悲剧就是主动的。

吴用得知消息后来到宋江的墓前哭祭，遇到了前来哭祭的花荣，两人哭过了，伤过了，最后一起自缢身死，用行动证明他们是宋江合格的小弟，没有看错的小弟。

自此宋江开出鉴定，"一生三个忠诚小弟，李逵，吴用，花荣"。人生得一小弟足矣，何况得仨！

后记：我本俗人

　　梁山的故事结束了，我的水浒解读也该收场了。梁山是永远的梁山，《水浒传》是永远的《水浒传》，梁山在我们心中永远爬不完，《水浒传》在我们心中永远读不透。

　　《水浒传》故事来自民间，经历数个朝代，经历多人的修改，到最后，就是一部来自民间的大百科。在《水浒传》里面你可以看到北宋、南宋、元朝、明朝，甚至秦汉等更为遥远的朝代。《水浒传》不单单是一本书，更是中国文化的一个缩影。

　　对于《水浒传》，我最感兴趣的还是人，这些人不是高大全的英雄，也不全是猥琐世俗的小人，他们是一个个活生生的人。历史上真实的宋江是造反的农民起义领袖，《水浒传》中的宋江则是经过加工改良的一个有志于仕途官场的人。这个人也有些不太真实，但这个人身上有太多人的影子，寄托了很多书生救国的希望，寄托了书生打破阶级壁垒、不拘一格救国治国的理想。宋江太沉重了，他不是一个人，而是很多人。

　　《水浒传》是一本奇书，一本常读常新的书，在不同的时期，不同的处境，你都能读出不同的味道。

　　不同的人读《水浒传》会读出不同的味道，少年读《水浒传》会为鲁智深的侠义心肠感动，为张清的疯狂石头痴迷；青年人读《水浒传》能读出奋发图

334

强；中年人读《水浒传》能读懂官场的智慧和人际关系的微妙；老年人读《水浒传》则能读出自己的人生阅历；职场人读《水浒传》则能读出人生的职业规划，看什么是应该坚持的，什么又是应该放弃的。

仔细读来，《水浒传》何尝不是中国文化的一个集合？里面有道教，有佛教，有儒教，有官场，有职场，有民间，有北宋生活写照，有南宋生活映射，有元朝社会背景，有明朝生活点缀，更有秦汉以来中国传统文化的影子，所以说《水浒传》是一个大集合，值得我们细细解读。

这部水浒只是我的《水浒传》系列的一个起点，在以后的日子里，如果条件成熟，我会继续将品《水浒传》进行到底，不只是为了有趣，也是为了文化的传承。

书名我都想好了，就叫《曲昌春品水浒》，是不是俗气了一点呢？俗就俗一点吧，我本就是一个俗人！